古典詩歌研究彙刊

第四輯

龔鵬程 主編

第 **6** 冊

唐人論唐詩研究

陳坤祥 著

國家圖書館出版品預行編目資料

唐人論唐詩研究／陳坤祥 著 — 初版 — 台北縣永和市：花木
蘭文化出版社，2008〔民 97〕

目 2+280 面；17×24 公分（古典詩歌研究彙刊 第四輯；第 6 冊）

ISBN 978-986-6657-36-8（精裝）
1. 唐詩 2. 詩評

820.9104   97012116

ISBN - 978-986-6657-36-8

9 789866 657368

古典詩歌研究彙刊
第四輯 第 六 冊   ISBN：978-986-6657-36-8

唐人論唐詩研究

作 者 陳坤祥
主 編 龔鵬程
總 編 輯 杜潔祥
出 版 花木蘭文化出版社
發 行 所 花木蘭文化出版社
發 行 人 高小娟
聯絡地址 台北縣永和市中正路五九五號七樓之三
        電話：02-2923-1455／傳眞：02-2923-1452
電子信箱 sut81518@ms59.hinet.net
初 版 2008 年 9 月
定 價 第四輯 20 冊（精裝）新台幣 28,000 元

唐人論唐詩研究

陳坤祥 著

作者簡介

陳坤祥，台灣彰化人，1940 年生

台灣師範大學國文系畢業（1965 年）

中國文化大學中文所碩士（1980 年）、博士（1986 年）

2006 年銘傳大學應用中文系退休

另著：1. 文心雕龍指瑕之研究（碩士論文）

      2. 易學新析

      3. 周易本義評註

      4. 朱熹易學新論

      5. 周易變通解點校

      6. 清儒萬澍辰之周易學

      7. 周易廣解新詮

提　　要

　　對於文學作品的評價，向來缺乏客觀公正。劉勰條陳其因有三：或「貴古賤今」，或「崇己抑人」，或「信偽迷真」。此所以文評家的地位，遠不如作者。

　　唐詩是唐代文學的主流，作家多，精彩的作品亦多。本文乃就當時人批判當時作家作品，以呈現當代的文學思想，社會好尚，試圖還原唐詩在當代所受到的待遇。之所以如此，是因為由唐人批評唐人，在作品及作家的接觸方面，遠較後人方便，即從文學的時代風尚方面看，也比較接近真實。

　　全文凡分五章。首章概述唐代之文學環境與詩學。次章列敘詩話家皎然與司空圖評當代詩作之論。三章敘述主要詩文家十六位，其他詩文家十二位之論詩意見。四章敘述唐代詩選家論唐詩。五章試論唐人論唐詩之價值作結。

　　本論文以呈現事實為務，從資料的描述中，我們發現初唐詩重在氣骨興象，那是要矯齊、梁靡弱之風。盛唐則格高調美，以辭情的表現為主。中唐重在練意。晚唐則又偏於重視詩律，走上講究藝術的形式之美。

　　文長二十三萬言。

目

錄

第一章　緒　論

第一節　問題的提出與研究取向

　　詩至有唐而大盛，詩家之眾，詩篇之多，可概見於清聖祖康熙年間敕編之《全唐詩》，綜計作家二千二百餘人，詩篇達四萬八千九百餘首。如合以晚近整理之《全唐詩外編》〔註1〕，則現存唐詩已逾五萬首，明胡應麟《詩藪》外編嘗論之云：

> 甚矣！詩之盛於唐也，其體則三四五言，六七雜言，樂府歌行，近體絕句，靡弗備矣！其格則高卑遠近，濃淡淺深，巨細精麤，巧拙強弱，靡弗具矣！其調則飄逸渾雄，沈深博大，綺麗幽閒，新奇猥瑣，靡弗詣矣！其人則帝王將相，朝士布衣，童子婦人，緇流羽客，靡弗預矣！〔註2〕

就詩體、格、調、人四者而論，皆遠超往代而特見擅場。

　　通常，任何一種文學理論，都出現在該種文學發生之後，藉以研究文學產生、發展、衰落的原因，並有指導文學的功能，詩學亦然。宋朝以後，因為詩話一類的詩學理論勃興，對唐詩的論述亦日益繁多，然皆異時後世之見，受有論者當代或個人因素的制約，殊難窺知

〔註1〕《全唐詩外編》，木鐸出版社印行，民國72年6月出版。
〔註2〕見胡應麟《詩藪》外編三，唐上，頁479（廣文書局印行）。

唐人對同時詩人詩篇的論述意見，爲還唐人論唐詩之眞面貌，遂有本文之撰寫。

　　唐人論唐詩之材料，約可從唐人選唐詩、唐人論詩專著（詩話）、個別詩文家之單篇詩文等三方面獲得。研究取向大致如下：

　　（一）首先探討作者之身世。但就各人資料而詳略不同，凡習見而普遍爲眾熟知的作家如李白、杜甫則敘述較略，此因知人論世，不可不具。但對較少被稱述之作家如詩選家殷璠、高仲武等則敘述較詳，其有全不可考知者，則付諸闕如，不作臆斷。

　　（二）其次論述其文學主張，尤偏重於詩學上之理論。作爲研究其論唐人詩篇之基礎。

　　（三）再次則就其論及唐詩之理論詳予敘論，特重於對實際篇章之論評，此爲本文之重點所在，但亦就所得資料之多寡，分別作或詳或略之探討，而不求篇幅之整齊。

　　（四）復次論述其論唐詩之價值。對其理論之承啓關係與對後代之影響，舉凡管見所及，皆作或繁或簡之論述，亦未以篇幅齊否爲慮。

　　最後，再就全文作一綜合性說明，並論述「唐人論唐詩」在中國文學上之價值作結。

第二節　唐代之文學環境

　　詩至唐代而特盛的原因，據劉大杰《中國文學發展史》的歸納計有三項。其一，詩人地位的轉移：

> 到了唐代的詩人，……那一批有名的作家，都不是君主貴族，大半是來自中下層社會，他們都有豐富的生活與對現實社會的認識。

以爲大批各階層的作家參與創作的行列，直接豐富了唐詩。其二，是政治背景：

> 唐代幾個有權力的皇帝，不僅都愛好文藝音樂，並大加提倡。太宗先後開設文學館、弘文館，招延學士，編纂文書，

倡和吟詠。高宗、武后，更好樂章，常自製新詞，編爲樂
府。中宗時代，君臣賦詩宴樂，更時有所聞。……到了玄
宗，這種風氣更盛，……憲宗召白居易爲學士，穆宗徵元
稹爲舍人。……文宗因愛好詩歌，特置詩學士七十二人。
白居易死後，宣宗作詩（弔之）……加之唐代以詩取士，
於是詩歌一門，成爲文人得官干祿的捷徑。

以爲政治環境有利於詩之勃興，此說甚是。其三，是詩歌形式的發
展：

到了唐代，社會生活日益複雜，詩人的思想感情也更爲豐
富，在詩歌創作上，新的內容，要求新的形式。〔註3〕

以爲詩歌的形式爲適應時代的需要而有所演變。此說雖亦不錯，但顯
得籠統而不夠明晰。實有進一步探究的必要。

六朝時候產生許多篇章短小的詩歌，幾乎全是五言四句或七言四
句的形式，內容大多以抒情或寫景爲主，如謝朓的〈王孫遊〉詩云：

綠草蔓如絲，雜樹紅英發，無論君不歸，君歸芳已歇。

再如另一首〈同王主簿有所思〉詩云：

佳期期未歸，望望下鳴機，徘徊東陌上，月出行人稀。

這樣的作品不論其平仄，已不下於唐人五絕諸作。諸如此類的作品，
直接啓導唐代的絕句之興起。

律體講求對仗與協律。永明時沈約等人提倡聲律論，重視四聲八
病的限制，直接促成平仄音律的詩歌成立要件。而齊梁以來，普遍盛
行的駢儷對偶，也給律體提供現成的寫作模式。另一方面，唐人如李
（白）、杜（甫）、岑（參）、高（適）等大作家都有大批的歌行或古
風，這種歌行體顯然受有六朝人如鮑照〈行路難〉十八首的啓發。在
形式方面唐詩確有所承的，但較前人更純熟而已。

在政治背景上，另一有助唐詩發展的主要因素是，唐人的「溫卷」
之風。

〔註3〕見劉大杰《中國文學發展史》，頁367～371（華正書局印行）。

「溫卷」最早的唐人記錄是柳宗元的〈上權德輿補闕溫卷決進退啓〉一文〔註4〕。其後宋人趙彥衛《雲麓漫鈔》，進一步說明「溫卷」的意義說：

> 唐之舉人，先藉當時顯人以姓名達之於主司，然後以所業投獻。踰數日又投，謂之溫卷。

如此說來，「溫卷」的用意是要當世的顯貴，「溫習所業」而「溫習猶言熟習」。趙氏又云：

> 進士則多以詩爲贄，今有唐詩數百種行於世者是也。

這些溫卷的「唐詩數百種」，今日已不甚可考。但范攄《雲溪友議》江都事，有如下一段記錄云：

> 初，李公赴薦，常以古風求知，呂光化溫謂齊員外煦及弟恭曰：「吾觀李秀才之文，斯人必爲卿相。」果如其言。詩曰：「春種一粒粟，秋收萬顆子。四海無閒日，農夫猶窮死。鋤禾日當午，汗滴禾中土。誰知盤中餐，粒粒皆辛苦。」〔註5〕

又計有功《唐詩紀事》卷三十九也有類似的記載云：

> 紳初以古風求知呂溫，溫見齊煦，誦其憫農詩曰：「春種一粒粟……。」〔註6〕

同書，卷四十六「朱慶餘」條云：

> 慶餘遇水部郎中張籍知音，索慶餘新舊篇什，留二十六章，置之懷袖而推贊之。時人以籍重名，皆繕錄諷詠，遂登科。慶餘作〈閨意〉一篇以獻曰：「洞房昨夜停紅燭，待曉堂前拜舅姑。粧罷低聲問夫婿，畫眉深淺入時無？」

詩題另作「近試上張水部」，則「溫卷」之用就更爲明顯。另外《幽閒鼓吹》也載有李賀曾經以一首〈雁門太守行〉的詩向韓愈行卷。趙彥衛《雲麓漫鈔》更指出王安石所編選的《唐百家詩選》是保存唐人溫卷之作最完整的文獻資料。他說：

〔註4〕原文見《柳河東集》卷三十六。
〔註5〕見范攄《雲溪友議》卷上，頁10（世界書局印行）。
〔註6〕見計有功《唐詩紀事》卷三十九，頁595（木鐸出版社印行）。

> 王荆公（安石）取而刪爲《唐百家詩》。或云：「荆公刪取
> 時，用紙帖出付筆吏，而使憚于巨篇，易以四韵或二韵詩，
> 公不復再看。」余嘗取諸家詩觀之，不惟大篇多不佳，餘
> 皆一時草課以爲贄，皆非其得意所爲，故雖富而猥弱。今
> 人不曾考究，而妄譏刺前輩，可不謹哉。

可見唐人行卷之作，保存到宋代的數目相當多，而這些作品並未經選
擇地收錄，因此難免參差不齊。不過詩人用以行卷的作品，一定是擇
自己最擅長的題材體制，以誇示本領，博取顯貴的推譽，在這種情況
之下，一定有許多佳作產生。因此我們可以斷言，唐人「溫卷」風氣
是有助於唐詩的發展的。

第三節　唐代詩學概述

唐代的詩學理論，大致可分爲前期復古與創新，中期的載道實
用，晚期的藝術至上與教化意義三階段。

首先對齊梁間詩歌「彩麗競繁，而興奇都絕」的現象，表示不滿，
揭櫫詩歌復古理論的是陳子昂（656～695）。其〈東方左史修竹篇序〉
云：

> 文章道弊五百年矣！漢魏風骨，晉宋莫傳，然而文獻有可
> 徵者。僕嘗暇時觀齊梁間詩，彩麗競繁，而興寄都絕，每
> 以永歎。竊思古人，常恐逶迤頹靡，風雅不作，以耿耿也。
>
> 〔註7〕

因此，他主張要「以義補國」〔註8〕恢復三百篇的「風雅比興」，他並
且躬行實踐，寫作〈感遇詩〉三十八首，來支持他的理論，引起極大
的共鳴，在唐人論唐詩中，具有承先啓後的地位。

繼之而起的是李白（701～762）。提倡風雅，提倡古風。其〈古
風〉五十九首之第一首云：

〔註7〕見《全唐詩》卷八十三，頁895（明倫出版社印行）。
〔註8〕全註7，頁902。

> 大雅久不作，吾衰竟誰陳。王風委蔓草，戰國多荆榛。龍
> 虎相啖食，兵戈逮狂秦。正聲何微茫，哀怨起騷人。揚馬
> 激頹波，開流蕩無垠。廢興雖萬變，憲章亦已淪。自從建
> 安來，綺麗不足珍。聖代復元古，垂衣貴清眞。群才屬休
> 明，乘運共躍鱗。文質相炳煥，眾星羅秋旻。我志在刪述，
> 垂輝映千春。希聖如有立，絕筆於獲麟。

又〈古風〉第三十五云：「大雅思文王，頌聲久崩淪。」〈古風〉三十
云：「玄風變太古，道喪無時還。」〈感興〉之二云：「好色傷大雅，
多爲世所譏。」孟棨《本事詩》更說他：

> 梁陳以來，豔薄斯極，沈休文又尚以聲律。將復古道，非
> 我而誰？

可見他是沿著陳子昂的路子而走的，但因才情較高，創作較多，因此
其影響較大。

李白的作品已然透露創新而不泥古的消息，至杜甫（712～770）
出，主張「別裁僞體親風雅，轉益多師是汝師。」〈戲爲六絕句〉一
方面擷取齊梁的清詞麗句，一方面去其浮僞，又「遣詞必中律」、「語
不驚人死不休」，留下一千四百又五篇，憂國憂民，合於風雅比興的
詩篇，博得詩聖的美譽。

中期最重要的詩論當推白居易及元稹的社會寫實理論。其次是皎
然的自然主義傾向理論。

白居易（772～846）主張詩是有爲而作，要「爲君爲臣爲民爲物
爲事而作，不爲文而作。」﹝註9﹞亦即詩歌要含有諷諭性質，纔能「補
察得失」、「洩導人情」。爲使下情上達，他主張恢復古代采詩制度。〈策
林〉六十九〈采詩〉云：

> 選觀風之使，建采詩之官，俾乎歌詠之聲，諷刺之興，日
> 采於下，歲獻於上者也。所謂言之者無罪，聞之者足以自
> 誡。

又其〈新樂府〉之五〇〈采詩官〉云：

﹝註9﹞見《白氏長慶集》卷二十八，〈與元九書〉。

欲開壅蔽達人情，先向歌詩求諷刺。

這些主張的目的，是希望藉由詩歌達到改善社會造福民生。要達到詩歌的社會使命，詩就必需合於六義，他認爲唐人在這方面的努力要以陳子昂、杜甫的成績最好。基於同理，他反對淫辭麗藻，反對雕章鏤句。〈策林〉六十八〈議文章〉云：

> ……懲勸善惡之柄，執於文士褒貶之際焉。補察得失之端，操於詩人美刺之間焉。今褒貶之文無黴實，則懲勸之道缺矣。美刺之詩不稽政，則補察之義廢矣。雖雕章鏤句，將焉用之？……淫辭麗藻生於文，反傷文者。王者刪淫辭，削麗藻，所以養文也。

一方面標舉詩學主張，一方面大量寫作諷諭詩，並得到極大的成就。

元稹（779～831）與白居易是詩友，在文學史上素以「元白」並稱。他之倡導諷諭詩是得白陳子昂的啓發和杜甫的影響。其〈敘詩寄樂天書〉云：

> 適有人以陳子昂〈感遇詩〉相示，吟玩激烈，即日爲〈寄思玄子〉詩二十首。

同文又云：

> 久之，得杜甫詩數百首，愛其浩蕩津涯，處處臻到，始病沈、宋之不存寄興，而訝子昂之未暇旁備矣。

正由於陳子昂和杜甫的寫實精神對元稹產生鉅大的影響，因此，他反對南朝文風，強調詩歌的諷諭美刺的功能。在其〈敘詩寄樂天〉、〈進詩狀〉、〈樂府古題序〉、〈杜君墓誌銘〉、〈新題樂府序〉、〈和李校書新題樂府〉，及〈上令狐相公啓〉等文中，都一再強調類此主張。重視諷諭價值之外，元稹尚注意及詩的「辭氣」、「風調」、「屬對律切」，不專拘於古道的風雅比興，顯然在復古的原則下，也容許創新的考慮，準此而論，元稹的主張較之白居易是略有進步的。

在元白寫實主義大行其道的時代，皎然（約卒於804～805間）以其方外詩人的身分，主張崇尚自然，而自然又得自苦思而來，反對陳子昂的復古主張。對唐人的作品他把陳子昂和沈（佺期）、宋（之

問）並舉，以爲他們之間，只是復變多寡的不同。甚至把陳子昂與齊
梁間的作者一視同仁。他也曾對大曆詩人的詩風表示不滿，但都是以
藝術形式的成就爲唯一的衡量標準。其偏頗而不夠周全是很明顯的。

後期的詩論主流大抵有二，其一是李商隱、韓偓等人爲代表的豔
麗主張，另一派則是由吳融、黃滔等人所代表的教化功能說的主張。

李商隱（812～858）的詩篇，使唐詩的藝術成就達於顚峯，尤其
是律詩上的成績，幾近於空前絕後的完美。但卻很少有關詩學理論上
的專文。其〈獻侍郎鉅鹿公啓〉云：

> 屬辭之工，言志爲最。

以爲文章是言志的。在唐詩人中，李商隱推崇李白、杜甫與李賀。其
〈樊南甲集序〉云：

> 韓文杜詩，彭陽章檄，樊南窮凍，人或知之。

又其〈漫成五章〉之二云：

> 李杜操持事略齊。

在今存玉谿生詩中，有標明「效長吉」的詩篇，也有雖未指明而實質
是效李賀的作品甚多。李商隱並爲〈李賀小傳〉一文，對李賀的「苦
吟疾書」和遭時不偶，深表贊譽與極大的同情。

受李商隱影響，明白倡導香艷文學的是韓偓（848～923）〔註10〕。
其〈香奩集序〉自云：

> 余溺於章句，信有年矣！……遐思宮體，未敢稱庾信工文，
> 卻諧玉台，何必倩徐陵作序？粗得捧心之態，幸無折齒之
> 慚。柳巷青樓，未嘗糠粃；金閨繡戶，始預風流。咀五色
> 之靈芝，香生九竅；咽三危之瑞露，春動七情。如有責其
> 不經，亦望以功掩過。

他並自承作過數百篇得意的「綺麗之作」。艷冶詩篇，無補於世道人
心。因此，吳融提倡詩歌要有教化的功能，在他替貫休《禪月集》撰

〔註10〕李商隱與韓偓的父親韓瞻，同年舉進士第。由於世交的關係，極可
能受李商隱的影響。說見羅聯添《隋唐五代文學批評資料彙編・緒
論》，頁 24，國立編譯館主編（成文出版社印行）。

序時云：

> 夫詩之作者，善善則詠頌之，惡惡則風刺之，苟不能本此
> 二者，韻雖甚切，猶土木偶不生氣血，何所尚哉！

主張詩「當有益于世」，始有價值。因此對李白、白居易的評價最高。
在同文〈禪月集序〉裡云：

> 國朝能爲歌詩者不少，獨李太白爲稱首，蓋氣骨高舉，不
> 失頌美風刺之道焉。厥後白樂天爲諷諫五十篇，亦一時之
> 奇逸極言。昔張爲作詩圖五層，以白氏爲廣大教化主，不
> 錯矣。

並對唐人自李賀以降的詩壇，「皆以刻削峻拔飛動文采爲第一流，而
下筆不在洞房蛾眉、神仙鬼怪之間，則擲之不顧。」的情形表示不滿。

與吳融取類似的主張的是黃滔（約九世紀末）。其〈答陳蟠隱論
詩書〉云：

> 希畋示以先立行，次立言，言行相扶，言爲心師。志之所
> 以爲詩，斯乃典謨訓誥也。且詩本乎國風王澤。將以刺上
> 化下，苟不如是，曷詩人乎？

因此，他推崇李（白）、杜（甫）、元（稹）、白（居易）諸人。同文
又云：

> 大唐前有李杜，後有元白，信若滄溟無際，華嶽干天。

而對賈島的冥搜苦思，推敲雕琢，表示不滿。同文云：

> 逮賈浪仙之起，諸賢搜九仭之泉，唯掬片冰，傾五音之府，
> 只求孤竹。雖爲患多之，所少奈何，孤峯絕鳥，前古之未
> 有。

這種藝術成就，雖是「前古之未有」，而內容空虛，沒有教化的功能，
是以評價極低。對唐末「咸通乾符之際」的詩風流弊，也曾深致歎
慨說：

> 鄭衛之聲鼎沸。

後期的論詩大家，當推司空圖（837～908）。其論詩特重風格與韻味。
《詩品》是論詩專著，以十二句四言詩，說明詩的二十四種風格。他

推重王維、韋應物，但對元白的詩篇不滿。其〈與王駕評詩書〉云：

> 右丞蘇州，趣味澄夐，若清風之出岫。大曆十數公，抑又
> 其次焉，力勍而氣孱，乃都市豪估耳。

那是因為王、韋的作品有「韻外之致」，而元白的直露諷諭詩太不含
蓄，太缺乏韻味，所以評價最低。

　　司空圖的詩論較有系統而完整，本文列之論詩專家（第二章）論
述。

第二章　唐詩話家論唐詩

　　唐人論詩專著極多，明胡震亨「據唐宋各志及焦氏《國朝經籍志》所載詩話一目諸書」，稍加整理云：

　　唐人詩話：《詩品》一卷，李嗣眞撰。《評詩格》一卷，李嶠撰。《詩格》一卷，元兢、宋約撰。又一卷，王維撰。又二卷，《詩中密旨》一卷，並王昌齡撰。《詩式》五卷，《詩議》一卷，並皎然撰。《金針詩格》三卷，《文苑詩格》一卷，並白居易撰。《詩格》一卷，《二南密旨》一篇凡十五門，並賈島撰。《大中新行詩格》一卷，王起撰。《詩例》一卷，姚合撰，亦名《極玄律詩例》。《炙轂子詩格》一卷，王叡撰。《文章玄妙》一卷，任藩言撰。《緣情手鑑詩格》一卷，李弘宣撰。《主客圖》一卷，張爲撰。《集賈島句圖》一卷，李洞撰。《國風正訣》一卷，鄭谷撰。《玄機分明要覽》一卷，《風騷旨格》一卷，並僧齊己撰。《流類手鑑》一卷，僧虛中撰。《詩體》一卷，倪宥撰。《雅道機要》二卷，前卷不知何人，後卷徐寅撰。《本事詩》，唐孟棨撰，凡七類爲一卷。《續本事詩》，二卷，僞吳處常子依孟棨類續篇。《抒情集》二卷，盧瓌撰。

　　以上詩話，惟皎師《詩式》、《詩議》二撰，時有妙解，餘如李嶠、王昌齡、白樂天、賈島、王叡、李弘宣、徐寅及釋齊己、虛中諸撰，所論並聲病對偶淺法，僞托無疑。張

爲《主客》一圖，妄分流派，謬僻尤甚。〔註1〕

此外，胡應麟《詩藪》也記載許多「唐人詩話入宋可見者」之資料，〔註2〕但亦眞僞互存，未加分辨。不惟把那些詩話作者的時代顚倒錯雜，甚至把宋人蔡傳的《歷代吟譜》也一併列入唐人作品，而許多初唐詩格反而被忽略了。

即今而言，唐人詩話著述見存最齊者，當推日僧空海所撰的《文鏡祕府論》，與陳應行《吟窗雜錄》。此外，明鍾惺之鍾伯敬硃評《詞府靈蛇》、梁橋之《冰川子詩式》、王昌會之《詩話類編》、胡文煥之《格致叢書》、清顧龍振之《詩學指南》等，也輯存不少唐人詩話資料。但皆亡佚、僞託或殘存部分者多，而完璧者少。茲分述於下：

亡佚者有六種：

（一）《詩品》一卷，李嗣眞撰。

（二）《詩格》一卷，王維撰。

（三）《大中新行詩格》一卷，王起撰。

（四）《文章龜鑑》一卷，倪宥撰。

（五）《文章玄妙》一卷，任藩撰。

（六）《國風正訣》一卷，鄭谷撰。

僞託者三種：俱見《吟窗雜錄》。

（一）《詩格》一卷，魏文帝撰。

（二）《評詩格》一卷，李嶠撰。

（三）《金針詩格》一卷，白居易撰。

殘存者十種：

（一）《筆梁華札》，上官儀撰。見存《文鏡祕府論》中。

（二）《詩髓腦》一卷，元兢撰。見存全前。

（三）《唐朝新定詩體》，崔融撰。見存日人藤厚佐世《日本國見在書目》中。

〔註1〕 見胡震亨《唐音癸籤》卷三十二，頁272（世界書局出版）。

〔註2〕 見胡應麟《詩藪》外篇三，頁486（廣文書局印行）。

（四）《詩格》二卷（《通志》作一卷），王昌齡撰。見存《文鏡祕府論》與《吟窗雜錄》中。

（五）《晝公詩式》五卷（《四庫全書》作一卷），皎然撰。

（六）《詩格》一卷，賈島撰。見存《吟窗雜錄》中。（《直齋書錄解題》、《通考》、《四庫提要》等作《二南密旨》，《宋志》作《詩格密旨》。）

（七）《炙轂子詩格》一卷，王叡撰。見存《吟窗雜錄》。

（八）《流類手鑑》一卷，虛中撰。見存全前。

（九）《雅道機要》二卷，徐夤撰。見存全前。

（十）《緣情手鑑詩格》一卷，李宏宣撰。見存全前。

全存者二種：

（一）《詩品》一卷，司空圖撰。

（二）《風騷旨格》一卷，齊己撰。（《四庫提要》附於《吟窗雜錄》下）

就現存資料以觀，以上這些唐人詩格著述之內容，不外乎論詩病、論調聲之術、論屬對、或論作法等四項，絕大多數爲淺鄙而純理論性之文字，鮮有直接論及唐人詩篇之具體意見。故本章擬就兩位具體論及唐詩之詩格著者——皎然與司空圖之論詩意見，略予論述之。

一、皎　然

（一）皎然之生平及作品

辛文房《唐才子傳》云：

> 皎然，字清晝，吳興人。俗姓謝，宋（謝）靈運之十世孫也。

其生卒年不可考，惟據近人鍾慧玲〈皎然詩論之研究〉，以爲當生於開元末年，或天寶初年。而卒於貞元、永貞之間，年約六十許〔註3〕。

〔註 3〕王夢鷗先生〈試論皎然詩式〉一文，考定「其生年當在開元十年前後。」文見《古典文學論探索》，頁 300（正中書局出版）。

有集，兩《唐志》著錄十卷。《全唐詩》（卷八一五～卷八二一）編詩七卷，存詩四百八十一首。另有《詩式》五卷、《詩評》三卷。另《高僧傳》又稱其著有《儒釋交遊傳》、《內典類聚》四十卷、及《號呶子》十卷。

（二）皎然之詩論

皎然論詩遺文，今見於《文鏡祕府論》、《吟窗雜錄》、《格致叢書》以及十萬卷樓本諸書，輯本不同，詳略非一。然就現存資料以觀，則皎然的詩學著述當只有《詩式》五卷，其他所謂《中序》、《詩評》、《詩議》都可能係後人割裂而成，實皆同出《詩式》五卷之中。

皎然詩論受有較多王昌齡的影響，〔註4〕而因他是位禪僧，故於論述詩歌之藝術風格時，摻有濃厚的出世的思想。如其「辨體有一十九字」云：

高：風韻切暢曰高。

逸：體格閒放曰逸。

貞：放詞正直曰貞。

忠：臨危不變曰忠。

節：持節不改曰節。

志：立志不改曰志。

氣：風情耿耿曰氣。

情：緣情不盡曰情。

思：氣多含蓄曰思。

德：詞溫而正曰德。

誡：檢束防閑曰誡。

閒：情性疏野曰閒。

達：心跡曠誕曰達。

悲：傷甚曰悲。

怨：詞理悽切曰怨。

〔註 4〕全註3，頁 301，王夢鷗先生云：「今觀《詩式》內容，多推衍王昌齡論詩之旨，尤重其所謂『意格』。」

意：立言曰意。

力：體裁勁健曰力。

靜：非如松風不動，林狄未鳴，乃謂意中之靜。

遠：非謂森森望水，杳杳看山，乃謂意中之遠。

以十九字概括詩的境界或其風格，另外在「詩有七德（或作得）」條中云：

一識理，二高古，三典麗，四風流，五精神，六質幹，七體裁。

大抵也是指風格而言。雖然這樣的分類尚不夠周密而有系統。但較諸前人的意見，已頗詳細而進步。尤其論及「靜」、「遠」二體，更是獨創。這些論見，對晚唐司空圖的《二十四詩品》具有啓導而深刻的影響。

皎然詩論中，較有價值的是重視「自然」而反對「聲律」。其〈明四聲〉云：

沈休文酷裁八病，碎用四聲，故風雅殆盡。後之才子，天機不高，爲沈生弊法所媚，慣然隨流，溺而不返。

〈詩議〉云：

律家之流，拘而多忌。

〈詩式〉云：

李陵蘇武二子，天與其性，發言自高，未有作用。（〈李少卿並古詩十九首〉）

又云：

鄴中七子，陳王最高。劉楨辭氣，偏正得其中，不拘對屬，偶或有之，語與興驅，勢逐情起，不由作意，氣格自高，與〈十九首〉其流一也。（〈鄴中集〉）

又云：

襄者嘗與諸公論康樂爲文，直于情性，尚于作用，不顧詞彩，而風流自然。……惠休所評「謝詩如芙蓉出水」，斯言顧近矣！（〈文章宗旨〉）

皎然如此重視詩的自然之美，卻非單純的質樸無華，而是必須經過藝術的琢磨而來。《詩式》「取境」條云：

> 詩不假修飾，任其醜朴。但風韻正，天眞全，即名上等。
> 予曰：不然。無鹽闕容而有德，曷若文王太姒有容而有德
> 乎？又云：不要苦思，苦思則喪自然之質。此亦不然。夫
> 不入虎穴，焉得虎子？取境之時，須至難、至險，始見奇
> 句。成篇之後，觀其氣貌，有似等閒，不思而得，此高手
> 也。有時意靜神王，佳句縱橫，若不可遏，宛若神助。不
> 然，蓋由先積精思，因神王而得乎？

在這些意見裡，他強調容易來自艱難，貌似等閒，卻是來自至難至險，
反對質朴，要求詩文必須德容並茂。在〈詩有六至〉中云：

> 至險而不僻，至奇而不差，至麗而自然，至苦而無迹。

又〈詩有二廢〉云：

> 雖欲廢巧尚直，而思致不得置；雖欲廢詞尚意，而典麗不
> 得遺。

明顯主張以錘鍊來達到自然。

現存皎然詩論，無一語涉及聲律，甚至自云：「律家之流，拘而
多忌，失於自然，吾所常病也。」他反對的是「溺」於聲律，但要求
能夠「深入聲對」，而「用律不滯」。〔註5〕這些都與其提倡自然，反
對造作的主張一致。

在同樣（重視自然）的條件下，皎然要求詩歌的用事，要達到「用
事不直」（「語有四深」條）。他以爲「詩有五格」，以「不用事爲第一」，
在技巧上是「語似用事，義非用事。」（〈用事〉條）必如此，纔能臻
於自然的要求。

皎然對於詩歌的復變問題上，主張要復中有變，變中有復，其《詩
式》論「復古通變」條云：

> 作者須知復變之道。反古曰復，不滯曰變，若惟復不變，
> 則陷於相似之格，其狀如駑驥同廄，非造父不能辨。能知
> 復變之手，亦詩人之造父也。以此相似一類，置於古集之
> 中，能使弱手視之眩目，何異定人死鼠爲玉璞？豈知周客

〔註 5〕 見皎然「詩有四深」條。

> 　噓嗃而笑哉！
>
> 　又復變二門，復忌太過，詩人呼爲膏肓之疾，安可治
> 也。……吾始知復變之道，豈惟文章乎，在儒爲權，在文
> 爲變，在道爲方便。後輩若乏天機強效復古，反令思擾神
> 沮。何則？夫不工劍術，而欲彈撫干將大阿之鋏，必有傷
> 手之患，宜其誡之哉！

如此看來，皎然要求作者創作革新和繼承前修，二者兼顧，互相結
合，不可偏廢，在理論上說，是合理而應該的。

　　論及詩的比興，《詩式》論「用事」條云：

> 　取象曰比，取義曰興，義即象下之意。凡禽魚草木人物名
> 數，萬象之中，義類同者，盡入比興。

在這裡，皎然把比興看成單純的創作技巧，要求詩歌中的理，盡可能
通過形象表現出來。這和前人如陳子昂、李白等把比興看成詩歌的思
想內容的說法不同。這是因爲皎然是方外詩家，只要作品隨興任眞，
而較少措意於國計民生使然。但是皎然要求文學創作要有深厚的感
情，而且要「直於情性，尙于作用，不顧詞彩，而風流自然。」（「文
章宗旨」條）重視眞實的情感，並且強調自然，反對在形式的工巧方
面下功夫。這種精到的見解，無疑是總結了唐及以前的抒情寫景詩的
藝術經驗。

　　在論及詩歌的意境時，皎然〈詩議〉云：

> 　夫境象非一，虛實難明。有可睹而不可取，景也；可聞而
> 不可見，風也；雖係乎我形，而妙用無體，心也；義貫眾
> 象，而無定質，色也，凡此等，可以偶虛，亦可以偶實。

那即是詩中描寫的景色，雖然是具有「可睹而不可取」、「可聞而不可
見」的「虛」像，而作者卻可以通過內心的想像作用，使這種描寫具
備如此特色，讀之者也可以藉由這種藝術形象，感到其實際存在的
「實」像。意境是既可實，又可虛，且是虛實互立的。對於抒情詩歌
的藝術形象的分析，皎然確是精闢和獨到的，這一理論也曾再度發揮
於司空圖的詩論上。

（三）皎然論唐詩

皎然論詩，偏重於形式與風格，對於詩歌的社會內容極不重視，在《詩式》卷第三，論盧藏用〈陳子昂集序〉論及陳子昂的作品及其詩歌復古運動時云：

> 盧黃門序評賈誼司馬遷，憲章禮樂，有老成之風。讓長卿、子雲、王公大人之言溺於流辭。又云：道喪五百年而有陳君乎。予因請論之曰：司馬子長自序云，周公卒五百歲而有孔子，孔子卒五百歲而有司馬公。邇來年代既遙，作者無限，若論筆語，則東漢有班、張、崔、蔡。若但論詩，則魏有陶、劉、三傅，晉有潘岳、陸機、阮籍、盧諶，宋有謝康樂、陶淵明、鮑明遠，齊有謝吏部，梁有柳文暢、吳叔庠。作者紛紜，繼在青史，如何五百之數，獨歸於陳君乎？藏用欲爲子昂張一尺之羅，蓋彌天之宇。上掩曹劉，下遺康樂，安可得耶！又子昂〈感遇〉三十首，出自阮公，詠懷之作，難以爲儔。子昂詩曰：「荒哉穆天子，好與白雲期，宮女多怨曠，層城蔽娥眉。」曷若阮公「三楚多秀士，朝雲進荒淫，朱華振芬芳，高蔡相追尋，一爲黃雀哀，涕下誰能禁。」此序或未涅淪，千載之下，當有識者，得無撫掌乎！

如此說來，皎然完全否定陳子昂對唐代詩歌的復古革新運動上的成就，因此批駁了盧藏用對陳子昂的高度評價。另外，皎然在論及「復古通變」時亦云：

> 陳子昂復多而變少，沈宋復少而變多，今代作者，不能盡舉。

把陳子昂和沈宋相提並論，以爲他們之間的差異，僅僅在於復變多少的不同（沈宋在完成唐詩的律體成就上，自然功不可沒，本文將於第三、四章論述），甚至把陳子昂與齊梁詩人一視同仁，雖然在《詩式》中曾對齊梁詩風表示不滿，卻不能深刻認識唐代詩歌在陳子昂復古口號下，進行的革新的積極意義。這種偏頗，是基於形式主義方面的成見的。

對於大曆詩人的作品，皎然於《詩式》卷四論「齊梁詩」云：

大曆中，詞人多在江外，皇甫冉、嚴維、張繼素、劉長卿、
李嘉祐、朱放，竊青山白雲，春風芳草，以爲己有，吾知
詩道初喪，正在於此，何得推過齊梁作者？迄今餘波尚寖，
後生相效，沒溺者多。大曆末年，諸公改轍，蓋知前非也。
如皇甫冉〈和王相公玩雲詩〉：「連營鼓角動，忽似戰桑乾。」
嚴維〈代宗挽歌〉：「波從少海息，雲自大風開。」劉長卿
〈山鷓鴣歌〉：「青雲杳杳無力飛，白露蒼蒼抱枝宿。」李
嘉祐〈少年行〉：「白馬撼金珂，紛紛侍從多。身居驃騎幕，
家近滹沱河。」張繼素〈詠鏡〉：「漢月經時掩，胡塵與歲
深。」朱放詩：「愛彼雲外人，來取澗底泉。」已上諸公，
方於南朝張正見、何胥、徐摛、王筠，吾無間然矣！

對大曆（766～779）年間的詩人，頗爲客觀地批判他們詩風的柔靡不
振的現象。

　　大曆中的主要詩人是大曆十才子。據《新唐書・文藝傳・卷二○
三・盧綸傳》云：

綸與吉中孚、韓翃、錢起、司空曙、苗發、崔峒、耿湋、
夏侯審、李端，皆能詩齊名，號大曆十才子。

而江鄰幾雜志則去韓翃、崔峒、夏侯審，代之以郎士元、李益、李
嘉祐三人。皎然所論，惟李嘉祐一人名列十才子，其餘則否。茲就
《唐才子傳》、《唐音癸籤》、《唐詩紀事》、《全唐詩》及唐人選唐詩
等資料，對皎然所評六位詩家之背景、作品略作整理如下：

△皇甫冉：

・天寶十五年進士。（《唐才子傳》）

・巧於文字，發調新奇，遠出情外。……可以雄視潘、張，
　平揖沈、謝。（《中興間氣集》）

・其詩大略以古之比興，就今之聲律，涵詠風騷，憲章顏
　謝。……右丞相張曲公深所歎異。謂清穎秀拔，有江徐
　之風。（獨孤及：唐故左補闕安定皇甫公一冉集序）

・《全唐詩》（卷二百四十九～卷二百五十）輯詩二百三十
　四首。

△嚴維：

・至德二年，進士及第。(《唐才子傳》)

・詩情雅重，挹魏晉之風，鍛鍊鏗鏘，庶少遺恨。(《唐才子傳》)

・詩，時出俊語。如「柳塘春水慢，花塢夕陽遲」、「野燒明山郭，寒更出縣樓。」皆可誦。

・傷馬長篇，綜組尤密。(《唐音癸籤》)

・《全唐詩》(卷二百六十三)編詩一卷，輯詩六十四首。〈代宗挽歌〉據皎然《詩式》集句附於卷末。

△劉長卿：

・開元二十一年及第。(《唐才子傳》)

・詩調雅暢，甚能煉飾。權德輿稱「五言長城」。(《唐才子傳》)

・詩體雖不新奇，甚能煉飾。大抵十首已上，語意稍同，於落句尤甚，思銳才窄也。……其「得罪風霜苦，全生平地仁。」可謂傷而不怨，亦足以發揮風雅矣。(《中興間氣集》)

・《全唐詩》(卷一百四十七～一百五十一)編詩五卷。輯五百一十首。

△李嘉祐：

・天寶七年進士。(《唐才子傳》)

・與錢郎(起)別為一體，往往涉於齊梁。綺靡婉麗，蓋吳均、何遜之敵也。(《中興間氣集》)

・《全唐詩》(卷二百六～二百七)編詩二卷。輯詩一百十四首。〈少年行〉據皎然《詩式》集句附於篇末。

△朱放：

・大曆中為節度參謀。(《唐才子傳》)

・工詩，風度清越，神精蕭散，非尋常之比。(《唐才子傳》)

・《全唐詩》(卷三百一十五)編詩一卷，輯詩二十五首。並據皎然《詩式》舉例集句，附於篇末。

△張繼素：無考。

這些詩人都生活於「開天盛世」，都親歷安史之亂，但他們大都把詩當作宴會或送別時的應酬之物，社會動亂和民生苦痛，蕩然不存於詩篇中，而較多的寫作題材，不外山水禽鳥，或對隱逸生活的嚮往。胡震亨云：

> 詳大曆諸家風尚，大抵厭薄開、天舊藻，矯入省淨一塗。自劉、郎、皇甫，以及司空、崔、耿，一時數賢，竅籟即殊，于喁非遠，命旨貴沈宛有含，寫致取淡冷自送。玄水一歂，群釀覆杯，是其調之目，而工於浣濯，自艱於振擧風幹，衰邊幅狹。崑詣五言，擅場餞送，外此無他。大篇偉什歸望集中，則其所短爾。〔註6〕

與皎然所指大曆詩篇，偏向於流連光景的傾向一致。至於皎然所肯定的那些警句，仍然重視其藝術技巧，而不及詩歌的寫實表現。

二、司空圖

（一）司空圖之生平及作品

司空圖（837～908），字表聖，河中虞鄉（今山西虞鄉縣）人，生於唐文宗開成二年，卒於梁太祖開平二年。圖於唐懿宗咸通十年（869）擧進士第，受知於禮部侍郎王凝，爲其幕僚。累官禮部郎中、中書舍人。後以唐末大亂隱於中條山王官谷，天祐四年（梁太祖開平元年）四月，梁王朱全忠篡立，召爲禮部尚書，辭不赴命。翌年二月，哀帝遇弒，遂絕食而亡，年七十又二歲。

司空圖著述甚多，今存有《司空表聖文集》，《司空表聖詩集》各一，據《全唐詩》（卷六百三十二～卷六百三十四）輯存三百七十一首，《全唐文》（卷八百七～卷八百十）存文七十篇，另《詩品》二十四則，附見於《全唐詩》卷六百三十四。

（二）司空圖之詩論

司空圖的論詩著作，有《詩品》二十四則，〈與王駕論詩書〉、〈與

〔註 6〕 見胡震亨《唐音癸籤》卷七，頁 54（世界書局印行）。

李生論詩書〉、〈題柳柳州集後〉,〈與極浦書〉、〈詩賦贊〉、〈擢英集述〉、〈注愍征賦後述〉等文。其中對後代影響最大的首推《詩品》。茲先論述之:

司空圖「自列其詩之有得於文字之表者二十四韻」﹝註7﹞也是他對詩的風格、境界的看法與區分。這二十四種風格是:雄渾、沖淡、纖穠、沈著、高古、典雅、洗鍊、勁健、綺麗、自然、含蓄、豪放、精神、縝密、疏野、清奇、委曲、實境、悲慨、形容、超詣、飄逸、曠達、流動。對這二十四種風格,他都以十二句四言詩說明。其理論約可從意境、創作、方法三方面考察。

甲、意境上。要求沖淡、虛幻、超越、遠而不盡之感,要有禪趣。

(1)沖淡的意境

二十四品中具有這種要求的甚多,如:

沖淡:遇之匪深,即之愈希。

超詣:誦之思之,其聲愈希。

清奇:神出古異,淡不可收。

綺麗:濃盡必枯,淡者屢深。

(2)虛幻的意境

司空圖對大部分詩境的要求,都企圖擺脫跡象,以顯示虛幻而不可捉摸的美感。如:

沖淡:脫有形似,握手已違。

形容:離形得似。

超詣:遠行若至,臨之已非。

雄渾:超以象外,得其環中。

含蓄:不著一字,盡得風流。

(3)超越的意境

﹝註7﹞ 見蘇軾〈書黃子思詩集序〉。

　　司空圖《二十四詩品》的詩境，均爲人與自然山水之關係，顯示出高度的精神超脫感。如：

　　　雄渾：具備萬物，橫絕太空。荒荒油雲，寥寥長風。
　　　勁健：行神如空，行氣如虹。巫峽千尋，走雲連風。
　　　豪放：天風浪浪，海山蒼蒼。眞力瀰滿，萬象在旁。
　　　悲慨：百歲如流，富貴冷灰。壯士拂劍，浩然彌哀。
　　　典雅：玉壺買春，賞雨茅屋。坐中佳士，左右修竹。
　　　綺麗：金尊酒滿，共客彈琴。
　　　自然：幽人空山，過雨采蘋。
　　　清奇：可人如玉，步屧尋幽。
　　　飄逸：御風蓬萊，泛彼無垠。
　　　曠達：何如尊酒，日往烟蘿。花覆茅檐，疏雨相過。

（4）遠而不盡的意境

　　司空圖要求作品要具有「遠而不盡」之感。如：

　　　雄渾：超以象外，得其環中，持之非強，來之無窮。
　　　纖穠：乘之愈往，識之愈眞，如將不盡，與古爲新。

（5）要具有禪趣

　　司空圖隱居中條山王官谷後，頗近禪機，其要求於詩境者，亦多具禪趣，如：

　　　高古：太華夜碧，人聞清鐘。
　　　沈著：如有佳語，大河前橫。
　　　典雅：落花無言，人淡如菊。
　　　精神：明漪絕底，奇花初胎。
　　　洗鍊：空潭瀉春，古鏡照神，流水今日，明月前身。

乙、創作上，要求內充外腓。

　　其〈雄渾〉云：「眞體內充。」又云：「積健爲雄」；〈勁健〉之：「飲眞茹強」、「蓄素守中」；冲淡之：「素處以默，妙機其微」；〈高古〉之：「虛佇神素，脫然畦封」；〈洗鍊〉之：「體素儲潔」等；都是要求內充的功夫。

在「眞體內充」後，著手創作，必能如〈自然〉之：「俱道適往，著手成春」；〈豪放〉之：「由道返氣，處得以狂」；〈形容〉之：「如覓水影，如寫陽春。風雲變態，花草精神，海之波瀾，山之嶙峋，俱似大道，妙契同塵。」

丙、在方法上，講求擬喻與鍛鍊。

《四庫提要》謂其「各以韻語十二句體貌之」，正說明《詩品》擬喻之特色。如：

雄渾：荒荒油雲，寥寥長風。

纖穠：窈窕深谷，時見美人。

沈著：海風碧雲，夜渚月明。

高古：月出東斗，好風相從。

豪放：天風浪浪，海出蒼蒼。

悲慨：蕭蕭落葉，漏雨蒼苔。

這種形象的擬喻，對後世的詩話影響很大，因爲它普遍被詩評家所採用。在修辭上，司空圖也極重視鍛鍊功夫，如：

洗鍊：如鑛出金，如鉛出銀，超心鍊冶，絕愛緇磷，空潭瀉春，古鏡照神。

綺麗：濃盡必枯，淡者屢深。

含蓄：淺深聚散，萬取一收。

縝密：是有眞跡，如不可知，意象欲出，造化已奇。語不欲犯，思不欲癡。

委曲：力之於時，聲之於羌，似往已迴，如幽匪藏。

形容：妙契同塵，離形得似。

這些要求，或在鍊意，或在鑄詞，皆重視修辭於文學創作上之運用。

其次，再就司空圖論及詩學觀念方面之篇章加以考察，約有下列幾項主張，分述於后：

甲、論詩人條件及創作原因

司空圖以爲創作必須具有高度才華，其〈題柳柳州集後序〉云：

作者爲文爲詩，才格亦可見。〔註8〕

又其〈擢英集述〉云：

人不陋今，才惟振滯，韻笙簧於騷雅，資粉澤於風流。〔註9〕

詩乃文中之難者，必須具有不凡的才情始有不朽的作品，司空圖確具卓識。

至於作品產生的原因，司空圖則主「不平則鳴」說，其〈狂題十八首〉詩云：

地下修文著作郎，生前飢處倒空牆。何如神爽騎星去，猶自研幾助玉皇。〔註10〕

又〈擢英集述〉云：

遇則以身行道，窮則見志於言，各擅英靈，寧甘頓挫，自昭明妙選，振起斯文。〔註11〕

又其〈汪憨征賦後述〉云：

以讒擯致憤于累千百言，亦猶虎之餌毒，蛟之飲鏃，其作也，雖震丘林，鼓溟漲，不能決其咆怒之氣。

且凡稟精爽之氣，是或有智謀超出群彙，一旦憤抑肆其筆舌，亦猶武人逞怒于鋒刃也。〔註12〕

詩人因遭時不偶，有志難伸，遂把鬱懣之氣，發爲詩篇，故「不平則鳴」爲創作之因。

乙、論詩之功用

司空圖以爲作詩可以使人不朽。其〈攜仙籙九首〉之七詩云：

英名何用苦搜奇，不朽才銷一句詩。欲賴風波阻三島，老臣猶得戀明時。〔註13〕

又〈爭名〉詩云：

〔註 8〕見《全唐文》卷八百七，頁 10699（大通書局印行）。

〔註 9〕仝註8，卷八百九，頁 10721。

〔註10〕見《全唐詩》卷六百三十四，頁 7273（明倫出版社印行）。

〔註11〕仝註8。

〔註12〕仝註8，卷八百九，頁 10721。

〔註13〕《全唐詩》卷六百三十三，頁 7269。

爭名豈在更搜奇，不朽纔消一句詩。窮辱未甘英氣阻，乖
疏還有正人知。荷香泡露侵衣潤，松影和風傍枕移。只此
共棲塵外境，無妨亦戀好文時。〔註14〕

詩人可以因為詩作而揚名於後世，為詩的功用之一。

丙、論好詩之條件

（1）要情景交融

　　司空圖以為詩之極詣，在於詩人的情性、思想、感興與客觀的環
境和自然的景物和諧一致。他曾在〈與王駕評詩書〉中，贊美王駕的
五言詩云：

今王生者，寓居其間，浸漬益久，五言所得，長於思與境
偕，乃詩家之所尚者。〔註15〕

據《全唐詩》卷六百九十輯存王駕詩作僅六首，五言詩惟有〈夏雨〉
一首，詩云：

非惟消旱暑，且喜救生民。天地如蒸溽，園林似卻春。洗
風清枕簟，換夜失埃塵。又作豐年望，田夫笑向人。〔註16〕

因存詩太少，無法論證，想必大部分「思與境偕」的詩篇都亡佚無存
了。不過作品能臻「思與境偕」的境界，自是好作品了。

（2）要有神韻

　　司空圖〈與李生論詩書〉云：

文之難而詩尤難，古今之喻多矣。愚以為辨於味而後可以
言詩也。江嶺之南，凡足資於適口者，若醯非不酸也，止
於酸而已；若鹺非不鹹也，止於鹹而已。中華之人所以充
飢而遽輟者，知其鹹酸之外，醇美者有所乏耳，彼江嶺之
人習之而不辨也宜哉。詩貫六義，則諷諭抑揚、淳蓄淵雅
皆在其中矣。然直致所得，以格自奇，前輩諸集，亦不專
工於此，刭其下者耶。王右丞、韋蘇州澄澹精緻，格在其

〔註14〕《全唐詩》卷六百三十二，頁7250。
〔註15〕見仝註8，頁10696。
〔註16〕見《全唐詩》卷六百九十，頁7918（明倫出版社）。

中，豈妨於道學哉。賈閬仙誠有警句，然視其全篇，意思
殊餒，大抵附於寒澀，方可致才，亦為體之不備也，矧其
下者哉！噫，近而不浮，遠而不盡，然後可以言韻外之致
耳。……足下之詩，時輩固有難色，儻復以全美為上，即
知味外之旨矣！〔註17〕

在這裡他提出「韻外之致」，與「味外之旨」為好詩的條件之一。從
他 一則贊美王維、韋應物的詩「趣味澄敻，若清風之出岫」，二則稱
譽王、韋的詩：「澄澹精緻，格在其中」看來，「韻外之致」、「味外之
旨」以及「思與境偕」的境界是適合於自然山水描寫的詩歌的。

　神韻之外，「景外景，象外象」也是重要的條件。其〈與極浦書〉
云：

戴容州云：「詩家之景，如藍田日暖，良玉生煙，可望而不
可置於眉睫之前也。」象外之象，景外之景，豈容易可談
哉！〔註18〕

如此說來，司空圖係受戴叔倫的啓發，而有「象外之象，景外之景」
的主張，而此主張與前述之「韻外之致」、「味外之旨」，皆指文字聲
韻外之風格特色而言。

丁、論創作之道

（1）詩貫六義

司空圖以為三百篇是詩之佳構，蓋寓六義所致。其〈與李生論詩
書〉云：

詩貫六義，則諷諭、抑揚、渟蓄、淵雅皆在其中矣。〔註19〕

所謂六義，自是〈詩大序〉所云：「一曰風，二曰賦，三曰比，四曰
興，五曰雅，六曰頌。」以此為作詩原則，亦可見儒家思想在司空圖
心中具有極重分量。

〔註17〕見仝註8。
〔註18〕見仝註8，頁10698。
〔註19〕仝註8。

（2）詣極與變化的要求

司空圖〈與李生論詩書〉云：

> 蓋絕句之作，本於詣極，此外于變萬狀，不知所以神而自神也，豈容易哉！足下之詩，時輩固有難色，儻復以全美為上，即知味外之旨矣！〔註20〕

詩而能「詣極」，即可達於「不知神而自神」的境界。詩要傳世不朽，則不可一成不變。要能變化，因為「文辭氣力，通變則久」《文心雕龍・通變篇》。

（3）要知瑕類

「文非一體，鮮能備善。」《典論・論文》詩人創作自亦「慮動難圓，鮮無瑕病」。《文心雕龍・指瑕》司空圖亦深知其理，故其〈與王駕評詩書〉云：

> 末伎之工，雖蒙譽于賢哲，未足自信，必俟推於其類，而後神躍而色揚。今之贊藝者反是，若即醫而靳其病也，唯恐彼之善察，藥之我攻耳。以是率人以謾，莫能自振，痛哉！〔註21〕

能勇於取人之長，以補己短，如此始能免除疵類，蓋亦有見之說。

（三）司空圖論唐詩

對於唐人的詩篇，司空圖最崇拜的是自然山水詩派王維、韋應物二人的作品。那是因為王、韋二人的詩，富有「韻外之致」、「味外之旨」的條件。這一點在他的《二十四詩品》中，也可找到證據，如「超以象外，得其環中。」〈雄渾〉；「虛佇神素，脫然畦封。」〈高古〉；「不著一字，盡得風流。」〈含蓄〉；「遇之匪深，即之愈希。」〈沖淡〉；「是有真迹，如不可知。」〈縝密〉；「似往已迴，如幽匪藏。」〈委曲〉；「遠引若至，臨之已非。」〈超詣〉；「如不可執，如將有聞。」〈飄逸〉；「超超神明，返返冥無。」〈流動〉；這些如真似幻、若即若離的「象外之

〔註20〕仝註8。
〔註21〕仝註8。

象，景外之景。」的境界。這種境界也正是司空圖詩論的主要部分。
王維的詩大部分都具「幽閒古澹」（《唐音癸籤》）而有深遠之致，直
承陶淵明的風格，殷璠《河嶽英靈集》就說：「維詩，詞秀調雅，意
新理愜，在泉爲珠，著壁成繪，一句一字，皆出常境。」司空圖甚至
直接把王維和陶淵明並舉云：「維摩居士（王維）、陶居士（陶潛），
盡說高情未足誇。簷外蓬峰階下菊，碧蓮黃菊是吾家。」〈雨中〉〔註
22〕陶王二人的詩境與心境都極近似，故有此說。韋應物的詩亦以描
寫山水田園爲主，風格以澹遠清雅見長。其「五言詩高雅閑淡，自成
一家體。」〔註 23〕與王維相較，「韋蘇州（應物）詩韻高而氣清，王
右丞（維）詩格老而味長，皆五言宗匠。」〔註 24〕司空圖對於王、韋
二家備極推崇：「右丞、蘇州趣味澄敻，若清風之出岫。」〈與王駕評
詩書〉、「王右丞、韋蘇州澄澹精緻，格在其中，豈妨於道學哉！」〈與
李生論詩書〉如此評論是不分軒輊，等量齊觀的。

　　對王駕的贊美，已見前述。（頁 25，要情景交融項下）

　　對元（稹）白（居易）的詩篇，評價最低。其〈與王駕評詩書〉
云：

　　　　（大曆十數公）力勍而氣孱，乃都市豪估耳。

元白繼續陳（子昂）杜（甫）詩歌革命，提倡新樂府，創作社會詩，
得到空前的成就，使這一運動達於最高峯。而這些爲時爲事而作的詩
篇，目的在於反映現實，暴露現狀，所以寫作的原則必須是：

　　　　其辭質而徑，欲見之者易喻也。其言直而切，欲聞之者深
　　　　戒也。其事覈而實，使采之者傳信也。其體順而肆，可以
　　　　播於樂章歌曲也。總而言之，爲君、爲臣、爲民、爲物、
　　　　爲事而作，不爲文而作也。〔註 25〕

所謂「辭質而徑」，那就是要求用辭要質樸，直接了當，通俗而易懂，

〔註 22〕見《全唐詩》卷六百三十三，頁 7262（明倫出版社）。
〔註 23〕見《唐音癸籤》卷七，頁 51（世界書局印行）。
〔註 24〕見張戒《歲寒堂詩話》。
〔註 25〕見《白氏長慶集・新樂府序》。

最好是一目了然。如此一來，纔更能發揮詩歌的諷諭美刺的效果。「言直而切」，則更是開門見山，了無含蓄的表達方式。這樣的詩歌當然缺乏韻味，不爲司空圖所喜。元白的社會詩的諷刺表現也缺少儒家傳統「溫柔敦厚」的詩教，對於一個因唐室覆亡而絕食以殉的忠臣，以及一個安於淡泊，不汲汲於富貴榮利，歸隱於中條山的高士而言，的確是庸俗的「都市豪估耳」。

再從處世態度方面考察，也可以發現司空圖的批評是有其事實根據的。新樂府運動的主要目的是，希望藉由文學的改革，作爲社會改革政治改革的工具，但是唐室政治卻是江河日下，不但不被採納，反而因此遭受種種打擊：

> 始成名於文章，終得罪於文章。〔註26〕

不得不把文學當作是「獨善其身」的工具。〈與元九書〉云：

> 僕志在兼濟，意在獨善；奉而始終之則爲道，言而發明之則爲詩。……謂之閑適詩，獨善之義也。〔註27〕

尤其是晚年，深受佛老思想的影響，有嚴重的消極傾向，其〈序洛詩序〉云：

> 在洛凡五周歲，作詩四百三十二首。除喪朋哭子十數篇外，其它皆寄懷于酒，或取意于琴，閑適有餘，酣樂不暇，苦詞無一字，憂歎無一聲，豈牽強所能致耶？……實本之于省分知足，濟之以家給身閑，文之以觴詠弦歌，飾之以山水風月，此而不適，何往而適哉？……予嘗云：治世之音安以樂，閑居之詩泰以適，苟非理世，安得閑居？故集洛詩，別爲序引。

從以往熱烈的提倡新樂府「惟歌生民病」的態度，到閑居的生活，轉變不能說不大。司空圖看出其中究竟，故其〈修史亭〉詩云：

> 不似香山白居士，晚將心事著禪魔。

從此，偏放於田園的陶淵明，和多溺於山水的謝靈運，變爲他崇拜的偶像。甚且自號「醉吟先生」，並自述云：

〔註26〕仝註20〈與元九書〉。
〔註27〕見《白居易集》卷第四十五，頁964（漢京印行）。

　　肩舁適野，舁中置一琴一枕，陶謝詩數卷。〔註28〕
又大作效陶體的詩篇。〔註29〕

　　至於元稹則轉於豔情。羅根澤《中國文學批評史》云：

　　元稹有《會真記傳奇》，述張君瑞、崔鶯鶯戀愛故事，宋人
　　王銍《會真記辯證》謂張君瑞即元稹化身，〈夢遊春詩〉正
　　是這段戀愛的回憶，范攄《雲溪友議》載元稹使蜀，愛戀
　　名妓薛濤，及廉問浙東，又愛戀歌妓劉採春。都有詩歌贈
　　貽。又載「初娶京兆韋氏，字蕙叢，官未達而苦貧。繼室
　　河東裴氏，字柔之。二夫人俱有才思，時彥以爲佳偶。」
　　可見他很早就有艷情婚姻，艷情詩歌。謫通州以後，〈敍詩
　　寄樂天書〉云：「通之地濕墊卑褊，人士稀少，近荒札，死
　　亡過半。……夏多陰霾，秋爲痢瘧，地無醫巫藥石，萬里
　　病者，有百死一生之慮。……則安能保持萬全，與足下必
　　須京輦，以須他日立言事之驗耶？」立言立事的志趣既已
　　灰冷，豔情的回憶遂益復熱烈，當然要放棄諷諭詩，大作
　　豔情詩了。〔註30〕

對於元稹因遭貶謫轉向於艷情的探討，甚爲詳細。元白二人的處世態
度，前後有如此重大的改變，而對前輩詩人的評價，顯然過分崇杜抑
李，不留餘地，這種作風豈非庸俗的「都市豪估」的行徑？

　　司空圖論賈島、孟郊、劉得仁云：

　　閬仙、東野（按文集作無可）劉得仁輩，時得佳致，亦足
　　滌煩。厥後所聞，逾褊淺矣。〔註31〕
　　賈閬仙誠有警句，視其全篇，意思殊餒，大抵附於寒澀，
　　方可致才，亦爲體之不備也，釳其下者哉。〔註32〕

按賈、孟、劉三家的詩，雖各擅勝場，但在司空圖主張「思與境偕」、

〔註28〕見《全唐文》卷六八○。
〔註29〕白居易有〈效陶體詩十六首〉。
〔註30〕見羅根澤《中國文學批評史》第四篇第四章，頁79（學海出版社印
　　　　行）。
〔註31〕見司空圖〈與王駕評詩書〉。
〔註32〕見司空圖〈與李生論詩書〉。

「韻外之致」的標準之下，只是佳句多而佳篇少了。而許印芳對這樣的評論，表示不同意的看法，其〈跋〉云：

> 閬仙東野並擅天才，東野才力尤大，同時惟昌黎伯與之相
> 敵，觀集中聯句詩可見，兩人生李、杜之後避千門萬戶之
> 廣衢，走羊腸鳥道之仄徑，志在獨開生面，遂成僻澀一體。
> 而東野古詩，神旺興來，天骨開張之作，不特追逐李杜，
> 抑且希風漢京，劉得仁輩，豈能望其項背。表聖相提而論，
> 蓋止取其律詩，不止摘句稱佳，恰是劉得仁輩身分，故云
> 時得佳致，亦是滌煩。持此以評東野，正如管中窺豹，時
> 見一斑，即以之評閬仙詩，亦未允協。閬仙律詩，固多首
> 尾完善之作，古詩亦有沈鬱頓挫者，表聖未之知也。〔註33〕

許氏的考察雖較全面，但是沒有能夠掌握司空圖論詩重在神韻，賈孟二家，都以苦吟見稱，選字組句，務去陳言，雖無平淺之弊，卻有冷僻艱澀，酸寒枯槁之失，當然了無情味。故而楊慎就極同意司空圖的論見云：「其論皆是。」〔註34〕

在〈與王駕評詩書〉一文中，司空圖論劉禹錫與楊巨源云：

> 劉公夢得、楊公巨源，亦各有勝會。

劉禹錫今存七百八十一篇詩（《全唐詩》卷三百五十四～卷三百六十五），其中與白居易唱和之作頗多，其詩大多思深詞逸，言近旨遠，情生境外，神妙無比。白居易曾推崇其詩云：「彭城劉夢得詩豪者也，其鋒森然，少敢當者。」又云：「其詩佳處，應有靈物護持。」〔註35〕在當代即受如此重視。其五七言絕律俱佳，且善於運用民歌之精神與語言，故詩篇多新情調，而有活潑之生命。

楊巨源，《全唐詩》（卷三百三十三）編詩一卷，存一百五十七首詩作。「在元和間，不爲新語，體律務實，功夫爲深。」〔註36〕故司

〔註33〕 見許印芳《詩法萃編》。
〔註34〕 見楊慎〈墐戶錄〉。
〔註35〕 見《劉白唱和集解》。
〔註36〕 見《唐音癸籤》卷七，頁 58（世界書局出版）。

空圖以之與劉禹錫並舉，謂二人皆各有興會過人之作。

　　對於盛唐大家李白、杜甫、高適、王昌齡的評論如其〈題柳柳州集後〉云：

　　　　又嘗觀杜子美祭房太尉公文，李太白佛寺碑贊，宏拔清屬，
　　　　乃其歌詩也。

又〈與王駕評詩書〉云：

　　　　傑出江寧，宏思於李杜，極矣。

又〈贈晉光〉詩云：

　　　　看師逸蹟兩相宜，高適歌行李白詩。

又〈力疾山下吳村看杏花十九首〉之十五云：

　　　　亦知王大是昌齡，杜二其如律韻清，還有酸寒堪笑處，擬
　　　　誇朱紱更崢嶸。

又〈退居漫題七首其五〉詩云：

　　　　詩家通籍美，工部與司勳。高價雖難敵，微官偶勝君。(《唐
　　　　音統籤》卷七〇五)

杜甫祭房太尉公文，原題爲〈祭故相國清河房公文〉，祭文用四言。因此，司空圖說「乃其歌詩也」；李白〈佛寺碑贊〉一文，今則未之見，如非司空圖誤記，則恐原文已佚，無由得稽。

　　唐詩自沈（佺期）、宋（之問）以後，律詩已臻完成，緊接出現的大詩人是李（白）、杜（甫）與高（適），李白天才英俊，其詩縱橫馳騁，若天馬行空，無跡可尋，以〈飄逸〉見稱，長篇歌行，尤其膾炙人口。高適爲盛唐邊塞詩之大家，其長篇歌行，如〈燕歌行〉、〈古大梁行〉、〈塞下曲〉等，皆雄壯淒愴，確爲少見之佳構。殷璠說他：「詩多胸臆語，兼有氣骨，故朝野通賞其文。」〔註37〕辛文房云：「年五十始學，爲詩即工，以氣質自高，多胸臆間語。每一篇已，好事者輒傳播吟玩。」〔註38〕司空圖把他的歌行與李白相提並論，自有過人之處。

〔註37〕見《河嶽英靈集》，卷上。
〔註38〕見《唐才子傳》卷二，頁34（世界書局出版）。

　　杜甫的詩沈鬱，存詩凡一千四百又五篇，名作多不勝枚舉，如〈兵車行〉、〈麗人行〉、〈北征〉、〈羌村〉、〈新安吏〉、〈潼關吏〉、〈石濠吏〉、〈新婚別〉、〈垂老別〉、〈無家別〉等都是反映生民疾苦之社會寫實之作，固然是「上薄風騷，下該沈宋，言奪蘇李，氣吞曹劉，掩顏謝之孤高，雜徐庾之流麗，得古今之體勢，而兼昔人之所獨專。」〔註39〕然司空圖論詩以神韻（味外之味、韻外之致）爲主，故與王昌齡相較之下，竟要稍遜一籌。

　　王昌齡（698～757），字才伯，京兆人，一說江寧人。成就最突出的是絕句，邊塞詩是其作品的主要內容，閨怨、宮怨之類的作品也很細致深刻，善於觀察入微，而又能生動洗鍊的表達，所以語言自然流暢，色彩新鮮明朗。〈出塞〉詩、〈從軍行〉、〈涼州詞〉等邊塞詩篇，風格接近高適、岑參，而神韻滋味則遠勝高岑。再如〈長信秋詞〉、〈芙蓉樓送辛漸〉、〈閨怨〉等篇，則細致入微，情意深遠，韻味無窮。辛文房說他的詩「縝密而思清，時稱詩家夫子王江寧。」〔註40〕而殷璠編選《河嶽英靈集》則特重其氣骨。〔註41〕司空圖重韻味，評價竟在杜甫之上。

　　杜牧（803～853）是晚唐的重要詩人。論詩最推重李、杜、韓、柳，他曾云：「經書刮根本，史書閱興亡，高摘屈宋艷，濃薰班馬香，李杜泠浩浩，韓柳摩蒼蒼，近者四君子，與古爭強梁。」〔註42〕其中尤其推崇杜甫、韓愈：「杜詩韓集愁來讀，似倩麻姑癢處抓，天外鳳凰誰得髓，無人解合續弦膠。」〔註43〕杜牧最擅七絕，能用極少數淺近、質樸、明淨之語言，寫深遠意境，含蓄而自然。辛文房說他：「詩情豪邁，語率驚人，識者以擬杜甫，故呼『大杜』、『小杜』以別之。」〔註44〕

〔註39〕　見元稹〈唐故工部員外郎杜君墓係銘并序〉。
〔註40〕　見《唐才子傳》卷二，頁22（世界書局）。
〔註41〕　見殷璠《河嶽英靈集》。
〔註42〕　見杜牧〈冬至日寄小姪阿宜詩〉。《樊川文集》卷一，頁9（漢京）。
〔註43〕　見杜牧〈讀韓杜集〉詩。《樊川文集》，卷二，頁30（漢京）。
〔註44〕　見辛文房《唐才子傳》。

顯然曾受司空圖說法的影響。

司空圖對張九齡的論評是:「張曲江五言沈鬱,亦其文筆也。」
〔註45〕張九齡(673～740)曾任相職,故其五律也有很濃厚的臺閣氣,
但其〈感遇詩〉十二首,善用比興手法,抒寫懷抱,語言淳樸深厚,
全無六朝綺麗之習,無論內容、形式或風格,都很接近陳子昂。其文
章亦高雅有致,故司空圖把他的文筆與五言詩並論,看法實在而允當。

對於大曆詩人的作品,司空圖給予較低的評價。其〈與王駕評詩
書〉云:

　　大曆十數公抑又其次焉。

大曆年間,詩壇主將是大曆十才子,故司空圖稱「大歷十數公」,據
《新唐書・文藝傳・盧綸傳》的記載,十才子是盧綸、吉中孚、韓翃、
錢起、司空曙、苗發、崔峒、耿湋、夏侯審、李端。但活躍在此時期
的較重要詩人尚有郎士元、李益、李嘉祐、皇甫曾等人。這些詩人的
作品,較諸前期的李(白)、杜(甫)、岑(參)、高(適)、王(維)、
孟(浩然)等人自是相去甚遠,而大部分人都把作詩當酬酢之物,故
乏韻致,司空圖的評價自是公允洽當之見。

此外,司空圖對晚唐詩人李山甫的一首〈牡丹〉詩,也很推崇,
云:

　　芙蓉騷客空留怨,芍藥詩家只寄情。誰似天才李山甫,牡
　　丹屬思亦縱橫。(〈偶詩五首之二〉)

按李山甫,生卒里居不詳,咸通中累舉不第,鬱鬱不得志,每狂歌痛
飲,少舒其氣。《全唐詩》(卷六百四十三)編詩一卷,凡九十五首。
其詩大都暴露勞苦大眾在殘酷剝削及壓迫荼害下之窮困生活現象,或
諷刺統治階層之淫逸驕奢的生活享受。宗法白居易一派的社會寫實手
法。對這些缺乏韻致,不夠溫柔敦厚,不含蓄的作品,司空圖一向給
予很低的評價。《唐音癸籤》載:「李山甫求名不遂,滿腔怨毒,語不
忌俚,如『麻衣盡舉一雙手,桂樹只生三十枝』。既知成事概難,何

〔註45〕見司空圖〈題柳柳州集後〉。

必佐奮雞、泊憯刃？」〔註46〕但其〈牡丹〉詩：

> 邀勒春風不早開，眾芳飄後上樓臺。數苞仙艷火中出，一
> 片異香天上來。曉露精神妖欲動，暮煙情態恨成堆。知君
> 也解相輕薄，斜倚闌干首重迴。〔註47〕

卻耿介而有奇氣。司空圖雖也作有〈牡丹〉詩一首，云：

> 得地牡丹盛，曉添龍麝香。主人猶自惜，錦幕護春霜。〔註48〕

但兩相比較之下，其韻致亦難凌駕李作，就作品而論，的確有其過人
之處，故司空圖給予極高評價。

三、小　結

　　皎然存詩四百八十首，而司空圖也有三百七十一首之多。兩人以
自己的創作經驗，提出對詩作的理想論評，當然遠較常人的說法具體
深刻，以此，二人的論詩專著詩話，纔能經得起考驗，長存至今。

〔註46〕見胡震亨《唐音癸籤》卷八，頁66（世界書局印行）。
〔註47〕見《全唐詩》卷六百四十三，頁7377（明倫出版社印行）。
〔註48〕見《全唐詩》卷六百三十二，頁7258（明倫出版社印行）。

第三章　唐詩文家論唐詩

第一節　主要詩文家論唐詩

　　唐代作品較多或影響較大之詩文家計有陳子昂、李白、杜甫、孟郊、韓愈、張籍、白居易、柳宗元、劉禹錫、元稹、杜牧、李商隱、皮日休、陸龜蒙、黃滔、吳融等十六人。茲就各人之詩學主張，與對當代作家作品之評價，分別論述。

一、陳子昂

（一）生平及作品

　　陳子昂（661～702），梓州射洪（今四川射洪縣）人。生於富室，二十六歲進士及第，為武后所賞識，擢麟臺正字，又任右拾遺等職，後遭誣陷而死，得年四十二歲。有《陳伯玉文集》，存詩一百二十八篇。較具特色而引人注意的是：〈感遇詩〉三十八首，〈薊丘覽古贈盧居士〉七首，以及〈登幽州臺歌〉。各體文一百零九篇。

（二）陳子昂之詩論

　　唐初文風，深受六朝餘習的影響，唯美主義盛行，宮體詩風方熾。《新唐書》陳子昂本傳說：「唐興，文章承徐、庾餘風，天下祖尚。」最顯著者是「綺錯婉媚」的上官體，獨踞文壇，垂二十年。《舊唐書》說：「（上官儀）好以綺錯婉媚為文。儀既貴顯，故當時多有斅其體者，

時人謂爲上官體。」又說：「時太宗雅好屬文，每遣儀視草，又多令繼和，凡有宴集，儀嘗預焉。」如此人君雅好於上，顯宦奉和於下，時人又推波助瀾，文風的披靡，自是可想而知。上官儀卒後，其孫女上官婉兒繼踵，一仍其祖，屬詞務求妍麗，蔚然風從。

　　齊梁以來，由沈約等人倡導的四聲八病的說法，到了上官儀創立六對、八對的當對律，使詩歌的寫作更進一步受到形式上的嚴格拘束。《新唐書・宋之問傳》說：「魏建安後迄江左，詩律屢變，至沈約、庾信以音韻相婉附，屬對精密。及之問、沈佺期又加靡麗，回忌聲病，約句準篇，如錦繡成文。學者宗之，號爲沈宋。」律詩於焉完成。與沈宋同時的「文章四友」──李嶠、蘇味道、崔融、杜審言。也都致力於律詩的寫作。李嶠且大量創寫詠物詩，益使詩歌缺乏情性，偏於枯燥乏味。

　　貞觀以後，社會經濟，繼續呈現蓬勃成長現象。武后以後，徭役日繁，連年邊戰，百姓生計大不如前。《資治通鑑》卷二百三說陳子昂任麟臺正字時曾上疏以爲：「比年百姓疲於軍旅。」又說：「天下有危機，禍福因之而生，機靜則有福，機動則有禍。」他看到唐室已呈病態，社會危機四伏，作爲指導人生的文學，已不容再是「嘲花雪，吟風月」的消遣物。遂首揭詩歌改革之大纛，主張恢復「漢魏風骨」，提倡「風雅比興」的詩歌。他的理論見於〈與東方左史虬修竹篇序〉，云：

> 文章道弊五百年矣，漢魏風骨，晉宋莫傳，然而文獻有可徵者。僕嘗暇時觀齊梁間詩，采麗競繁，而興寄都絕，每以詠歎。竊思古人，常恐逶迤頹靡，風雅不作，以耿耿也。昨於解三處，見明公〈詠孤桐〉篇，骨氣端翔，音情頓挫，光英朗練，有金石聲。遂用洗心飾視，發揮幽鬱。不圖正始之音，復覩於茲，可使建安作者，相視而笑。解君云：張茂先、何敬祖、東方生與其比肩。僕亦以爲知音也。故感歎雅製，作〈修竹〉詩一首，當有知音，以傳示之。

在這一篇短文裡，陳子昂明白反對雕琢藻飾而沒有思想內容的作品。並且提出兩項主張：

首先，他重視興寄。簡單地說，就是重視詩歌的比興寄託。這是《詩經》的優良傳統之一，亦可簡稱爲比興。陳子昂曾說：「夫詩可以比興也，不言曷著？」〈喜馬參軍相遇辭歌序〉，而元稹則叫「興寄」見〈敍詩寄樂天書〉。比興原是《詩經》的六義中兩種表現方法，《文心雕龍》云：

> 比者，附也；興者，起也。附理者切類以指事，起情者依微以擬義。起情故興體以立，附理故比物以生。比則蓄憤以斥言，興則環譬以寄諷。（〈比興〉）

把比興二種不同的構思過程和表現方法，加以明確的區分。王夢鷗《文學概論》說：「『比』是用類似的東西來說明原來的東西，更精確地說：應該是用其他事物的類似點來代表原事物的特點，而這特點乃是作者的意象所在。至於『興』，則爲原意象引發的繼起意象之傳達，但所傳達的繼起意象與原意象之間可類似亦可不類似，甚至相反的，無不可據以表述。」（直述）然而「比」「興」卻同是「附托外物」，以達到美刺諷諭的積極作用。陳子昂所關心的正是這一點，而不是詩歌藝術的表現手法。

其次，是推崇漢魏風骨。風骨一辭，用以評論詩文，係創自劉勰，《文心雕龍》云：

> 怊悵述情，必始乎風；沈吟鋪辭，莫先於骨。故辭之待骨，如體之樹骸；情之含風，猶形之包氣。結言端直，則文骨成焉；意氣駿爽，則文風清焉。（〈風骨〉）

黃季剛先生《文心雕龍札記》，闡釋云：

> 風骨，二者皆假於物以爲喻。文之有意，所以宣達思理，綱維全篇。譬之於物則猶風也。文之有辭，所以攄寫中懷，顯明條貫。譬之於物，則猶骨也。必知風即文意，骨即文辭，然後不蹈空虛之弊。

對風骨的說法，雖然各家不盡相同，[註1]但都承認是文學創作的技

〔註1〕王更生《文心雕龍研究》初版第十一章〈文心雕龍風骨論〉一文中，曾分四組，列舉十五位學者的說法。並於《重修增訂文心雕龍研究》

巧之一。即指作品從內容到表現，要剛健明朗，崢嶸有力，生機蓬勃。陳子昂文中所謂「骨氣端翔，音情頓挫，光英朗練，有金石聲。」正是對「風骨」一辭的具體說明。也正是建安文學的特色。鍾嶸也曾要求詩要「幹之以風力」〈詩品序〉。這「風力」二字即劉勰所謂的「風骨」。初唐四傑之一的楊炯對當時詩文的「骨氣都盡，剛健不聞」〈王子安集序〉的情形也曾深表不滿。陳子昂對齊梁以來的詩歌，但尚辭藻格律的「彩麗競繁」的指摘，確能切中時弊。雖是前承劉勰，卻啟李白、殷璠對風骨的重視，影響甚大。

此外，陳子昂尚主張以義補國。在〈喜馬參軍相遇醉歌序〉裏說：「吾無用久矣！進不能以義補國，退不能以道隱身。」〈座右銘〉說：「詩禮固可學，鄭衞不足聽」。〔註2〕欲以《詩經》的教化之義，匡濟政治，故「鄭衞」之音，必在斥棄之列，而僅尚技巧的文章，也一概不取。其〈上薛令文章啟〉云：

> 某聞鴻鍾在聽，不足論擊缶之音，太牢斯烹，安可薦羹藜之味？然則文章薄伎，固棄於高賢，刀筆小能，不容於先達。豈非大人君子以爲道德之薄哉！某實鄙能，未窺作者，斐然狂簡。雖有勞人之歌，悵爾詠懷，曾無阮籍之思，徒恨跡荒淫麗，名陷俳優，長爲童子之群，無望壯夫之列……衣冠禮樂，範儀朝野，致明君於堯舜。〔註3〕

倘無堅實的思想內容，徒尚雕章琢句，只是「薄技」、「小能」，無益社會民生，因此，價值不高。

陳子昂所推崇的當代作品，是東方虬的〈咏孤桐篇〉。可惜這一篇作品已經亡佚，無由稽考。不過從〈序〉裏所稱：「骨氣端翔，音情頓挫，光英朗練，有金石聲」看來，這一篇詩的特色是具有堅實的

第九章〈文術論〉說：「經統計『風骨』一辭，在全書使用的次數，和每次使用時，其在上下文中的關係地位，歸納出『骨』是『情實』，『風』指『辭趣』，亦即二者交互相成的感染力。」（頁367）。

〔註2〕見《全唐文》卷二百一十四。

〔註3〕仝註2。

內容，也就是詩歌能反映現實。因而，他的「復古」口號，實質乃是革新。這種托古以自重的傳統，是中國學術的特色之一。

二、李　白

（一）生平及作品

李白（701～762），字太白，號酒仙翁。其先世爲隴西成紀（今甘肅，天水附近）人，漢名將李廣的後裔，晉涼武昭王暠之九世孫。隋末，因天下紛亂，其祖先始以罪徙居西域碎葉城。唐中宗神龍初年，纔潛返中原，客寓四川，故有以李白籍貫爲四川的一說。因爲求仙訪道和干祿，李白幾乎足跡遍中國，其中以蜀、安陸、齊魯、長安、梁、金陵、潯陽、江夏和當塗等地居住的時間較長，尤其是齊魯因爲是求仙學劍之處，居住較久，所以《舊唐書》李白本傳，就說他是山東人。

天寶初年，李白得賀知章之薦，頗邀唐玄宗的賞愛，後以楊貴妃、高力士等的讒謗，仕途並不得意。

李白的信仰，有強烈的道教傾向。〔註4〕這對其一生的事業和創作，都有很大的影響。其作品純任天才，不拘常格，有集三十卷，存詩二十五卷，凡一千又一篇詩。

（二）李白之詩論

唐初，由陳子昂大力鼓吹，以復古爲革新的詩歌理論，到李白時，得到極大的成功。由於他的理論和實際創作，徹底掃除齊梁及唐初的頹風。李陽冰說：「盧黃門（藏用）曰：陳拾遺橫制頹波，天下質文翕然一變。至今朝詩體，尚有梁陳宮掖之風。至公（白）大變，掃地以盡。」〈草堂詩集序〉其主要詩觀爲：以復古爲創作標準。反對六朝靡麗詩風，反對模擬，強調清新自然的風格：

李白在陳子昂主張復古的基礎上，更進一步做開新的工作〔註5〕。

〔註4〕見李長之《道教徒的詩人李白及其痛苦》，頁 31～43（長安出版社印行）。

〔註5〕按《唐音癸籤》卷二云：「作者須知復變之道。反古曰復，不滯曰變。

其〈古風〉五十九首之一云：

> 大雅久不作，吾衰竟誰陳。王風委蔓草，戰國多荊榛。龍虎相啖食，兵戈逮狂秦。正聲何微茫，哀怨起騷人。揚馬激頹波，開流蕩無垠。廢興雖萬變，憲章亦已淪。自從建安來，綺麗不足珍。聖代復元古，垂衣貴清眞。群才屬休明，乘運共躍鱗。文質相炳煥，眾星羅秋旻。我志在刪述，垂輝映千春。希聖如有立，絕筆於獲麟。

〈古風〉三十五云：

> 大雅思文王，頌聲久崩淪。

〈古風〉三十云：

> 玄風變太古，道喪無時還。

〈感興〉之二云：

> 好色傷大雅，多爲世所譏。

〈別韋少府〉云：

> 交乃意氣合，道因風雅存。

〈過彭澤湖〉云：

> 而欲繼風雅，豈惟清心魂。

〈奉餞十七翁二十四翁尋桃花源序〉云：

> 文以述大雅，道以通至精。

孟棨《本事詩》亦云：

> 梁陳以來，艷薄斯極，沈休文又尚以聲律。將復古道，非我而誰？

〈天長節使鄂州刺史韋公德政碑序〉云：

> 返淳樸於太古。

〈澤畔吟序〉云：

> 崔公……形於清辭。慟哭澤畔，哀形翰墨。猶風雅之什，

若惟復不變，則陷于相似之格，置于古集之中，使弱手視之眩目，何異宋人以燕石爲玉璞，周客胡盧而笑也？近代陳子昂復多變少，沈宋復少變多，餘不能盡舉。又復變二門，復忌太過，變若造微，不忌太過，苟不失正，亦何咎哉！」頁8（木鐸出版社）。

　　　　聞之者無罪，觀之者作鏡。

〈贈常侍御〉云：

　　　　大賢有卷舒，季葉輕風雅。

這裡所謂的「大雅」、「古風」、「正聲」、「復元古」、「頌聲」，指的是復《詩經》三百篇的優秀傳統。但是從李白的創作實踐的結果考察，他是重視三百篇的風雅精神，並不是取其體貌。《詩經》之後，這種精神出現在屈原和建安時代的文學上。在創作上，李白深受屈原的影響，「應念投沙客，空餘弔屈悲」〈贈漢陽輔錄事二首〉其一、「屈平憔悴滯江潭，亭伯流離放遼海」〈單父東樓秋夜送族弟沈之秦〉不僅是其思想情感，即對屈原的作品也致以極高評價：「屈平詞賦懸日月，楚王臺榭空山丘。興酣落筆搖五岳，詩成笑傲凌滄州。」〈江上吟〉李白所重視的就是這種傳統。在〈澤畔吟序〉中讚美「逐臣崔公之所作……逸氣頓挫，英風激揚，橫波遺流，騰薄萬古。」雖是讚唐人，卻也是讚美屈原。

　　　李白對唐代的詩人陳子昂極為推崇，因為陳子昂不但領先提倡風雅，恢復古道，而其〈感遇詩〉的風格也與他的〈古風〉很相近。在〈贈僧行融〉詩中說：「梁有湯惠休，常從鮑照遊，峨眉史懷一，獨映陳公（子昂）出，卓絕二道人，結交鳳與麟。」當然在李白的大部分作品裡，如他所專擅的七言歌行，語言奔放，風格遒健，是深受鮑照樂府歌行的影響的。他以麟、鳳來讚美鮑、陳二人，賞譽之高於此可見。

　　　李白倡復古，乃是針對六朝靡麗詩風，而提出的矯正之方。孟棨《本事詩》說：「（李白）論詩云：梁陳以來，艷薄斯極。」而這種頹風是源遠而流長的：「揚馬激頹波，開流蕩無垠。」（〈古風〉第一首）發展到沈約，提倡聲病，延及唐初對偶的注重，於是唐初詩壇就籠罩在一片綺麗而無生氣的浮靡風氣之下。這種情形，李白極表不滿。其〈古風〉之一云：

　　　　自從建安來，綺麗不足珍。

〈古風〉三十五云：

　　一曲斐然子，雕蟲喪天眞。棘刺造沐猴，三年費精神。

〈感興〉之二云：

　　陳王徒作賦，神女豈同歸？好色傷大雅，多爲世所譏。

這些「綺麗」、「雕蟲」、「好色」的現象，正是建安以後，出現在六朝的艷麗刻鏤的現象。這種頹風和中國文學的優良傳統是不相合的，也是和他所提出的「古道」、「古風」、「憲章」等背道而馳的，因此，遭到他的極力指斥。

　　反對模擬，是李白的另一項詩學主張。其〈古風〉三十五云：

　　醜女來效顰，還家驚四隣。壽陵失本步，笑殺邯鄲人。一曲斐然子，雕蟲喪天眞。棘刺造沐猴，三年費精神。功成無所用，楚楚且華身。大雅思文王，頌聲久崩淪。安得郢中質，一揮成斧斤。

文章的可貴在能自出機杼，推陳出新，如果只是人云亦云，那就毫無價值了。因此，李白反對這種沒有意義的活動。也許有人以爲李白倡復古，豈不和反模擬相牴觸。這一點在前面曾經論及，他所致意的是，恢復詩道的風雅傳統，絕非模擬體貌形迹，他說：「我師此義不師古。」

〈草歌行〉《茗香詩論》云：

　　太白有云：將復古道，非我而誰，古道必何如而復也，三百後有補亡，離騷後有廣騷反騷，樂府後有雜擬，非復古也，勦說雷同也。三百篇後有離騷，離騷後有蘇李贈答、古詩十九首。蘇李贈答、古詩十九首後有樂府，後有建安體，有嗣宗詠懷，有陶詩；陶後有李杜，乃復古也，擬議以成其變化也。或且患其流而塞其源，病其末而刈其本，蒙竊惑焉。夫古道何其不可復也。

這一說，把李白復「古道」的精神，與模擬的界線劃清楚。否則，李白又何能說出：「西施宜笑復宜嚬，醜女效之徒累身。」的話來？

　　在反對六朝靡麗詩風，反對模擬，倡復古道之後，李白強調清新自然的風格。這一點足見他仍然不忽略藝術上的要求。同時而年齡略

小的杜甫，在〈春日憶李白〉詩中曾說：「白也詩無敵，飄然思不群。清新庾開府，俊逸鮑參軍。」在李白的作品中是有清新的優點的。李白最推崇的六朝詩人是二謝（朓、靈運），在他的詩中提到二謝的地方很多，如：〈宣州謝朓樓餞別校書叔雲〉云：

蓬萊文章建安骨，中間小謝又清發。

〈游敬亭寄崔侍御〉云：

我來敬亭下，輒繼謝公作。

〈酬殷明佐見贈五云裘歌〉云：

我吟謝朓詩上語，朔風颯颯吹飛雨。

〈金陵城西樓月下吟〉云：

解道澄江靜如練，令人常憶謝玄暉。

〈秋夜板橋浦汎獨酌懷謝朓〉云：

獨酌板橋浦，古人誰可征？玄暉難再得，灑酒氣填膺。

〈送儲邕之武昌〉云：

諾謂楚人重，詩傳謝朓清。

除上舉這些與論詩較有關連者外，其他如：「明發新林浦，空吟謝朓詩。」〈新林浦阻風寄友人〉、「曾標橫浮雲，下撫謝朓肩。」〈贈宣城宇文太守兼呈崔侍御〉、「昨夢見惠連，朝吟謝公詩。」〈書情寄從弟邠州長史昭〉、「三山懷謝朓」〈三山望金陵寄殷淑〉、「詩騰顏謝名」〈留別金陵諸公〉、「夢得池塘生春草，使我長價登樓詩。」〈贈從弟南平太守之遙二首其一〉、「謝公宿處今尚在」〈夢遊天姥吟留別〉、「過客難登謝朓樓」〈寄崔侍御〉、「夢得春草句，將非惠連誰？」〈感時留別從兄徐王延年從弟延陵〉、「巖開謝康樂」〈送王屋山人魏萬還王屋〉、「聞道稽山去，偏宜謝客才。」〈送友尋越中山水〉、「爾則吾惠連，吾非爾康樂。」〈尋陽送弟昌峒鄱岠司馬作〉、「初發強中作，題詩與惠連。」〈送二季之江東〉、「遠公愛康樂」〈同族姪評事黯遊昌禪師山池二首其一〉，都一再提及二謝。李白推崇謝朓，可能和謝朓曾任宣城太守，而金陵與宣城兩地，又是李白常遊歷的地方，和創作的

環境有直接的關連。同時謝朓的許多詩篇，尤其是山水詩，都寫得十分清新自然，符合李白自己所追求的風格。同樣的，謝靈運的部分寫景詩篇，也有相同的特色。由他對二謝及鮑照的推許，可以看出，李白並非一概抹殺六朝詩人的所有成就，並且還極為賞識六朝的清新自然的一面。

另外，李白也很推重陶淵明：「陶令歸去來，田家酒應熟。」〈尋陽紫極宮感秋作〉、「何日到彭澤，長歌陶令前。」〈寄韋南陵冰〉、「華髮長折腰，將貽陶公誚」〈經亂後將避地剡中留贈崔宣城〉、「陶令去彭澤，茫然太古心」〈贈臨洺縣令皓弟〉、「陶令辦彭澤，梁鴻入會稽。」〈口號贈楊徵君〉，雖然沒有明白說明陶淵明的風格如何，但是陶淵明創新的田園詩，是最具清新自然的風格的，鍾嶸《詩品》雖沒有把他列於上品，但說他「文體省淨」、「質直」，已稍見其自然的一面，李白所重正在於此。

在唐人中，風格屬於清新自然的是李白的友人韋太守。在〈經亂離後天恩流夜郎憶舊游書懷贈江夏韋太守良宰〉一詩中說：「清水出芙蓉，天然去雕飾。」可惜沒有看到他對其他詩人的批評，不過重視清新自然的風格是他的一貫主張，在〈草書歌行〉一詩中說：「古來萬事貴天生，何必要公孫大娘渾脫舞。」也說得極明確。

李白對唐代詩篇的評論雖然很少，但他的詩學理論，和他的實際創作，卻是完成陳子昂以復古為號召，從事詩歌革新運動的功臣。

三、杜　甫

（一）生平及作品

杜甫（712～770），字子美，生於唐睿宗先天元年。祖籍襄陽，自曾祖依藝為鞏縣令，始徙居河南鞏縣（今河南鞏縣），祖父杜審言是武后時有名的詩人，父杜閑，曾任官職，但頗不得志。故曾自云：「少小多病，貧窮好學」〈封西岳賦〉，正由於他能「群書萬卷常暗誦」〈可歎〉，也曾「讀破萬卷書」〈奉贈左丞丈〉，故能「下筆如有神」

〈全上〉。因此，他的創作獲得空前的成就，而有詩聖的雅稱。卒於唐代宗大歷五年，得年五十九歲。

　　杜甫的詩作，凡古體三百九十九首，近體一千零六首，總共一千肆佰又五首。另外見存於《全唐文》卷三百五十九及卷三百六十，共輯錄各體文凡二十九篇。

（二）杜甫之詩論

　　杜甫的詩歌創作和藝術成就，早經肯定，備受推崇，而其詩學理論也同樣有極高的價值，較之昔日，更見充實而周延。其論詩主張，主要見於〈戲爲六絕句〉、〈解悶〉、〈偶題〉等篇。綜其所論，約有七項，即「親風雅」、「崇漢魏」、「法齊梁」、「不賤今」、「重通神」、「尚感興」、「主力學」。茲略述其要於下：

甲、親風雅

　　「風」、「雅」原是《詩經》的六義中之二目，原指兩種詩篇的體裁。這兩組的詩歌──國風和小雅，是三百篇裡，價值最高的作品，那是因爲這些作品大都是獨抒胸臆，不假雕飾，而有堅實的內容。這一傳統，再現於《離騷》裡，因此《文心雕龍》云：「〈國風〉好色而不淫，〈小雅〉怨誹而不亂，若《離騷》者，可謂兼之。」〈辨騷〉又云：「敘情怨，則鬱伊而易感；述離居，則愴怏而難懷；論山水，則循聲而得貌；言節候，則披文而見時。是以枚賈追風以入麗，馬揚沿波而得奇，其衣被詞人，非一代也。」杜甫學植深厚，當然深知其理，並力行實踐而不輟。讚陳子昂就說：「有才繼騷雅。」〈陳拾遺故宅〉，讚美其友人許十一說：「風騷共推激。」〈夜聽許十一誦詩愛而有作〉，其〈題柏大兄弟山居屋壁二首〉說：「文雅涉風騷」（其一），〈戲爲六絕句〉更說：「未及前賢更勿疑，別裁僞體親風雅，轉益多師是汝師。」（其六）他要學者別採那些「彩麗競繁」〈陳子昂修行篇序〉不合於風雅的僞體，而獨親風雅。又〈詠懷古跡〉詩云：「搖落深知宋玉悲，風流儒雅亦吾師。」〈醉時歌贈廣文館博士鄭虔〉云：「先生有道出義

皇，先生有才過屈宋。」都可見杜甫對離騷的推崇，而其作品中推許樂府古題及反映現實之詩篇，也可看到風雅的傳統。

乙、崇漢魏

漢魏的樂府及民歌，繼承並發展風雅的傳統，而題材則更爲擴大，具有更全面而深刻之社會內容。《文心雕龍》云：「觀其結體散文，直而不野，婉轉附物，怊悵切情。」〈明詩〉杜甫對這種詩風就曾一再推崇備至。〈解悶詩〉云：「李陵蘇武是吾師」（其五），又云：「曹劉不待薛郎中」（其四），〈大曆五年正月廿一日卻進酬高公此作因寄王及敬弟〉云：「文章曹植波瀾濶」，又云：「子建文章在」〈別李義〉，〈奉贈韋左丞文〉云：「詩看子建親」；正由於對漢魏風骨的推崇，因此，表現在自己的創作上，始有「渾涵汪茫，千彙萬狀」《舊唐書·文藝傳》、「雄筆映千古」〈送唐誠因寄禮部賈侍郎〉的氣勢。

丙、法齊梁

六朝浮艷的詩風，使作品逐漸趨於雕琢的習氣。曾被唐初的詩人陳子昂、李白等排斥，並倡復古以矯正之。而杜甫卻不如此，對當時的作家或作品，常予贊譽。他說：「庾信文章老更成，凌雲健筆意縱橫。今人嗤點流傳賦，不覺前賢畏後生。」〈戲爲六絕句〉其一又云：「庾信生平最蕭瑟，暮年詩賦動江關。」〈詠懷古跡〉又云：「清新庾開府」〈春日憶李白〉，杜甫推重庾信，是因爲庾信能「清新」而又「老更成」的長處，並非是全無可取之處的。南朝詩歌就其內容的現實性和風格的質樸剛健言，固然遠不及詩騷與漢魏古詩，而在語言鍛鍊，聲律講究，與表現手法之「儷采百字之偶，爭價一句之奇，情必極貌以寫物，辭必窮貌而追新。」《文心雕龍·明詩》方面，的確有許多成就，是可資學習的。杜甫對南朝作家如謝靈運、謝朓、陰鏗、何遜、鮑照、江淹等都曾表示欣賞：〈遣興五首〉其五云：

賦詩何必多，往往凌鮑謝。

〈解悶十二首〉之七云：

　　　　熟知二謝能將事，頗學陰何苦用心。

〈與李十二白同尋范十隱居〉云：

　　　　李侯有佳句，往往似陰鏗。

〈春日憶李白〉云：

　　　　清新庾開府，俊逸鮑參軍。

〈寄岑嘉州〉云：

　　　　謝朓每篇堪諷誦。

〈贈畢曜〉云：

　　　　流傳江鮑體。

對齊梁詩歌的藝術成就，杜甫是有選擇性地加以吸收的，並且還告誡其子要：「熟精文選理」〈宗武生日〉，都是他「轉益多師」的明證。

丁、不賤今

　　「文人相輕，自古而然。」《典論‧論文》尤其表現在對古今文人的批評上，很少能夠「無私於輕重，不偏於憎愛。」而「能平理若衡，照辭如鏡。」《文心雕龍‧知音》免於「貴古賤今」（仝前）的弊病。杜甫在對待古今作家的態度上，提出他的論點說：「不薄今人愛古人，清詞麗句必為鄰。竊攀屈宋宜方駕，恐與齊梁作後塵。」〈戲為六絕句〉其五，他要一視同人，不崇古而賤今。首先對「初唐四傑」的藝術成就和歷史地位，給予肯定的評價說：「王楊盧駱當時體，輕薄為文哂未休。爾曹身與名俱滅，不廢江河萬古流。」〈戲為六絕句〉其二，杜甫稱許「四傑」的創作為「當時體」，那是說四傑的作品，浸染著六朝駢偶文的遺風，〔註6〕這樣的情形，當然是要加以批評的，而杜甫卻看到他們的時代性，反對僅憑這一點就輕薄他們。並且應該承認他們作品的歷史成績和貢獻。對唐代其他詩人如陳子昂、李白、王維、孟雲卿、孟浩然都曾給予恰切的評價，充分說明不薄今人的態度。

〔註6〕《四庫全書提要》在庾信文集的箋注就說：「駢偶之文，則集六朝之大成，而導四傑之先路。」

戊、重通神

杜甫常在作品中提到「神」字，如：「下筆如有神」、「律中鬼神驚」〈敬贈鄭諫議十韻〉、「詩成覺有神」〈獨酌成詩〉、「蒼茫若有神」〈上韋左相二十韻〉、「書貴瘦硬方通神」〈李潮八分小篆歌〉、「才氣老益成。」〈寄薛三郎中據〉、「詩興不無神」〈寄張十二山人彪〉；這一點與唐代書法與繪畫藝術的發展有關，大抵說的是藝術品的傳神或通神。如李白讚美王右軍爲「筆精妙入神」，杜甫讚美曹霸的畫說：「將軍善畫蓋有神」〈丹青引贈曹將軍霸〉等是。這與唐初以前的作家普遍僅注重於詩的形似，又較爲進步，注意到詩篇的傳神入化的境地，而杜甫的許多創作確也有這樣的藝術成就。

己、尚感興

感興也是創作的方法之一。杜甫有時談到「神」，事實上是詩興，是創作上的鬼斧「神」功，或「神」來之筆的意思。如「詩興不無神」〈寄張十二山人彪〉、「詩成覺有神」〈獨酌成詩〉、「揮翰綺繡揚，篇什若有神」〈贈太子太師汝陽郡王璡〉等是。蓋神待興而起，興待感而發，進而謀篇染翰，從事創作。杜甫很注意形象的捕捉，從日常生活中深入而細致的觀察一切景象，而後加以冶鍊鎔鑄，「新詩改罷自長吟」是對形象的加工，使作品由〈感興〉而進於神化。

庚、主力學

杜甫之成就詩聖，非憑空而得，乃由於他的刻苦力學而來。他說：「讀破萬卷書，下筆如有神」、「頗學陰何苦用心」，這是積學；另一方面是來自家學，他說：「詩是吾家事」，可見力學是成就大詩人的主要條件之一。《文心雕龍》云：「陶鈞文思，貴在虛靜，疏瀹五臟，澡雪精神，積學以儲寶，酌理以富才，研閱以窮照，馴致以繹辭，然後使玄解之宰，尋聲律而定墨；獨照之匠，窺意象而運斤；此蓋馭文之首術，謀篇之大端。」〈神思〉杜甫又主張詩文要愈鍊愈醇，工夫到家，自然就境界日高，他說：「庾信文章老更成」，又說：「語不驚人

死不休」，又說：「老去漸於詩律細」，足證他深知「功以學成」的道理。

（三）杜甫論唐詩

杜甫對唐人詩篇之評價，可從思想內容、藝術形式、及作品風格三方面考察：

甲、在思想內容上

杜甫重視《詩經》、《楚辭》的傳統，他要求詩歌要能反映社會民生，不作無病呻吟的文字遊戲。在這個標準下，他論及兩位當代的詩人，即陳子昂及元結：評陳子昂云：

> 有才繼騷雅，哲匠不比肩。公生揚馬後，名與日月懸。……
> 終古立忠義，感遇有餘篇。（〈陳拾遺故宅〉）

陳子昂是唐初詩歌復古運動的先驅。他反對齊梁間「采麗競繁、而興寄都絕」的浮艷作品，倡導「以義補國」的風雅比興之作，換言之，即主張詩要有內容，要能深刻地反映當時人民的遭遇。他有三十八首〈感遇詩〉，是支持他的理論的實踐。那是一組具有深刻現實意義的詩篇。杜甫對他的人品與作品，都給予極高的評價，認爲他纔是繼承騷雅傳統，有「致君堯舜上」般的忠義精神。

杜甫對於詩人及詩選家元結，也深致讚佩之意。其〈同元使君舂陵行并序〉云：

> 覽道州元使君結〈舂陵行〉，兼〈賊退後示官吏作〉二首，……不意復見比興體制，微婉頓挫之詞，感而有詩。……
> 吾人詩家流，博采世上名。粲粲元道州，前聖畏後生。觀乎〈舂陵〉作，欻見俊哲情。復覽〈賊退篇〉，結也實國楨。賈誼昔流慟，匡衡嘗引經。道州憂黎庶，詞氣浩縱橫。兩章對秋月，一字偕華星。

浦起龍說：「公杜甫之爲此，第借次山（元結字）作一榜樣，亦聊以寓想望古治之思。」（《讀杜心解》）其實「想望古治」是杜甫一貫的中心思想。他認爲元結的作品〈舂陵行〉與〈賊退示官吏〉兩篇，將

會是不朽之盛事:「兩章對秋月,一字偕華星」。那是這兩篇作品具有「憂黎庶」的思想,和健朗的風格(詞氣浩縱橫)的特色。這種「〈比興〉體製」,就是三百篇的優秀傳統。這和元結編選《篋中集》,主張雅正,反對「拘限聲病,喜尚形似」〈篋中集序〉一致。

此外,杜甫讚美居五臺山學佛的許十一,[註7]稱「風騷共推激」〈夜聽許十一誦詩愛而有作〉,讚美韋濟稱:「詞場繼國風」〈奉寄河南韋尹丈人〉,讚美柏大兄弟稱:「文雅涉風騷」〈題柏大兄弟山居屋壁二首其一〉等,都是重視詩歌之思想內容而言。

乙、在藝術形式上

杜甫很重視詩歌語言的鍛鍊:他說:「為人性僻耽佳句,語不驚人死不休。」〈江上值水如海勢聊短述〉,又說:「新詩改罷自長吟」〈解悶其七〉,唐人有這項優點的是李白、高適、王維、孟浩然、岑參等人:評李白云:

李侯有佳句,往往似陰鏗。(〈與李十二白同尋范十隱居〉)

評高適云:

美名人不及,佳句法如何。(〈寄高三十五書記〉)

評岑參云:

謝朓每篇堪諷誦。(〈寄岑嘉州〉)

故人得佳句。(〈奉答岑參補闕見贈〉)

岑生多新詩。(〈九日寄岑參〉)

評鄭審、李之芳云:

鄭李光時論,文章並我先。陰何尚清省,沈宋敻連翩。(〈秋日夔府詠懷奉寄鄭監審李賓客之芳一百韻〉)

評賈至云:

詩成珠玉在揮毫。(〈奉和賈至舍人早朝大明宮〉)

評薛華云:

何劉沈謝力未工,才兼鮑照愁絕倒。(〈蘇端薛復筵簡薛華醉歌〉)

[註7] 見浦起龍《讀杜心解》,頁14(九思出版社印行)。

評王維云：

　　　最傳秀句寰區滿。（〈解悶十二首〉其八）

評孟浩然云：

　　　復憶襄陽孟浩然，清詩句句盡堪傳。（〈解悶十二首〉其六）

　　　賦詩何必多，往往凌鮑謝。（〈遣興五首〉其五）

對初唐四傑王勃、楊炯、盧照麟、駱賓王的藝術成就，杜甫曾給予客觀而公平之評價，不像其他人毫無選擇地一概予以否定。這是因爲他「不薄今人」的態度，與對詩學的渾厚涵養而來。〈戲爲六絕句〉其二云：「王楊盧駱當時體，輕薄爲文哂未休。爾曹身與名俱滅，不廢江河萬古流。」其三云：「縱使盧王操翰墨，劣於漢魏近風騷。龍文虎脊皆君馭，歷愧過都見爾曹。」杜甫的評價是全面性的，他以爲四傑的詩，雖然不及漢魏詩之接近風騷，但在藝術上自有一定的成就，他們的「當時體」，就是藻飾華麗而很有文彩的。因此，一般輕薄之徒，僅憑管窺之見，而妄加菲薄。杜甫這一論見，就給予文體發展的歷史定位。

　　此外，杜甫稱韋十六：「題詩得秀句」〈送韋十六評事充同谷防禦判官〉，稱賀知章云：「賀公雅吳語」〈遣興五首其四〉，又〈送高司直尋封閬州〉詩云：「開卷得佳句」，精錬的語言，頗得杜甫的賞譽，正如他自承的：「清詞麗句必爲鄰」一樣。

　　在詩歌藝術上，聲律的要求也不容忽視。杜甫就嘗自稱：「新詩改罷自長吟」〈解悶〉，又稱：「賦詩新句穩，不覺自長吟。」〈長吟〉，要求其子「覓句新知律」〈又示宗武〉，他雖然早就知道音律與詩的關係之重要，一生用功，到了老年纔「晚節漸於詩律細」〈遣悶戲呈路十九曹長〉，評其友人許十一云：

　　　誦詩渾遊衍，四座皆辟易。（〈夜聽許十一誦詩愛而有作〉）

評鄭審、李之芳云：

　　　律比崑崙竹，音知燥溼絃。（〈秋日夔府詠懷奉寄鄭監審李賓客之芳一百韻〉）

評鄭諫議云：

　　　思飄雲物動，律中鬼神驚。(〈敬贈鄭諫議十韻〉)

評橋陵縣內諸官云：

　　　遣詞必中律。(〈橋陵三十韻因呈縣內諸官〉)

從這些對唐人作品的讚賞看，杜甫對於詩歌的格律是極其注意的。

丙、在作品風格上

　　杜甫的認識也較為周延，不主一格，而承認各體有各體的長處。從其對唐人詩篇的評價上，約有二端，即宏偉與清麗：

　　宏偉一格，略近於《文心雕龍·體性篇》所稱：「壯麗者，高論宏裁，卓爍異采者也。」凡雄壯瑰麗，規模宏偉，辭藻卓越，文采特異者屬之。杜甫主要的以之評價李白。唐詩人中最了解李白的，當首推杜甫。在詩篇中，杜甫曾先後或明或隱提過李白十八次。〔註8〕他極讚佩李白詩篇豪邁宏偉的風格云：

　　　昔年有狂客，號爾謫仙人。筆落驚風雨，詩成泣鬼神，聲
　　　名從此大，汩沒一朝伸，文彩承殊渥，流傳必絕倫。(〈寄李
　　　十二白二十韻〉)

　　　白也詩無敵，飄然思不群。清新庾開府，俊逸鮑參軍。(〈春
　　　日憶李白〉)

　　　敏捷詩千首。(〈不見〉)

　　　李白一斗詩百篇。(〈飲中八仙歌〉)

　　　近來海內為長句，汝與山東李白好，何劉沈謝力未工，才
　　　兼鮑照愁絕倒。(〈蘇端薛復筵簡薛華醉歌〉)

杜甫指出李白擅長七言歌行，而且風格雄豪飄逸，受有鮑照樂府歌行的影響，而其清新似庾信，佳句似陰鏗。對李白作品之具有多種特色都明白為之指陳出來。

　　清麗一格，杜甫主要是用以評價王孟詩派的作品。評王維云：

　　　不見高人王右丞，藍田丘壑漫寒藤，最傳秀句寰區滿，未

〔註8〕見曹樹銘《李白與杜甫交往相關之詩》，臺灣商務印書館印行。

絕風流相國能。(〈解悶十二首〉之八)

評孟浩然云：

賦詩何必多，往往凌鮑謝。(〈遺興五首〉之五)

復憶襄陽孟浩然，清詩句句盡堪傳。(〈解悶十二首〉之六)

王孟詩派的作品，意淡情濃，不事雕琢而語言精工。以簡潔洗鍊的手法，刻劃生動的形象，創造鮮明的意境。表現在詩句上，往往是畫面清晰，色彩明麗，非常雅致。這對一個「為人性僻耽佳句」、「清詞麗句必為鄰」的杜甫而言，也是有得其同衷的。

四、孟　郊

(一)孟郊生平與作品

孟郊(751～814)，字東野，湖州武康人，生於唐玄宗天寶十年，卒於唐憲宗元和九年，得年六十四。年四十六始登進士第，清貧終身。為詩喜雕章琢字，風格頗近韓愈，二人且為莫逆，許為李杜交，有酬唱詩多首。孟郊一生苦吟，有《孟東野集》十卷傳世。《全唐詩》(卷三百七十二至三百八十一)輯存五百一十一首詩。《全唐文》(卷六百八十四)輯文三篇，足見他以詩歌創作為主要之文學活動。

(二)孟郊之詩論

孟郊與韓愈，同為唐代奇險詩派之領袖。詩歌創作雖多，而發為具體有條理之文學理論，則付諸闕如，然就其詩文作品考查，約可得數端，茲論述如下：

甲、尚古之詩歌主張

孟郊讀古書，作古詩，一派古貌古心。其《孟東野集》凡存五百十一首詩，幾全是五古，七言詩僅有二十六首，其中又以樂府詩為主。在創作上顯然有高度的尚古精神。其〈秋懷詩〉云：「忍古不失古，失古志易摧。失古劍亦折，失古琴亦哀。……勸君勉忍古，忍古銷塵埃。」(十五首之十四)惟恐失古，因此忍古。古的標準是〈國風〉六義，其〈讀張碧集〉詩云：

天寶太白歿，六義已消歇，大哉國風本，喪而王澤竭，先
生今復生，斯文信難缺，下筆證興亡，陳詞備風骨，高秋
數奏琴，澄潭一輪月，誰作採詩官，忍之不揮發。

重視有風骨的作品，推許李白的詩歌復古精神。因此，韓愈贊美他說：
「孟生江海士，古貌又古心，嘗讀古人書，謂言古猶今，作詩三百首，
窅默咸池音。」〈孟生詩〉足可證明孟郊之尚古精神。

乙、文章為賢人之心氣

孟郊以為文章不憑虛而有，非凡人所能。其〈送任載齊古二秀才
自洞庭遊宣城并序〉云：

文章者，賢人之心氣也。心氣樂，則文章正。心氣非，則
文章不正。當正而不正者，心氣偏也。賢與偏，見於文章。
一直之詞。衰代多禍，賢無曲詞。文章之曲直，不由於心
氣，心氣之悲樂，不由賢人，由於時故。今宣州多君子，
閑暇而寬，文章之曲直纖微，悉而備舉。

孟郊所謂的文章，其實是指詩歌，因為序是為詩而作。文章是賢人心
氣的表現。而賢人心氣之悲樂，恒受時代的影響，類似〈詩序〉所稱：
「治世之音安以樂，……亂世之音哀以怒。」從文章的表現，可以察
辨作者的賢與偽，因為賢者出之以誠，不屑作偽。

丙、詩為人生所必須

孟郊刻苦為詩，窮老而不懈。究其因蓋以為詩歌為人生必需物，
故雖因詩而餓，亦終不怨悔。其〈送淡公〉詩云：

詩人苦為詩，不如脫空飛。一生空鷘氣，非諫復非議。脫
枯挂寒枝，棄如一唾微。一步一步乞，半片半片衣。倚詩
為活計，從古多無肥。詩饑老不怨，勞師淚霏霏。

寧願忍餓挨凍，亦不肯放棄為詩，其堅持有若是者？同時又自我安
慰，自古以來詩人多蹇，所謂「文章憎命達」，詩使人窮，而亦寧守
其窮，甘之若飴，而從前的能文之士，也大多類此。其〈招文士飲〉
詩云：「曹劉不免死，誰敢負年華。文士莫辭酒，詩人命屬花。退之

如放逐，李白自矜夸。萬古忽將似，一朝同歎嗟。何言天道正，獨使地形斜。南士愁多病，北人悲去家。」感慨曹劉這樣的文士，尚且難免一死，並對李白、韓愈的坎凜境遇，深致同情。

（三）孟郊對唐代詩歌之評價

　　基於對詩歌創作之經驗，孟郊對唐詩的論評，大都從思想內容與藝術成就兩方面立論。

　　就思想方面言，孟郊的尚古主張，是取儒家思想為主的。其〈上常州盧使君書〉云：

　　　道德仁義，天地之常也。

又〈又上養生書〉云：

　　　仁義之獲罪於天，未之有也。

論詩則主國風六義，重視詩歌之風骨比興。贊美韓愈：

　　　聞君碩鼠詩，吟之淚空滴。（〈贈韓郎中愈〉）

贊美姚怤：

　　　大雅難具陳，正繁易漂淪。君有丈夫淚，泣人不泣身。（〈答
　　　姚怤見寄〉）

贊美張碧：

　　　下筆證興亡，陳詞備風骨。（〈讀張碧集〉）

韓愈倡導古文，寫作古文。詩的成就，雖不如散文，但其樂府詩則有許多諷刺權奸亂政之作。如〈永貞行〉以春秋之筆，對當時權臣李忠言、王伾、王叔文輩大加撻伐。又〈龜山操〉詩，亦刺權臣糾時弊之作。

　　姚怤的詩無考。張碧在《全唐詩》（卷四百六十九）存詩十六首。辛文房《唐才子傳》云：「初慕李翰林之高躅，一杯一詠，必見清風，故其名字（按碧字大碧）皆亦逼似，如司馬長卿希藺相如為人也。」可見為人作詩都效李白，故其詩筆力雄健，氣韻俊逸。孟郊所多者，應是指其〈貧女〉、〈農父〉等篇，對當時社會政治頗有反映之作品。

　　就藝術成就上言。孟郊稱美韋應物有謝靈運之風格，其〈贈蘇州

韋郎中使君〉詩云：

> 謝客吟一聲，霜落群聽清，文含元氣柔，鼓動萬物輕，嘉
> 木依性植，曲枝亦不生，塵埃徐庚詞，金玉曹劉名，章句
> 作雅正，江山益鮮明，蘋萍一浪草，孤蒲片池榮，曾是康
> 樂詠，如今賽其英，顧惟非薄質，亦願將此并。

孟郊指陳韋應物的成就在於章句雅正，有漢魏之風，而無齊梁習氣。
孟郊雖一介貧寒之士，擅爲苦吟詩篇，但對宋玉李白之胸襟豪情卻極
表心儀，贊美其友人鄭魴云：

> 天地入胸臆，吁嗟生風雷，文章得其微，物象由我裁，宋
> 玉呈大句，李白飛狂才，苟非聖賢心，孰與造化該。(〈贈鄭
> 夫子魴〉)

鄭魴的豪放恣縱，與孟郊之斟酌苦吟，直是反其道而行，但孟郊仍能
美其所長，誠難能而可貴之事。

　　至於風格與孟郊相近，推敲字句，以怪奇著稱的詩人賈島與盧
仝，孟郊的評價則很客觀。其〈戲贈無本二首〉云：

> 長安秋聲乾，木葉相號悲。瘦僧臥冰凌，嘲詠含金痿。金
> 痿非戰痕，峭病方在茲。詩骨聳東野，詩濤湧退之。有時
> 踉蹌行，人驚鶴阿師。可惜李杜死，〈不見〉此狂痴。(其一)
> 燕僧聳聽詞，袈裟喜新翻。北岳厭利殺，玄功生微言。天
> 高亦可飛，海廣亦可源。文章杳無底，斸掘誰能根。夢靈
> 髣髴到，對我方與論。拾月鯨口邊，何人免爲吞。燕僧擺
> 造化，萬有隨手奔。補綴雜霞衣，笑傲諸貴門。將明文在
> 身，亦爾道所存。(其二)

賈島初爲僧，韓愈勸之還俗，爲詩亦深受韓孟影響，專以奇險怪峭爲
能，韓愈說他大膽爲文，「姦窮怪變得」，孟郊對其評價正同於韓愈。
評盧仝則較著眼於其境遇，其〈答盧仝詩〉云：

> 楚屈入水死，詩孟踏雪僵。直氣苟有存，死亦何所妨。日
> 劈高查牙，清稜含冰漿。前古後古冰，與山氣勢強。閃怪
> 千石形，異狀安可量。有時春鏡破，百道聲飛揚。潛仙不
> 足言，朗客無隱腸。爲君傾海宇，日夕多文章。天下豈無

緣，此山雪昂藏。煩君前致詞，哀我老更狂。狂歌不及狂，
歌聲緣鳳皇。鳳兮何當來，消我孤直瘡。君文眞鳳聲，宣
隘滿鏗鏘。洛友零落盡，逮兹悲重傷。獨自奮異骨，將騎
白角翔。再三勸莫行，寒氣有刀槍。仰慚君子多，愼勿作
芬芳。(《全唐詩》卷三百七十八，頁 4242)

孟郊以爲盧仝胸如冰海，故多文章，然綜觀全詩，則又就其境遇之蹇
剝而言。

五、韓　愈

（一）韓愈之生平及作品

　　韓愈（768～824），字退之，鄧州南陽人，唐代宗大曆三年生於
長安，孤貧力學，德宗貞元八年（792）登進士第。穆宗立，召爲國
子祭酒。長慶四年十二月病卒於長安，年五十七歲。諡文，世稱韓文
公。宋神宗封昌黎伯，故亦稱韓昌黎。有《韓昌黎集》四十卷，內詩
十卷。外集遺文十卷，內詩十八篇，《全唐詩》（卷三百三十六至三百
四十五）編詩十卷，共輯詩作四百零一首。《全唐文》（卷五百四十七
～卷五百六十八）編文二十二卷，存文凡三百五十五篇。

（二）韓愈之詩論

　　韓愈畢生從事古文運動，其成就亦鍾聚於此。而韓愈亦工爲詩，
以其「盤硬語」，以文爲詩，好用奇句險韻，而開唐代險怪一派之詩
風。

　　韓愈的文學理論，著重於古文運動上。除〈薦士〉、〈調張籍〉二
詩外，沒有論詩專文，惟從其作品考察，亦可略窺其詩學理論，茲綜
述於後。

甲、詩之定義

　　《詩·大序》說：「詩者，志之所之也；在心爲志，發言爲詩。
情動於中，而形於言。」更早的《尚書》也曾說：「詩言志」言志與
詠物，原爲中國詩歌二大流別。而言志起源較詠物爲早，韓愈亦有類

似的主張。其〈陪杜侍御游湘西兩寺獨宿有題一首因獻楊常侍〉詩云：
> 平生每多感，柔翰遇頻染。

又〈詠雪贈張籍〉詩云：
> 賞玩捐他事，歌謠放我才。狂教詩韡矼，興與酒陪鰓。

而此感之於心，發爲詩歌的原因是「不平則鳴」。其〈送孟東野序〉
云：
> 大凡物不得其平則鳴。草木之無聲，風撓之鳴；水之無聲，
> 風蕩之鳴。其躍也，或激之；其趨也，或梗之；其沸也，
> 或炙之。金石之無聲，或擊之鳴。人之於言也亦然，有不
> 得已者而後言，其歌也有思，其哭也有懷。凡出乎口而爲
> 聲者，其皆有弗平者乎！樂也者，鬱於中而泄於外者也，
> 擇其善鳴者而假之鳴。……其於人也亦然。人聲之精者爲
> 言，文辭之於言，又其精也，尤擇其善鳴者假之鳴。(《全唐
> 文》，五百五十五)

又在〈荊潭唱和詩序〉中，闡明此說：
> 夫和平之音淡薄，而愁思之聲要妙，讙愉之辭難工，而窮
> 苦之辭易好也。是故文章之作，恒發於羈旅草野。至若王
> 公貴人，氣滿志得，非性能而好之，則不暇以爲。(《全唐文》，
> 卷五百五十六)

他以爲好的作品必須經歷「窮餓其身，思愁其心腸」〈送孟東野序〉
的生活環境，纔能創作成功。也就是提出「文窮而益工」的主張。其
〈調張籍〉詩云：
> 惟此兩夫子（按指李白、杜甫），家居率荒涼。……剪翎送
> 籠中，使看百鳥翔。平生千萬篇，金薤垂琳琅。

又〈柳子厚墓誌銘〉云：
> 子厚斥不久，窮不極，雖有出于人，其文學辭章，必不能
> 自力以致必傳於後如今，無疑也。(《全唐文》，卷五百六十三)

又〈送王含秀才序〉云：
> 讀阮籍、陶潛詩，乃知彼雖偃寒，不欲與世接，然猶未能
> 平其心，或爲事物是非相感發，於是有托而逃焉者也。(《全

　　唐文》，卷五百五十五）

都強調環境的壓迫，詩人遭遇的不幸，是發洩情緒，寫作詩篇的動力。
而此說，實導源於司馬遷「發憤著書」的精神，特韓愈發揮較透徹而
已。

　　韓愈以爲詩是因感而發之外，亦應有理智的要素。其〈答尉遲生
書〉云：

> 夫所謂文者，必有諸其中，是故君子慎其實。實之美惡，
> 其發也不揜。本深而末茂，形大而聲宏，行峻而言屬，心
> 醇而氣和。昭晰者無疑，優游者有餘。體不備，不可以爲
> 成人。辭不足，不可以爲成文。（《全唐文》，五百五十一）

因此，詩必須經過雕飾，他說：「雕刻文刀利，搜求智網恢。」〈詠雪
贈張籍〉又說：「名佚後千品，詩文齊六經。端來問奇字，爲我講聲形。」
〈題張十八所居〉重視文字在詩篇中的表現。而且還要求其自然平易。
他說：「規模背時利，文字蟻天巧。」〈答孟郊〉只是他自己的實踐，
不能達到又雕琢又自然平易，足見理論與實踐，仍有相當距離。

乙、詩之內容

　　韓愈倡古文運動，主張「文以貫道」。雖然他是「多情懷酒伴，
餘事作詩人」。但也並不把詩當作是嘲風雪弄花草的文字遊戲，而主
張要有內容，有遠大的理想。其〈讀皇甫湜公安園池詩書其後二首〉
云：

> 春秋書王法，不誅其人身，爾雅注蟲魚，定非磊落人。湜
> 也困公安，不自閒其閒，窮年枉智思，掎摭掎摭糞壤間。
> 糞壤多污穢，豈有藏不藏，誠不如兩忘，但以一概量。

其二云：

> 我有一池水，蒲葦生其間，蟲魚沸相嚼，日夜不得閒。我
> 初往觀之，其後益不觀，觀之亂我意，不如不觀完。用將
> 濟諸人，捨得業孔顏。百歲詎幾時，君子不可閒。

按皇甫湜〈公安園池詩〉，今佚。想必是「刻畫蟲魚，以刺小人。瑣
碎詞義，刺刺不休。」遭到韓愈的批評，故而不傳。

丙、詩須怪奇妥帖

韓愈爲文主「陳言務去」。爲詩則主「怪奇」,其〈醉贈張秘書〉
云:

> 險語破鬼膽,高詞媲皇墳。

又〈薦士〉云:

> 橫空盤硬語,妥帖力排奡。

又〈寄盧仝〉云:

> 往年弄筆嘲同異,怪辭驚眾謗不已。

對賈島的怪奇,尤其推重。其〈送無本師歸范陽〉云:

> 無本於爲文,身大不及膽。吾嘗示之難,勇往無不敢。蛟
> 龍弄角牙,造次欲手攬。眾鬼囚大幽,下覷襲玄窞。天陽
> 熙四海,注視首不頷。鯨鵬相摩窣,兩舉快一啖。夫豈能
> 必然,固已謝黶黮。狂詞肆滂葩,低昂見舒慘,姦窮怪變
> 得,往往造平澹。(賈島初為浮屠,名無本)

這樣的講求藝術技巧,較之杜甫「語不驚人死不休」,尤有過之。

在選字造詞上,韓愈要求怪奇,但在結構方面又講究「妥帖」。
他說:「橫空盤硬語,妥帖力排奡。」〈薦士〉又說:「姦窮怪變得,
往往造平澹。」〈送無本師歸范陽〉如果選詞怪奇,章法結構也如此,
則詩篇何以卒讀。因此,他纔提出調和的主張,看似互爲矛盾,而其
實可以輔成。

丁、對歷代詩歌之評價

在〈薦士〉詩中,韓愈對歷代詩篇之演變評述云:

> 周詩三百篇,麗雅理訓誥。曾經聖人手,議論安敢到?五
> 言出漢時,蘇李首更號。東都漸瀰漫,派別百川導。建安
> 能者七,卓犖變風操。逶迤抵晉宋,氣象日凋耗。中間數
> 鮑謝,比近最清奧。齊梁及陳隋,眾作等蟬噪,搜春摘花
> 卉,沿襲傷剽盜。

韓愈對《詩經》不敢置評,因爲曾經聖人的刪述。可見他的儒學思想
之根深蒂固。建安七子的作品,頗得他的賞識。晉宋之間,只有鮑照

「善製形狀寫物之詞……貴尙巧似，不避危仄，頗傷清雅之調。故言險俗者，多以附照。」《詩品》與謝靈運的「故尙巧似，而逸蕩過之。」《詩品》得到韓愈的贊美。齊梁陳隋的詩，駢麗淫艷，在韓愈看來是一無可取的。

韓愈在同一首詩裡，論唐代的詩歌云：

> 國朝盛文章，子昂始高蹈。勃興得李杜。萬類困陵暴。後
> 來相繼生，亦各臻閫奧。有窮者孟郊，受材實雄驚。冥觀
> 洞古今，象外逐幽好。橫空盤硬語，妥帖力排奡。

唐初，詩歌仍沿襲齊梁風習，「彩麗競繁」，而「都無比興」。陳子昂倡復「漢魏風骨」，並以〈感遇詩〉爲實踐，逐漸改變浮靡的詩風，而歸於雅正。

對唐代前於韓愈的詩人中，最受韓愈推重的是李白與杜甫。元和體的領袖元稹、白居易都有崇杜抑李的趨向，白居易尙較含蓄，其〈與元九書〉中，僅約略談及李白詩中的「風雅比興」不及杜甫多。而元稹則在〈杜君墓誌銘序〉裡，明白指陳李不如杜。於是有杜優於李的說法。但在韓愈的評價中，李杜並舉，不分軒輊。而李杜齊名，恐怕得力於韓愈的說法。固然與韓愈同處貞元、元和年間的詩人中，也曾有人同樣把李杜並舉的，如楊憑有詩云：「直用天才眾卻嗔，應欺李杜久爲塵。」〈贈竇牟〉竇牟也曾有詩云：「刻羽雕蟲日日新，翰林工部欲何神。」〈奉酬楊侍郎十兄見贈之作〉楊憑是元和十二年令狐楚選《御覽詩》的主要入選作家（曾入選十八首），竇牟也是當時頗有名氣的詩人，《唐才子傳》稱：「（牟）舅給事中袁高，當時專重名，甄拔甚多，而牟未嘗干謁，竟捷文場。」從當時一般文人的唱酬中，可以看出李杜是唐代詩人之最。而韓愈由於友朋學生多，以一派宗師的身分來立說，其影響力自然更大。在韓詩中，李杜並舉，至少有六次：

> 昔年因讀李白杜甫詩，長恨二人不相從。（〈醉留東野〉）
>
> 近憐李杜無檢束，爛漫長醉多文辭。（〈感春〉）

國朝盛文章，子昂始高蹈。勃興得李杜，萬類困陵暴。（〈薦
士〉）

張生手持石鼓文，勸我試作石鼓歌。少陵無人謫仙死，才
薄將奈石鼓何。（〈石鼓歌〉）

高揖群公謝名譽，遠追甫白感至誠。（〈酬司門盧四兄雲夫院長
望秋作〉）

李杜文章在，光焰萬丈長。（〈調長籍〉）

像這樣一再把李杜並舉的例子，在當代的詩人中，是絕無僅有的。其
中自有他的道理，李白的「壯浪恣縱」的風格，只有韓愈纔能欣賞接
受，因為韓愈也有豪邁恢宏的特色。正由於元白有李不如杜的主張，
因此有人以為韓愈的李杜並舉是專對元白而發的，像宋魏泰《臨漢隱
居詩話》，就說韓愈的〈調張籍〉一詩，是「為微之而發。」清方世
舉作《韓昌黎詩繫年箋注》，也以為是因元白之論，愈「深怪之」而
作。〔註9〕其實未必然，原詩云：「李杜文章在，光焰萬丈長。不知群
兒愚，那用故謗傷。蚍蜉撼大樹，可笑不自量。」既云「群兒」，當
非限於元白。同時可知，在韓愈所處的貞元、元和年間，由於元白對
李白詩所下之不公平評價，必曾引起不少附和詩人的盲從響應，韓愈
是針對這些「謗傷」而發的議論。也從此，李白的地位與杜甫齊等，
則韓愈應是李白的真正知音。

對其他唐詩人之評價，亦復不少。其〈送孟東野序〉云：

唐之有天下，陳子昂、蘇源明、元結、李白、杜甫、李觀，
皆以其所能鳴。其存而在下者，孟郊東野始以詩鳴，其高
出魏晉，不懈而及於古，其他浸淫乎漢氏矣。從吾遊者，
李翱、張籍其尤也，三子者之鳴信善矣。抑不知天將和其
聲而使鳴國家之盛邪，抑將窮餓其身，思愁其心腸，而使
自鳴其不幸邪，三子者之命其懸乎天矣。其在上也奚以喜，
其在下也奚以悲，東野之役於江南也，有若不釋然者，故

〔註 9〕 見《韓昌黎詩繫年集釋》卷九，頁 434（世界書局印行）。

吾道其命於天者以解之。

關於陳子昂、李白、杜甫具見前述。元結提倡規諷詩，編選《篋中集》，都是「淳古淡泊，絕去雕飾」之作。〔註10〕且元結自己的作品也泰半「獨挺於流俗之中，強攘於已溺之後。凡所爲文，皆與時異。」〔註11〕於本文「唐詩選家之詩論」中，亦曾論述。至於蘇、李二人，《全唐詩》中蘇源明惟存詩二首，皆楚辭體。李觀詩亦僅存四首，皆音韻鏗鏘，稍有可觀。據羅聯添考訂韓愈交遊，以爲李觀爲李華從子，韓愈伯兄會，叔父雲卿爲李華之門弟子。因此，韓李交往蓋因先世有師友之誼。〔註12〕《新唐書・李觀傳》云：

> 觀屬文不襲沿前人，時謂與韓愈相上下。及觀少夭，愈後
> 文益工。議者以觀文未極，愈老不休，故卒擅名。

李觀爲文不沿襲古人。而韓愈主「陳言務去」，二人都倡導創作古文。故韓愈稱李觀能鳴，倘就詩文而言，恐偏重於其文。詩則僅存四首，難以窺韓愈稱揚之因。

在並世的詩人中，韓愈最推重的是孟郊。其〈醉留東野〉一詩云：

> 昔年因讀李白杜甫詩，長恨二人不相從，吾與東野生並世，
> 如何復躡二子蹤。……低頭拜東野，願得終始如駏蛩。……
> 吾願身爲雲，東野變爲龍，四方上下逐東野，雖有離別無
> 由逢。

自言東野與己如雲之從龍，如詩壇之李杜交。在當時遊韓門的詩人中，韓愈不是以後輩待之，卻以平輩論交，惟獨對孟郊最心折，而讚賞備至。其〈送孟東野序〉云：

> 孟郊東野始以詩鳴，其高出魏晉，不懈而及於古，其他浸
> 淫乎漢氏矣。

又〈孟生詩〉云：

> 孟生江海士，古貌又古心。嘗讀古人書，謂言古猶今。作

〔註10〕見《四庫全書總目提要》卷一八六，頁 1053（漢京文化公司出版）。
〔註11〕見元結〈篋中集序〉評沈千運文。
〔註12〕見羅聯添《韓愈研究・韓愈交遊》（學生書局印行）。

詩三百首，窅默咸池音。

因爲韓愈學古文好古道，嘗自稱：「愈之志在古道，又甚好其言辭。」
〈答陳生書〉因此，孟郊之富有古意的詩，自然容易引起韓愈之共鳴。

又〈貞曜先生墓誌銘〉稱孟郊（貞曜即孟諡號）苦心爲詩云：

及其爲詩，劌目鉥心，刃迎縷解，鉤章棘句，搯擢胃腎，
神施鬼設，間見層出。唯其大酖於詞而與世抹殺，人皆劫
劫，我獨有餘。

又〈醉贈張秘書云〉：

東野動驚俗，天葩吐其芬。

此與韓愈主張：「能自樹立，不因循」〈答劉正夫書〉、「辭必己出」、「陳
言務去」之文學觀念一致，故而韓愈對孟郊的詩篇語言之創造性多所
稱揚。

孟郊因久居長安，而功業無成，有離去之意，韓愈作〈薦士〉一
詩，薦於當時爲太子賓客之鄭餘慶。推許孟郊爲李杜後一人。詩云：

有窮者孟郊，受材實雄驚。冥觀洞古今，象外逐幽好。橫
空盤硬語，妥帖力排奡。敷柔肆紆餘，奮猛卷海潦。榮華
肖天秀，捷疾逾響報。行身踐規距，甘辱恥媚竈。

韓愈指陳孟郊的詩，超越文字之外，讀之使人領會文字所無法達到之
精神意趣。那即「象外逐幽好」，而這種驅駕文字的能力，必須賴長
時間的培養，即所謂「冥觀洞古今」。這種看法與司空圖說：「超於象
外，得其寰中。」《詩品》差可比擬。同時孟郊詩的奇崛風格，和〈勁
健〉的語言，「橫空盤硬語，妥貼力排奡」，正和韓愈自己的詩文創作
求其「佶屈聱牙」〈進學解〉、「險語破鬼膽。」〈醉贈張秘書〉相一致，
因此，再度被韓愈所重。

李翱與孟郊同遊於韓門，又是韓愈兄韓弇之壻，生性剛急峭鯁，
與郊頗近似。爲文尙氣質，辭致渾厚。《全唐文》（卷六百三十四～卷
六百四十）編七卷，輯存各體文凡一百又四篇。《全唐詩》（卷三百六
十九）僅存七首詩，多屬古樸艱硬之詞。韓愈把他與孟郊並舉，應係
風格相近，又兼文而言之。

此外，對張籍的詩也時有所譽。如〈此日足可惜贈張籍〉云：

　　自矜有所得，言子有文章。馳辭對我策，章句何煒煌。閉
　　門讀書史。

又〈醉贈張祕書〉云：

　　君語多態度。藹藹春空雲。……張籍學古淡，軒鶴避雞群。

又〈贈張籍〉云：

　　吾老嗜讀書，餘事不挂眼。……吾愛其風古，粹美無可揀。
　　試將詩義授，如以肉貫弗。

又〈題張十八所居〉云：

　　名挂後千品，詩文齊六經。端來問奇字，爲我講聲形。

對於張籍，主要還從他學古、詩有比興，思深語精的風格去評價。張籍對杜甫最崇拜，因此自己的創作也寓社會寫實之風。據唐馮贄《雲仙雜記》引《詩原指訣》云：「張籍取杜詩一帙，焚取灰燼，副以膏蜜，頻飲之曰：『令吾肝腸從此改易』。」此說未必可信，但其崇尚寫實效古的精神略可見一斑，因而頗受韓愈之稱許。

　　自號玉川子的盧仝，（《全唐詩》卷三百八十七～卷三百八十九，共編三卷詩），作品雖然僻險怪誕，卻頗得韓愈的賞愛。其〈寄盧仝〉詩云：

　　怪辭驚眾謗不已。

盧仝有〈月蝕詩〉，是仿〈天問〉、〈招魂〉而寫的寓言詩。韓愈嘗有〈月蝕詩效玉川子作〉一首，同樣以奇文險語造怪辭怪詩，由此可見韓愈對盧仝的欣賞情形。

　　韓愈於元和十一年五月，因忤宰相意，自中書舍人罷爲右庶子。侯喜作〈詠笋詩〉安慰之，韓愈和詩〈和侯協律詠筍〉云：

　　侯生來慰我，詩句讀驚魂。屬和才將竭，呻吟至日暾。

侯喜的〈詠笋詩〉今佚，無由稽考。但侯喜與韓愈一樣，好寫古文，立志堅定，其「行止取捨，有士君子之操」，其「於道義，困不捨遺」〈祭侯主簿文〉，一方面因志同道合，又以操守志趣相近，故韓愈多之。

　　韓愈爲詩，雖然奇難詭怪，好用怪字，押險韻，極盡人工雕琢之能事，但對崔立之的詩思敏捷，日成千首，也極表贊賞。其〈贈崔立之評事〉詩云：

　　　崔侯文章苦捷敏，高浪駕天輸不盡。……朝爲百賦猶鬱怒，
　　　暮作千詩轉道緊。

風格遒勁是韓愈的特色，敏捷而又能遒健的詩人詩作，自然得到韓愈的認同。

　　孟郊死於元和九年，韓孟詩派折損一員大將。幸好有一位初以家貧爲僧，後因韓愈讀其詩而力勸還俗的賈島繼起。他作詩的態度很認眞，據《隋唐嘉話》載：「賈島苦吟赴舉，至京師，得句云：『鳥宿池邊樹，僧敲月下門。』又欲改敲爲推，騎驢舉手吟哦，引手推敲之勢，不覺衝京尹韓退之節，左右擁之至，具述其事，退之笑曰：『作敲字佳。』乃命乘驢並轡哦詩，久之而去。」可知他是嚴肅到一字不苟，刻苦雕琢的。曾作〈送無可上人〉詩，得「獨行潭底影，數息樹邊身」句後，自云：「二句三年得，一吟雙淚流。知音如不賞，歸臥故山秋。」苦吟若是，與韓愈同調。韓愈對其藝術成就，極表欣賞，其〈送無本師歸范陽〉詩（已見前引），對賈島的詩，曾作一連串形象具體之說明。並且肯定賈島是孟郊的追蹤繼承者，其〈贈賈島〉詩云：

　　　孟郊死葬北邙山，從此風雲得暫閒。天恐文章渾斷絕，更
　　　生賈島著人間。

韓愈推重的是賈島的鍊字鑄句的功夫。然而賈島缺乏現實生活的基礎，其詩篇除了雕琢字句，講求對仗，力求意境的幽峭枯寂之外，缺乏突出精彩之作。這也是韓孟詩派過分追求藝術技巧所產生之缺陷。

　　韓愈是古文運動的理論家與實踐者。對於詩則是：「多情懷酒伴，餘事作詩人」〈和席八十二韻〉，但他生於李杜之後，唐代的詩學光芒，盡被李杜所掩，如再循其舊軌，確難與之分庭抗禮。同時，韓愈在古文上的成就，隱然爲一代宗師，遂以其擅長的散文筆調，創爲險怪幽峭的詩風，在創作過程中是很艱辛的，他自云：「生死文

字間」（雜詩），總希望「題詩尙倚筆鋒勁」〈寒食日出遊〉，對如此
執著的態度，他自嘲是「楚狂小子韓退之」〈芍藥歌〉。其成就，在
唐代詩壇上，自居重要的地位。惟一美中不足的是，缺乏有系統的
論詩專文，致後人難以作有條理的分析研究。

六、張　籍

（一）張籍生平及作品

　　張籍（766～830），字文昌，蘇州人，定居於和州烏江。生卒年
不可詳考，約生於唐代宗大曆三年，卒於文宗太和四年。得年約爲
六十歲。德宗貞元十五年（799）登進士第，一生沈於下僚，貧病交
迫。

　　張籍善寫社會詩，清麗雅正，尤以樂府詩擅場，李肇《國史補》
以爲「元和以後，歌行則學流蕩於張籍。」蓋指其清麗流暢而言。作
品有《張司業詩集》八卷傳世。《全唐詩》（卷三百八十二～卷三百八
十六）編詩五卷，存詩凡四百七十三首。又《全唐文》（卷六百八十
四）輯存〈上韓昌黎書〉，及〈上韓昌黎第二書〉二篇。

（二）張籍之詩論

　　張籍沒有論詩論文之專篇，而來往詩人亦少，因此，沒有系統彰
明之理論。但就其詩文看，則對韓愈與孟郊，頗表推重。其〈上韓昌
黎書〉云

　　　　執事聰明文章，與孟子、揚雄相若，盍爲一書以興存聖人
　　　　之道，使時之人後之人，知其去絕異學之所爲乎？曷可俯
　　　　仰於俗囂囂爲多言之徒哉？

對韓愈之宏揚儒學，甚表讚揚。張籍個人的樂府詩，也是以暴露社會
黑暗，諷刺政治腐敗，表現民生疾苦之社會詩篇，可見張籍的思想也
是以儒家爲宗的。又其〈祭退之〉詩云：

　　　　嗚呼吏部公，其道誠巍昂，生爲大賢姿，天使光我唐。德
　　　　義動鬼神，鑒用不可詳，獨得雄直氣，發爲古文章。學無

不該貫，吏治得其方。……搜窮古今書，事事相酌量。

對於韓愈的詩篇，「獨得雄直氣」，表示推崇。韓愈因爲「搜窮古今書」，積學深厚，又以闢佛老，發揚聖學爲己任，故能於詩中洋溢浩瀚雄健之氣。

評孟郊云：

純誠發新文，獨有金石聲，才名振京國，歸省東南行。(〈贈別孟郊〉)

對於孟郊詩歌造意深刻，寒瘦奇警的風格，表示讚美。

七、白居易

（一）白居易之生平及作品

白居易（772～846），字樂天。《全唐詩》（卷四百二十四～卷四百六十二）共編三十九卷。作品之多，冠絕全唐。另外《全唐文》（卷六百五十六～卷六百八十一）輯錄其所作各體文，都七百五十篇。

（二）白居易之詩論

白居易在唐代詩學上的貢獻是多方面的，創作最豐富，留下三千多首的各體詩。同時，他主張利用文學以反映民生，抨擊腐敗的政治，作爲改革社會之工具。這一方面，他的主要成就是大力倡導新樂府運動，並獲得極大的成績。所謂樂府，原是指可以被之管絃的詩歌，他的新樂府是對古題樂府詩而言，它要求描寫民生疾苦，以達到對政治的諷喻作用。他以爲「欲開壅蔽達人情，先向歌詩求諷刺」〈采詩官〉秉持「爲君、爲臣、爲民、爲物、爲事而作，不爲文而作」〈新樂府序〉的目標，以從事新樂府運動。

詩歌的美刺傳統，淵源於三百篇。唐朝較早期的詩人陳子昂，略晚的李白先後倡復古，重風骨比興，較晚的杜甫主親風騷，並大量創寫具有深刻社會意義的詩篇，都是屬於這一傳統的延續。到了安史大亂後，藩鎮割據，唐室由盛極而漸趨衰弱，復以宦官把持朝政，朋黨交爭，生機日窘，於是在「但傷民病痛」〈傷唐衢二首〉之二和冀能

「有可以救濟人病，裨補時闕」〈與元九書〉的情形下，積極從事社會詩的寫作，以完成樂府詩運動。

　　白居易的另一成就是文學理論的周延性。他的理論主要還是基於新樂府運動的社會使命。對於詩學的主張也是環繞著這一主題。他的意見主要載於〈與元九書〉、〈策林〉、〈新樂府序〉、〈讀張籍古樂府〉、〈採詩官〉、〈寄唐生〉、〈傷唐衢〉等詩文內。綜計其論見，陳述於下：

甲、詩之條件

　　白居易以為詩必須具有四項要素，即以情為根，以言為苗，以聲為華，以義為實。如此，方可文質並重，體用兼備。〈與元九書〉云：「感人心者，莫先乎情，莫始乎言，莫切乎聲，莫深乎義。詩者，根情、苗言、華聲、實義。上至聖賢，下至愚騃，微及豚魚，幽及鬼神，群分而氣同，形異而情一，未有聲入而不應，情交而不感者。聖人知其然，因其言，經之以六義，緣其聲，緯之以五音。音有韻，義有類，韻協則言順，言順則聲易入；類舉則情見，情見則感易交。」情與義指的是內容，苗與華指的是形式。故而，白居易指稱的詩之四要素，是兼及內容與形式的。

乙、指陳創作原則

　　文學因何而作？詩歌因何而生？中外學者的說法不同。德國哲學家康德和席勒，主張文學源於人類的「遊戲」，英人斯賓塞大加發揮，在西方文藝理論上，佔有很大的勢力。〔註13〕而中國則較偏重於自然界的景物之刺激。陸機云：「遵四時以歎逝，瞻萬物而思紛；悲落葉于勁秋，喜柔條於芳春。」《文賦》；鍾嶸云：「氣之動人，物之感人，故搖蕩性情，形諸舞詠。」〈詩品序〉；劉勰云：「春秋代序，陰陽慘舒，物色之動，心亦搖焉。」〈文心雕龍‧物色〉；又云：「人稟七情，

〔註13〕見涂公遂《文學概論》第五章「文學的起源及其流變」（華正書局印行）。

應物斯感，感物吟志，莫非自然。」〈明詩〉；沈約云：「民稟天地之靈，含五常之德。剛柔迭用，喜慍分情。夫志動於中，則歌詠外發。六義所因，四始攸繫，升降謳謠，紛披風什。雖虞夏以前，遺文不覩；稟氣懷靈，理無或異。然則歌詠所生，宜自生民始。」《宋書·謝靈運傳論》；李延壽更說：「夫人有六情，稟五常之秀，情感六氣，順四時之序，蓋文之所起，情發於中。」《北史·文苑傳叙論》；這些都說明詩歌是感於外物而興。

　　白居易固嘗云：「事物牽於外，情理動於內，隨感遇而興於歌詠。」〈與元九書〉；又云：「大凡人之感於事，則必動於情，然後興於嗟歎。」〈策林六十九〉但是，他卻不把這些「事」當自然景物看，而指的是國家的興衰，政教的得失，和人民的疾苦。〈秦中吟序〉云：

> 貞元、元和之際，予在長安。聞見之間，有足悲者，因直歌其事，命爲〈秦中吟〉。

〈傷唐衢二首〉之二云：

> 憶昨元和初，忝備諫官位。是時兵革後，生平正顦顇。但傷民病痛，不識時忌諱。遂作秦中吟，一吟悲一事。

〈寄唐生〉云：

> 不能發聲哭，轉作樂府詩。篇篇無空文，句句必盡規。功高虞人箴，痛甚騷人辭。非求宮律高，不務文字奇。惟歌生民病，願得天子知。

〈讀張籍古樂府〉云：

> 上可裨教化，舒之濟萬民；下可理性情，卷之善一身。

〈策林六十九〉云：

> 政之廢者修之，闕者補之。

必以這些「事」，做爲詩的內容，纔有價值，而不僅是「嘲風雪，弄花草而已」〈與元九書〉。基於這樣的認識，白居易指陳的創作原則是：「文章合爲時而著，歌詩合爲事而作。」〈與元九書〉，要「爲君、爲民、爲物而作，不爲文而作也。」〈新樂府〉

丙、重視諷喻比興

　　自從三百篇後，詩人把比興視同詩歌所蘊之思想內容，白居易的詩論，就是建立在這一個美刺的傳統上。從他所揭櫫的「爲時」、「爲事」、「文章合爲時而著，歌詩合爲事而作」的創作原則看，就是要求詩歌要寓有比興美刺的功能。〈與元九書〉云：

> 自拾遺來，凡所遇所感，關於美刺興比者；又自武德訖元和，因事立體，題爲新樂府者，共一百五十首，謂之諷喻詩。

〈讀張籍古樂府〉云：

> 張君何爲者？業文三十春。尤工樂府詩，舉代少其倫。爲詩意如何？六義互鋪陳。風雅比興外，未嘗著空文。讀君學仙詩，可諷放佚君。讀君董公詩，可誨貪暴臣，讀君商女詩，可感悍婦仁。讀君勤齊詩，可勸薄夫敦。上可裨教化，舒之濟萬民。下可理情性，卷之善一身。

諷喻詩的效果，這樣大，而且還「言者無罪聞者戒。」〈采詩官〉，因此最受白居易的重視，這一類詩，是他生平最得意之作，也是使他成爲杜甫以後偉大社會詩人的原因。陳寅恪在《元白詩箋證稿》中，將元白二人的新樂府，曾作過詳細的箋證，旁徵博引，以證明其所諷刺的都是實有其事，正所謂「篇篇無空文」。在其〈策林六十八〉裏亦云：

> 古之爲文者，上以紉王教，繫國風，下以存炯戒，通諷諭；故懲勸善惡之柄，執於文士褒貶之際焉；補察得失之端，操於詩人美刺之間焉。今褒貶之文無覈實，則懲勸之道缺矣；美刺之詩不稽政，則補察之義廢矣。雖雕章鏤句，將焉用之？……淫辭麗藻生於文，反傷文者也。……王者刪淫辭，削麗藻，所以養文也。……俾辭賦合炯戒諷諭者，雖質雖野，採而獎之，碑誄有虛美媿辭者，雖華雖麗，禁而絕之。

同樣表示強烈要求詩歌須具諷喻、美刺、比興的原則。並且進一步反對詩歌的描寫，僅限於對自然景物的刻畫，而不具社會寫實的內容。

〈與元九書〉云：

> 晉宋已還，得者蓋寡。以康樂之奧博，多溺於山水；以淵
> 明之高古，偏放於田園。江鮑之流，又狹於此。如梁鴻「五
> 噫」之例者，百無一二焉。于時六義寖微矣。陵夷至於梁
> 陳間，率不過嘲風雪弄花草而已。噫！風雪花草之物，三
> 百篇中，豈捨之乎？顧所用何如耳。設如「北風其涼」，假
> 風以刺威虐也。「雨雪霏霏」，因雪以愍征役也。「棠棣之
> 華」，感華以諷兄弟也。「采采芣苢」，美草以樂有子也。皆
> 興發於此，而義歸於彼，反是者可乎哉？然則「餘霞散成
> 綺，澄江淨如練」、「離花先委露，別葉乍辭風」之什，麗
> 則麗矣，吾不知其所諷焉。故僕所謂嘲風雪、弄花草而已。
> 于時，六義盡去矣。

對六朝以來，徒飾華麗辭藻，而不存美刺、諷喻、比興的內容，深致
不滿。

丁、內容重於形式

白居易重視詩歌的美刺功用，要詩歌具有社會內容，俾能達到諷
喻的要求，自然要偏重於作品的實質內容，而輕於藝術表現。他嘗對
詩下定義說：「詩者，根情、苗言、華聲、實義。」〈與元九書〉情與
義，指內容。苗與華，指其藝術形式。於此，把內容與形式，相提並
存，似乎對二者，並不分軒輊。但其〈新樂府序〉云：

> 篇無定句，句無定字，繫於意，不繫於文。首句標其目，
> 卒章顯其志，詩三百之義也。其辭質而徑，欲見之者易喻
> 也。其言直而切，欲聞之者深誡也。其事覈而實，使采之
> 者傳信也。其體順而肆，可以播於樂章歌曲也。總而言之，
> 爲君、爲臣、爲民、爲物、爲事而作，不爲文而作也。

他要求詩歌要做到質樸易懂，要具有眞實性，不粉飾現實社會的黑
暗，而且在音律上要能自然順口，「不求宮律高」。

其〈策林六十八〉云：

> 雖雕章鏤句，將焉用之？……淫辭麗藻，生於文，反傷文

者也。……王者刪淫辭，削麗藻，所以養文也。

都很明顯地重視詩歌的內容，而反對形式上的「雕章鏤句」、「麗藻」。然而他既認為詩必須具備「情、義、苗、華」，並不意味完全不講究藝術表現。他曾自稱：「舊句時時改」〈詩解〉，舊句尚且要頻於修改，新辭豈有不鍊之理。特以其重視詩歌的美刺諷喻，故立論偏重於內容上之講求而已。趙翼云：

> 中唐以後，詩人皆求工於七律，而古體不甚精詣，故閱者多喜律體，不喜古體。惟香山詩，則七律不甚動人，古體則令人心賞意愜，得一篇輒愛一篇，幾於不忍釋手。蓋香山主於用意。用意則屬對排偶，轉不能縱橫如意；而出之以古詩，則惟意所之，辯才無礙。且其筆快如并剪，銳如崑刀，無不達之隱，無稍晦之詞；工夫又鍛鍊至潔，看是平易，其實精純。劉夢得所謂「郢人斤斲無痕迹，仙人衣裳棄刀尺」者，此古體所以獨絕也。然近體中五言排律，或百韻、或數十韻，皆研鍊精切，語工而詞贍，氣勁而神完，雖千百言亦沛然有餘，無一懈筆。當時元白唱和，雄視百代者正在此。後世卒無有能繼之，此又不徒以古體見長也。（《甌北詩話》卷四）

趙翼是史學家兼詩評家，對白居易的詩學成就，較能究極源本，給於較全面與客觀的評價。

白居易的詩篇之能廣為流傳，恐與他的藝術表現有關。趙翼又云：

> 香山詩名最著，及身已風行海內，李謫仙後一人而已。觀其與微之書云：「自長安至江西，三四千里，凡鄉校、佛寺、逆旅、行舟之中，往往有題僕詩者，士庶、僧道、孀婦、處女之口，往往有誦僕詩者。軍使高霞寓，邀妓侑客，妓曰：『我誦得白學士長恨歌，豈他比哉！』由是增價。漢南主人宴客，諸妓見僕至，指曰：『此〈秦中吟〉、〈長恨歌〉主到耳。』」微之序其集，亦曰：「觀寺、郵堠牆壁之上無不書，王公、妾婦、牛童、馬走之口無不道，至於繕寫摹勒，衒賣於市。又云雞林賈人，求市頗切，自云「其國宰

相，每以百金換一篇，其甚偽者，輒能辨之。」是古來詩人，及身得名，未有如是之速且廣者。蓋其得名，在〈長恨歌〉一篇。其事本易傳，以易傳之事，爲絕妙之詞，有聲有情，可歌可泣，文人學士既歎爲不可及，婦人女子亦喜聞而樂誦之。是以不脛而走，傳遍天下。又有〈琵琶行〉一首助之。此即無全集，而二詩已有不朽，況又有三千八百四十首之工且多哉。

唐宣宗〈弔白居易〉云：

綴玉聯珠六十年，誰教冥路做詩仙。浮雲不繫名居易，造化無爲字樂天。童子解吟長恨曲，胡兒能唱琵琶篇，文章已滿行人耳，一度思卿一愴然。

同樣對白居易的藝術成就給予高度的評價。

（三）白居易對歷代詩歌之評價

　　基於對詩歌美刺作用之強調，白居易認爲詩歌可以「補察時政，泄導人情」〈與元九書〉，還說：「卻開壅塞達人情，先向歌詩求諷刺。」〈采詩官〉，以「文章合爲時而著，歌詩合爲事而作」〈與元九書〉爲標準，對歷代詩歌進行評價。〈與元九書〉云：

二（原作五誤）帝三皇所以直道而行，垂拱而理者，揭此以爲大柄，決此以爲大竇也。故聞元首明股肱之歌，則知虞道昌矣！聞五子洛汭之歌，則知夏政荒矣。……洎周衰秦興，採詩官廢，上不以詩補察時政，下不以歌洩導人情；乃至於謅成之風動，救失之道缺，于時六義始刓矣。……國風變爲騷辭，五言始於蘇李。蘇李騷人，皆不遇者，各繫其志，發而爲文。故河梁之句，止於傷別；澤畔之吟，歸于怨思；彷徨抑鬱，不暇及他耳。然去詩未遠，梗概尚存；故興離別，則引雙鳧一雁爲喻；諷君子小人，則引香草惡鳥爲比；雖義類不具，猶得風人之什二三焉。于時六義始缺矣。晉宋已還，得者蓋寡。以康樂之奧博，多溺於山水；以淵明之高古，偏放於田園。江鮑之流，又狹於此。如梁鴻「五噫」之例者，百無一二焉。于時六義寢微矣。……陵夷至于梁陳間，率不

過嘲風雪弄花草而已。噫！風雪花草之物，三百篇中，豈捨
之乎？顧所用何如耳。設如「北風其涼」，假風以刺威虐也。
「雨雪霏霏」，因雪以愍征役也。「棠棣之華」，感華以諷兄
弟也。「采采芣苢」，美草以樂有子也。皆興發於此，而義歸
於彼，反是者可乎哉？然則「餘霞散成綺，澄江淨如練」、「離
花先委露，別葉乍辭風」之什，麗則麗矣！吾不知其所諷焉。
故僕所謂嘲風雪弄花草而已。于時六義盡去矣。

由此以觀，白居易對於詩歌的價值，完全以「六義」做為衡量的標
準，諷喻性愈強，價值愈高，反之則低。最有價值的詩歌是堯舜禹
湯文王武王時期，能夠「言者無罪，聞者足誡。」秦朝以後，因為
採詩制度廢除，六義逐漸陵夷，由刓而缺，再由浸微而盡去。以這
樣的標準去評述各代詩歌的發展和得失，並不夠全面周延，因為他
並沒有全面分析各個時代的詩歌特色和成就，尤其對於梁陳間的詩
歌，竟予以全盤否定，就是對於屈原的「歸於怨思」，陶潛的「偏放
於田園」，也深致不滿。他之所以有此偏頗，當然把詩看成　種社會
改革的工具，站在提倡諷喻、美刺、比興作用的立場，推動新樂府
運動的前提下，難以避免的缺失。

（四）白居易對唐詩之評價

在〈與元九書〉中，白居易對唐虞至梁、陳間的詩歌，做了一番
概括性的評述後，又對唐朝兩百年來的代表作作家作品評論云：

唐興二百年，其間詩人，不可勝數。所可舉者，陳子昂有
〈感遇〉詩二十首，鮑防有〈感興〉詩十五首。又詩之豪
者，世稱李、杜。李之作才矣！奇矣！人不逮矣；索其風
雅比興，十無一焉。杜詩最多，可傳者千餘篇，至於貫穿
今古，覰縷格律，盡工盡善，又過於李。然撮其〈新安吏〉、
〈石壕吏〉、〈潼關吏〉、〈塞蘆子〉、〈留花門〉之章，「朱門
酒肉臭，路有凍死骨」之句，亦不過三四十首。杜尚如此，
況不逮杜者乎？

陳子昂力倡詩歌復古，寫下一組具有深刻意義的〈感遇〉詩，來實踐

其理論。鮑防的〈感興〉詩今佚，無由稽考。李白繼陳子昂復古運動，大力創作古風與樂府，具有高度的成就。杜甫的社會寫實精神和作品的成就空前，但在白居易眼中合於「六義」、盡美盡善的作品，只有三十四篇。這是因為他的去取太嚴，而難免偏頗之失。〈與元九書〉裡另外贊許韋應物云：

> 近歲韋蘇州歌行，才麗之外，頗近興諷；其五言詩，又高
> 雅閑澹，自成一家之體。

這一段文字還見載於《舊唐書》，我們就《全唐詩》輯存韋應物詩五百六十九篇以觀，像〈學仙二首〉、〈萼綠華歌〉、〈王母歌〉、〈馬明生遇神女歌〉、〈漢武帝雜歌三首〉等篇，雖然蘊有濃厚之神仙色彩，卻大都極力刻畫仙境之華麗。明覆宋刊本《韋蘇州集》卷十，於其〈聽鶯曲〉詩，有朱筆評語曰：「窮黃鶯之變態，可謂盡態極妍。」又云：「韋公歌行，驚（原作矜）才絕艷，別為一體，此才人故智，澹寂人不可無此聲華，古人云：絢爛之極，乃歸平淡。韋公之謂也」這些作品應是白居易所贊許的才麗之作。

　　至於興諷，原是白居易一生所最致力的諷喻詩之類。韋應物的作品〈采玉行〉，描寫官府徵丁採玉，勞民至甚，言念其苦，則悲從中來。刺官府之不知恤民。〈夏冰歌〉，寫炎炎溽暑，人民鑿冰，供貴人享受。深期政府行不忍人之政。〈鳥奪巢〉，寫弱肉強食，期盼予社會以公平之意。〈燕銜泥〉，寫百鳥之智不若銜泥之燕，因近人而得保全生命。凡此或寓物或托事而致諷，皆是興諷之作。

　　韋應物與同時的詩人劉長卿，都擅長於五言，合稱「五言雙璧」。在韋應物全部詩作五百六十九篇中，五言凡四百七十七篇，高達百分之八十四，可證韋應物的確擅長五言詩。主要以描寫山水田園為主體，在風格上頗近陶潛，有〈效陶體〉、〈效陶彭澤〉，擬陶學陶的跡象很顯然。《四庫全書總目提要》說他的詩：「源出於陶而鎔化於三謝，故真而不樸，華而不綺。」張戒《歲寒堂詩話》云：「韋蘇州詩，韻高而氣清。王右丞詩，格老而味長。雖皆五言之宗匠，然互

有得失，不無優劣。以標韻觀之，右丞遠不逮蘇州，至于詞不迫切而味甚長，雖蘇州亦所不及也。」高步瀛《唐宋詩舉要》說他的詩：「風神遠出，超以象外」。這就難怪蘇軾要說：「樂天長短三千首，卻遜韋郎五字詩。」

白居易之論唐詩，除〈與元九書〉所舉者外，其諷喻詩〈讀張籍古樂府〉詩，對張籍的古樂府諸作，推崇備至，引為志同道合之知己。詩云：

> 張君何為者？業文三十春。尤工樂府詩，舉代少其倫。為詩意如何？六義互舖陳。風雅比興外，未嘗著空文。讀君學仙詩，可諷放佚君。讀君董公詩，可誨貪暴臣。讀君商女詩，可感悍婦仁。讀君勤齊詩，可勸薄夫敦。上可裨教化，舒之濟萬民；下可理情性，卷之善一身。始從青衿歲，迨此白髮新。日夜秉筆吟，心苦力亦勤。時無采詩官，委棄如泥塵。恐君百歲後，滅沒人不聞。願藏中秘書，百代不湮淪；願播內樂府，時得聞至尊。言者志之苗，行者文之根。所以讀君詩，亦知君為人。如何欲五十，官小身賤貧；病眼街西住，無人行到門。

張籍一生蹇剝失意，貧病交加，卻能著眼於廣大社會民眾，寫作具有諷喻效果的樂府詩。《全唐詩》（卷三百八十二～卷三百八十六）編詩四卷，輯存作品四百七十三首，而樂府詩就多達九十首之數。主要的內容是厭惡戰爭，如〈關山月〉、〈出塞〉、〈塞上行〉、〈永嘉行〉等；有諷喻重稅的，如〈山頭鹿〉、〈野老歌〉、〈賈客樂〉等；有諷喻徭役的，如〈築城詞〉、〈遠別離〉等；有諷喻官吏的，如〈烏夜啼引〉、〈傷歌行〉等；有諷喻求仙之謬的，如〈求仙行〉，有聲援婦女的，如〈雜怨〉、〈別離曲〉、〈妾薄命〉、〈白頭吟〉、〈離婦〉等。取材廣，層面深，這些條件是合於白居易揚櫫的「六義」範圍的，因而，博得白居易的讚賞。

（五）白居易的自我批評

詩是白居易的終身事業，開始得很早，「及五六歲，便學為詩」〈與元九書〉，又辛勤不懈，「以至于口成瘡，手肘成胝」、「雖專於

科試，亦不廢詩。及授校書郎時，已盈三四百首。」（仝上）他說「人各有一癖，我癖在章句。萬緣皆已消，此病獨未去。」〈山中獨吟〉又說：「我生業文字，自幼及老年，前後七十卷，小大三千篇。」〈題文集櫃〉孜孜不倦，故有豐富的作品，但是他自己明白，他的諷喻詩的確觸犯許多權貴，遭受種種打擊，「始成名于文章，終得罪於文章。」〈與元九書〉他說：

> 凡聞僕〈賀雨〉詩，眾口籍籍，已謂非宜矣。聞僕〈哭孔戡〉詩，眾面脈脈，盡不悅矣。聞〈秦中吟〉，則權豪貴近者相目而變色矣。聞〈樂遊園寄足下〉詩，則執政柄者扼腕矣。聞〈宿紫閣村〉詩，則握軍要者切齒矣。大率如此，不可徧舉。（〈與元九書〉）

如此說來，白居易的諷喻詩在當時，確頗能引起某種程度的反應。〈與元九書〉又云：

> 今僕之詩，人所愛者，悉不過雜律詩與長恨歌已下耳。時之所重，僕之所輕。至於諷喻者，意激而言質；閑適者，思澹而詞迂；以質合迂，宜人之不愛也。

對於獨所偏愛的又質又迂的詩，他自承「詩成澹無味，多被眾人嗤。上怪落聲韻，下嫌拙言詞。」〈自吟拙什因有所懷〉雖然如此，他卻頗自得，云「一篇長恨有風情，十首秦吟近正聲。每被老元（稹）偷格律，苦教短李（紳）伏歌行。世間富貴應無分，身後文章合有名。莫怪氣粗語言大，新排十五卷詩成。」〈編集拙詩成一十五卷因題卷末戲贈元九李二十〉〈與元九書〉云：

> 古人云：窮則獨善其身，達則兼濟天下。僕雖不肖，常師此語。大丈夫所守者道，所待者時。時之來也，為雲龍，為風鵬，勃然突然，陳力以出；時之不來也，為霧豹，為冥鴻，寂兮寥兮，奉身而退。進退出處，何往而不自得哉？故僕志在兼濟，行在獨善；奉而始終之則為道，言而發明之則為詩。謂之諷喻詩，兼濟之志也。謂之閑適詩，獨善之義也。故覽僕詩者，知僕之道焉。其餘雜律詩，或誘於

　　　　一時一物，發於一笑一吟，率然成章，非平生所尚；但以
　　　　親朋合散之際，取其釋恨佐懽。今銓次之間，未能刪去，
　　　　他時有爲我編集斯文者，略之可也。

在這樣的原則下，他把自己的作品，選出八百首，分爲四類。〈與元九書〉云：

　　　　自拾遺來，凡所遇所感，關於美刺興比者，又自武德訖元
　　　　和，因事立題，題爲新樂府者，共一百五十首，謂之諷喻
　　　　詩。又或退公獨處，或移病閒居，知足保和，吟翫情性者
　　　　一百首，謂之閑適詩。又有事物牽於外，情理動於內，隨
　　　　感遇而形於歎詠者一百首，謂之感傷詩。又有五言、七言、
　　　　長句、短句，自一百韻至兩百韻者四百首，謂之雜律詩。
　　　　凡爲十五卷，約八百首。

以上這四類詩，在現存白居易作品中，約僅佔四分之一，而他最喜歡的諷喻詩止一百五十首，加上閑適詩的一百首，也只二百五十首，尚不及作品的十分之一。由此又可證明他對詩歌的態度之嚴肅。他崇拜白擬陳子昂和杜甫：

　　　　致吾陳杜間，賞愛非常意。(〈傷唐衢二首之二〉)

就是因爲他繼承了陳杜的風骨比興的詩歌傳統。

八、柳宗元

（一）柳宗元之生平及作品

　　柳宗元（773～819），字子厚，山西河東解縣人。唐德宗貞元九年登進士第，累官監察御史，禮部員外郎。憲宗時坐王叔文黨，貶邵州刺史，旋改永州司馬。元和九年冬，召返長安，次年春徙柳州刺史，世號「柳柳州」，卒年四十七，有《柳河東集》四十五卷，內詩二卷。《全唐詩》(卷三百五十～卷三百五十三)共編詩四卷。《全唐文》(卷五百六十九～卷五百九十三)編文二十五卷。

（二）柳宗元之詩論

　　柳宗元是唐代傑出的古文家，在從事古文運動上，與韓愈齊名。

因此，他和韓愈一樣，把大部分的精神放在散文的創作和批評上，而在詩歌方面的理論，也相對地減少，並且也較爲零散而沒有系統。

在詩歌的創作上，柳宗元推重陳子昂等人，所主張的有「興寄」的作品，而堅決反對僅限於辭藻的華麗。其〈答貢士沈起書〉云：

> 嗟乎！僕常病興寄之作，堙鬱於世，辭有枝葉，蕩而成風，益用慨然！

重視「興寄」，而反對「辭有枝葉」。這和他的散文創作上主張要「有益於世」是一致的。正由於這一觀點出發，對陳子昂、張說、張九齡各給予不同的評價。其〈大理評事楊君文集後序〉云：

> 文之用，辭令褒貶、導揚諷喻而已。雖其言鄙野，足以備於用，然而闕其文采，固不足以竦動時聽，夸示後學。立言而朽，君子不由也。……文有二道，辭令褒貶，本乎著述者也，導揚諷喻，本乎比興者也。……比興者流，蓋出於虞夏之詠歌，殷周之風雅，其要在於麗則清越，言暢而意美，謂宜流於謠誦也。……唐興以來，稱是選而不怍者，梓潼陳拾遺。其後燕文貞以著述之餘，攻比興而莫能極。張曲江以比興之隙，窮著述而不克備，其餘各探一隅，相與背馳於道者，其去彌遠，文之難兼，斯亦甚矣。

柳宗元把著述之文的文，和比興之文的詩，一分爲二，以爲其源流、特色形式都不相同。正由於其旨趣的「乖離不合」，因此，兩者之中能「偏勝獨得」的大有人在，而兼長二者的卻很少有。對於以比興爲特點的作品——詩歌，柳宗元以爲是和「虞夏之詠歌」、以及《詩經》一脈相承。

在唐代詩人裡，唯有陳子昂的作品，富於興寄，得到柳宗元的贊美。主要的是因爲陳子昂提倡漢魏風骨，重視詩歌的社會內容，並且以三十八首〈感遇〉詩實踐了他自己的理論。

至於燕文貞張說，《全唐詩》（卷八十五～卷八十九）共編詩五卷，大都是樂章之作，應制之篇，其雖稍近古雅，但少有抒發一己情志的作品，故而，柳宗元說他「攻比興而莫能極。」

張九齡，《全唐詩》（卷四十七～卷四十九）編詩三卷。他因為身居相位，因而其律詩（尤其五律），也有相當濃厚的宮體詩的氣習。但另有〈感遇〉詩十二首，善用比興手法，以抒寫懷抱，語言純樸，沒有六朝綺麗之習。和陳子昂的三十八首〈感遇詩〉，不論內容、形式、風格都很接近，故後人之論唐初詩歌，每以陳張並稱。施補華云：「初唐五言古，猶紹六朝綺麗之習，惟陳子昂、張九齡直接漢魏，骨峻神疏，思深力遒，復古之功大矣。」《峴傭說詩》劉熙載《藝概》也曾說：「陳射洪、張曲江獨能起一格，為李、杜開先。」這些論評都直接承襲柳宗元，但張九齡因為有許多詩篇，仍雜臺閣氣，在柳宗元看來，仍不免要視陳子昂略遜一籌。

九、劉禹錫

（一）劉禹錫之生平與作品

劉禹錫（772～842），字夢得，洛陽人，系出中山。生於代宗大曆七年，卒於武宗會昌二年。貞元九年，禹錫二十二歲，舉進士第，翌年登博學宏詞科。善詩，晚年尤精，與白居易酬唱極多。白居易嘗敘其詩云：「彭城劉夢得，詩豪者也，其鋒森然，少敢當者。」（劉白唱和集解）有《劉夢得文集》行世。《全唐詩》（卷三百五十四～卷三百六十五）編詩十二卷，輯存各體詩凡七百八十一首。《全唐文》（卷五百九十九～卷六百一十）編文十二卷。輯存各體文凡二百三十七篇。

（二）劉禹錫之詩論

劉禹錫是詩文兼善的作家，一方面與韓愈、柳宗元同為古文家，同時又與元稹、白居易並稱詩人。在文學理論上，則主張文宗三代秦漢，詩宗魏晉六朝。論文見於其〈唐故尚書禮部員外郎柳君文集序〉云：

> 八音與政通，而文章與時高下。三代之文，至戰國而病，
> 涉秦漢復起，漢之文，至列國而病，唐興復起。

認為文學與時代治亂有關，他說「夫政龐而土裂，三光五嶽之氣分，

大音不完，故必混一而後大振。」（仝前）戰國漢魏六朝，皆因世衰而文亦衰，三代秦漢與皇唐，皆因治世而文亦振。就文而言，以三代秦漢爲宗。

論詩，則與論文不同。其〈董氏武陵集序〉云：

> 片言可以明百意，坐馳可以役萬景，工於詩者能之。風雅體變而興同，古今調殊而理冥，達於詩者能之。工生於才，達生於明，二者還相爲用，而後詩道備矣！……詩者其文章之蘊邪，義得而言喪，故微而難能，境生於象外，故精而寡和。千里之繆，不容秋毫，非有的然之姿，可使戶曉，必俟知音，然後鼓行於時。自建安距永明以還，詞人比肩，唱和相發，有以朔風零雨，高視天下，蟬噪鳥鳴，蔚在史策。國朝因之，粲然復興，由篇章以躋貴仕者，相踵而起。

對於六朝靡麗藻飾的詩作，不僅不予排斥，而且給予肯定的評價。因爲這種詩篇對唐詩的藝術成就上，有一定的影響，這也是劉禹錫較爲進步的看法。同爲古文家，韓愈就對六朝的詩文，一概鄙棄，而劉禹錫不然。羅根澤《中國文學批評史》云：

> 韓愈不僅反對魏晉六朝文，也反對魏晉六朝詩，劉禹錫則棄其文，取其詩，這固然由於他不止是古文家，也是詩人。〔註14〕

其說不然，劉禹錫固爲詩人，韓愈未嘗不是詩人，韓愈詩作的藝術成就，決不在劉禹錫之下，只是韓愈偏於載道思想的努力，略於藝術形式上的考察，而劉禹錫則能客觀地肯定六朝詩的藻飾成就，故其看法較韓愈進步。

劉禹錫以爲詩人的條件，必須才學兼具。他說「工生於才，達生於明」。有「才」斯可神馳八荒之外，驅萬景於翰墨。詩人尚必須勤於「學」，始能達而明，寫出感人的詩篇。至於好詩的條件如何？劉禹錫以爲好詩必須含蓄，即「文章之蘊」的「蘊」。只有含蓄，所以

〔註14〕見羅根澤《中國文學批評史》「隋唐文學批評史」第七章，頁141（學海出版社印行）。

「片言可以明百意」，並且要有「象外」之「境」，纔能入於「神妙」。
其〈唐故尚書主客員外郎盧（象）公集序〉云：

> 心之精微，發而爲文，文之神妙，詠而爲詩。猶夫孤桐朗
> 玉，自有天津，能事具者，其名必高，名由實生，故久而
> 益大。

詩較之文，更爲精微而難能，劉禹錫以簡短而概括的文字，給予相當
具體的說明。基於對詩與文的認識，使他在創作實踐上，能與元白、
韓柳相抗衡，而有其個人的地位。

　　從其詩學觀念出發，劉禹錫對唐人的詩篇，進行批評。其〈澈上
人集序〉云：

> 世之言詩僧多出江左，靈一導其源，護國襲之，清江揚其
> 波，法振沿之，如么絃孤韻，瞥入人耳，非大樂之音。獨
> 吳興晝公能備眾體，晝公後，澈公承之。至如芙蓉園新詩
> 云：「經來白馬寺，僧到赤烏年」，謫汀州云：「青蠅爲弔客，
> 黃耳寄家書」，可謂入作者閫城，豈獨雄於詩僧間耶。

皎然（《全唐詩》卷八一五～卷八二一，有詩四百八十一首）因爲「能
備眾體」，得到劉禹錫的讚賞。皎然之後，靈澈（《全唐詩》卷八一〇
存詩十六首）也同樣是「工於詩者」。皎然是謝康樂的十世孫，有《杼
山集》。胡震亨《唐音癸籤》云：「清警逸響，閑澹自如，讀之覺別有
異味，在咀嚼之表，當絲雅慕曲江，取則不遠爾。」于頔〈吳興晝上
人集序〉，已然看出其詩在藻飾上的綺麗特色。「得詩人之奧旨，傳乃
祖之菁華，江南詞人，莫不楷範。極於緣情綺靡，故辭多芳澤，師古
典制，故律尚清壯。」《皎然集》劉禹錫對詩的認識比較全面，因此，
不廢六朝詩。並且以爲「詞妙而深者，必依於聲律」，〔註15〕即詩不能
脫離聲律。唐人董挺的詩就具有這種特色。其〈董氏武陵集〉云：

> 一旦得董生之詞，杳如博翠屏，浮層瀾，視聽所遇，非風
> 塵間物，亦猶明金縡羽得於逈裔。……幼嗜屬詩，晚而不
> 衰，心源爲鑪，筆端爲炭，鍛鍊元本，雕礱群形，紀紛矞

〔註15〕見劉禹錫〈秋日過鴻舉法師院送歸江陵詩引〉。

錯，逐意奔走，因故沿濁協爲新聲。

董挺的詩因爲能「鍛鍊元本，雕礱群形。」故有其藝術特色。

此外，對白居易的詩之清逸自然，劉禹錫也表示高度的推崇。其〈翰林白二十二學士見寄詩一百篇因以答貺〉詩云：

> 吟君遺我百篇詩，使我獨坐形神馳，玉琴清夜人不語，琪樹春朝風正吹，郢人斤斷無痕跡，仙人衣裳棄刀尺，世人方內欲相尋，行盡四維無處覓。

又〈答樂天戲贈〉詩云：

> 才子聲名白侍郎，風流雖老尚難當，詩情逸似陶彭澤，齋日多如周太常，矻矻將心求淨法，時時偷眼看春光，知君技癢思歡謔，欲倩天魔破道場。

白居易的作品，在當代最流行的是〈長恨歌〉、〈琵琶行〉以及群相傚效的元和體律詩，而他自己則偏重於諷喻閒適兩類詩篇。而劉禹錫從全盤的詩作風格看出白居易的「斤斷無痕跡」、「逸似陶彭澤」，確能發前人所未見。

十、元　稹

（一）元稹之生平及作品

元稹（779～831），字微之，系出河南洛陽，籍河內，生於唐代宗大曆十四年，卒於唐文宗太和五年，得年五十三歲。

元稹九歲工屬文，十五擢明經，貞元間與白居易同舉進士。穆宗時曾任宰相，與裴度不合，罷相去。

元稹之文學見解，與白居易相同，時相唱和，號爲「元和體」，皆寫作社會詩，從事新樂府運動。著有詩、賦、詔、冊、銘、頌、論、議等雜文凡百卷，號曰《元氏長慶集》。《全唐詩》（卷三百九十六～卷四百二十三）編二十八卷，共輯存各體詩八百三十二首。《全唐文》（卷六百四十七～六百五十五）輯文二百八十三篇。另有愛情小說《鶯鶯傳》一書傳世。

（二）元稹之詩論

　　元稹生當安史大亂甫畢的唐代，政治日昏，民生益困。內則藩鎮相繼割據四方，「大者連州十數，小者猶兼三四。」趙翼《二十二史箚記》他們擁有土地人民和軍隊，唐室無由節制。宮中的宦官又「握兵宮闈，橫制天下，天子廢立，由其可否，干撓庶政。」《舊唐書》外則回紇、吐蕃、南詔等強寇，屢次入侵，征兵戍伐，國境紛擾不安。社會又以苛捐重賦，民生疾苦。元稹以悲天憫人之心，與白居易力倡諷喻詩，推動新樂府之寫作。他自承受陳子昂的啓發而致力從事社會寫實詩。〈敘詩寄樂天書〉云：

　　　　適有人以陳子昂〈感遇詩〉相示，吟玩激烈，即日爲〈寄
　　　　思玄子〉詩二十首。

陳子昂的〈感遇詩〉，共有三十八首。有許多是批評現實而反映民眾的苦痛生活爲內容的，這和元稹對當時政治的不滿情緒相當，故有直接啓迪的作用。同時杜甫大量而成功的社會寫實詩，也曾發生一定程度的影響，同文又云：

　　　　又久之，得杜甫詩數百首，愛其浩蕩津涯，處處臻到，始
　　　　病沈宋之不存寄興，而訝子昂之未暇旁備矣。

杜甫的詩作，其內容的廣大，和藝術表現的技巧，都遠邁陳子昂。因此，元稹對他推崇備至。其〈唐故工部員外郎杜君墓係銘〉云：

　　　　予讀詩至子美，而知古人之才有所總萃焉。……蓋所謂上
　　　　薄風騷，下該沈宋，言奪蘇李，氣吞曹劉，掩顏謝之孤高，
　　　　雜徐庾之流麗，盡得古今之體勢，而兼昔人之所獨專矣。
　　　　使仲尼考鍛其旨要，尚不知貴其多乎哉！苟以爲能所不
　　　　能，無可無不可，則詩人以來，未有如子美者。

前承陳子昂的啓發，後受杜甫的影響，元稹繼陳杜的社會寫實精神，使新樂府運動臻於有唐以來的最高發展。他的詩學主張，見於其詩文中，尤以〈敘詩寄樂天〉、〈進詩狀〉、〈樂府古題序〉、〈杜君墓係銘〉、〈新題樂府序〉，及〈和李校書新題樂府〉、〈上令狐相公啓〉諸文中，綜其論見，約有如下數端：

甲、重視諷喻美刺，反對因襲模擬

其〈樂府古題序〉云：

> 風雅至於樂流，莫非諷興當時之事，以貽後代之人。沿襲
> 古題，唱和重複。于文或有短長，于義咸謂贅剩，尚不如
> 寓意古題，刺美見事，猶有詩人引古以諷之義焉。

他所謂「諷興當時之事」，和白居易主張「爲時」、「爲事」而作的創
作原則是一致的。因此，元稹很重視諷喻詩，其〈進詩狀〉云：

> 臣九歲學詩，少經貧賤；十年謫宦，備極恓惶。凡所爲文，
> 多因感激。或自古風詩至古今樂府，稍存寄興，頗近謳謠，
> 雖無作者之風，粗中道人之採。自律詩百韻至於兩韻七言，
> 或因友朋戲投，或因悲歡自遣，既無六義，皆出一時，詞
> 旨繁蕪，倍增慚恐。

他以爲諷喻的價值，在於「稍存寄興」；而律詩則以「既無六義」，
故不被喜愛。〈上令狐相公詩啓〉亦云：「律體卑下，格力不揚，苟
無姿態，則陷流俗。」這種作品又不能密切聯繫國計民生，對政治
沒有裨補的功能，故而不予重視。但也在同一文中，對「思深語近，
韻律調新，屬對無差，而風情自遠」的作品，表示讚許。而杜甫的
〈悲陳陶〉、〈哀江頭〉、〈兵車行〉、〈麗人行〉等詩篇，能不沿襲古
樂府的題目和題材，開創寫作樂府詩的新途徑，正是他反對因襲模
擬主張的範文。他說：

> 近代唯詩人杜甫〈悲陳陶〉、〈哀江頭〉、〈兵車〉、〈麗人〉
> 等，凡所歌行，率皆即事名篇，無復依旁。予少時與友人
> 樂天、李公垂輩，謂是爲當，遂不復擬賦古題。（〈樂府古題
> 序〉）

元稹對杜甫的「即事名篇，無復依旁」表示推重，並以之爲新樂府詩
的特色。

乙、反對南朝文風

元稹既受陳子昂復古運動之啓發，與陳子昂一樣反對南朝的形式
主義的文風。其〈杜君墓係銘〉云：

建安之後，天下文士遭罹兵戰，曹氏父子鞍馬間爲文，往往橫槊賦詩，故其道文壯節、抑揚怨哀、悲離之作，尤極於古。晉世風概稍存，宋齊之間，教失根本，士以簡慢歇習舒徐相尚，文章以風容色澤放曠精清爲高，蓋吟寫性靈流連光景之文也，意義格力無取焉。陵遲至於梁陳，淫艷刻飾佻巧小碎之詞劇，又宋齊之所不取也。

對南朝尤其宋以後的文風，給予尖銳的批評。劉勰曾說：「宋初文詠，體有因革，莊老告退，而山水方滋，儷采百字之偶，爭價一句之奇，情必極貌以寫物，辭必窮力而追新，此近世之所競也。」《文心雕龍・明詩》提倡寫實諷喻的元稹，當然不能接受這種文風，而要大加撻伐了。針對這種形式主義偏重藝術美的風氣，元稹以爲平易尚質，削去淫辭麗藻，纔是諷喻詩的要求，其〈和李校書新題樂序〉云：

昔三代之盛也，士議而庶人謗。又曰：世理則詞直，世忌則詞隱，予遭理世，而君盛聖，故直其詞以示後，使夫後之人謂今日爲不忌之時焉。

不注重詞句上的錘鍊，而要求「直詞」表現。其目的仍是要藉樂府詩來寫社會實況。

丙、次韻說

元稹與白居易，交深誼重，辛文房《唐才子傳》云：

微之與白樂天最密，雖骨肉未至，愛慕之情，可欺金石，千里神交，若合符契，唱和之多，毋踰二公者。

「元白」並稱於世，由於二人同倡新樂府運動，詩風相近，而篇什往來，唱和之多，有唐詩人中，尚無出其右者。元稹遂於焉創爲次韻說，其〈上令狐相公詩啓〉云：

律體卑痺，格力不揚，苟無姿態，則陷流俗，常欲得思深語近，韻律調新，屬對無差，而風情自遠，然而病未能也。江湖間多有新進小生，不知天下文有宗主，妄相傚傲，而又從而失之，遂至於支離褊淺之詞，皆目爲元和詩體。某又與同門生白居易友善，居易雅能爲詩，就中愛驅駕文字，

> 窮極聲韻，或爲千言，或爲五百言律詩，以相投寄。小生
> 自審不能有以過之，往往戲排舊韻，別創新詞，名爲次韻
> 相酬，蓋欲以難相挑耳。江湖間爲詩者，復相倣傚，力或
> 不足，則至於顛倒語言，重複首尾，韻同意等，不異前篇，
> 亦目爲元和詩體。而司文者考變雅之由，往往歸咎於稹。

字裡行間，頗以元和體爲榮。白居易〈編集拙詩成一十五卷因題卷末
戲贈元九李二十〉詩稱：「每被老元偷格律」，就是指元稹的「次韻相
酬」一事。元白二人對這種唱和酬答的律體，頗爲自得，白居易曾說：
「詩到元和體變新」〈餘思不盡加爲六韻之作〉，自注云：「眾稱元白
爲千字律詩，或號元和格。」元稹同聲相應云：「次韻千言曾報答。」
〈酬樂天餘思不盡加爲六韻之作〉自注云：「樂天曾寄予千字律詩數
首，予皆次用本韻酬和，後來遂以成風耳。」他們這種「以難相挑」
的結果，事實上已促成形式主義文學的風尚，而不自知耳。

丁、崇杜抑李

元稹之提倡諷喻詩和新樂府，是受杜甫的影響。因此，他對杜甫
的評價極高，其〈杜君墓係銘〉云：

> 唐興，官學大振，歷世之文，能者互出。而又沈宋之流，
> 研練精切，穩順聲勢，謂之爲律詩。由是而後，文體之變
> 極焉。然而好古者遺近，務華者去實；效齊梁則不逮於魏
> 晉，工樂府則力屈於五言；律切則骨格不存，閑暇則纖穠
> 莫備。至於子美，蓋所謂上薄風騷，下該沈宋，言奪蘇李，
> 氣吞曹劉，掩顏謝之孤高，雜徐庾之流麗，盡得古今之體
> 勢，而兼昔人之所獨專矣。使仲尼考鍛其旨要，尚不知貴
> 其多乎哉？苟以爲能所不能，無可無不可，則詩人以來，
> 未有如子美者！

對杜詩之風格推崇備至，另外其〈酬孝甫見贈十首之二〉詩贊美：「杜
甫天才頗絕倫，每尋詩卷似情親。憐渠直道當時語，不著心源傍古人。」
不因襲模擬，重獨創的可貴。

元稹對杜甫崇仰有加，而對李白則頗爲貶抑。在同一文中，他說：

> 時山東人李白，亦以奇文取稱，時人謂之李杜。予觀其壯
> 浪縱恣，擺去拘束，模寫物象，及樂府歌詩，誠亦差肩於
> 子美矣。至若鋪陳終始，排比聲韻，大或千言，次猶數百，
> 詞氣豪邁，而風調清深，屬對律切，而脫棄凡近，則李尚
> 不能歷其藩翰，況堂奧乎！

元稹常把李白和杜甫，用對比的方式給以評價，如說「李杜詩篇敵」
〈代曲江老人百韻〉，但並不周延全面。他說李白的詩「奇」，算是得
其一偏，殷璠《河嶽英靈集》說李白的「〈蜀道難〉等篇，可謂奇之
又奇。」都只是李白詩歌成就的一部分，其不爲「屬對律切」束縛，
壯浪恣縱的風格，正是他的長處，也是他人所不及之處，元稹卻視之
爲短處。同樣地，杜甫的「大或千言，次猶數百」的長篇排律，如〈北
征〉、〈述懷〉，固然成就非凡，而綜觀全部作品，大多是內容不夠充
實，語言也不夠精鍊，有許多堆砌的痕跡。而元稹竟將之視爲杜詩中
的精華部分，顯然不妥。〔註16〕

元稹對唐詩人，除明顯地崇杜抑李外，對沈宋則有褒有貶。其〈杜
君墓係銘〉云：

> 沈宋之流，研練精切，穩順聲勢，謂之爲律詩。

而在〈敘詩寄樂天書〉則云：

> 得杜甫詩數百首，愛其浩蕩津涯，處處臻到，始病沈宋之
> 不存寄興。

一方面對沈宋完成律體，給予肯定的地位。另一方面又以杜甫爲比，
批評沈宋的作品內容空虛，「不存寄興」，這見解是正確的。對於陳子
昂，則一方面承受其啓發而力倡諷喻詩，一方面又以之與杜甫相比，
「而訝子昂之未暇旁備」，亦屬的論。

白居易是元稹的詩友，亦是詩敵。元稹對他的評價就比較全面。
其〈白氏長慶集序〉首先論及白詩流傳情形云：

> 二十年間，禁省觀寺郵堠牆壁之上無不書，王公妾婦牛童

〔註16〕元好問對元稹這種評價；曾譏笑云：「排比鋪長特一途，藩籬如此亦
　　　　區區。少陵自有連城璧，爭奈微之識碔砆。」〈論詩絕句〉。

> 馬走之口無不道。至於繕寫模勒，衒賣於市井，或持之以
> 交酒茗者，處處皆是。其甚者，有至於盜竊名姓，苟求自
> 售，雜亂間厠，無可奈何！予嘗於平水市中，見村校諸童
> 競習歌詠，召而問之，皆對曰：先生教我樂天、微之詩。
> 固亦不知予之爲微之也。又雞林賈人求市頗切，自云：本
> 國宰相每以一金換一篇。其甚僞者，宰相輒能辨別之。自
> 篇章已來，未有如是流傳之廣者。

說明白居易詩篇之雅俗共賞，中外同欽的情形，但也同時顯示白詩是
較受下層民眾喜愛的事實，當然和他的文學理論相關。接著元稹對白
居易的詩文，作一總評，云：

> 大凡人之文各有所長，樂天之長，可以爲多矣。夫諷喻之
> 詩長於激，閑適之詩長於遣，感傷之詩長於切；五字律詩、
> 百言而上長於贍，五字七字、百言而下長於情，賦贊箴戒
> 之類長於當；碑記敘事制誥長於實，啓奏表狀長於直，書
> 檄詞策剖判長於盡。總而言之，不亦多乎哉。

分別以極簡單的文字，「激」、「遣」、「切」、「贍」、「情」來說明白居
易詩篇的長處，可謂概括而盡意。

最後，再從元稹的自我批評看他的詩論。在〈敍詩寄樂天書〉裏
把自己的詩篇分選「色類相從」者，共十體。其文云：

> 其中有旨意可觀，而詞近古往者，爲古諷；意亦可觀，而
> 流在樂府者，爲樂諷；詞雖近古，而止於吟寫性情者，爲
> 古體；詞實樂流，而止於模象物色者，爲新題樂府；聲勢
> 沿順，屬對穩切者，爲律詩；仍以七言、五言爲兩體，其
> 中有稍存寄興，與諷爲流者，爲律諷；不幸少有伉儷之悲，
> 撫存感往，成數十詩，取潘子悼亡爲題。又有以干教化者，
> 近世婦女，暈淡眉目，綰約頭鬢，衣服修廣之度，及匹配
> 色澤，尤劇怪艷，因爲豔詩百餘首。詞有古今又兩體。

元稹對自己的作品，仍然是重視稍存寄興的詩篇，因爲它們是具有諷
喻深意的作品。

十一、杜　牧

（一）杜牧之生平及作品

　　杜牧（803～853），字牧之，京兆萬年（陝西西安）人。其祖父杜佑曾任德宗、順宗、憲宗三朝宰相，然至牧時，家道中落，大不如前。太和二年登進士第，一生大部分時間都在地方州縣任職，在仕途上頗不稱意。有《樊川文集》二十卷行世。《全唐詩》（卷五百二〇～卷五百二十七）編詩八卷，各體詩凡五百二十四篇。《全唐文》（卷七百四十八～卷七百五十六）編文九卷，各體文凡二百又四篇。

（二）杜牧之詩篇

　　杜牧是詩文兼擅的作家，其散文絕少嘯傲煙霞或無病呻吟的作品，大多是感慨時事，縱橫奧衍。並且寓意深刻，犀利曉暢，自成一格。在詩歌創作上與李商隱齊名，並稱「李杜」。在文學理論上，杜牧要求有益於世。文章要「舖陳功業，稱校短長」〈上安州崔相公啓〉。強調文以致用，文學的語言形式，是為內容服務的，反對片面追求華麗的辭藻。其〈答莊充書〉云：

　　　　凡為文以意為主，以氣為輔，以辭采章句為之兵衛。……苟
　　　　意不先立，止以文彩辭句繞前捧後，是言愈多，而理愈亂。

由此可見，杜牧把文章的主旨視為首要，並強調其重要性，而把文彩辭句等形式方面的要素，置於附屬的地位。他並把這一觀念，應用於詩歌的創作上，其〈獻詩啓〉云：

　　　　某苦心為詩，惟求高絕，不務奇麗，不涉習俗，不今不古，
　　　　處於中間。既無其才，徒有其意，篇成在紙，多自焚之。

明顯反對奇麗淫巧的文風。基於這一原則，進行對唐代詩人的評價，杜牧最推重的詩人是李白、杜甫、韓愈與柳宗元。其〈雪晴訪趙嘏街西所居三韻〉詩云：

　　　　命代風騷將，誰登李杜壇。少陵鯨海動，翰苑鶴天寒。

又〈冬至日寄小姪阿宜詩〉云：

　　　　高摘屈宋豔，濃薰班馬香。李杜泛浩浩，韓柳摩蒼蒼。近

者四君子，與古爭強梁。

又〈讀韓杜集〉詩云：

> 杜詩韓集愁來讀，似倩麻姑癢處搔。

對李白杜甫的詩歌成就，允推爲唐詩之首。而韓愈柳宗元的詩文也都有一定的藝術成就。因此，杜牧給予概括而崇高的評價。

最傑出的是對於李賀詩歌的評價。其〈李賀歌詩集序〉云：

> （賀）字長吉，元和中韓吏部亦頗道其歌詩。雲煙綿聯，不足爲其態也；水之迢迢，不足爲其情也；春之盎盎，不足爲其和也；秋之明潔，不足爲其格也；風檣陣馬，不足爲其勇也；瓦棺篆鼎，不足爲其古也；時花美女，不足爲其色也；荒國陊殿，梗莽丘隴，不足爲其恨怨悲愁也；鯨呿鼇擲，牛鬼蛇神，不足爲其虛荒誕幻也。蓋騷之苗裔，理雖不及，辭或過之。騷有感怨刺懟，言及君臣理亂，時有以激發人意，乃賀所爲，無得有是。賀復能探尋前事，所以深歎恨古今未嘗經道者，如金銅仙人辭漢歌，補梁庾肩吾宮體謠，求取情狀，離絕遠去，筆墨畦逕間，亦殊不能知之。賀生二十七年死矣！世皆曰：使賀且未死，少加以理，奴僕命騷可也。

杜牧對李賀歌詩的獨特成就，如以濃艷的色彩，象徵的手法，抒寫其悲怨淒清，險峭幽冷的意境，表示高度的推崇。更指出李賀的歌詩和離騷在思想與藝術上的連繫，肯定李賀的詩是「騷之苗裔」。兩相比較之下，「理雖不及」而「辭或過之」。也就是在內容方面，不如屈原〈離騷〉深刻充實，但在文詞的藝術表現上，則有超越之處，如非李賀短命，稍假時日，其成就一定不可限量。

杜牧對元稹、白居易的詩歌，則表示不滿。其〈唐故平盧君節度巡官隴西李府君（戡）墓誌銘〉云：

> 嘗痛自元和已來，有元白詩者，纖艷不逞，非莊士雅人，多爲其所破壞。流於民間，疏於屏壁，子父女母，交口教授，淫言媟語，冬寒夏熱，入人肌骨，不可除去。

杜牧藉李戡之口，表示了自己的意見。這些「淫言媟語」的詩篇，當

然不是元白詩歌的全部，而是那些流行最廣，摹仿的人最多的律體詩，或是「杯酒光景間」所作的「小碎篇章」，亦即所謂的元和體。至於元白具有較強諷諭意義的詩歌，在當時，反而不甚流行。元稹〈白氏長慶集序〉曾云：「樂天秦中吟、賀雨諷諭等篇，時人罕能知者。」白居易在〈與元九書〉裡，也有類似的說法。李肇《國史補》云：

> 元和以後，詩章學淺於白居易，學淫靡於元稹，俱名元和體。

這種情形也可以從元稹的〈上令狐相公啟〉中，得到印證。因此，杜牧的批評是符合事實的，也是恰當的。

此外，杜牧對張祐（《全唐詩》卷五百一十～卷五百一十一共輯詩四百五十篇）的詩也極表欣賞。其〈贈張祐〉詩云：

> 詩韻一逢君，平生稱所聞。

又〈汴人舟行答張祐〉詩云：

> 聽君詩句倍愴然。

又〈登池州九峯樓寄張祐〉詩云：

> 誰人得似張公子，千首詩輕萬戶侯。

又〈酬張祐處士見寄長句四韻〉詩云：

> 七子論詩誰似公，曹劉須在指揮中。薦衡昔日知文舉，乞火無人作蒯通。北極樓臺長挂夢，西江破浪遠吞空。可憐故國三千里，虛唱歌辭滿六宮。

張祐在當時以善寫宮詞得名，尤其〈何滿子〉一首，詩云：

> 故國三千里，深宮二十年。一聲何滿子，雙淚落君前。

曲調哀怨，吟之腸斷。杜牧對於張祐在宮詞上的藝術成就，和當時流行的情形，給予事實的評價。

十二、李商隱

（一）李商隱之生平及作品

李商隱（811～858），字義山，懷州河內人。寓居鄭州滎陽，早年習業玉陽王屋山，自號玉谿生。後即以名其詩。生於唐憲宗元和六

年，卒於唐宣宗大中十二年，得年四十七。

商隱工詩，爲文瑰邁奇古，辭難事隱。從令狐楚學駢文，儷偶繁縟。每屬綴多檢閱書冊，左右麟次，號獺祭魚。時與溫庭筠、段成式號三十六體。

著有樊南甲乙集各二十卷，玉谿生詩三卷。今《全唐文》（卷七百七十一～卷七百八十二）共編文十二卷。輯存各體文凡三百三十四篇。《全唐詩》（卷五百三十九～卷五百四十一）共編詩三卷，輯詩凡六百又二篇。

（二）李商隱之詩論

李商隱在詩歌的創作上，有傑出的成就，但在文學理論方面，則甚少成績。在思想上有些非道統的言論，其〈容州經略史元結文集後序〉云：

> 論者徒曰次山不師孔氏爲非。嗚呼！孔氏于道德仁義外有何物？百千萬年，聖賢相隨於塗中耳。次山之書曰：「三皇用眞而恥聖，五帝用聖而恥明，三王用明而恥察。」嗟嗟此書，可以無乎？孔氏固聖矣，次山安在其必師之邪！〔註17〕

他對元結的文章，給予極高的評價，卻很激烈地表示對「孔氏于道德仁義外有何物」，感到不滿。因此，李商隱主張作品要能創新，而反對因襲模仿。其〈上崔華州書〉云：

> 愚生二十五年矣，五年讀經書，七年弄筆硯。始聞長老言，學道必求古，爲文必有師法，常悒悒不快。退自思曰：夫所謂道，豈古所謂周公、孔子者獨能邪？蓋愚與周孔俱身之耳。以是有行道不繫今古，直揮筆爲文，不能攘取經史，諱忌時世，百經萬書，異品殊流，又豈能意分出其下哉！〔註18〕

由此看來，他是不主張「攘取經史」，而要「直揮筆爲文」的。

在論詩方面，李商隱沒有專篇的詩文，因而，難以做有系統的論

〔註17〕見《全唐文》卷七百七十九，頁10272（大通書局印行）。
〔註18〕見《全唐文》卷七百七十六，頁10221（大通書局印行）。

述。但其〈獻侍郎鉅鹿公啓〉云：

　　屬辭之工，言志爲最。……雖古今異制，而律呂同歸。〔註19〕

以爲文學必須有眞實的情感。因此，在創作上要表現作者的思想感情纔可貴。其〈獻相國京兆公啓〉云：

　　人稟五行之秀，備七情之動，必有詠歎，以通性靈。〔註20〕

比較能夠注意到情感在文學上的表現之重要，在他的詩篇裡，可以看到他對這一理論的實踐很詳盡。

　　要在李商隱的詩篇中，企圖探索其論詩意見，是極困難而又極危險的事。因爲李商隱的詩寄興遙深，用事精到，他曾一再表明：「楚雨含情皆有托」〈梓州罷吟寄同舍〉、「巧囀豈能無本意」〈流鶯〉，讀其詩往往爲其「奇文鬱起」、「驚采絕艷」〔註21〕所眩，無法進行深入的分析。元遺山〈論詩絕句〉云：

　　望帝春心托杜鵑，佳人錦瑟怨華年，詩家總愛西崑好，獨

　　恨無人作鄭箋。

說明了解義山作品之難，是出來已久的。但是他曾在〈上令狐相公狀一〉〔註22〕中，談到自己的創作方法是「因事寄情，寓物成命」。又在〈樊南甲集序〉云：

　　往往咽噱於任范徐庾之間，有請作文，或時得好對切事，

　　聲勢物景，哀上浮壯，能感動人。〔註23〕

在文學創作上，他主張不模仿，但他卻善於汲取前人的創作經驗。他喜愛任昉、范雲、徐陵、庾信等人的作品。而任昉「博物，動輒用事」；〔註24〕范雲詩：「清便宛轉如流風迴雪」；〔註25〕徐陵綺麗，庾信好用典，「文並綺麗，故世號爲徐庾體焉。」而這些特徵融合表現在李商

〔註19〕見《全唐文》卷七百七十八，頁10254（大通書局印行）。

〔註20〕同註19，頁10249。

〔註21〕見《文心雕龍‧辨騷》。

〔註22〕見《全唐文》卷七百七十四，頁10201（大通書局印行）。

〔註23〕見《全唐文》卷七百七十九，頁10273（大通書局印行）。

〔註24〕見鍾嶸《詩品》，卷中。

〔註25〕見《北史》，卷八三，〈文苑‧庾信傳〉。

隱的詩中。有時他以前輩文人自喻，如「宣室求賢訪逐臣，賈生才調更無倫」〈賈生〉、「何事荊臺百萬家，惟教宋玉擅才華」〈宋玉〉，這是因爲賈誼和宋玉，同樣才華絕倫，而遭逢不偶，頗類於李商隱本人。

在唐代詩人中，最受李商隱推重的是杜甫、李白與李賀。其〈樊南甲集序〉云：

> 十年京師寒且饑，人或目曰，韓文杜詩，彭陽章檄，樊南窮凍，人或知之。〔註26〕

他以韓文杜詩、令狐楚章檄，和他個人的窮蹇並列，韓杜令狐三人的作品，在當時一定是聞名的，而他個人的窮凍，差可比擬。其〈漫成五章〉之首、二章云：

> 沈宋裁辭矜變律，王楊落筆得良朋。當時自謂宗師妙，今日惟觀對屬能。(其一)

> 李杜操持事略齊，三才萬象共端倪。集仙殿與金鑾殿，可是蒼蠅惑曙雞。(其二)〔註27〕

這一組詩向來被當作李商隱「歷敘生平而作」。馮浩就說：「蓋實義山自敘一生淪落之歎。」〔註28〕但因詩裡提到唐代詩人，因此，藉以探討其詩論。據《新唐書·文藝傳》云：

> 建安後訖江左，詩律屢變，至沈約、庾信以音韻相婉附，屬對精密。及宋之問、沈佺期，又加靡麗，回忌聲病，約句準篇，如錦繡成文，號爲沈宋。

又贊曰：

> 陳、隋風流，浮靡相務，至沈宋等研揣聲音，浮切不差，而號律詩。

沈佺期、宋之問是唐代律體的完成者。而王勃、楊炯、盧照鄰、駱賓王皆以文章齊名，時號初唐四傑的「當時體」，就曾給予歷史性的評定。

〔註26〕同註 23。

〔註27〕李商隱〈漫成五首〉見《玉谿生詩集箋注》卷二，頁 402（里仁書局印行）。

〔註28〕同註 27，頁 404。

因此，李商隱就直截了當說沈宋王楊的詩「辭矜變律」又善「屬對」。

李白、杜甫是唐代兩位最偉大的詩人，《舊唐書‧文苑傳》云：

　　天寶末，詩人杜甫與李白齊名，時人謂之李杜。

李商隱把李、杜相提並論，等量齊觀，是贊成當時文壇的評價。杜甫詩的創作經驗，是李商隱潛心學習的對象，在今存玉谿生詩中就有題目是擬杜工部的，如五律〈河清與趙氏昆季宴集得擬杜工部〉〔註29〕及七律〈杜工部蜀中離席〉〔註30〕，就是用的杜法杜語。其他如〈行次西郊作一百韵〉〔註31〕、〈偶成轉韻七十二句贈四同舍〉〔註32〕、〈戲題樞言草閣三十二韻〉〔註33〕、〈吟懷寄秘閣舊僚二十六韻〉〔註34〕都莫不有杜甫的面貌。故而葉少蘊《石林詩話》云：

　　唐人學老杜，唯商隱一人而已；雖未盡造其妙，然精密華
　　麗，亦自得彷彿。

指出李商隱的詩與杜甫的詩之精神連繫。其他的評論家如《蔡寬夫詩話》、朱少章《風月堂詩話》、薛雪《一瓢詩話》、何義門《讀書記》都有類似的論見。〔註35〕

〔註29〕　同註27，頁341。
〔註30〕　同註27，頁361。
〔註31〕　同註27，頁96。
〔註32〕　同註27，頁425。
〔註33〕　同註27，頁434。
〔註34〕　同註27，頁444。
〔註35〕　《蔡寬夫詩話》云：「王荊公晚年亦喜稱義山詩，以爲唐人知學老杜而得其藩籬者，惟義山一人而已。每誦其『雪嶺未歸天外使，松州猶駐殿前軍。』……『永憶江湖歸白髮，卻迴天地入扁舟』與『池光不受月，暮氣欲沈山』、『江海三年客，乾坤百戰場』之類，雖老杜無以過也。
　　　　　朱少章《風月堂詩話》云：「李義山擬老杜詩云：『歲月行如此，江湖坐渺然。』眞是老杜語也。其他句『蒼梧應露下，白閣自雲深』、『天意憐幽章，人間重晚晴』之類，置杜集中亦無愧矣。」
　　　　　薛雪《一瓢詩話》云：「有唐一代詩人，惟李玉谿直入浣花之室。溫飛卿、段柯古諸君，雖與並名，不能歷其藩翰，後人以獺祭毀之，何其愚也。試觀獺祭者，能作得半句玉谿詩否。……李玉谿無疵可議，要知前有少陵，後有玉谿，更無有他人可任鼓吹，有唐唯此二

　　李商隱同時也深受李白的影響。這一點可以從韋縠編選的《才調集》得到印證。〈才調集敍〉云：

　　　　暇日因閱李杜集、元白詩。其間天海混茫，風流挺特，遂採摭奧妙。……今纂諸家歌詩，總一千首。每一百首成卷，分之爲十目。〔註36〕

其「卷第六」選四家作品，計李白二十八首，李商隱四十首，李涉十五首，唐彥謙十七首。馮定遠在李白名下云：

　　　　此書多以一家壓卷，此卷太白後又有李玉谿，此有微意，讀者參之。

又於李商隱名下云：

　　　　選玉谿次謫仙後，乃是重他，非以太白壓之也。

而重刊宋本《才調集》馮武〈序〉之云：

　　　　以太白領第六第七卷，而以玉谿生次之，所以重太白而尊商隱也。

如此說來，韋縠與二馮都已看出李商隱詩與李白詩的密切淵源。

　　在歌詩創作歷程上，李商隱對「鬼才」詩人李賀，也極表欽仰，並刻意學習。他曾寫〈李賀小傳〉，〔註37〕對李賀的「苦吟疾書」和遭時不偶深致贊譽與同情。今存玉谿生詩中，有標明「效長吉」的詩篇，〔註38〕而未標明但實質上效李賀的作品尙多，如〈日高〉、〈宮中曲〉、〈射魚曲〉、〈李夫人〉、〈河陽詩〉、〈燒香曲〉、〈河內詩〉、〈景陽宮井雙桐〉、〈燕臺〉等是。〔註39〕

　　其次，在李商隱現存的詩篇中，還提到當代的詩人有杜牧、溫庭

公而已。

　　何義門《讀書記》云：「晚唐中牧之、義山，俱學子美。牧之豪健跌宕，不免過於放。……不如義山頓挫曲折，有聲有色、有情有味，所得爲多。……義山五言出於庾開府，七言出於杜工部。」

〔註36〕見《唐人選唐詩》，頁444（河洛圖書公司印行）。
〔註37〕見《全唐文》卷七百八十，頁10289（大通書局印行）。
〔註38〕同註27，頁549。
〔註39〕同註27，頁10、頁132、頁383、頁495、頁669、頁609、頁665、頁738、頁632。

筠、韓偓等人。其〈杜司勳〉詩云：

> 高樓風雨感斯文，短翼差池不及群。刻意傷春復傷別，人
> 間惟有杜司勳。

又〈贈司勳杜十三員外〉詩云：

> 杜牧司勳字牧之，清秋一首杜秋詩，前身應是梁江總，名
> 總還曾字總持。心鐵已從干鏌利，鬢絲休歎雪霜垂。漢江
> 遠弔西江水，羊祜韋丹盡有碑。

胡震亨《唐音癸籤》說：「杜牧詩主才，氣俊思活。」〔註40〕李商隱
和杜牧、溫庭筠同為晚唐詩壇的三大家，李對溫當有英才相惜之情。
其〈有懷在蒙飛卿〉詩云：

> 薄宦頻移疾，當年久索居。哀同庾開府，瘦極沈《尚書》。
> 城綠新陰遠，江清返照虛，所思惟翰墨，從古待雙魚。

又〈聞著明凶問哭寄飛卿〉詩云：

> 昔歎讒銷骨，今傷淚滿膺。空餘雙玉劍，無復一壺冰。江
> 勢翻銀漢，天文露玉繩。何因攜庾信，同去哭徐陵。

溫李齊名，正如徐庾一般，李商隱雅能用典，故舉以寓己。對韓偓的
詩才，李商隱〈韓冬郎即席為詩相送一座盡驚他日余方追吟連宵侍坐
徘徊久之句有老成之風因成二絕寄酬兼呈畏之員外〉詩云：

> 十歲裁詩走馬成，冷灰殘燭動離情。桐花萬里丹山路，雛
> 鳳清於老鳳聲。
> 劍棧風檣各苦辛，別時冬雪到時春。為憑何遜休聯句，瘦
> 盡東陽姓沈人。

「韓致堯偓治遊情篇，豔奪溫、李。」〔註41〕李商隱對他頗表欣賞。

十三、皮日休

（一）皮日休生平及作品

皮日休（834～883），先字逸少，後字襲美，襄陽人。約生於唐

〔註40〕見胡震亨《唐音癸籤》卷八，頁62（世界書局印行）。
〔註41〕同註24，頁68。

文宗太和八年，卒於唐僖宗中和初。唐懿宗咸通八年舉進士第，僖宗乾符四年入朝，為著作郎，遷太常博士。後黃巢陷長安，遂遇害。有《皮子文藪》行世，《全唐詩》（卷六百八～卷六百一十六）編詩九卷，存詩三百九十七首。《全唐文》（卷七九六～卷七九九）共編文四卷，輯存各體文凡七十三篇。

（二）皮日休之詩論

在文學理論上，皮日休主張不放「空言」，要有為而作。其〈皮子文藪序〉云：

> 皆上剝遠非，下補近失，非空言也。〔註42〕

顯然是針對時弊而發，不徒作文字之遊戲。

在詩歌理論方面，皮日休重視樂府詩的社會功能。其〈正樂府十篇并序〉云：

> 樂府蓋古聖王采天下之詩，欲以知國之利病，民之休戚者也。得之者，命司樂氏入之於墳篋，和之以管籥。詩之美也，聞之足以勸乎功；詩之刺也，聞之足以戒乎政；故周禮太師之職，掌教六詩，小師之職，掌諷誦詩。由是觀之，樂府之道大矣！今之所謂樂府者，唯以魏晉之侈麗，陳梁之浮艷，謂之樂府詩，真不然矣！故嘗有可悲可懼者，時宜於詠歌。〔註43〕

由此看來，皮日休著重詩的「美刺」的功用。顯然是受到白居易的影響，因此，他對白居易推崇備至。其〈七愛詩‧白太傅居易〉詩云：

> 吾愛白樂天，逸才生自然。誰謂辭翰器，乃是經綸賢。欻從浮艷詩，作得典誥篇。立身百行足，為文六藝全。清望逸內署，直聲驚諫垣。所刺必有思，所臨必可傳。〔註44〕

白居易能以通俗而靡麗的語言，創為諷諭體的樂府詩，其反映民生疾苦的精神，與皮日休不放「空言」的主張，是一致的。因此，對於杜

〔註42〕 見《全唐文》卷七百九十六，頁 10536（大通書局印行）。
〔註43〕 見《全唐詩》卷六百八，頁 7018（明倫出版社印行）。
〔註44〕 同註43。

牧假借李戡之口，訾議元白詩「纖豔不逞」、「淫言媟語」，特別著文
爲之辯護。其〈論白居易薦徐凝屈張祜〉一文，云：

> 余嘗謂文章之難，在發源之難也。元白之心，本乎立教，乃
> 寓意於樂府，雍容宛轉之詞，謂之諷諭，謂之閒適。既持是
> 取大名，時士翕然從之，師其詞，失其旨。凡言之浮靡艷麗
> 者，謂之元白體。二子規規攘臂解辯，而習俗既深，牢不可
> 破，非二子之心也。所以發源者非也，可不戒哉！〔註45〕

正因爲「元白之心，本乎立教」，那就是有益教化，故受皮日休的推
重。如此重視詩歌的「美刺」作用，與元白的見解是一致的，他所重
視的正是白居易那些「所刺必有思」的樂府。而杜牧等人的批評，是
因爲一般時人，學習元白而失其旨意，乃發源之非的原因。

皮日休雖然對白居易的社會詩極爲推崇，但對於李白的作品，也
同樣深致贊佩之意。其〈七愛詩・李翰林白〉篇云：

> 吾愛李太白，身是酒星魄。口吐天上文，跡作人間客。礌
> 砢千丈林，澄澈萬尋碧。醉中草樂府，十幅筆一息。
> 五岳爲辭鋒，四溟作胸臆。惜哉千萬年，此俊不可得。〔註46〕

又於〈劉棗強碑〉中，說李白的詩歌，云：

> 言出天地外，思出鬼神表。讀之則神馳八極，測之則心懷
> 四溟。磊磊落落，直非世間語者。〔註47〕

對於李白詩歌的成就給予高度的肯定，且較爲準確地認識李白的思想
藝術之特點。

在同一文中，皮日休贊美劉言史的詩歌：

> 所有歌詩千首，其美麗恢贍，自（李）賀外，世莫得比。
> 〔註48〕

劉言史，《全唐詩》（卷四百六十八）存詩七十九首，大多精贍鍊麗。
孟郊曾有〈哭言史詩〉云：

〔註45〕見《全唐文》卷七九七，頁105445（大通書局印行）。
〔註46〕同註43。
〔註47〕見《全唐文》卷七九九，頁10582（大通書局印行）。
〔註48〕同註47。

精異劉言史，詩腸傾珠河。取次抱置之，飛過東溟波。可
惜大國謠，飄爲四夷歌。〔註49〕

當時劉言史的詩篇一定很流行，甚至國外也曾流傳。皮日休以之與李
賀相提並論，且特別強調他的特色在於「彫金篆玉，牢奇籠怪，百鍛
爲字，千鍊成句。雖不追躡（李）太白，亦後來之佳作也。」〈劉棗
強碑〉李白擅長樂府歌行，李賀歌詩在表現上的誇張、奇句，是人所
難及的特色。而皮日休則以爲劉言史的歌詩，與李白的樂府歌行相
較，雖然尚有不足，但與同時的李賀相比，則可並駕齊驅，毫不遜色。
這是皮日休的一項卓見。

　　皮日休對擅長描寫自然山水與田園生活的孟浩然，也極表推重。
其〈郢州孟亭記〉云：

明皇世，章句之風大得建安體，論者推李翰林、杜工部爲
尤，介其間能不媿者，惟吾鄉之孟先生也。先生之作，遇
景入詠，不拘奇抉異，令齷齪束人口者，涵涵然有干霄之
興，若公輸氏當巧而不巧者也。北齊美蕭愨有「芙蓉露下
落，楊柳月中疎」，先生則有「微雲澹河漢，疎雨滴梧桐」；
樂府美王融：「日霽沙嶼明，風動甘泉濁」。先生則有「氣
蒸雲夢澤，波動岳陽城」；謝朓之詩句精者有「露濕寒塘草，
月映清淮流」，先生則有「荷風送香氣，竹露滴清響」；此
與古人爭勝於毫釐間也。他稱是者眾，不可悉數。〔註50〕

在這裡他把孟浩然部分得建安體的作品，提高到與李杜同等的地位。
並指出孟詩在寫景上得自然之巧的藝術特色。早在皮日休之前，《河
嶽英靈集》的編者殷璠，即曾指出「浩然詩，文彩葦茸，經緯綿密，
半遵雅調，全削凡體，至如『眾山遙對酒，孤嶼共題詩』，無論興象，
兼復故實。又『氣蒸雲夢澤，波動岳陽城』，亦爲高唱。」〔註51〕胡
震亨《唐音癸籤》云：「孟浩然詩祖建安，宗淵明，沖澹中有壯逸之

〔註49〕 見《全唐詩》卷三百八十一，頁 4276（明倫出版社印行）。
〔註50〕 見《全唐文》卷七百九十七，頁 10542（大通書局出版）。
〔註51〕 見《唐人選唐詩》，頁 91（河洛圖書出版社印行）。

氣。」〔註52〕殷璠注意到孟詩的興象，而胡震亨引〈吟譜〉的說法，則與皮日休一致。總的說來，孟詩以風格明朗，語言清澈，感情誠摯，達到情景交融爲其特色。他有意學陶淵明，也曾寫出許多頗富陶風的作品，如〈宿建德江〉、〈過故人莊〉等篇。〔註53〕但也有部分寫景詩近於謝靈運，如〈夜泊宣城界〉、〈彭蠡湖中望廬山〉等是。〔註54〕故杜甫曾贊美說：「賦詩何必多，往往凌鮑謝。」〈遣興〉都指出孟詩的風格特色。不過孟浩然因爲筆觸細膩，處處用心，故其詩也有不少斧鑿的痕跡，並未臻及陶、謝、李、杜的藝術境界，而皮日休之見重若此，恐怕也沾有同爲襄陽人的鄉誼情愫。

在〈魯望昨以五百言見貽過有褒美內揣庸陋彌增愧悚因成一千言，上述吾唐文物之盛，次敘相得之懽，亦迭和之微旨也〉詩中，云：

　　玉壘李太白，銅堤孟浩然。李寬包堪輿，孟澹擬漪漣。……

　　猶與子美思，不盡如轉輪。〔註55〕

又〈魯望讀襄陽耆舊傳見贈五百言，過褒庸材，靡有稱是，然襄陽曩事歷歷在目。夫耆舊傳所未載者，漢陽王則宗社元勳，孟浩然則文章大匠，予次而贊之，因而寄答，亦詩人無言不酬之義也，次韻〉詩中，云：

　　開元文物盛，孟子生荊岫。〔註56〕

都同樣對孟浩然給予過高的評價。

唐詩發展到唐末，形式主義之風又熾，詩壇一片追求音韵的工巧，詞藻的綺靡風尚。皮日休對這種情形也表示不滿，其〈松陵集序〉云：

〔註52〕見《唐音癸籤》卷五，頁40（世界書局印行）。
〔註53〕孟浩然〈宿建德江〉詩云：「移舟泊煙渚，日暮客愁新。野曠天低樹，江清月近人。」又〈過故人莊〉詩云：「故人具雞黍，邀我至田家。綠樹村邊合，青山郭外斜。開軒面場圃，把酒話桑麻。待到重陽日，還來就菊花。」
〔註54〕孟浩然〈夜泊宣城界〉，見《全唐詩》卷一六○，頁1665；〈彭蠡湖中望廬山〉見《全唐詩》卷一五九，頁1624（明倫出版社印行）。
〔註55〕見《全唐詩》卷六百九，頁7024（明倫出版社印行）。
〔註56〕見《全唐詩》卷六百九，頁7023（明倫出版社印行）。

近代稱溫飛卿、李義山爲之最，倖生（陸龜蒙）參之，未
知其孰爲之後先也。〔註57〕

溫李是唐詩末期的兩位宗匠，二人的藝術風格略近。胡震亨《唐音癸
籤‧評彙四》引錄名家對二人的評語分別是：

李義山博聞強記，儷偶繁縟，長於律詩，尤精詠史之作，
後人號爲西崑體（《本傳》）

義山詩用事深僻，以其所長成所短，然合處信有過人。（《古
今詩話》）

義山詩精索群材，包蘊密緻，味酌之而愈出。（揚大年）

世人但謂義山巧麗。（楊用修）

溫飛卿與義山齊名，詩體麗密概同。（遜叟）〔註58〕

正由於如此的成就，故溫李二人在晚唐時期光芒萬丈，爲當代詩家的
代表。皮日休論唐詩，慣於採用類比的方式作比較，如以孟浩然與李
杜等比，此則以陸龜蒙與溫李並列，自然也指陸詩在創作成就上，不
亞於溫李二人，否則豈能曰「參之」而「未知其孰爲之後先也」？但
如就陸詩總的來說，其思想內容頗近陳子昂、杜甫、白居易，常能藉
詩篇反映民生疾苦，冀復採詩之官，並非專在雕章琢句的形式上努
力。而其部分小詩，常以散文組句，抒論說理，頗似韓愈，語言危側，
又近孟郊。如此說來，皮日休以陸與溫李並列而參，必非限於藝術形
式而言。就〈松陵集序〉全文以觀，乃在敘論我國詩歌之流變，自楚
辭至唐詩風格的變遷，而歸之於自然，也惟獨天才，始可畫分時代，
並謂唐詩自元和、長慶後，溫李獨擅，其能取而代之者，惟陸生（龜
蒙）一人而已。

在〈松陵集序〉裡，皮日休並不完全排斥聲律。他說：

吾唐開元之世，易其體爲律焉。始切於律偶，拘於聲
勢。……由漢及唐，詩之道盡矣。

〔註57〕 見《全唐文》卷七百九十六，頁 10535（大通書局印行）。
〔註58〕 見《唐音癸籤》卷八，頁 62（世界書局印行）。

在唯美主義復熾的唐末，詩人常以作品自娛或娛人，聲律的講求自然
難免。

在詩歌創作上，一部分屬於文字遊戲性質的雜體詩作家，如陸龜
蒙、劉禹錫、韓愈、孟郊四人，皮日休都曾給予極高的評價。其〈雜
體詩序〉云：

> 陸生與余，各有是爲，凡八十六首。至如四聲詩，三字離
> 合，全篇雙聲疊韻之作，悉陸生所爲，又足見其多能也。
> 案齊竟陵王郡縣詩曰：追芳承荔浦，挹道信雲丘。縣名由
> 是興焉。案梁元藥名詩曰：戍客恒山下，當思衣錦歸。藥
> 名由是興焉。陸與予亦有是作。至如鮑昭之建除，沈烱之
> 六甲、十二屬，梁簡文之卦名，陸惠曉之百姓，梁元帝之
> 鳥名、龜兆，蔡黃門之口字，古兩頭纖纖、藁砧、五雜組
> 已降，非不能也，皆鄙而不爲。噫！由古至律，由律至雜，
> 詩之道盡乎此也。近代作雜體，唯劉賓客集中有迴文、離
> 合、雙聲、疊韻。如聯句則莫若孟東野與韓文公之多，他
> 集罕見，足知爲之之難也。陸與予竊慕其爲人，遂合己作，
> 爲雜體一卷。〔註59〕

在這一篇序文裡，皮日休首先對聯句、離合、反覆、迴文、疊韻、雙
聲，風人之作等雜體詩的起源作一簡單的探討。並對自己與陸龜蒙的
能作雜體詩，感到自滿。其次大力稱贊陸龜蒙在「四聲詩、三字離合、
全篇雙聲疊韻之作」等雜體詩的成就。

劉禹錫集中的雜體詩有迴文、離合、雙聲、疊韻。是近代（中、
晚唐）唯一得到皮日休贊賞的作品。

至若聯句，是雜體詩之難能者，唐人只有韓愈與孟郊的聯句最
精，因而也同樣博得皮日休的稱揚。

雖說這些作品（雜體詩）的文學價值較低，卻是詩人互誇才華之
所假，自然也有一部分的藝術價值。

〔註59〕見《全唐詩》卷六百十六，頁 7101（明倫出版社印行）。

十四、陸龜蒙

（一）陸龜蒙之生平及作品

陸龜蒙（?~881），字魯望，姑蘇人。少高放，博學，工歌詩及賦，通五經大義，尤明《春秋》。舉進士一不第，從此隱居，與皮日休爲耐久交。著有《吳興實錄》四十卷、《笠澤叢書》四卷，《松陵集》十卷，今存林希逸敘唐甫里先生文集二十卷。《全唐詩》（卷六百十七～卷六百三十）編詩十四卷，凡五百又二首，《全唐文》（卷八百～卷八百一）編文二卷，凡五十六篇。

（二）陸龜蒙之詩論

陸龜蒙的大部分詩篇，都是與皮日休唱和之作，約佔十分之七、八，可惜都沒有提到關乎文學方面的見解，即使那篇略敘各代文學作品之〈襲美先輩以龜蒙所獻五百言既蒙見和復示榮唱至於千字提獎之重蔑有稱實再抒鄙懷用伸酬謝〉〔註60〕詩，也只在應酬，沒有什麼特識。但其〈復友生論文書〉云：

> 僕少不攻文章，止讀古聖人書，誦其言，思其道，而未得者也。每涵咀義味，獨坐日昃。……我自小讀六經、孟軻、楊雄之書，頗有熟者，求文之旨趣規矩，無出於此。〔註61〕

可見其思想仍是儒家爲主的。同文裡他還表示宗經而抑史的態度，那是他覺得史不若經之醇。在論及韻文方面，他說：

> 夫聲成文謂之音，五音克諧，然後中律度。故舜典曰：「詩言志，歌永言，聲依永，律和聲。」聲之不和，病也。去其病則和；和則動天地，感鬼神。〔註62〕

在詩歌理論上，他是兼重辭藻與聲病的。因此，對張祐的作品，評價極高。其〈和過張祐處士丹陽故居序〉云：

> 張祐，字承吉。元和中，作宮體小詩，辭曲艷發，當時輕薄

〔註60〕見《全唐詩》卷六百十七，頁7109（明倫出版社印行）。
〔註61〕見《全唐文》卷八百，頁10598（大通書局印行）。
〔註62〕同註61。

之流，能其才，合謀得譽。及老大，稍窺建安風格，誦樂府
錄，知作者本意，短章大篇，往往間出，諫諷怨譎，時與六
義相左右，善題目佳境，言不可刊置別處，此爲才子之最也。
由是賢俊之士，及高位重名者，多與之遊。〔註63〕

張祜是元和、長慶間人，令狐楚就極賞識他，曾自草表薦。辛文房《唐
才子傳》云：

祜至京師，屬元稹號有城府，偃仰内庭，上因召問祜之詞
藻上下，稹曰：「張祜雕蟲小巧，壯夫不爲。若獎激大過，
恐變陛下風教。」上領之，由是寂寞而歸。〔註64〕

元和、長慶間，元稹與白居易大力倡導的諷諭樂府詩理論，正如日中
天，張祜的「辭曲艷發」，自然要受到排斥，這也只能怨他生不逢辰了。

張祜在《全唐詩》（卷五百十～卷五百十一）中，存有四百五十
篇詩。其豔麗的如〈宮詞〉：

故國三千里，深宮二十年。一聲何滿子，雙淚落君前。

固然膾炙人口，百讀不厭。但也有不少「諫諷怨譎，時與六義相左右」，
有「建安風格」之作。如〈題金山寺〉、〈和杜牧之齊山登高〉、〈題金
陵渡〉、〈書憤〉、〈隋宮懷古〉、〈詠史〉、〈從軍行〉等〔註65〕，都是豪
麗勃鬱，內容深刻之篇。

對於元稹的排擠，杜牧曾深致不平。贈詩云：

睫在眼前長不見，道非身外更何求？誰人得似張公子，千
首詩輕萬戶侯。（〈登池州九峯樓寄張祜〉）

又有〈酬張祜處士見寄長句四韻〉詩云：

七子論詩誰似公？曹劉須在指揮中。薦衡昔日推文舉，乞

〔註63〕見《全唐詩》卷六百二十六，頁7194（明倫出版社印行）。
〔註64〕見辛文房《唐才子傳》卷六，頁107（世界書局印行）。
〔註65〕杜牧〈題金山寺〉詩見《全唐詩》卷五百十，頁5818，〈和杜牧之
齊山登高〉見《全唐詩》卷五百十一，頁5828，〈題金陵渡〉詩見
《全唐詩》卷五百十一，頁5846，〈書憤〉詩見《全唐詩》卷五百
十一，頁5836，〈隋宮懷古〉詩見《全唐詩》卷五百十，頁5814，〈詠
史二首〉詩見《全唐詩》卷五百十，頁5815，〈從軍行〉詩見《全
唐詩》卷五百十一，頁5826（明倫出版社印行）。

火無人作瀰漫。北極樓台常挂夢，西江破浪遠吞空。可憐
故國三千里，虛唱歌詞滿六宮。

不僅如此，杜牧還說：「詩韻一逢君，平生稱所聞。」〈贈張祜〉簡直
推崇備至，那是因爲杜牧也是艷麗詩歌的個中能手，在感情上容易引
起共鳴。而陸龜蒙固然與張祜同是隱士，容有幾分同情，但在張祜的
詩歌全般成就上，是有著較全面而深刻的考察。這一點是不容忽視，
且應加以認定的。

十五、黃　滔

（一）黃滔之生平及作品

　　黃滔（生卒年不可考），字文江，泉州蒲田人。唐昭宗乾寧二年
（895），擢進士第，光化中，除四門博士。天復元年（901），遷監察
御史裏行，充威武軍節度推官。規勸王審知據全閩，而終身爲節將，
功勞至大。

　　黃滔傳世之詩文，據《全唐詩》（卷七百四～卷七百六）共編詩
三卷，輯詩凡二百又六首，《全唐文》（卷八百二十二～卷八百二十六）
共編五卷，輯文凡八十八篇。

（二）黃滔之詩論

　　黃滔生逢唐末，艷麗文風正盛，藻飾雕琢之形式主義彌漫文場，
對國計民生一無裨益，因此，表示極端的反對，而重視文學的內容。
其〈與王雄書〉云：

　　　夫儷偶之辭，文家之戲也，焉可齎其戲於作者乎！是若揚
　　　優喙，干諫舌，啼妾態，參婦德，得不爲罪人乎？是乃掃
　　　除（《全唐文》作降）聲律，直寫一二。夫以唐德之盛，而
　　　文道之衰，嘗聆作者論近日場中。或尚辭而鮮質，多閣下
　　　能揭元次山、韓退之之風。〔註66〕

以爲寫「儷偶之辭」是文人的遊戲之作，不能躋身於作家之林，並進

〔註66〕見《全唐文》卷八百二十三，頁 10927（大通書局印行）。

一步指陳當日文場的通病是「尚辭而鮮質」，只有王雄的文章有元結、
韓愈文章的風格。基於同一理論，他稱美陳黯的文學創作說：

> 先生之文，詞不尚奇，切於理也，意不偶立，重師古也。
> 其詩篇詞賦檄，皆精而切，故於官試尤工。（〈穎川陳先生集
> 序〉）〔註67〕

詞不尚奇而切於理，意不偶立而重師古，正是元結、韓愈的主張，但
更重質而輕文。

　　黃滔論詩，則以為「詩本於國風王澤，將以刺上化下，苟不如是！
曷詩人乎？」其〈答陳磻隱論詩書〉云：

> 希畋示以先立行，次立言，言行相扶，言為心師，志之所
> 之以為詩，斯乃典謨訓誥也。且詩本於國風王澤，將以刺
> 上化下，苟不如是，曷詩人乎？今以世言之者，謂誰是如
> 見古賢焉。況其籠絡乎天地，日月出沒，其希夷恍惚，著
> 物象謂之文，動物情謂之聲，文不正則聲不應。何以謂之
> 不正不應，天地籠萬物，物物各有其狀，各有其態，指言
> 之不當則不應。繇是聖人刪詩，取之合於韶武，故能動天
> 地，感鬼神，其次亦猶琴之舞鶴躍魚，歌之過雲落塵，蓋
> 聲之志也。琴之與歌尚爾，況惟詩乎。〔註68〕

以為原始的詩歌，必是情志的慮發，惟重其質而文采自具，斯能動天
地，感鬼神，舞鶴躍魚，過雲落塵。漢魏以後，詩篇染上藻飾風習，
專尚文彩，而忽略內容。他說：

> 降自晉宋梁陳以來，詩人不可勝紀，莫不盛多猗頓之富，
> 貴疊隋侯之珍，不知百卷之中，數篇之內，聲文之應者幾
> 人乎？（同前）

對於偏勝辭藻的詩，幾乎一概否定，評詩的價值高下，全取決於美刺
的內容上。

　　對於唐代詩人，最推重的前有李（白）、杜（甫），後有元（稹）、

〔註67〕同註66，卷八百二十四，頁10943。
〔註68〕同註66。

白（居易）。而對賈島的幽搜推敲，專在煉字鑄句上下功夫，則表示不滿。他說：

> 大唐前有李杜，後有元白，信若滄溟無際，華嶽干（《全唐
> 文》作於）天。然自李飛（疑作戡）數賢，多以粉黛爲樂
> 天之罪，殊不謂三百五篇多乎女子，蓋在所詣説如何耳。
> 至如長恨歌云：遂令天下父母心，不重生男重生女。此刺
> 以男女不常，陰陽失倫，其意險而奇，其文平而易。所謂
> 言之者無罪，聞之者足以自戒哉。逮賈浪仙之起，諸賢搜
> 九仞之泉，唯掬片冰，傾五音之府，只求孤竹。雖爲患多
> 之，所少奈何，孤峯絕島，前古之未有。（同前）

對於李白、杜甫、元稹、白居易的詩，推崇備至。甚至對白居易一部分被視爲「纖艷不逞」、「淫言媒語」〔註69〕的詩，都爲之迴護。對賈島那種「上窮碧落下黃泉」的苦心雕琢詩句，藝術上雖是「前古所未有」，但於內容及功能上，卻一言不多之。對唐末詩風之弊，深致歎慨云：

> 咸通乾符之際，斯道隲明，鄭衞之聲鼎沸。號之曰：今體
> 才調歌詩。援雅音而聽者憒，語正道而對者睡。噫！王道
> 興衰，幸蜀移洛，兆於斯矣，詩之義大哉矣！（仝前）

咸通是唐懿宗年號，當西元八六〇至西元八七四年，乾符是唐僖宗年號，當西元八七四年至西元八八〇年。前後約二十年。下距唐室覆亡（907，朱全忠廢哀帝）也僅有二十餘年。詩人已經從淫艷的詩風裡，嗅到亡國的消息。香艷淫靡的文學，是產生於晚唐以來的政治黑暗，社會混亂，一般文士心灰意冷，普遍對政治產生莫可奈何之無力感，遂轉而在生活上追求感官享受，在藝術上追求形式美，艷體詩風幾乎彌漫整個詩壇。韓偓（844～923）不但自己擅寫艷體詩，並且以自己所作與南朝宮體詩相比，而自鳴得意。〔註 70〕這種不重實質而尚工

〔註69〕 見杜牧〈唐故平盧軍節度巡官隴西李府君（戡）墓誌銘〉《樊川文集》，
　　　　卷第九，頁 136（漢京文化事業有限公司印行）。
〔註70〕 見韓偓〈香奩集序〉。

巧，外表無非綺羅香澤，內容不外月意雲情，氣格卑靡，頗多亡國之音。其後，五代時韋穀編《才調集》，即取自黃滔的「今體才調歌詩」的名稱，以為其唐詩選集之名，而其選詩標準，正是「韻高而桂魄爭光，詞麗而春色鬥美」〈自序〉，頗能為黃滔的說法做見證。

十六、吳　融

（一）吳融之生平及作品

吳融（?～903），字子華，越州山陰人，生年不可考，約卒於唐昭宗天復末年。幼力學，辭富調捷。龍紀元年（899）及進士第。曾拜中書舍人。為詩靡麗有餘，而雅重不足。有《唐英集》三卷、《制集》一卷。《全唐詩》（卷六百八十四～卷六百八十七）編詩四卷，存詩二百又一首。《全唐文》（卷八百二十）輯文凡十六篇。

（二）吳融之詩論

唐末政治混亂，文學創作大都脫離現實，藻飾靡麗，香艷繁縟的形式主義再度氾濫。吳融適會其盛，深知其害，表示強烈的反對，其〈禪月集序〉云：

> 夫詩之作者，善善則詠頌之，惡惡則風刺之。苟不能本此二道，韻雖切（又作雖甚美），猶土木偶不生（一作主）於氣血，何所尚哉？自風雅之道息，為五言七言詩者，皆率拘以句度屬對焉，既有所拘，則演情敘事不盡矣。且歌與詩，其道一也，然詩之所拘悉無之，足得於意，取非常語，語非常意，意又盡，則為善矣。……君子萌一心（一作意），發一言，亦當有益於事，矧極思屬詞，得不動關於教化！〔註71〕

吳融以為作詩專從形式上之屬對拘限下功夫，則「演情敘事不盡」。因此，文學是有為而作，不放空言，必「當有益於世」，纔有其價值。從此一觀點出發，他對唐代大詩人李白、白居易的評價最高，其〈禪月集序〉云：

〔註71〕見《全唐文》卷八百二十，頁 10891（大通書局出版）。

> 國朝能爲歌詩者不少，獨李太白爲稱首，蓋氣骨高舉，不
> 失頌美風刺之道。厥後白樂天爲諷諫五十篇，亦一時之奇
> 逸極言。昔張爲作詩圖五層，以白氏爲廣（一本有德字）
> 大教化主，不錯矣。〔註72〕

自從元和、長慶間，元稹、白居易崇杜抑李以來，吳融纔眞正替李白
吐了一口莫大的冤氣。元白重視諷諭詩，提倡新樂府，把老杜的成就
推到登峯造極的地位，他們對杜甫的評價都能普遍爲後人接受。而對
李白則極端誣蔑，白居易〈與元九書〉云：

> 唐興二百年，其間詩人，不可勝數。所可舉者，陳子昂有
> 〈感遇詩〉二十首，鮑防有〈感興詩〉十五首。又詩之豪
> 者，世稱李杜，李之作才矣，人不逮矣！索其風雅比興，
> 十無一焉。〔註73〕

元稹在其〈唐故工部員外郎杜君墓係銘序〉，更明白說出李不如杜的
話〔註74〕。由此誤導，遂使後代對李白詩歌的題材與思想內容的極大
誤解。王安石云：

> 太白詞語迅快，無疎脫處，然其識汙下，詩詞十句九句，
> 言婦人酒耳。〔註75〕

羅大經云：

> 當王室多難，海宇橫潰之日（案安史之亂起於天寶十四載，
> 李白二十五歲）作爲詩歌，不過豪俠使氣，狂醉於花月之
> 間耳。社稷蒼生，曾不繫其心膂。其視杜陵之憂國憂民，
> 豈可同年而語哉？〔註76〕

而胡適更云：

> 我們讀他的詩，總覺得他好像在天空中遨遊自得，與我們

〔註72〕同註71。
〔註73〕見《白居易集》卷四十五，頁961（漢京文化事業公司印行）。
〔註74〕見《元稹集》卷五十六，頁 600（漢京文化事業公司出版）。（按白
　　　　居易猶以「風雅比興」來評價李杜的高下。元稹則全面認定李不如
　　　　杜，元稹提倡社會詩，當然把比興視爲主要的評判標準。）
〔註75〕見惠洪《冷齋夜話》引。
〔註76〕見羅大經《鶴林玉露》。

不發生交涉。他儘管說他有「濟世」「拯物」的心腸；我們
總覺得酒肆高歌，五嶽尋山（山誤，應作仙）是他的本分
生涯；「濟世拯物」未免污染了他的芙蓉綠玉杖。〔註77〕

顯然是被李白的「壯浪縱恣」（元稹語）的藝術風格所眩，不能深刻
周延地認識他所致。其實早在李陽冰替李白作〈草堂集序〉就說：

> 不讀非聖之書，恥爲鄭、衛之作，故其言多似天仙之辭。
> 凡所著述，言多興諷，自三代已來，風騷之後，馳驅屈宋，
> 鞭撻揚馬，千載獨步，唯公一人。〔註78〕

李陽冰的肯定，我們可以從李白的作品中得到證明。其〈將進酒〉
〔註79〕詩說他的好美酒，是爲了「與爾同銷萬古愁」，那是因爲「濟
世」「拯物」的熱情，受到壓抑，壯志未伸之愁。其〈俠客行〉說：
「縱死俠骨香，不慚世上英。」也是李白政治理想的另一種表現方
式。對於唐代宦官的跋扈，他說：

> 大車揚飛塵，亭午暗阡陌。中貴多黃金，連雲開甲宅。路
> 逢鬥雞者，冠蓋何輝赫。鼻息干虹蜺，行人皆怵惕。世無
> 洗耳翁，誰知堯與跖。〔註80〕

「中貴人」在李白看來，與大盜「跖」無異。鄙視當時那批權貴的荒
淫奢侈，其〈古風十八〉云：

> 衣冠照雲日，朝下散皇州。鞍馬如飛龍，黃金絡馬頭。行
> 人皆辟易，志氣橫嵩丘。入門上高堂，列鼎錯珍羞。香風
> 引趙舞，清管隨齊謳。七十紫鴛鴦，雙雙戲庭幽。行樂爭
> 晝夜，自言度千秋。成功身不退，自古多愆尤。〔註81〕

這與杜甫所說「朱門酒肉臭」，白居易的「不致仕」詩的精神是一致
的。其〈答王十二寒夜獨酌有懷〉云：

〔註77〕 見胡適《白話文學史》，頁 209（文光圖書有限公司印行）。
〔註78〕 見《李太白全集》，卷之三十一，頁 1445（九思出版有限公司印行）。
又胡震亨《唐音癸籤》卷六，亦曾引述。
〔註79〕 見《李太白全集》。
〔註80〕 同註79，卷之二，頁 120。
〔註81〕 同註79，卷之二，頁 110。

昨夜吳中雪，子猷佳興發。萬里浮雲卷碧山，青天中道流
孤月。孤月滄浪河漢清，北斗錯落長庚明。懷余對酒夜霜
白，玉牀金井冰崢嶸。人生飄忽百年內，且須酣暢萬古情。
君不能狸膏金距學鬥雞，坐令鼻息吹虹霓；君不能學歌舒，
橫行青海夜帶刀，西屠石堡取紫袍。吟詩作賦北窗裡，萬
言不直一杯水。世人聞此皆掉頭，有如東風射馬耳。

魚目亦笑我，請與明月同，驊騮拳跼不能食，蹇驢得志鳴
春風。折楊皇華合流俗，晉君聽琴枉清角。巴人誰肯和陽
春，楚地猶來賤奇璞。黃金散盡交不成，白首為儒身被輕。
一談一笑失顏色，蒼蠅貝錦喧謗聲。曾參豈是殺人者，讒
言三及慈母驚。

與君論心握君手，榮辱於余亦何有？孔聖猶聞傷鳳麟，董
龍更是何雞狗？一生傲骨苦不諧，恩疏媒勞志多乖。嚴陵
高揖漢天子，何必長劍拄頤事玉階。達亦不足貴，窮亦不
足悲。韓信羞將絳灌比，禰衡恥逐屠沽兒。君不見李北海，
英風豪氣今何在？君不見裴尚書？土墳三尺蒿棘居。少年
早欲五湖去，見此彌將鐘鼎疏。〔註82〕

很尖銳地把那些佞臣比做蒼蠅，並抨擊當時的好戰之徒，往往為一己
私慾而發動戰爭，殘民以逞。把當代的腐敗現象一揭無遺。李白的反
戰思想，托寓於很多詩篇中，其〈戰城南〉云：

去年戰，桑乾源；今年戰，蔥河道。洗兵條支海上波，放
馬天山雪中草。萬里長征戰，三軍盡衰老。匈奴以殺戮為
耕作，古來惟見白骨黃沙田。秦家築城備胡處，漢家還有
烽火燃。烽火燃不息，征戰無已時。野戰格鬥死，敗馬號
鳴向天悲。烏鳶啄人腸，銜飛上掛枯樹枝。士卒塗草莽，
將軍空爾為。乃知兵者是凶器，聖人不得已而用之。〔註83〕

對戰況的慘烈，故作深刻的描寫，厭戰之情，昭然若揭。有時李白還
藉思婦之口，道出這一思想。其〈北風行〉詩云：

〔註82〕 同註79，卷之十九，頁910。
〔註83〕 同註79，卷之三，頁177。

　　幽州思婦十二月，停歌罷笑雙蛾摧。倚門望行人，念君長
　　城苦寒良可哀。〔註84〕

又〈關山月〉詩云：

　　由來征戰地，不見有人還。戍客望邊色，思歸多苦顏。〔註
　　85〕

又〈烏夜啼〉詩云：

　　停梭悵然憶遠人，獨宿孤房淚如雨。〔註86〕

又〈長相思〉詩云：

　　天長路遠魂飛苦，夢魂不到關山難。長相思，摧心肝。〔註87〕

又〈春思〉詩云：

　　燕草如碧絲，秦桑低綠枝。當君懷歸日，是妾斷腸時。春
　　風不相識，何事入羅帷？〔註88〕

字面寫的是生動感人的纏綿悱惻之情，而實質是對戰爭所帶來的人間
慘劇的申訴。

　　李白也有許多關心百姓生活的篇章。如其〈丁都護歌〉云：

　　雲陽上征去，兩岸饒商賈。吳牛喘月時，拖船一何苦。水
　　濁不可飲，壺漿半成土。一唱都護歌，心摧淚如雨。萬人
　　鑿盤石，無由達江滸。君看石芒碭，掩淚悲千古。〔註89〕

王琦說：「考之地誌，芒、碭諸山，實產文石。意者是時官司取石於
此山，儓舟搬運，適當天旱水涸，牽挽而行，期令峻急，役者勞苦，
太白憫之而作此詩。」〔註90〕李白這種淳厚的同情心，還表現在對棄
婦、商婦的同情上。〈去婦詞〉詩云：

　　古來有棄婦，棄婦有歸處。今日妾辭君，辭君遣何去！本家
　　零落盡，慟哭來時路。憶昔未嫁君，聞君卻周旋。綺羅錦繡

〔註84〕　同註79，卷之三，頁215。
〔註85〕　同註79，卷之三，頁219。
〔註86〕　同註79，卷之三，頁176。
〔註87〕　同註79，卷之三，頁193。
〔註88〕　同註79，卷之六，頁350。
〔註89〕　同註79，卷之六，頁331。
〔註90〕　同註79，卷之六，頁332。

段，有贈黃金千。十五許嫁君，二十移所天。自從（二字衍文）結髮日未幾，離君緬山川。家家盡歡喜，孤妾長自憐。幽閨多怨思，盛色無十年。相思若循環，枕席生流泉。

流泉咽不掃，獨夢關山道。及此見君歸，君歸妾已老。物情惡衰賤，新寵方妍好。掩淚出故房，傷心劇秋草。自妾爲君妻，君東妾在西。羅幃到曉恨，玉貌一生啼。自從離別久，不覺塵埃厚。常嫌玳瑁孤，猶羨鴛鴦偶。歲華逐霜霰，賤妾何能久。寒沼落芙蓉，秋風散楊柳。以此顦顇顏，空持舊物還。餘生欲何寄，誰肯相牽攀。

君恩既斷絕，相見何年月。悔傾連理杯，虛作同心結。女蘿附青松，貴欲相依投。浮萍失綠水，教作若爲流。不歎君棄妾，自歎妾緣業。憶昔初嫁君，小姑纔倚牀。今日妾辭君，小姑如妾長。回頭語小姑，莫嫁如兄夫。〔註91〕

對於一個遇人不淑，終遭仳離的棄婦，深致同情。其〈江夏行〉詩云：

憶昔嬌小姿，春心亦自持。爲言嫁夫婿，得免長相思。誰知嫁商賈，令人卻愁苦。自從爲夫妻，何曾在鄉土。去年下揚州，相送黃鶴樓。眼看帆去遠，心逐江水流。只言期一載，誰謂歷三秋。使妾腸欲斷，恨君情悠悠。東家西舍同時發，北去南來不逾月。未知行李遊何方，作箇音書能斷絕。適來往南浦，欲問西江船。正見當壚女，紅妝二八年。一種爲人妻，獨自多悲悽。對鏡便垂淚，逢人只欲啼。不如輕薄兒，旦暮長追隨。悔作商人婦，青春長別離。如今正好同歡樂，君去容華誰得知。〔註92〕

據《李太白集》注引胡震亨的說法，李白的〈江夏行〉、〈長干行〉都詠商婦之作，〔註93〕對嫁作商人婦的婦女，長久的聚少離多的情況，

〔註91〕 同註79，卷之六，頁366。
〔註92〕 同註79，卷之六，頁368。蕭士贇曰：「此篇是顧況棄婦辭也，後人添增數句，竄入太白集中，語俗意重，斧鑿之痕，斑斑可見。」按顧況《全唐詩》卷二百六十四，頁2930輯存此詩，題下亦有此說，但在尚未有更確實證明之前，暫時兩存之。
〔註93〕 同註79，卷之八，頁447。

表示同情。又其〈宿五松山下荀媼家〉詩云：

> 我宿五松下，寂寥無所歡。田家秋作苦，鄰女夜春寒。跪
> 進彫胡飯，月光明素盤。令人慚漂母，三謝不能飧。

對勤苦工作的農家，給予極深的關切。此外，如〈古風第十九〉、〈奔亡道中〉、〈萬憤詞投魏郎中〉、〈經亂離後天恩流夜郎憶舊遊書贈江夏韋太守良宰〉等篇，或反對戰手，或諷刺政治腐化，或自傷遭遇困阨，都是深具「風雅比興」的作品。吳融的評價一定是針對這一類樸質鏗鏘，風骨健朗，內容深刻的詩篇而言的。

　　至於白居易自己最重視的諷諭詩，「意激而言質」〈與元九書〉，都是「爲時而著」、「爲事而作」，希望能夠「救濟人病，裨補時闕」的作品。吳融評之曰「一時之奇逸極言」，評價不可謂不高了。

　　〈禪月集序〉云：

> 至於李長吉以降，皆以刻削峭拔飛動文彩爲第一流。而下
> 筆不在洞房蛾眉神仙詭怪之間，則擲之不顧。邇來相戲學
> 者靡漫浸淫，困不知變。嗚呼！亦風俗使然也。〔註94〕

在這裡，吳融指陳李賀以後的現象。在形式上，「皆以刻削峭拔，飛動文彩」爲尚，在內容上，寫的是「洞房蛾眉，神仙詭怪」的題材。李肇《國史補》云：

> 元和以後，爲文筆則學奇詭于韓愈，學苦澀于樊宗師，歌
> 行則學流蕩于張籍；詩章則學矯激于孟郊，學淺切于白居
> 易，學淫靡于元稹，俱名爲元和體。大抵天寶之風尚黨，
> 大歷之風尚浮，貞元之風尚蕩，元和之風尚怪。

那麼，吳融指陳的弊病，是元和間就已經形成了。李賀是唯美主義藝術至上的作家，選字鑄句，都極盡雕飾之能事，其特殊風格，可以「幽奇鍊澀」四字概括之。〔註95〕而當時的「（孟）郊寒（賈）島瘦」、「盧（同）奇馬（異）怪」，都是「刻削峭拔」的一派。至於「飛

〔註94〕同註79，卷之二十二，頁1024。
〔註95〕見李師曰剛《中國文學流變史》第三編第四章，頁118（聯貫出版社印行）。

動文采」為高的，可推韋莊以「清詞麗句」為選詩標準的《又玄集》
為代表。在內容方面，如李賀就曾寫下不少反映沒落貴族的放蕩墮
落的生活之篇章。杜牧、溫庭筠、李商隱、韓偓都是此中能手。韓
偓有《香奩集》，自序云：

> 退思宮體，未敢稱庾信工文，卻誚玉臺，何必倩徐陵作序？
> 粗得捧心之態，幸無折齒之慚。柳巷青樓，未嘗糠粃；金
> 閨繡戶，始預風流。咀五色之靈芝，香生九竅；咽三危之
> 瑞露，春動七情。如有責其不經，立望以功掩過。

不但創作艷詩，更編選詩選集，公然倡導香艷文學。寫神仙鬼怪的詩，
且舉兩首李賀的作品為代表，其〈感諷〉詩云：

> 南山何其悲，鬼雨灑空草。長安夜半秋，風前幾人老。低
> 迷黃昏徑，裊裊青櫟道，月午樹無影，一山唯白曉，漆炬
> 迎新人，幽壙螢擾擾。（其三）

又〈神絃〉詩云：

> 女巫燒酒雲滿空，玉爐炭火香鼕鼕，海神山鬼來座中，紙
> 錢窸窣鳴飇風，相思木帖金舞鸞，攢娥一睫重一彈，呼星
> 召鬼歆杯盤，山魅食時人森寒，終南日色低平灣，神分長
> 在有無間，神嗔神喜師更顏，送神萬騎還青山。

前一首寫舊鬼迎新鬼，寫得鬼氣森森，讀之令人毛骨悚然。後一首寫
女巫之召海神山鬼，也是魅影幢幢，令人不寒而慄。吳融的指責，正
是這一類的作品。

　　吳融〈禪月集序〉是為禪月大師貫休的詩集而作的，《全唐詩》
（卷八百二十六～卷八百三十七）編有其詩十二卷。吳融對貫休的作
品，極表稱贊，以為是李白、白居易之後的代表。〈禪月集序〉云：

> 沙門貫休，本江南人，幼得苦空理，落髮於東陽金華山，
> 機神穎秀。……上人之作，多以理勝，復能創新意，其語
> 往往得景物於混茫之際，然其旨歸，必合於道。太白樂天
> 既歿，可嗣其美者非上人而誰？

把貫休的富有風雅比興的作品，和李白、白居易的同類詩篇相提並

論，評價的確很高。那是因為貫休雖然遁身空門，卻有許多關懷國計民生的詩作，如〈上留田〉詩云：

> 父不父，兄不兄，上留田。螫賊生，徒陟岡，淚崢嶸。我欲使諸凡鳥雀，盡變為鶺鴒。我欲使諸凡草木，盡變為田荊。鄰人歌，鄰人歌，古風清，清風生。（《全唐詩》卷八二六，頁9303）

又〈胡無人〉詩云：

> 霍嫖姚，趙充國，天子將之平朔漠。肉胡之肉，爐胡帳幄。千里萬里，惟留胡之空殼。邊風蕭蕭，榆葉初落，殺氣畫赤，枯骨夜哭，將軍既立殊勳，遂有胡無人曲。我聞之，天子富有四海，德被無垠，但令一物得所，八表來賓，亦何必令彼胡無人。（同前）

又〈苦寒行〉詩云：

> 北風北風，職何嚴毒？摧壯士心，縮金烏足，凍雲矗矗，礙雪一片下不得。聲遶枯桑，根在沙塞，黃河徹底，頑直到海，一氣摶束，萬物無態，唯有吾庭前杉松樹枝，枝枝健在。（同前）

類此篇章，在貫休的詩裡，的確不少。並從他自序〈山居詩二十四首〉看，當時他的作品頗受歡迎，而且廣為流行。其序云：

> 愚咸通四五年中，於鍾陵作山居詩二十四章。放筆，薰被人將去，厥後或有散書于屋壁，或吟咏於人口，一首兩首，時時聞之。〔註96〕

如此看來，貫休的作品，又和白居易詩的流傳又有些類似，吳融之評，可謂有獨到處。

第二節　其他詩文家論唐詩

　　曾論及唐詩的唐代詩文家，另有虞世南、盧藏用、岑參、高適、寒山、拾得、獨孤及、王建、李翱、顧雲、杜荀鶴及貫休等十二位。

〔註96〕見《全唐詩》卷八百三十七，頁9425（明倫出版社印行）。

或因這些人的作品較少或因其詩學理論的影響力較小，故另立一節論述。

一、虞世南

（一）生平及作品

虞世南（558～638），餘姚人。曾任隋之秘書郎。入唐後，爲秦府記室參軍。太宗時，歷任弘文館學士及秘書監，卒諡文懿。《舊唐書》卷七十二，《新唐書》卷一百○二皆有傳。今檢《全唐詩》輯錄詩作三十二首，《全唐文》輯錄各體文十八篇。

（二）虞世南論唐詩

《新唐書》本傳，及尤袤《全唐詩話》，都曾記載虞世南反對宮體詩的文獻資料。《新唐書》卷一百零二，本傳云：

> 帝（唐太宗）嘗作宮體詩，使賡和。世南曰：「聖作誠工，然體非雅正。上之所好，下必有甚者，臣恐此詩一傳，天下風靡。不敢奉詔。」帝曰：「朕試卿耳！」賜帛五十匹。〔註97〕

唐初，由於經濟的繁榮，宮廷詩人，如虞世南本人，與楊師道、上官儀、沈佺期、宋之問等人的作品，無論是形式或內容上，都是陳隋宮體詩風的延續，除香豔淫靡的詩篇外，充斥詩壇的是應制、奉詔、酬答之作，彩麗華美，而內容空洞。魏徵〈群書治要序〉云：

> 競采浮艷之詞迂誕之說，騁末學之博聞，飾雕蟲之小技，流蕩忘返，殊途同致。

這是唐初作品的通象，葉燮也有類似的說法。《原詩》云：

> 唐初沿卑靡浮艷之習，句櫛字比，非古非律，詩之極衰也。

文學作品而不能反映社會現實，進而俾益指導民生，流爲騁才誇學的雕蟲小技，雖多奚益？虞世南厕身如此作家之林，而能有此自覺，是其難得而可貴之處。由此以觀，則詩學復古之說，殆與唐室建國並時而起了。

〔註97〕見尤袤《全唐詩話》卷一，又見計有功《唐詩記事》卷一。

二、盧藏用

（一）盧藏用之生平與作品

　　盧藏用（664～713），字子潛，幽州范陽人。約生於唐高宗麟德元年，約卒於唐玄宗開元元年，得年約為五十歲。

　　藏用少以辭學著稱，初舉進士，不得調，與兄徵明偕隱於終南山。登衡廬，彷徉岷峨，與陳子昂、趙貞固等人友善。長安中，徵拜左拾遺，神龍中，累為吏部侍郎，兼昭文館學士，以託附太平公主，配流驩州，卒於始興。

　　《新唐書》著錄藏用文學三十卷。《全唐詩》（卷九十三）存詩八首，《全唐文》（卷二三八）輯存各體文凡十三篇。

（二）盧藏用之詩論

　　唐初，詩壇彌漫著由齊梁以來，風行於宮廷貴族的宮體詩，勢力大，影響亦大，幾乎壟斷整個文壇。代表作家有上官儀、虞世南等顯宦。他們的作品除香艷淫靡之篇外，應制、奉詔、酬答的詩篇充斥。魏徵說：「競采浮艷之詞，迂誕之說，騁末學之博聞，飾雕蟲之小技，流蕩忘返，殊途同致。」〔註98〕因此，激起一些有理想的詩人如陳子昂、盧藏用等的不滿，而高唱「復漢魏風骨」，主張詩要有「風雅比興」的內容。

　　盧藏用論詩，一方面排斥上官儀等人的宮體詩風，一方面推崇陳子昂的復古成就。其〈右拾遺陳子昂文集序〉云：

　　　昔孔宣父以天縱之才，自衛返魯，迺刪詩書述易道而修春
　　　秋，數千百年文章粲然可觀也。孔子歿二百歲而騷人作，
　　　於是婉麗浮侈之法行焉。漢興二百年，賈誼馬遷為之傑，
　　　憲章禮樂，有老成之風；長卿子雲之儔，瑰詭萬變，亦奇
　　　特之士也。惜其王公大人之言，溺於流辭而不顧。其後班、
　　　張、崔、蔡、曹、劉、潘、陸，隨波而作，雖大雅不足，

────────────

〔註98〕 見魏徵《群書治要》序。

其遺風餘烈，尚有典型。〔註99〕

漢魏以前的作品「雖大雅不足」，但「尚有典型」，總是距離風雅之道不遠。六朝以降，風雅不存，而詩道大壞。同文又云：

宋齊之末，蓋顯穎矣！逶迤陵頹，流靡忘返，至於徐庾，天之將喪斯文也。

這種現象，到了唐初，尤一發而不可收拾。同文又云：

後進之士，若上官儀者，繼踵而生，於是風雅之道，掃地盡矣！

上官儀是唐初綺錯婉媚文體的領袖，《全唐詩》（卷四十）存詩二十首，幾乎全是應制、應詔、奉和、挽歌或宴集。《舊唐書》卷八云：

（上官儀）本以詞采自達，工於五言詩，好以綺錯婉媚爲文。儀既貴顯，故當時多有斅其體者，時人謂爲上官體。

「綺錯婉媚」的文體，得到當時皇帝唐太宗的賞好，於是風行草偃，一時影從。同文又云：

時太宗雅好屬文，每遺儀視草，又多令繼和；凡有宴集，儀嘗預焉。俄又預撰晉書成，轉起居郎，加級賜帛。

擅長浮艷婉麗的宮體詩，得到優渥的獎勵，效法從風的人自然就多。上官儀又貴顯於太宗、高宗二朝，前後垂二十年。上官儀歿後（卒於麟德元年），其孫女上官婉兒繼起，紹述乃祖詩風。《全唐詩話》云：

帝引名儒，賜宴賦詩，婉兒常代帝及后，長寧安樂二公主，眾篇並作，而采麗益新。又差第群臣所賦，賜金爵，故朝廷靡然成風。當時屬詞，大抵浮靡，然皆有可觀，昭容（上官儀）力也。（卷一）

則上官體一直盛行到武后通天（696）以後。數十年間，文學作品，不外狎玩風月，內容貧乏，惟以纖質穠味相尙，作者眞情，社會民生，棄而不顧，難怪盧藏用更慨歎：「風雅之道掃地盡矣」。

陳子昂有見及此，首先豎起詩歌革命大纛。重視詩歌興寄，推崇漢魏風骨，而主張以義補國。導逆流使歸正道，在唐詩發展上，居繼

〔註99〕見《全唐文》卷二百三十八，頁3042（大通書局印行）。

往開來地位。因此，盧藏用推崇云：

> 道喪五百歲而得陳君。……崛起江漢，虎視函夏，卓立千
> 古，橫制頹波，天下翕然，質文一變。非夫岷峨之精，巫
> 廬之靈，則何以生此。故其諫諍之辭，則為政之先也；昭
> 夷之碣，則議論之當也；國殤之文，則大雅之怨也；徐君
> 之議，則刑禮之中也。至於感激頓挫，微顯闡幽，庶幾見
> 變化之朕，以接乎天人之際者，則感遇之篇存焉。觀其逸
> 足駸駸，方將搏扶搖而凌太清，躡遺風而薄嵩岱。吾見其
> 進，未見其止。〔註 100〕

首先肯定陳子昂詩歌復古主張的價值和成就。並且對於陳子昂的創作
實踐，也給予崇高的評價。

　　陳子昂傳世的作品，只有一百二十幾首詩。其中〈感遇詩〉三十
八首、〈薊丘覽古贈盧居士〉七首，以及〈登幽州臺歌〉是傑出的代
表作。盧藏用說他的感遇詩「感激頓挫，微顯闡幽，庶幾見變化之朕，
以接乎天人之際」。試從思想內容方面考察，可以很明顯看出，這是
一組具有深刻現實意義的詩篇。陳子昂像阮籍的〈詠懷詩〉一樣，把
個人的思想感情託寓在曲折隱晦的字裡行間。李善注〈詠懷詩〉說：
「嗣宗身仕亂朝常恐罹謗遇禍，因茲發詠，故每有憂生之嗟；雖志在
刺譏而文多隱避。百代之下，難以情測。」〔註 101〕此正是陳子昂的
鬱憤之情。他原有崇高進步的政治抱負，以為人君應該「順黎民之
願」，主張「天下之政，非賢不理，天下之業，非賢不成。」〔註 102〕
他反對窮兵黷武，反對貪暴讒佞。而他躬逢武后臨朝僭偽，任用索元
禮、周興、來俊臣等酷吏，殘酷鎮壓，大肆殺戮唐宗室，甚至濫殺無
辜，直至民情沸騰。又放手招官，賄賂公行。〔註 103〕處在這樣一個
政治黑暗的時代，一個有卓識有理想的詩人，自然要為國家哀傷，為

〔註 100〕同註 99。
〔註 101〕見李善注《昭明文選》卷三十三，頁 487（河洛圖書公司印行）。
〔註 102〕見《全唐文》卷二百十二，頁 2711〈答制問事〉（大通書局出版）。
〔註 103〕見范文瀾《中國通史簡篇》第三編，頁 112。

黎民抒怨，爲自己的懷才不遇呼號，而在恐怖的政治陰影下，只有發
爲隱晦的感遇之篇。

在〈感遇〉詩組中，有刺時政者，如「樂羊爲魏將，食子殉軍功。
骨肉且相薄，他人安得忠。吾聞中山相，乃屬放麑翁。孤獸猶不忍，
況以奉君終。」（其四）譏宗室間爭權奪勢而骨肉相殘。又如：

> 呦呦南山鹿，罹罟以媒和。招搖青桂樹，幽蠹亦成科。世
> 情甘近習，榮耀紛如何。怨憎未相復，親愛生禍羅。瑤臺
> 傾巧笑，玉杯殞雙蛾。誰見枯城蘖，青青成斧柯。（其十二）

刺權貴之誣陷賢才。又如：

> 蜻蛉遊天地，與世本無患。飛飛未能止，黃雀來相干。穰
> 侯富秦寵，金石比交歡。出入咸陽裡，諸侯莫敢言。寧知
> 山東客，激怒秦王肝，布衣取丞相，千載爲辛酸。（其二十
> 一）

譏諷武后設匭專收告密文書事。又如：

> 朝發宜都渚，浩然思故鄉。故鄉不可見，路隔巫山陽。巫山
> 綵雲沒，高丘正微茫。佇立望已久，涕落沾衣裳。豈茲越鄉
> 感，憶昔楚襄王。朝雲無處所，荊國亦淪亡。（其二十七）

> 昔日章華宴，荊王樂荒淫。霓旌翠羽蓋，射兕雲夢林，朅
> 來高唐觀，悵望雲陽岑。雄圖今何在？黃雀空哀吟。（其二
> 十八）

則是諷刺時君沈溺酒色，荒廢朝政，恐有亡國之虞。至如：「蒼蒼丁
零塞，今古緬荒途。亭堠何摧兀，暴骨無全軀。黃沙幕南起，白日隱
西隅。漢甲三十萬，曾以事匈奴。但見沙場死，誰憐塞上孤。（其三）
則在譏刺武備不修，邊將非人，以致殘害百姓。又如：「聖人不利己，
憂濟在元元。黃屋非堯意，瑤臺安可論？吾聞西方化，清淨道彌敦。
奈何窮金玉？雕刻以爲尊。雲構山林盡，瑤圖珠翠煩。鬼工尚未可，
人力安能存？夸愚適增累，矜智道愈昏。」（其十九）則諷曾削髮爲
尼的武后，要大興土木，廣建佛寺。而「朔風吹海樹，蕭條邊已秋，
亭上誰家子，哀哀明月樓。自言幽燕客，結髮事遠遊，赤丸殺公吏，

白刃殺私讎。避讎至海上，被役此邊州；故鄉三千里，遼水復悠悠。每憤胡兵入，常爲漢國羞；何知七十戰，白首未封侯。」（其三十四）透過詩篇，對戍邊士兵寄以深刻的同情。而「本爲貴公子，平生實愛才，感時思報國，拔劍起蒿萊。西馳丁零塞，北上單于臺。登山見千里，懷古心悠哉，誰言未忘禍，磨滅成塵埃。」（其三十五）則在描寫自己愛國的志向。這些都是具有堅實的內容，是有「興寄」的作品。

陳子昂感遇詩，善用比興託諷手法，充分發揮美刺的功用。如目覩「盲颷忽號怒，萬物相分劘」則興起「溟海皆震蕩，孤鳳其如何？」（其三十八）又「登山望宇宙，白日已西暝，雲海方蕩漾，孤鱗安得寧？」（其二十二）以譬宦海險惡。此皆寓意深遠，而且風骨高亢，大有建安詩風。

就因爲陳子昂是有理論，又能實踐的詩人。因此，盧藏用纔如此推崇備至。即以後詩聖杜甫小贊美道：「千古立忠義，感遇有遺篇。」〔註104〕韓愈尤其肯定說：「國朝盛文章，子昂始高蹈。」〔註105〕都是確切恰當的評價。

三、岑　參

（一）生平及作品

岑參（715～770），兩《唐書》無傳，杜確〈岑嘉州集序〉說他是南陽（今河南）人。天寶三年及進士第，累官左補闕起居郎，出爲嘉州刺史。辛文房說：「參累佐戎幕，往來鞍馬烽塵間十餘載，極征行離別之情，城障塞堡，無不經行。博覽史籍，尤工綴文，屬詞清尚，用心良苦，詩調尤高，唐興罕見此作。」（《唐才子傳》）《全唐詩》（卷一百九十八～卷二百〇一）共編四卷，輯詩凡五言古詩九十七首，七言古詩四十九首，五言律詩一百七十首，五言長律十二首，七言律詩十一首，五言絕句十七首，七言絕句三十三首，五七言一首，銘二首，

〔註104〕見杜甫〈過陳拾遺故宅〉詩。
〔註105〕見韓愈〈薦士〉詩。

總共三百九十二首。

（二）岑參之詩論

　　岑參與杜甫生並世，同樣擅詩，尤以邊塞詩篇稱能，但在詩學理論上，不如杜甫之有系統、有論詩專篇。也不像較早的陳子昂、李白，有明確的詩論。然從其作品上考察，約有數端，即重骨氣、喜清新、有所本，主積學。

甲、重骨氣

　　鍾嶸重建安「風力」，陳子昂倡漢魏「風骨」，都要求作品需要蘊含充實的思想內容，與明朗剛健的風格。岑參也提倡骨氣，但不若子昂明顯，他稱許友人杜華說：「得君江湖詩，骨氣凌謝公。」〈敬酬杜華淇上見贈兼呈熊曜〉稱嚴維說：「嚴子灘復在，謝公文可追。」〈送嚴維下第還江東〉對謝靈運的詩，頗表欽仰。據《宋書‧謝靈運傳》云：「靈運文章之美，江左莫逮。」江左即江東，嚴維下第還江東時，又再一次提及謝公。

乙、喜清新

　　清則不滯，新則不落俗套。岑參贊美成賁的詩稱：「高價振臺閣，清詞出應徐。」〈酬成少尹駱谷見行〉鍾嶸《詩品》稱應瑒的詩「平典，不失古體。」稱徐幹的詩「閑雅」，故為岑參所取。又稱王綺云：「學富贍清詞，下筆不能休。」〈冀州客舍酒酣貽王綺寄題南樓〉又稱張獻心云：「愛君詞句皆清新，澄湖萬頃深見底。」〈送張獻心充副使歸河西雜記〉都是喜愛清新的明證。

丙、有所本

　　不憑空杜撰，學有所本，作品纔有鞏固的基礎。岑參稱杜亞、楊炎二人云：「高文出詩騷，奧學窮討賾。」〈入劍門作寄杜楊二郎中時二公並為杜元帥判官〉稱成賁云：「清詞出應徐」。詩騷的優良傳統是有風骨有興寄，繼承發展之的是建安詩人。因此，岑參要源本詩騷與建安。

丁、主積學

劉勰主張「積學以儲寶」《文心雕龍‧神思》，杜甫主張「讀破萬卷書」。積學是創作的要件，因此，岑參贊美王綺「富學贍清詞」，贊美杜亞、楊炎二人「奧學窮討頤」。詩人必須積累學習前人的豐富經驗，纔能寫出優美的篇章，同時又和他主張「有所本」一致。

對於唐代詩人，岑參除對前述所引之杜華、嚴維、成賁、王綺、杜亞、楊炎、張獻心等人給予評價外，也讚美嚴武「臺中嚴公於我厚，別後新詩滿人口。」〈與獨孤漸道別長句兼呈嚴八侍御〉又贊美郭艾善作詩云：「早年已工詩，近日兼注易。」〈送郭艾雜言〉對魏叔虹的雄詞健筆也深致欣賞說：「知君兄弟天下希，雄詞健筆皆若飛。」〈送魏升卿擢第歸東都因懷魏校書陸渾喬潭〉，雖這些詩人，在今天比較起來，不算是唐代的名家，但在當代必也有甚多作品，只是流傳不廣，故少有盛譽，幸得岑參的評價得以垂名於後。

四、高　適

（一）高適之生平與作品

高適（約 695～765），生年不可詳考。字達夫，滄州渤海（今河北南皮）人。《舊唐書》本傳云：「不事生產，家貧客梁宋，以求丐自給。」殷璠《河嶽英靈集》云：「評事性拓落，不拘小節，恥預常科，隱跡博徒，才名自遠。」後舉有道科，晚年得志，代宗時辟為刑部侍郎，散騎常侍，進封渤海縣侯。故《舊唐書》稱「有唐以來，詩人之達者，唯適而已。」

高適擅長邊塞詩，風格與岑參相近。有集二卷，《全唐詩》（卷二百十一～卷二百十四）共編四卷。輯錄各體詩篇凡二百三十九首。

（二）高適之詩論

高適是邊塞詩的名家，卻沒有立專篇論詩，不過從其全部作品檢視，可以發現其詩學主張凡有二端，即愛合風騷之旨及推崇建安氣骨。

甲、愛合風騷之旨

〈國風〉是《詩經》三百篇裡價值最高的作品，淮南劉安說：「國風好色而不淫，小雅怨誹而不亂，若離騷者，可謂兼之。」風雅離騷的價值是反映現實，直抒胸臆，且具有高度思想內容。高適稱司空璩說「吾見風雅作」〈酬司空璩〉，稱賀蘭判官的詩「緣情韵騷雅」〈和賀蘭判官望北海作〉，在〈同河南李少尹畢員外宅夜飲時洛陽告捷遂作春酒歌〉詩云：「故人清詞合風騷」，又〈同崔員外綦毋拾遺九日宴京兆府李士曹〉詩云：「秋興引風騷」，都可見高適對風騷旨趣之重視。故而，辛文房《唐才子傳》說他「為詩即工，以氣質自高，多胸臆間語。」其主張和創作都是雅愛風騷的。

乙、推崇建安氣骨

建安文學是繼承風雅離騷的再發展，有興寄，有風骨，歷受各代詩人的推崇。高適讚美侯少府云：「東道有佳作，南朝無此人，性靈出萬象，風骨超常倫。吾黨謝王粲，群賢推郄詵。」〈答侯少府〉在〈宋中別周梁李三子〉詩云：「感激建安時」，讚美路太守說：「逸氣劉公幹」〈奉酬路太守見贈之作〉，建安時代的文壇代表是建安七子，高適對他們的作品就極推崇，故而一再提起。鍾嶸《詩品·序》云：「降及建安，曹氏父子，篤好斯文。平原兄弟，鬱為文棟，劉楨、王粲，為其羽翼，次有攀龍託鳳，自致於屬事者，蓋將百計，彬彬之盛，大備於時矣。」高適用以比擬當代作家的建安作家劉楨與王粲，《詩品》都列於上品，說劉楨「源出於古詩，仗氣愛奇，動多振絕。眞骨凌霜，高風跨俗。」評王粲說：「發愁悵之詞」，就由於這些理由，已可窺知高適所以愛建安之故。

高適對唐人詩作的評價，除上述所引者外，尚對杜甫、綦毋潛、王悔三人表示欽佩。於杜甫云：

　　　　人日題詩寄草堂。（〈人日寄杜二拾遺〉）

評綦毋潛云：

　　　　秋興引風騷。（〈同崔員外綦毋拾遺九日宴京兆府李士曹〉）

評王悔云：

> 雄詞冠當世。（〈贈別王十七管記〉）

杜甫的詩作，直到中唐以後，元稹、白居易時代，纔逐漸得到好評，而官場又不若高適得意，卻能對之表示欽敬羨慕，必然是由於詩篇，這一點高適的卓見，當然不可不加以讚揚。

五、寒　山

（一）生平及作品

　　寒山的生卒年代，無從確考。胡適《白話文學史》根據《太平廣記》卷五十五「寒山子」一條的記載，假定「他的時代約當 700 至 780，正是盛唐時期了。」〔註106〕劉大杰《中國文學發展史》說：「其生年約在唐永隆間，卒年約在貞元中葉（680～793），是一個享高壽的人。」〔註107〕陳慧劍《寒山子研究》說寒山子「整個時代，約當公元 700 到 820 之間。」〔註108〕凡此說法，皆係推定，無由確認何說爲是，之所以列於唐代前期，一則是他的詩仍有相當濃厚的齊梁體「萃采豐贍，清新俊逸」之特徵。〔註109〕另外則從寒山子主張破除聲病的詩論，得到啓發。因爲這兩種現象爲初唐時的通病。

　　寒山子曾隱居於天臺唐興縣寒巖近七十年。〔註110〕與國清寺僧拾得友善。《四庫全書總目提要》別集類著錄《寒山子詩集》二卷，附《豐干拾得詩》一卷，云：

> 世傳臺州刺史閭丘胤遇三僧事，踪蹟甚怪，蓋莫得而考證也。其詩相傳，即胤令寺僧道翹，尋寒山平日於竹木石壁

〔註106〕見胡適《白話文學史》第十一章「唐初的白話詩」（文光圖書公司印行）。

〔註107〕見劉大杰《校訂本中國文學發展史》第十三章「初唐詩歌」（華正書局出版）。

〔註108〕見陳慧劍《寒山子研究》〈寒山時代內證考〉頁 28（東大圖書公司印行）。

〔註109〕同註108，頁 107。

〔註110〕同註108，頁 75。

上及人家廳壁所書，得三百餘首，又取拾得土地堂上所書
偈言，竝纂集成卷，豐干則僅存房中壁上詩二首，胤自爲
之序。宋時又名《三隱集》，見淳熙十六年沙門道南所作記
中。《唐書・藝文志》載寒山詩入釋家類，作七卷，今本并
爲一卷，以拾得、豐干詩別爲一卷附之，則明新安吳明春
所校刻也。……其詩有工語、有率語、有莊語、有諧語，
至云：「不煩鄭氏箋，豈待毛公解」，又似儒生語。大抵佛
語、菩薩語也。今觀所作，皆信手拈弄，全作禪門偈語，
不可復以詩格繩之。而機趣橫溢，多足以資勸戒。

《提要》大略說明了《寒山子詩集》編集的經過和作品風格的大概。
至其詩作自云：「五言五百篇，七字七十九，三字二十一，都來六百
首。」然檢《全唐詩》卷八百六，編詩一卷，存三百〇六首，另王重
民補《全唐詩》著錄二首，〔註 111〕陳慧劍根據各種資料「算來，寒
山子應有三百十四首詩流傳在人間。」〔註 112〕這數字與他自稱「都
來六百首」，僅占一半強，另外近一半的詩篇，則已經亡佚了。

（二）寒山子論唐詩

寒山子主張以通俗白話入詩，擺脫聲病的拘束，一任性靈之抒
發。例如：

有人笑我詩，我詩合典雅。不煩鄭氏箋，豈用毛公解。不
恨會人稀，只爲知音寡。若遣趁宮商，余病莫能罷。忽遇
明眼人，即自流天下。

有箇王秀才，笑我詩多失。云不識蜂腰，仍不會鶴膝。平
側不解壓，凡言取次出。我笑你作詩，如盲徒詠日。

他有意擺脫聲律的羈絆，什麼四聲八病不是不知，而是不屑遵從，因
爲倘若一味強調音律的限制，則性靈無由表達，個性也無從發揮。同
時他是一個「亦佛、亦儒、亦道」的人物，宗教家的意味很濃，這一
派人或爲了傳教，或爲了易於普及流傳，所爲詩文，都不避淺俗。蘇

〔註111〕見《全唐詩外編》頁 360（木鐸出版社印行）。
〔註112〕見同註 108，頁 93。

東坡曾批評白居易的作品「俗」，然而事實證明，白詩因老嫗都解，流傳下來的作品之多，冠絕有唐三百年間二千二百餘作家。釋子常藉最淺淡之語，透露最高深的哲理，為了使雅俗共曉，就不得不以平淺易懂的白話入詩，以免陷於文字禪的迷陣。

詩寓哲理，以詩說禪，是寒山子論自己詩篇的另一主張。例如：

多少天台人，不識寒山子，莫知真意度，喚作閒言語。

五言五百篇，七字七十九，三字二十一，都來六百首，一例書巖石，自誇云好手，若能會我詩，真是如來母。

家有寒山詩，勝汝看經卷。書放屏風上，時時看一編。

下愚讀我詩，不解卻嗤誚。中庸讀我詩，思量云甚要，上賢讀我詩，把著滿臉笑。楊修見幼婦，一覽便知妙。

意淺而旨深，也須芸芸眾生獨具慧眼，纔能參透他的禪機，從這些詩論看，寒山子反對當時回忌聲病的詩風，態度是明顯的。

六、拾　得

（一）生平及作品

拾得的身世與寒山一樣，迷離恍惚，無由考知。惟知與豐干、寒山相次垂跡於國清寺。是一位方外僧人。《全唐詩》卷八百七，編有其詩作一卷，凡五十二首。

（二）拾得論唐詩

拾得論自己的詩作是：「詩偈不分」。以哲理入詩，詩亦是他的傳教媒介，用通俗淺白的語言，寓高深的哲理，以化感民眾。他說：

我詩也是詩，有人喚作偈。詩偈總一般，讀時須仔細，緩緩細披尋，不得生容易。依此學修行，大有可笑事。

採用通俗的語體入詩，以說理為主，就因為俗纔可貴，纔流傳下來，而這種詩偈不分的詩論與寒山子是一致的。

七、獨孤及

（一）獨孤及之生平與作品

獨孤及（744～796），字至之，河南洛陽人。生於唐玄宗天寶三年，卒於唐德宗興元十二年。天寶末年，以道舉高策，補華陰尉。代宗立，以左拾遺召遷禮部員外郎，歷濠、舒、常三州刺史。卒年五十三歲。

著有《毘陵集》。今《全唐詩》（卷二百四十六～卷二百四十七）編詩二卷，存詩凡八十一首。《全唐文》（卷三百八十四～卷三百九十三）編十卷，輯存各體文凡一百九十篇。

（二）獨孤及之詩論

獨孤及是唐代古文運動的前導人之一。他主張宗經載道，「操道德爲根本，總禮樂爲冠帶，以《易》之精義，《詩》之雅典，《春秋》之褒貶，屬之於辭，故其文寬而簡，直而婉，辯而不華，博厚而高明。論人無虛美，比事爲實錄。……一篇一詠，皆足以追蹤往烈，裁正狂簡。……每申之話言，必先道德而後文學。」〔註113〕顯然是儒家的文學思想。其〈檢校尙書吏部員外郎趙郡李公中集序〉云：

> 志非言不形，言非文不彰，是三者相爲用，亦猶涉川者假舟檝而後濟。自典謨缺，雅頌寢，世道陵夷，文亦下衰。故作者往往先文字而後比興。其風流蕩而不返，乃至有飾其詞而遺其意者，則潤色愈工，其實愈喪。及其大壞也，儷偶章句，使枝對葉比，以八病四聲爲梏拳，拳拳守之，如奉法令。聞皋繇史克之作，則呷然笑之。天下雷同，風驅雲趨，文不足言，言不足志，亦猶木蘭爲舟，翠羽爲檝，翫之於陸、而無涉川之用。痛乎！流俗之惑人也舊矣！〔註114〕

對於魏晉六朝時，文尚駢儷的風氣，深表不滿，以爲那些作品大都華而無實，沒有堅實的內容，亦即無益於社會人生。因此，對於唐初以後，文學復古之風，主張要有興寄的運動，則甚表贊同。在同文裡又

〔註113〕見梁肅〈常州刺史獨孤及集後序〉載《全唐文》卷五百一十八，頁6670。
〔註114〕見《全唐文》卷三百八十八，頁4988。

云：

> 帝唐以文德敷祐於下，民被王風，俗稍丕變。至則天太后
> 時，陳子昂以雅易鄭，學者浸而嚮方，天寶中公（李華）
> 與蘭陵蕭茂挺（穎士）、長樂賈幼幾（至），勃焉復起，振
> 中古之風，以宏文德。公之作本乎王道，大抵以五經爲泉
> 源，抒情性以託諷。然後有歌咏，美教化，獻箴諫，然後
> 有賦頌。懸權衡以辯天下，公是非，然後有論議。至若記
> 序編錄銘鼎刻石之作，必採其行事以正褒貶。非夫子之旨
> 不書，故風雅之指歸，刑政之本根，忠孝之大倫，皆見於
> 詞。於時文士馳騖，颷扇波委，二十年間，學者稍厭折楊
> 皇荂，而窺咸池之音者什五六，識者謂之文章中興。

對陳子昂、蕭穎士、賈至、李華四人的文章都極爲稱美，以爲是「文
章中興」。對李華的作品「本乎王道，大抵以五經爲泉源」尤表欽佩。
則完全是宗經載道的主張。

　　論詩，則又不然。其〈唐故左補闕安定皇甫（冉）公集序〉云：

> 五言詩之源，生於國風，廣於離騷，著於李蘇，盛於曹劉，
> 其所自遠矣！當漢魏之間，雖以模散爲器，作者猶質有餘
> 而文不足。以今揆昔，則有朱絃疏越太羹遺味之歎。歷千
> 餘歲，至沈詹事（佺期）、宋考功（之問），始裁成六律，
> 彰施五色，使言之而中倫，歌之而成聲，緣情綺靡之功，
> 至是乃備。雖去雅寖遠，其麗有過於古者，亦猶路鼗出於
> 土鼓，篆籀生於鳥跡也。〔註115〕

對於詩的看法，與對文的看法大相逕庭。於文主張樸質無華，於詩則
主張「緣情綺靡」。因此，他推重沈宋的成就。沈宋是唐詩律體化的
完成者，《唐音癸籤》引《唐書》云：

> 魏建安後，訖江左詩律屢變。至沈約、庾信，以音韻相婉
> 附，屬對精密。及沈佺期、宋之問，又加靡麗，回忌聲病，
> 約句準篇，如錦繡成文，學者宗之，號爲沈宋。〔註116〕

〔註115〕見同註114，頁4983。
〔註116〕見《唐音癸籤》卷五，頁38（世界書局印行）。

沈宋二人所寫的多爲應制詩，殊少可取。但是他們運用齊梁以來格律
說的知識，與唐初上官儀六對八對說的啓發，加以總結提高，纔使律
詩形式正式完成。對有唐詩歌的發展確具不朽貢獻，這一點不得不佩
服獨孤及的卓見。在沈宋之後，崔顥與王維繼起。〈皇甫公集序〉又云：

> 沈、宋既歿，而崔司勳顥、王右丞維，復崛起於開元、天
> 寶之間，得其門而入者，當代不過數人，補闕（皇甫冉）
> 其人也。

據《舊唐書》說，崔顥：「有俊才，無士行，好蒱博飲酒，及遊京師，
取妻擇有貌者，稍不愜意，即去之，前後數四。」辛文房說：「初，
李邕聞其才名，虛舍邀之，顥至，獻詩，首章云：『十五嫁王昌』，邕
叱曰：『小兒無禮！』不與接而入。」〔註117〕《全唐詩》（卷一百三
十）輯詩凡四十二篇，其中艷篇極多，而有樂府民歌的本色，但其邊
塞詩，風格雄放。殷璠《河嶽英靈集》評其詩云：

> 顥年少爲詩，名陷輕薄。晚節忽變常體，風骨凜然。一窺
> 塞垣，說盡戎旅。至如「殺人遼水上，走馬漁陽歸。錯落
> 金鎖甲，蒙茸貂鼠衣。」（按：古遊俠呈軍中諸將）又：「春
> 風吹淺草，獵騎何翩翩。插羽兩相顧，鳴弓上新絃。」（按：
> 贈王威古）可與鮑照並驅也。

並且選錄十一首代表性的作品。崔顥曾「遊武昌，登黃鶴樓，感慨賦
詩，及李白來，曰：『眼前有景道不得，崔顥題詩在上頭。』無作而
去。」〔註118〕嚴羽甚至把他這一首〈黃鶴樓〉詩推爲唐代七律的壓
卷之作。

　崔顥傳世之作，以邊塞詩見長。而王維則以描寫自然山水稱善。
殷璠《河嶽英靈集》選錄十五首，並評之云：

> 維詩詞秀調雅，意新理愜，在泉爲珠，著壁成繪，一句一
> 字，皆出常境。至如「落日山水好，漾舟信歸風。」又「澗
> 芳襲人衣，山月映石壁。」「天寒遠山淨，日暮長河急。」

〔註117〕見辛文房《唐才子傳》卷一，頁 17（世界書局印行）。
〔註118〕同註117。

「日暮沙漠陲，戰聲烟塵裡。」

唐詩發展到崔顥、王維時，無論是邊塞豪放風格，或自然清澹、閒雅俊逸的詩篇都臻成熟境界。獨孤及以爲能繼踵崔、王的是皇甫冉，〈皇甫公集序〉裡進一步評其詩云：

> 蓋存於遺札者，凡三百有五十篇。其詩大略以古之比興，就今之聲律，涵詠風騷，憲章顏謝。至若麗曲感動，逸思奔發，則天機獨得，有非師資所獎，每舞雩詠歸，或金谷文會，曲水修禊，南浦愴別，新聲秀句，輒加於常時一等，才鍾於情故也。〔註119〕

皇甫冉（《全唐詩》卷二百四十九－二百五十）存詩二百三十四篇。高仲武共選十三首於《中興間氣集》，並評之云：

> 冉詩巧於文字，發調新奇，遠出情外。然而「雲藏神女館，雨到楚王宮。」〈巫山高〉，與「閉門白日晚，倚杖青山暮。」〈題裴固新園〉，及「遠山重疊見，芳草淺深生。」〈酬袁補闕中天寺見寄〉、「岸草知春晚，沙禽好夜驚。」〈送林員外往江南〉，又「燕知社日辭巢去，菊爲重陽冒雨開。」〈秋日東郊作〉，可以雄視潘、張，平揖沈、謝。又巫山詩，終篇奇麗，自晉、宋、齊、梁、陳、隋以來，採摭者無數，而補闕獨獲驪珠，使前賢失步，後輩卻立，自非天假，何以逮斯。

獨孤及評其詩說：「大略以古之比興，就今之聲律。」則他的詩篇是具有堅實的內容，又有合乎當代聲律的形式，可謂文質兼備了。就高仲武的評語看，皇甫冉的詩，是有濃厚的六朝藻飾的傾向，獨孤及並進一步說明這種現象，甚至影響到其弟皇甫曾的詩風。集〈序〉云：

> 君母弟殿中侍御史曾，字孝常。與君同稟學詩之訓，君有誨誘之助焉。既而麗藻競爽，盛名相亞，同乎聲者，方之景陽、孟陽。

在這裡同時也批評了皇甫曾的詩作。皇甫曾（《全唐詩》卷二百十）

〔註119〕見《全唐文》卷八百十五，頁 10819（大通書局印行）

存詩四十八首。高仲武選五首於《中興間氣集》內，並評之云：

> 昔孟陽之與景陽，詩德遠慚厥弟，協居上品，載處下流，
> 今侍御之與補闕，文辭亦爾。體制清潔，華不勝文。然「寒
> 生五湖道，春及萬年枝。」〈送林中丞還京〉，五言之選也，
> 其爲士林所尚，宜哉。

由此看來，高仲武與獨孤及二人，對盛唐詩歌的辭藻華麗上的認識一致，並且正面肯定這一方面的成就。

八、王　建

（一）王建生平及作品

　　王建（768～830），字仲初，潁川人，生卒年不可詳考。《唐才子傳》說他大曆十年及第，太和中出爲陝州司馬。與韓愈爲忘年交，與張籍契厚，而頗多唱答。工爲樂府歌行，格思幽遠。所作「宮詞」一百篇，傳誦不絕。《全唐詩》（卷二百九十七～卷三百〇二）編詩六卷，輯存五百二十六首詩。

（二）王建之詩論

　　王建沒有文學理論專文，故難做有系統的分析歸納。但王建善作樂府詩，（《全唐詩》收其總數五二六首，樂府詩約有二〇六首），內容與風格都與張籍接近。能以樸實警策的文字，諷諭社會，厭惡戰爭，或爲宮女訴怨。因此，他重視風雅比興。其〈送張籍歸江東〉詩云：

> 清泉瀞塵緇，靈藥釋昏狂，君詩發大雅，正氣回我腸，復
> 今五彩姿，潔白歸天常。昔歲同講道，青襟在師傍，出處
> 兩相因，如彼衣與裳。

對於張籍的詩篇，尤其樂府詩，具有堅實的內容，清麗雅正，思深語精的獨特風格，深表讚許。對李益的作品也是基於同一的看法，而表示贊美。其〈寄李益少監兼送張實遊幽州〉詩云：

> 大雅廢已久，人倫失其常，天若不生君，誰復爲文綱。迷
> 者得道路，溺者遇舟航，國風人已變，山澤增輝光。星辰
> 有其位，豈合離帝旁。……偉哉青河子，少年志堅強，篋

中有素文，千里求發揚，自顧音韵乖，無因合宮商，幸君
達精誠，爲我求回章。

李益也擅長寫樂府詩，《舊唐書》說他的新詩爲時傳誦，且與李賀齊
名，即指二人同時擅長於古樂府，而作風不同。李益的詩也常用委婉
比興手法，但大部分循著古詩的方法，著重直抒的表現。對於這一風
格，王建給予極高的評價，其〈上李益庶子〉詩稱他：「上界詩仙獨
自行」，主要都因爲他的詩有著《詩經》風雅的傳統。

　　對於韓愈豪邁雄壯的氣勢，與怪字險句，王建也致以極高的尊
重。其〈寄上韓愈侍郎〉詩云：

重登大學領儒流，學浪詞鋒壓九州，不以雄名疎野賤，唯
將直氣折王侯。詠傷松桂青山瘦，取盡珠璣碧海愁，敘述
異篇經總別，鞭驅險句最先投。碑文合遣貞魂謝，史筆應
令諂骨羞，請俸探將還酒債，黃金旋得起書樓。客來擬設
官人禮，朝退多逢月下遊，見說雲泉求住處，若無知薦一
生休。

韓愈的「直氣」貫穿於詩篇與碑文，並對其雕琢文字的功夫，備極讚
賞，說他「取盡珠璣」。這和王建自云是：「鍊精詩句一頭霜」〈維楊
冬末寄幕中二從事〉的用心，真有異曲同工之處。

九、李　翱

（一）李翱之生平及作品

　　李翱（772～841），字習之。隴西（今甘肅武威附近）人。貞元
十四年進士，曾任國子博士，中書舍人，山南東道節度使等職。李翱
是韓愈的弟子，亦是韓愈的佳婿，對古文運動極其熱心。《全唐詩》
（卷三百六十九）輯詩七首，《全唐文》（卷六百三十四～卷六百四十）
編文七卷，輯存各體文凡一百又四篇。有《李文公集》行世。

（二）李翱之詩論

　　李翱在古文運動和文學理論上，都繼承和發揚韓愈的儒家道統思
想。他把儒家的經典比之爲：「浩乎若江海，高乎若丘山，赫乎若日

月，包乎若天地。」〈答朱載言書〉在創作上，他主張「創意造言，皆不相師。」（同上）因此，他反對因襲，而要求革新。但不同於韓愈的崇尚奇險，而贊美司馬遷、班固的「敘述高簡之工」的文風。

　　李翱在散文方面的創作和理論，較為豐富。詩作則甚少，僅存七首，也沒有論詩的專篇，在唐代的詩人中，惟孟郊的詩受到他的推重。其〈薦所知於徐州張僕射書〉云：

　　　　平昌孟郊，貞士也，伏聞執事舊知之。郊為五言詩，自前
　　　　漢李都尉、蘇屬國，及建安諸子，南朝二謝，郊能兼其體
　　　　而有之。李觀薦郊於梁肅補闕書曰：郊之五言，其有高處，
　　　　在古無上，其有平處，下顧二謝。（《全唐文》卷六百三十五）

孟郊今存五百一十一首詩，五言詩有四百八十四篇。《四庫全書總目提要》說：「託興深微，結體古奧。」韓愈論其詩曰：「其高出魏晉，不懈而及於古，其他浸淫乎漢氏矣。」〈送孟東野序〉李翱也師承韓愈，推重孟郊的五言詩，以為可以上追漢魏，不特如此，還進一步引李觀的說法，可謂推尊至極。

十、顧　雲

（一）顧雲生平與作品

　　顧雲，字垂象，池州人。生年不詳，卒於唐昭宗乾寧元年（894）。咸通十五年登進士第，授校書郎。高駢鎮淮南，辟以為從事。畢師鐸之亂，退居霅川。大順中與羊昭業、盧知猷、陸希聲、錢珝、馮渥、司空圖等分修德、宣、懿三朝實錄，書成，加虞部員外郎。

　　顧雲的作品，據《全唐文》（卷八百一十五）所輯存各體文二十三篇，《全唐詩》（卷六百三十七）所輯存詩共八首。

（二）顧雲之詩論

　　顧雲躬逢淫麗香艷文風熾盛的唐末，有感於此種靡弱文風之無補於衰世，故表示高度不滿，並且期復陳子昂的「風雅比興，漢魏風骨」的剛健而充實之詩風。其〈唐風集序〉云：

大順初，皇帝命小宗伯河東裴公掌邦貢，次二年，遐者來，隱者出，異人俊士始大集都下，於群士中，得九華山杜荀鶴，拔居上第。諸生謝恩日，列坐既定。公揖生謂曰：聖上嫌文教之未張，思得如高宗朝拾遺陳（子昂）公，作詩出沒二雅，馳騁建安，削苦澀僻碎，略淫靡淺切，破艷冶之堅陣，擒雕巧之酋帥，皆摧撞折角，崩潰解散，掃蕩詞場，廓清文袄，然後有戴容州（叔倫）、劉隨州（長卿）、王江寧（昌齡），率其徒揚鞭按轡，相與呵樂，來朝於正道矣。以生詩有陳（子昂）體，可以潤國風，廣王澤，因擢生以塞詔意，生勉爲中興詩宗，生謝而退。次年，寧親江表，以僕故山偕隱者，出平生所著五七言三百篇見簡。詠其雅麗清苦激越之句，能使貪吏廉，邪臣正，父慈子孝、兄良弟順，人倫綱紀備矣！其壯語大言，則決起逸發，可以左攬工部（杜甫）袂，右拍翰林（李白）肩，吞賈（至）喻（亮）八九於胸中，曾不蔕介。或情發乎中，則極思冥搜，游泳希夷，形兀枯木，五聲勞於呼吸，萬象悉於抉剔，信詩家之雄傑者也。美哉！裴公之知人，爲不誣也。

唐初，詩歌承齊梁餘習，重聲律，講對偶，崇尚形式表現，缺少堅實的內容，落於空泛而綺靡。陳子昂以其卓越的識見，警覺到這一股六朝的「采麗競繁，而興寄都絕」的詩風又有彌漫唐初詩壇的跡象。因此，他提倡詩要有「漢魏風骨」，詩要有堅實的內容，要能深刻反映現實生活，要能「以義補國」〔註 120〕。並推崇東方虬的〈詠孤桐篇〉：「骨氣端翔，音情頓挫，光英朗練，有金石聲。」〔註 121〕自己並創作一組三十八首的〈感遇詩〉，以爲其提倡復古的實踐，成就很大，「掃蕩詞場，廓清文袄」，給唐詩的健康發展指出正確的導向。

　　循著陳子昂的路線而起是戴叔倫、劉長卿和王昌寧。戴叔倫（733～789）是大歷年間的詩人。《全唐詩》（卷二百七十三及二百

〔註 120〕見陳子昂〈喜馬參軍相遇醉歌並予〉《全唐詩》卷八十三，頁 902（明倫出版社印行）。

〔註 121〕見《全唐詩》卷八十三，頁 895。

七十四）存詩二百九十九首。高仲武編《中興間氣集》就選錄六首，並評之曰：

> 叔倫之爲人，溫雅善舉止，無賢不肖，見皆盡心。在租庸
> 幕下數年，夕惕靡怠。吏部尚書劉公與祠部員外張繼書云：
> 博訪選材，揖對賓客，如戴叔倫者，一見稱心。其詩體格
> 雖不越中，然「廟宇經山火」、「公田沒海潮」，亦指事造形
> 之工者。其骨氣稍輕，故詩家少之。（又見《唐詩紀事》引）

高仲武雖然大半評其爲人，但也很明確地指出戴叔倫的詩在發揮語言文字的功能上，有傑出的表現。

其次，劉長卿（709～780）。長卿終隨州刺史，故稱劉隨州。也是大歷時代的詩人，善寫山水詩篇。緣情或體物，都極謹嚴精鍊，著墨不多，而形象突出。高仲武《中興間氣集》曾選錄九首，並評其詩云：

> 詩體雖不新奇，甚能鍊飾。……其「得罪風霜苦，全生天
> 地仁。」可謂傷而不怨，亦足以發揮風雅矣！

從《全唐詩》（卷一百四十七～一百五十一）所收劉長卿的詩看來，其五言詩大都造意高遠，寫景細緻，尤以五律，充滿閒適淡泊情調，傷而不怨，合於陳子昂詩歌復古的理想。權德輿稱之爲「五言長城」，皇甫湜嘗云：「詩未有劉長卿一句，已呼宋玉爲老兵矣。」足證他見重於當代的情形。

其次王昌齡，王昌齡的時代較早，其生年不詳，卒於唐肅宗至德元年（756），據《全唐詩》（卷一百四十～卷一百四十三）所輯，存詩一百八十三篇。他的詩緒密而思清，時稱「詩家天子王江寧」，或稱「王江寧」。殷璠極推重他，《河嶽英靈集》共選錄十六首，居全集各家之冠，評其詩云：

> 饒有〈風骨〉，與儲光羲氣同體別，而王稍聲俊，多驚耳駭
> 目之句。〔註122〕

〔註122〕按殷璠《河嶽英靈集》，載頁 98，原文冗長。此採胡震亨《唐音癸
籤》截錄語，見卷五，頁 40（世界書局印行）。

就殷璠的評語而言，特重王昌寧詩歌的「〈風骨〉」，尤近陳子昂的要求。

《唐風集》是杜荀鶴的詩歌集。收五七言詩三百篇。今《全唐詩》（卷六百九十一～六百九十三）共收三百二十六首詩，全係近體，無古風樂府。大部分詩篇以名場困頓之慨，貧病折磨之悲爲題材。但其精華所在，爲其感發時事之社會詩。因杜荀鶴盛年有志於用世，卻逢黃巢倡亂，戰禍頻仍，生靈塗炭，恫瘝在抱，遂發爲詩歌，沈鬱深刻。大有建安文學的本色。因而，顧雲推許之有「陳體」，並且「可以潤國風、廣王澤」，並且提昇至與李、杜鼎足而立。

顧雲如此重視詩歌的風骨比興，無寧是時代的反動。

十一、杜荀鶴

（一）杜荀鶴之生平與作品

杜荀鶴（846～907），字彥之，池州人。自號「九華山人」。生唐武宗會昌六年，卒於梁人祖開平元年，得年六十二歲。嘗謁梁王朱溫，並得薦於唐昭宗。大順二年（891）登第。

有《唐風集》，顧雲爲之序。《全唐詩》（卷六百九十一～六百九十三）編詩三卷，存三百二十六首。爲近體，無古詩樂府，五絕惟四首，七絕五十二首，而以七律最多，有一百四十一首，五律又次之，凡一百二十九首。〔註123〕

（二）杜荀鶴之詩論

杜荀鶴沒有論詩專文，對其詩論較難做有系統之考索。但其詩篇常透露一些作詩的經驗與見解，可供探討。歸納而言，約有（甲）爲國爲民而作；（乙）重視國風雅頌；（丙）苦吟爲詩；（丁）崇仰李杜四端。茲略予論述如下：

〔註123〕見李曰剛《中國文學流變史》第三篇詩歌，第四章絕律，頁212（聯貫出版社出版）。

（甲）為國為民而作

杜荀鶴以為詩人創作，不為娛己或無病呻吟的文字遊戲，必須是為政治服務，為生民請命。其〈自述〉詩云：

> 四海欲行遍，不知終遇誰，用心常合道，出語或傷時。擬作閒人老，慚無識者嗤。如今已無計，祇得苦于詩。〔註124〕

又〈自敘〉詩云：

> 酒甕琴書伴病身，熟諳時事樂於貧。寧為宇宙閒吟客，怕作乾坤竊祿人。詩旨未能忘救物，世情奈值不容真。平生肺腑無言處，白髮吾唐一逸人。〔註125〕

又〈秋日山中寄李處士〉詩云：

> 言論關時務，篇章見國風。〔註126〕

又〈與友人對酒吟〉詩云：

> 共有人間事，須懷濟物心。〔註127〕

這種主張正與白居易的「為君、為臣、為民、為物、為事而作，不為文而作」的創作原則相符。杜荀鶴的許多社會寫實詩篇，如〈亂後逢村叟〉、〈山中寡婦〉、〈田翁〉、〈蠶婦〉等，就是這種主張的實踐。

（乙）重視國風雅頌

杜荀鶴以為詩要有為而作，要反映現實。因此，特別重視《詩經》的優良傳統，並一再把自己的作品視同國風雅頌，其〈秋日山中寄李處士〉詩云：

> 言論關時務，篇章見國風。昇平猶可用，應不廢為公。〔註128〕

又〈維揚逢詩友張喬〉詩云：

> 天下方多事，逢君得話詩。直應吾道在，未覺國風衰。生計吟消日，人情醉過時。雅篇三百首，留作後來師。〔註129〕

〔註124〕見《全唐詩》卷六百九十一，頁7930（明倫出版社印行）。
〔註125〕同註124，卷六百九十二，頁7975。
〔註126〕同註124，頁7940。
〔註127〕同註124，頁7942。
〔註128〕同註126，頁7940。
〔註129〕同註126。

又〈讀友人詩〉詩云：

> 君詩通大雅，吟覺古風生。外部浮華景，中含教化情。〔註130〕

又〈投從叔補闕〉詩云：

> 吾宗不謁謁詩宗，常仰門風繼國風。……其來雖塊源流淺，
> 所得須憐雅頌同。〔註131〕

又〈哭方干〉詩云：

> 況有數篇關教化。〔註132〕

唐末，政治腐敗，社會秩序崩潰，尤其在黃巢叛亂後，唐室完全喪失節制天下的統治權，外而胡羌，內而貴族巨室，據地自雄，荼毒百姓，人民生計日艱。杜荀鶴處在這一個時代，把濟世之心，一寓於詩篇中。因此，特別重視《詩經》的美刺教化的功能。

（丙）苦吟為詩

杜荀鶴把百姓之苦，融於詩情，發為苦吟，他刻苦為詩除了要錬精詩句外，更寄寓百姓的苦況於詩篇。其〈投李大夫〉詩云：

> 白小僻於詩，篇篇恨不奇。苦吟無暇日，華髮有多時。〔註133〕

又〈維揚冬末寄幕中二從事〉詩云：

> 典盡客衣三尺雪，錬精詩句一頭霜。〔註134〕

又〈敘吟〉詩云：

> 多慚到處有詩名，轉覺吟成僻性成。……未合白髮今已白，
> 白知非為別愁生。〔註135〕

在藝術精神上，他曾受賈島的推敲苦吟的影響，他說：「賈島憐無可，都緣數句詩。」〈秋宿詩僧雲英房因贈〉，〔註136〕他的經驗是：「辭賦

〔註130〕同註126，頁7942。
〔註131〕同註126，卷六百九十二，頁7952。
〔註132〕同註126，卷六百九十二，頁7962。
〔註133〕同註126，卷六百九十二，頁7939。
〔註134〕同註126，卷六百九十二，頁7972。
〔註135〕同註126，卷六百九十二，頁7974。
〔註136〕同註126，頁7942。

文章能者稀，難中難者莫過詩。」〈讀諸家詩〉，〔註 137〕他把詩當作終生事業：「世間何事好，最好莫過詩。一句我自得，四方人已知。生應無輟日，死是不吟時。始擬歸山去，林泉道在茲。」〈苦吟〉，〔註 138〕正因爲他把詩看成最有價值之物，所以「乍可百年無稱意，難教一日不吟詩。」〈秋日閒居寄先達〉，〔註 139〕他還認識到「凡事有興廢，詩名無古今。」〈贈李蒙叟〉，〔註 140〕他要努力作詩，夜以繼日，苦中尋樂：「吟盡三更未著題，竹風松雨共淒淒。此時若有人來聽，始覺巴猿不解啼。」〈秋夜苦吟〉。〔註 141〕在鍛鍊字句上，雖有賈島的影響，但很微少。他的苦是苦於對政治的失望，對百姓的同情，其價值自然要較以擴寫個人身家境遇的「郊寒島瘦」一派要高出許多。

（丁）崇仰李杜

對於唐代的詩人，杜荀鶴最推崇李白與杜甫，其〈江南逢李先輩〉詩云：

> 李杜復李杜，彼時逢此時。干戈侵帝里，流落向天涯。歲月消於酒，平生斷在詩。懷才不得志，祇恐滿頭絲。〔註 142〕

又〈哭陳陶〉詩云：

> 耒陽山下傷工部，采石江邊弔翰林。兩地荒墳各三尺，卻成開解哭君心。〔註 143〕

又〈贈秋浦張明府〉詩云：

> 他日親知問官況，但教吟取杜家詩。〔註 144〕

李杜在唐代詩學上的貢獻，難分軒輊，但在寫實精神上，杜之視李爲略勝一籌，因此，杜荀鶴站在評判社會詩的內容上，給予杜甫的評價

〔註 137〕同註 126，卷六百九十三，頁 7977。
〔註 138〕同註 126，頁 7945。
〔註 139〕同註 126，卷六百九十二，頁 7955。
〔註 140〕同註 126，頁 7948。
〔註 141〕同註 126，卷六百九十三，頁 7983。
〔註 142〕同註 126，頁 7943。
〔註 143〕同註 126，卷六百九十三，頁 7978。
〔註 144〕同註 126，卷六百九十二，頁 7951。

最高。

十二、貫　休

（一）貫休生平與作品

　　貫休（832～912），字德隱，婺州蘭溪縣登高里人，俗姓姜氏。
〔註145〕生於唐文宗太和六年，卒於梁太祖乾化二年。七歲出家，天
復中，入益州，王建頗爲禮遇，署號「禪月大師」。後終於蜀，遺言
薄葬。

　　著有《禪月集》。《全唐詩》（卷八百二十六～卷八百三十七）編
詩十二卷，《全唐文》（卷九百二十一）輯文四篇。

（二）貫休之詩論

　　貫休沒有論詩專篇，然其創作經驗豐富，嘗云自己「新詩一千首」
〈偶作二首之一〉，其弟子曇域序其《禪月集》亦云：

　　　　所製歌詩文贊，……約一千首。〔註146〕

因此，從其詩篇裡稍能窺得一些論詩意見，特未成體系耳。他對詩所
下的定義是：

　　　　經天緯地物，動必計仙才。幾處覓不得，有時還自來。眞
　　　　風含素髮，秋色入靈臺。吟向霜蟾下，終須神鬼哀。（〈詩〉）

寫好詩不但要有才華，還要有靈感。他常自敘艱苦爲詩的情形說：

　　　　無端爲五字，字字鬢星星。（〈偶作〉）

　　　　道孤終不雜，頭白更何疑。（〈偶作〉）

雖尙不致於「吟安一個字，撚斷數根鬚」，但創作詩篇的過程是努力
而艱難的。他並且還勤於改詩，其〈山居詩二十四首序〉云：

　　　　愚咸通四五年中，於鍾陵作山居詩二十四章，放筆，薰被
　　　　人將去，厥後或有散書於屋壁，或吟詠於人口。一首兩首，
　　　　時時聞之，皆多字句舛錯。洎乾符辛丑歲，避寇於山寺，

〔註145〕曇域〈禪月集序〉載（《全唐文》卷九百二十二，頁 12121）（大通
　　　　書局出版）。
〔註146〕同註 126。

偶全獲其本，風調野俗，格力低濁，豈可聞於大雅君子。
一日抽毫改之，或留之、除之、修之、補之，卻成二十四
首。

他主張「詩須出世清」〈早秋夜坐〉，「常思謝康樂，文章有神力。是
何清風清，凜然似相識。」〈古意九首之七〉正是要合乎這種風格，
所以要把舊作，大力修改。

另外，貫休還體會到知音的難覓。〈偶作二首之一〉云：

不知天地間，知者復是誰。

詩人的寂寞之情，躍然紙上。

對於唐代詩人，貫休最推崇李白與杜甫。其〈古意九首之八〉云：

常思李太白，仙筆驅造化。玄宗致之七寶牀，虎殿龍樓無
不可。一朝力士脫靴後，玉上青蠅生一箇。紫皇殿前五色
麟，忽然掣斷黃金鎖。五湖大浪如銀山，滿船載酒搥鼓過。
賀老成異物，顛狂誰敢和。寧知江邊墳，不是猶醉臥。

又〈山中作〉詩云：

有時鬼笑兩三聲，疑是大謝小謝李白來。

又〈誓光大師草書歌〉詩云：

高適歌行李白詩。

又〈觀李翰林眞二首之一〉詩云：

日角浮紫氣，凜然塵外清。雖稱李太白，知是那星精。御
宴千鍾飲，蕃書一筆成。宜哉杜工部，不錯道騎鯨。

又〈讀杜工部集二首〉詩云：

造化拾無遺，唯應杜甫詩。豈非玄域橐，奪得古人旗。日
月精華薄，山川氣概卑。古今吟不盡，惆悵不同時。

甫也道亦喪，孤身出蜀城。彩毫終不撝，白雪更能輕。命
薄相如命，名齊李白名。不知耒陽令，何以葬先生。

貫休把李杜相提並論，以爲二人在詩歌的成就上是齊名而不分軒輊
的。同時又把高適的歌行與李白的詩，視同等量齊觀，那是因爲高適
未宦達之前的一些詩篇如〈燕歌行〉、〈古大梁行〉、〈邯鄲少年行〉等，

都是內容充實，語言精鍊，很有悲壯蒼涼豪放的藝術風格，頗近李白的作品。而另一部分反映百姓疾苦，揭露社會問題的詩篇，如〈東平路中遇大水〉、〈行路難〉、〈自淇涉黃河途中十三首〉等，又與杜詩沈鬱的風格接近，因此，對李、杜、高三人的評價最高。

其次，對劉得仁、孟郊、賈島三人的困阨不遇也深表同情，其〈懷劉得仁〉詩云：

> 詩名動帝畿，身謝亦因詩。白日只如哭，皇天得不知。旅
> 墳孤蹻岳，羸僕泣如兒。多少求名者，聞之淚盡垂。

劉得仁，《全唐詩》（卷五百四十四～卷五百四十五）編詩二卷，存詩凡一百三十八首。辛文房《唐才子傳》云：

> 得仁，公主之子也。長慶間以詩名。五言清瑩，獨步文場。
> 自開成後，至大中三朝，昆弟以貴戚皆擢顯仕，得仁獨苦
> 工文。嘗立志，必不獲科第不願儋人之爵也。出入舉場二
> 十年，竟無所成。投跡幽隱，未嘗耿耿。……確守格律，
> 揣治聲病，甘心窮苦，不汲汲於富貴。〔註147〕

如此說來，他也是苦吟詩人，其〈夏日即事〉詩自承：「到曉改詩句，四鄰嫌苦吟。」〔註148〕即是明證，而其〈讀孟郊集〉詩云：

> 東野子何之，詩人始見詩。清劌霜雪髓，吟動鬼神司。舉
> 世言多媚，無人師此師。因知吾道後，冷淡亦如斯。

又〈讀賈區賈島集〉詩云：

> 區終不下島，島亦不多區。冷格俱無敵，貧根亦似愚。青
> 雲終歎命，白閣久圍鑪。今日成名者，還堪爲爾吁。

劉得仁、孟郊、賈島三人，窮阨不偶，詩風又相近。貫休是把詩人遭遇和作品風格並論的。

貫休對於刻苦爲詩的詩人，常表欣羨之意，其〈懷方干張爲〉詩云：

> 冥搜入仙窟，半夜水堂前。吾道祇如此，古人多亦然。

〔註147〕見辛文房〈唐才之傳〉卷六，頁108（世界書局印行）。
〔註148〕見《全唐詩》卷五百四十二，頁6255（明倫出版社印行）。

對於自己雕章琢句，注意藝術表現的本性，與認同古人，以示「吾道不孤」之意。因而，對姚合編選《極玄集》，至表贊佩說：「至覽如日月」〈覽姚合極玄集〉、「至鑒封姚監」〈覽皎然渠南卿集〉，那是因爲姚合詩「刻意苦吟，冥搜物象」，〔註149〕而以「清奇雅淡」爲標準，評選王維等二十一位盛中唐時代的詩人，詩作共百首爲《極玄集》。風格都與貫休相近。

貫休對唐代詩人李白、杜甫、高適三人的詩歌創作評價最高。而對於苦吟詩人除同情其境遇外，對他們藝術表現上的成就，也同樣表示贊佩。這些詩人貧無立錐之地，與方外僧人何異？而他們都努力爲詩，刻苦冥搜，正與貫休本人一致，因此，在有唐名家數千人中，貫休惟致意於此數人，那是有其基本原因的。

第三節　小　結

主要詩文家十六位，因爲作品多，影響廣。因此，他們的詩論自然較爲重要。至於作品較少，聲名和影響也較小的十二位，則歸之其他詩文家。

這二十八位作家涵蓋整個唐代詩學活動時期，各人的詩學主張，有同有異，或主「興寄」、「風骨」如陳子昂，繼踵的是李白主「風雅」，而杜甫主「風雅」之外，又「崇漢魏」、「法齊梁」，已然由「樸質」、「復古」走向重視詩的藝術表現，盛唐所以情辭俱美，豐贍華富。

安史亂後，民生凋弊，詩人感於無力濟世，而忙於自救，詩篇和理論遂脫離現實，走向藻飾，中唐詩人偏重聲律之講求，晚唐詩風流於艷麗虛矯，凡此，都與時代相契合。

〔註149〕見《四庫全書總目提要》卷一五一，〈集部・別集類〉「姚少監詩集十卷」條，頁811，（漢京文化事業有限公司出版）。

第四章　唐詩選家論唐詩

　　關於唐人選唐詩的資料，明胡震亨與胡應麟都曾有頗詳細的記
載。

　　明胡震亨《唐音癸籤》卷三十一云：

> 唐人選唐詩，其合前代選者，有《續古今詩苑英華集》、《麗
> 則集》、《詩人秀句》、《古今詩人秀句》、《玉臺後集》。選
> 初唐有《正聲集》、《奇章集》、《搜玉集》。合選初、盛唐
> 有《國秀集》。選盛唐有《河嶽英靈集》、《篋中集》、《起
> 子集》。選中唐有《南薰集》、《御覽詩》、《中興間氣集》、
> 《極玄集》。合選則《唐詩類選》、《又玄集》、《文章龜鑑》。

> （集錄二）〔註1〕

他「藏書萬卷，日夕搜討。凡祕冊僻典魯魚漫患者，無不補綴揚搉。」
《嘉興府志》共列舉各類選集十八種。

　　又胡應麟《詩藪‧外編》，歷數唐人選唐詩諸集云：

> 唐人自選一代，芮挺章有《國秀集》，元次山有《篋中集》，
> 竇常有《南薰集》，殷璠有《河岳英靈集》，高仲武有《中
> 興間氣集》，李康成有《玉臺後集》，令狐楚有《元和御覽》，
> 顧陶有《唐詩類選》，姚合有《極玄集》，韋莊有《又玄集》，
> 無名氏有《搜玉集》、《奇章集》。今惟《國秀》、《極玄》、《英

―――――――――――――――――

〔註1〕　見胡震亨《唐音癸籤》，頁266（世界書局印行）。

靈》、《間氣》行世。《類選》、《御覽》、《又玄》雜見類書。
餘集宋末尚傳,近則未覯。

又云:

> 唐人自選詩,《英靈》、《國秀》諸集外,孫季梁(按梁應作
> 良)有《唐正聲》三卷,王正範有《讀唐正聲》五卷,韋
> 穀有《才調集》十卷,劉明素有《麗文集》五卷,李戡有
> 《唐選》三卷,柳玄有《題集》十卷,崔融有《珠英集》
> 五卷,曹恩有《起予集》五卷,殷璠有《丹陽集》一卷,
> 劉吉有《續又玄集》十卷,陳康圖有《儗玄集》十卷、《詩
> 纂》三卷,鍾安禮有《資吟集》五卷,王仁裕有《國風總
> 類》五十卷,王承範有《備遺綴英》二十卷,劉松有《宜
> 陽集》六卷、《聚玉集》五卷,韋莊有《采玄集》一卷,陳
> 正範有《洞天集》五卷,又有《前輩咏題》二卷、《連璧集》
> 三十二卷、《正風集》十卷、《垂風集》十卷、《名賢絕句》
> 一卷,不題名氏,要皆唐末五代人所集。

《詩藪》列舉三十五種,較《唐音癸籤》所著錄的多出一倍,當然其
中不乏「唐末五代人所集」的選本。

這些選集即今而論,存少佚多。存而可徵,確爲唐人所選的只有
十種。〔註2〕即崔融《珠英學士集》「約成書於武后長安二年(702),
爲今存最早之唐人選唐詩」;〔註3〕殷璠《河嶽英靈集》成書於唐玄宗
天寶十三載(754);芮挺章《國秀集》成書於唐肅宗至德二年(757);
元結《篋中集》成書於唐肅宗乾元三年(760);高仲武《中興間氣集》
成書於唐代宗大歷十四年(779);令狐楚《御覽詩》成書於唐憲宗元
和十三年(817);姚合《極玄集》成書於唐文宗開成四年(839);韋
莊《又玄集》成書於唐昭宗光化三年(900);敦煌本唐人選唐詩約成
書於唐順宗永貞元年(805);《搜玉集》可能成書於唐玄宗開元十二

〔註2〕 河洛圖書出版社《唐人選唐詩》,出版於民國六十四年五月。
〔註3〕 見吳其昱〈珠英集沈宋近體詩與日本奈良及平安初期之漢詩〉,刊《古
典之變容與新生》川口久雄編,一九八四年,東京明治書院出版。
缺註4 見胡應麟《詩藪》,頁482(廣文書局印行)。

年（724）左右；而《搜玉小集》則編成於南宋。

　　此外，部分選集的流傳散佚情形，約略可考者，如下：

（一）《續古今詩苑英華》，二十卷

　　《舊唐書‧經籍志》云：

　　　《古今詩苑英華》二十卷，梁昭明太子撰。《續古今詩苑英
　　　華》二十卷，釋惠淨撰。

《新唐書‧藝文志》，著錄一如《舊志》。胡震亨《唐音癸籤》卷三十
一云：

　　　《續古今詩苑英華集》，唐僧惠淨輯，自梁至唐初劉孝孫
　　　止，十卷。

可知此書兼選六朝詩與唐詩。惠靜或作慧靜、惠淨，「俗姓房，有藻
識。」〔註5〕《崇文總目》云：

　　　《續古今詩苑英華》十卷。僧惠淨編。

晁公武《郡齋讀書志》云：

　　　《續古今詩苑英華集》十卷。唐僧惠淨撰，輯梁武帝大同
　　　年中會三教篇至唐劉孝孫成皐望河之作，凡一百五十四
　　　人，歌約五百四十八篇，孝孫為之序。

兩《唐書》作二十卷者，係混入無名氏之「詩篇十卷，與《英華》相
似，起自梁代，迄于今朝，以類相從，多于慧淨所集，而不題撰集人
名氏」〔註6〕的結果。從此，鄭樵《通志》、馬端臨《文獻通考》俱因
之著錄為二十卷。《唐音癸籤》的記載疑從《崇文》與《郡齋》之說。
《詩藪》未之著錄，恐非疏漏，或已亡佚而未覩。

（二）《玉臺後集》，十卷

　　胡震亨《唐音癸籤》云：

　　　《玉臺後集》。天寶中李康成續徐陵《玉臺新詠》，自陳、
　　　隋至唐初沈、宋四傑而下，附以己作，十卷。

〔註5〕　見劉肅《大唐新語》「著述」門。
〔註6〕　同註5。

如此說來，這一部《玉臺後集》也是六朝詩與唐詩的合選本。《舊唐書》不載，《新唐書‧藝文志》、鄭樵《通志》、《宋史‧藝文志》等書的著錄都誤李康成爲李康。《崇文總目》、《直齋書錄解題》、《郡齋讀書志》的著錄都作《玉臺後集》十卷，唐李康成集。

南宋劉克莊曾見過《玉臺後集》全書〔註7〕，清代諸家書目都未見著錄此書，其亡佚的時間，已無可稽考。

（三）《正聲集》三卷，《續正聲集》五卷

《大唐新語》云：

> 孫翌（按孫季良）撰《正聲集》，以希夷爲集中之最，由是稍爲時人所稱。（卷八，文章門）

《新唐書‧藝文志》云：

> 孫季良《正聲集》三卷。

沒有提及續集。《崇文總目》云：

> 《正聲集》三卷，孫季良編；《續正聲集》五卷，王貞範編。

鄭樵《通志》云：

> 《正聲集》三卷，唐孫季良編，《續正聲集》五卷，王貞範編。

胡震亨《唐音癸籤》及胡應麟《詩藪》，大概就是據此而作的記錄。宋室南渡之後，公私藏書目錄都不再有此二書的記載。

（四）《丹陽集》一卷

《新唐書‧藝文志》云：

> 殷璠《丹陽集》一卷。

另於包融詩一卷下注云：

> 融與儲光羲皆延陵人，曲阿有餘杭尉丁仙芝，緱氏主簿蔡隱丘，監察御史蔡希周，渭南尉蔡希寂，處士張彥雄、張潮，校書郎張暈，吏部常選周瑀，長洲尉談戩；句容有忠王府倉曹參軍殷遙，硤石主簿樊光，橫陽主簿沈如筠；江

> 寧有右拾遺孫處玄，處士徐延壽；丹徒有江都主簿馬挺，
> 武進尉中堂構；十八人皆有詩名，殷璠彙次其詩，爲《丹
> 陽集》者。〔註8〕

可見《丹陽集》是開元時潤州士人詩篇的選集。高仲武早就有見及此，
其《中興間氣集序》云：

> 《珠英》但紀朝士，《丹陽》止錄吳人。

此後，《崇文總目》、鄭樵《通志》、尤袤《遂初堂書目》，都曾著錄。
明胡應麟《詩藪》與高棅《唐詩品彙》也都曾提及。足見此書明代尚
存。

（五）《唐詩類選》二十卷

《新唐書‧藝文志》云：

> 顧陶《唐詩類選》二十卷，大中校書郎。

陳振孫《直齋書錄解題》云：

> 《唐詩類選》二十卷，唐太子校書郎顧陶集，凡一千二百
> 三十二首，自爲序，大中丙子歲也。陶，會昌四年進士。

此後，宋王堯臣《崇文總目》、鄭樵《通志》、尤袤《遂初堂書目》、《宋
史‧藝文志》、馬端臨《文獻通考》等都曾著錄顧陶《唐詩類選》。

最後見於錢牧齋（謙益）《絳雲樓書目》，後以祝融肆虐，此集遂
亡。

（六）《南薰集》三卷

《新唐書‧藝文志》云：

> 竇常《南薰集》三卷。

此後，《崇文總目》、《通志》、《宋史‧藝文志》、《文獻通考》等書所
載亦同。

明代，書已亡佚。胡應麟說：

> 《南薰集》，宋末尚傳，近則未觀。

其餘因文獻不足，闕而弗考。

〔註 8〕見《新唐書》卷六十，頁 1610（洪氏出版印行）。

本章僅就前述存而有徵十種選集，加以分析論述。

第一節　崔融與《珠英學士集》

一、崔融之生平與文學活動

崔融的生平，在兩《唐書》上，都有簡略的記載。《舊唐書》云：

> 崔融，齊州全節人。……融爲文典麗，當時罕有其比，朝
> 廷所須〈洛出寶圖頌〉，則天哀冊文及諸大手筆，並手敕付
> 融，撰哀冊文，用思精苦，遂發病卒，時年五十四。（卷九
> 十四，頁 3000）

另外《新唐書》云：

> 崔融字安成，齊州全節人。……融爲文華婉，當時未有輩
> 者。朝廷大筆，多手敕委之，其〈洛出寶圖頌〉尤工。譔
> 武后哀冊最高麗，絕筆而死，時謂思苦神竭云。年五十四。
> （卷一百一十四，頁 4196）

崔融仕宦生涯，都在武后臨朝之時，而武后卒於神龍元年（705）十
一月，翌年，中宗敕崔融作武后哀冊文，因思苦神竭而亡。王夢鷗據
以推定，「當生於唐高宗永徽四年（653）」，〔註9〕在當時，崔融與李
嶠、蘇味道、杜審言，並稱「文章四友」，在貴族文壇上，頗爲活躍。
王夢鷗評云：

> 綜其生平歌頌女主，諂附弄臣，後人除樂道其文章外，幾
> 於無足稱述者。其爲「詞臣」，唯存〈諫稅關市〉一疏（見
> 《舊唐書》本傳，《全唐文》卷二一九），自餘爲人作嫁之
> 文字，殆無異於枚乘、司馬相如、王褒之倫，則其文學活
> 動，多出於助人清興，攀附交情；即使不爲娛樂而作，亦
> 且受人指使而書。身既役役於翰墨之場，遂難得閒情及於
> 個人感興。〔註10〕

〔註 9〕　見王夢鷗《初唐詩學著述考》，頁 80（商務印書館印行）。
〔註10〕　同註9，頁 85。

這個說法，相當客觀而中肯。就現存的資料加以考查；《欽定全唐文》第二百一十七至卷二百二十共四卷，輯錄各體文凡五十篇。《御製全唐詩》卷六十八，編詩一卷，存詩十八首。即今看來，崔融不失爲能詩能文者，而文章十九爲應制而作，詩篇則泰半爲應制或挽歌辭，的確少有抒發一己之感興的作品。另外著有專門解說詩體的《唐朝新定詩體》一卷。〔註11〕而編選《珠英學士集》，應是他的一項極重要的文學活動。〔註12〕

二、《珠英學士集》考述

　　最早著錄《珠英學士集》的是《新唐書‧藝文志》，云：

　　　　《珠英學士集》五卷。(原注：崔融集武后時修《三教珠英》學
　　　　士李嶠、張說等詩。)

惟這《珠英學士集》亡佚已久，晚近纔在敦煌殘卷中發現，據王重民《敦煌古籍敘錄》說：

　　　　伯三七七一與二七一七兩殘卷，筆跡相同，斯氏卷馬吉甫
　　　　詩前，有「《珠英集》第五」一行，故知同爲《珠英學士
　　　　集》殘卷。考《新唐書‧藝文志‧總集類》：《珠英學士集》
　　　　五卷，崔融集武后時修《三教珠英》學士李嶠、張說等詩
　　　　(《玉海》五十四引，尚有詩總二百七十六首一句)。又《唐
　　　　會要》卷三十六云：大足元年十一月十二日，麟臺監張昌
　　　　宗撰《三教珠英》一千三百卷成，上之。初聖曆中，上以
　　　　《御覽》及《文思博要》等書，聚事多未周備，遂令張昌
　　　　宗召李嶠、閻朝隱、徐彥伯、薛曜、員半千、魏知古、于
　　　　季子、王無競、沈佺期、王適、徐堅、尹元凱、張說、馬
　　　　吉甫、元希聲、李處正、高備(《玉海》卷五十四引作喬
　　　　備，不誤)、劉知幾、房元陽、宋之問、崔湜、常元旦、

〔註11〕此從空海《文鏡祕府論》地卷、東卷之說。王夢鷗《初唐詩學著述
　　　　考》第三章「崔融詩學著述」，頁 87，亦云：「『新定詩體』之爲崔
　　　　氏著述，當不至誤」。
〔註12〕見《新唐書‧藝文志》。卷六十。

－157－

楊齊哲、富嘉謨、蔣鳳等二十六人同撰。所舉撰人，概在
此兩殘卷中。是集《崇文總目》、《郡齋讀書志》並著錄，
則宋時猶存。《讀書志》云：預修書者凡四十七人，崔融
編其所賦詩，各題里爵，以官班爲次，所述尤與殘卷相合，
則此兩卷爲《珠英學士集》無疑。〔註13〕

經過王氏的敘介，此殘集的面貌，始大略爲世人所知。王氏將之輯
錄於《補全唐詩》，潘石禪師「頻年往來英法圖書館閱讀敦煌卷
子，⋯⋯發現王先生《補全唐詩》（以後簡稱《王補》）誤認的字，
不能辨認的字，竟然非常的多。倘要用札記逐條說明，簡直無從說
起。」〔註14〕於是寫成《補全唐詩新校》，訂正王氏的訛誤，使這些
文學瑰寶，得以還其本來面目。校訂的結果，總計伯三七七一，斯
二七一七兩殘卷，共存詩五十三首（殘一首），其中不著撰人〈帝京
篇〉一首，喬備四首，元希聲二首，房元陽二首，楊齊哲二首，胡
皓七首，沈佺期十首，李適三首，崔湜九首，劉知幾三首，王無競
七首，馬吉甫三首（殘一首）。

三、《珠英學士集》殘卷所選之詩人

殘卷可考詩人十一位，茲將其約略年代，相關資料，列述於后，
以便分析歸納。

（一）崔湜：附武后作相，又附太平公主。（《唐詩紀事》）

（二）沈佺期：上元二年進士。（《唐才子傳》）

（三）李適：武后修《三教珠英》，以李嶠、張昌宗爲使，取文學
士綴集，適與王無競、尹元凱等在選。睿宗時，以工部侍郎
卒。（《唐詩紀事》）

（四）王無競：張易之等誅，坐嘗交，貶廣州。（《唐詩紀事》）神
龍初，出爲蘇州司馬。（《全唐詩》小傳）

〔註13〕見王重民《敦煌古籍敘錄》卷五，集部，頁325（中文出版社印行）。
〔註14〕潘石禪師（《補全唐詩新校》）載《全唐詩外編》頁 729（木鐸出版
社印行）。

（五）楊齊哲：闕

（六）胡皓：開元中人。（《全唐詩》小傳、《唐詩紀事》）

（七）喬備：則天時預修《三教珠英》。（《全唐詩》小傳）

（八）元希聲：景龍初，進吏部侍郎。預修《三教珠英》。（《全唐詩》小傳）

（九）劉知幾：生於唐高宗龍朔元年，卒於唐玄宗開元九年。（譚正璧，《中國文學家大辭典》。）

（十）房元陽：闕

（十一）馬吉甫：闕

　　關於《珠英學士集》的編選年代，歷來書志都沒有載明，僅約略說編於武后時。殘卷中十一位詩人，都冠以官銜，據以考證其年代，可有較明確的眉目。宋王溥《唐會要》就肯定說：

> 大足元年十一月十二日，麟臺監張昌宗撰《三教珠英》，一
> 千三百卷成，上之。

說《珠英集》編成於大足元年（701），雖不中亦不遠了。因為崔融卒於神龍二年（706），成書於晚年，當有可能。

　　是集的編撰以人為主，每人各選若干首，附於其後。吳其昱先生說：「各詩作者均為《三教珠英》學士，崔融（653～706）選其詩二百七十六首，作者四十七人，分為五卷，題曰《珠英學士集》。各詩以作者官階高低為序，詩題下註五言或七言」。〔註15〕

四、崔融之詩觀

　　崔融除編選《珠英學士集》外，最足以代表他的詩論者，當然就是《唐朝新定詩體》一卷，以討論詩歌聲病對偶體性。依王夢鷗考訂其主要內容如下：

（一）詩有九對

〔註15〕　見吳其昱：〈珠英集沈宋近體詩與日本奈良及平安初期之漢詩〉刊《古典之變容與新生》川口久雄編，一九八四年，東京明治書院。

　　一曰切對，二曰切側對，三曰字對，四曰字側對，五曰聲對，六曰雙聲對，七曰雙聲側對，八曰疊韻對，九曰疊韻側對。

（1）切對：謂家物切正不偏枯。《文鏡祕府論》東卷論對「第一的名對。」空海並說明云：「的名對者，正對也。凡作文章，正正相對，上句安天，下句安地，上句安山，下句安谷……如此之類，名為的名對。」

（2）切側對：魚戲新荷動，鳥散餘花落。《祕府論》列之於第二十六，釋云：「切側對者，謂精異粗同，是。詩曰：浮鐘宵響徹，飛鏡曉光新。浮鐘是鐘，飛鏡是月，謂別而文同。是。」

（3）字對：詩曰：山柳架寒露，池篠韻涼颸。《祕府論》列之於第十五，引或曰：「字對者，謂義別字對，是。詩曰：山柳架寒露，池篠韻涼颸。山柳，即山頂也；池篠，池旁竹也，此義別字對。」

（4）字側對：謂字義俱別，形體半同。詩曰：「玉雞清五洛，瑞雪映三秦。」《祕府論》列之於第十七。

（5）聲對：謂字義別，聲名對也。詩曰：「疎蟬韻高柳，密鳥掛深松。」《祕府論》列之於第十六。

（6）雙聲對：詩曰：「洲渚近環映，樹石相因依。」《祕府論》列之於第八，引詩曰：「洲渚遞縈映，樹石相因依。」此「縈映」「因依」雙聲為對。

（7）雙聲側對：詩曰：「花明金谷樹，鶯映首山薇。」《祕府論》列之於第二十七，其全文曰：「雙聲側對者，謂字義別，雙聲來對，是。詩曰：花明金谷樹，鶯映首山薇。金谷與首山，字義別，同雙聲對。」「金谷」「首山」，「金」不對「首」但以「金谷」「首山」雙聲作對。

（8）疊韻對：詩曰：「平明被黼帳，窈窕步花庭。」《祕府論》列之於第九，並引沈約詩：「鬱律構丹巘，稜層起青嶂」為例。「鬱律」疊韻，「稜層」疊韻。

（9）疊韻側對：詩曰：「浮鐘宵響徹，飛鐘照光斜。」《祕府論》
列之於第二十八。且引崔氏之言曰：「疊韻側對者，謂字義
別，聲名疊韻對，是。詩曰：平生披黼帳，窈窕步花庭。平
生、窈窕，是。」

（二）詩有十體

一曰形似，二曰氣質，三曰情理，四曰直置，五曰雕藻，六曰影
帶，七曰婉轉，八曰飛動，九曰清切，十曰精華。《文鏡祕府論》置
於地卷。

（1）形似：謂邈其形而得似也。詩曰：「風花無定影，露竹有餘
清。」（按邈是貌的誤寫）。

（2）質氣：謂有質骨而依其氣也。詩曰：「霜峯暗無色，雪覆登
道白」（應作白登道）。

（3）情理：謂敘情以入理致也。詩曰：「遊禽暮知返，行客獨未
歸。」

（4）直置：謂直書可置於句也。詩曰：「隱隱山分地，蒼蒼海接
天。」

（5）雕藻：謂以凡目前事而雕研之也。詩曰：「岸柳開河柳，池
紅照海榴。」

（6）影帶：謂以事意相愜而用之也。詩曰：「露花如濯錦，泉月
似沉鈎。」《文鏡祕府論》作映帶。

（7）婉轉：謂屈曲其詞，婉轉成句也。詩曰：「流波將月去，湖
水帶星來。」

（8）飛動：詩曰：「空葭凝露色，落葉動秋聲。」《祕府論》曰：
「飛動體者，謂詞若飛騰而動者是。」詩曰：「流波將月去，
湖水帶星來。」又曰：「月光隨波動，山影逐波流。」

（9）清切：詩曰：「猿聲出峽斷，月影落江寒。」《祕府論》曰：
「清切體者，謂詞清而切者是。」詩曰：「寒葭凝露色，落葉
動秋聲。」又曰：「猿聲出峽斷，月影落江寒。」

（10）精華：詩曰：「青田凝駕鶴，丹穴欲乘鳳。」《祕府論》曰：「菁華體者，謂得其精而忘其粗者是。」詩曰：「青田未矯翰，丹穴欲乘鳳。」又曰：「曲治疎秋蓋，長林卷夏帷。」又曰：「積翠徹深潭，舒丹明淺瀨。」

（三）詩有六病

一曰相類，二曰不調，三曰叢木，四曰形迹，五曰相濫，六曰反語。

（1）相類：「從風似飛絮，照日類繁英，拂巖如寫鏡，封林若耀瓊。」此四句相次，一體不異，似、類、如、若，是其病。

（2）不調：謂五字內，除第一第五字，於三字用上去入聲相次者，是巨病，平聲非病限，古今才子多不曉。如「晨風驚疊樹，曉月落危峰。」「月」次「落」，同入聲。「如霧生極野碧，日下遠山紅。」「下」次「遠」，同上聲。如「定惑關門吏，終悲塞上翁。」「塞」次「上」，同去聲。

（3）叢木：詩云：「庭梢桂木樹，簷度蒼梧雲。棹唱喧難辨，樵歌近易聞。」桂、梧、樵，俱是木，即是病也。

（4）形迹：於其義相形嫌疑而成。如曹子建詩云：「壯哉帝王居，佳麗殊百城。」崔云：佳山佳城，非爲形迹，墳埏不可用。又如侵天干天，是謂天與樹木等，犯者爲形迹，他皆仿此。

（5）相濫：崔氏云：「相濫者，謂形體、途道、溝淖、淖泥、巷陌、樹木、枝條、山河、水石、冠帽、襦衣，如此之等，名曰相濫。上句用山，下句用河；上句有形，下句安體；上句有木，下句安條，如此參差，乃爲善焉。若兩字一處，自是犯焉。

（6）反語：正言是佳詞，反語則深病，是也。如鮑明遠詩云：「鷄鳴關吏起，伐鼓早通晨。」伐鼓，正言是佳詞，反語則不祥。崔氏云：伐鼓，反語「腐」「骨」，是其病。

除此之外，《文鏡祕府論》天卷論四聲，也曾載有崔融論旁紐的
話云：

傍紐者，風水　月膾　奇今　精酉
　　　　　　表豐　外厥　琴羈　酒盈
紐聲雙聲者：土煙
　　　　　　天隖
右（此當作上）以前四字：縱讀爲反語，橫讀爲雙聲，錯
讀爲疊韻。何者？土煙，天隖，是反語；天土、煙隖，是
雙聲；天煙，土隖，是疊韻。乃一「天」字而得雙聲疊韻。
略舉一隅而示。餘皆倣此。

從崔氏所揭櫫的「詩有九對」、「詩有十體」、「詩有六病」，到論及四
聲。可知他對詩的調聲、詩病、屬對、體性，都很注意。這在編選《珠
英學士集》，一定起過相當大的影響。王夢鷗的結論說：

崔氏生平供役侯門，又爲珠英學士選詩之事實衡之；則其
著有新定詩體，抑復有故？何者？蓋元兢選編古今詩人秀
句，而有《詩髓腦》之作，猶之崔融選編《珠英學士集》
而有此書，二者皆所以發明作詩工巧而昭示其選詩準則
也。元兢自謂：選古今詩人秀句二卷，費時十年。揆其如
此費時之故，乃因機見珠門，賞悟紛雜，非有準則，難伸
鑑裁也。至於崔融所選珠英學士詩，皆屬同時人作品，其
事倍難於元兢。其爲新定詩體，一則可爲入選之詩張目，
一則可以搪塞落選者之口，其有此書，信非徒作。〔註16〕

如此說來，崔融的論詩主張，實應以新定詩體爲主，副以《珠英學士
集》，纔算完整。然則崔融在助長唐詩走向「彩麗競繁」的路上，是
有一定影響的。而《珠英學士集》的另一意義，當在集預修《三教珠
英》諸學士的詩作，以記此一代之盛事。而又兼具「範例」的作用，
對有唐律詩的完成具有莫大貢獻。

〔註16〕同註9，頁87。

第二節　殷璠與《河嶽英靈集》

一、殷璠之生平與文學活動

　　《河嶽英靈集》之編選人是殷璠，而其生平事蹟，因文獻不足，頗難考訂。《全唐文》所錄《河嶽英靈集序》前，作者小傳云：

　　　　璠，丹陽人，處士。(卷四百卅六)

其外，就是本集書首題曰：

　　　　唐，丹陽進士，殷璠。

都是寥寥數語，簡略而難徵。《四庫全書總目提要》說：「璠，丹陽人，序首題曰進士。……其始末則未詳也。」〔註17〕余嘉錫《四庫提要辨證》，則說：「璠之始末，誠不可考，然其時代及生平，則有可據者。」余氏更進一步據芮挺章《國秀集》後，北宋曾彥和的跋，及《河嶽英靈集》本集，推定是集編於天寶十一年（752），另據《新唐書・藝文志》的記載，指出殷璠另外編有《丹陽集》一書（按：《新唐書》作《丹陽集》），〔註18〕不過《丹陽集》早就亡佚，今已不可得見。

　　然而《全唐文》小傳說殷璠是「處士」，《英靈集》書首卻署「進士」。稱謂不同，引起後世的混淆，兩稱並行，頗不一致。〔註19〕近人岑仲勉以爲《全唐文》的記載錯誤，以爲殷璠確爲進士。〔註20〕另據〈英靈集序〉：「爰因退跡，得遂宿心」的文字看來，他確曾涉足宦途，也應以稱「進士」爲當。並且，唐末詩人吳融有〈過丹陽〉詩一首：

　　　　雲陽縣郭半郊坰，風雨蕭條萬古情。山帶梁朝陵路斷，水

〔註17〕見《四庫全書總目提要》卷一百八十六。

〔註18〕見余嘉錫《四庫提要辨正》卷二十四。

〔註19〕宋代書志，如晁公武《郡齋讀書志》、陳振孫《直齋書錄解題》都曾著錄《英靈集》，而都稱殷璠爲「唐進士」。另外稱他爲處士者，宋代有盧憲纂修的《嘉定鎮江縣志》，元代有俞希魯纂修的《至順鎮江志》，大概是因爲殷璠的生平不可考，故逕稱爲處士。

〔註20〕見岑仲勉〈續勞格讀《全唐文》札記〉，頁343（中研院史語所集刊第九本）。

連劉尹宅基平。桂枝自折思前代（原注：李考功於此知貢
舉），藻鑑難逢恥後生（原注：殷文學於此集英靈）。遺事
滿懷兼滿目，不堪孤棹艤荒城。〔註21〕

從吳融於詩中自註「殷文學」的話看，則殷璠應該曾任「文學」之官，
而非「處士」。

　　殷璠為唐代極重要的詩評家，也是一位重要的詩選家，可惜今存
的唐詩總集《全唐詩》，以及晚近出版的《全唐詩外編》，都沒有輯錄
殷璠的詩篇。就現存的資料可知他最重要的文學活動，就是曾經評選
當代的詩作，成《河嶽英靈集》與《丹陽集》二書。

　　《丹陽集》雖然亡佚，但據《新唐書・藝文志》，別集類包融詩
下的註說：

融與儲光羲皆延陵人，曲阿有餘杭尉丁仙芝，緱氏主簿蔡
隱丘，監察御史蔡希周，渭南尉蔡希寂，處士張彥雄，張
潮，校書郎張暈，吏部常選周瑀，長州尉談戩；句容有忠
王府倉曹參軍殷遙，硤石主簿樊光，橫陽主簿沈如筠；江
寧有右拾遺孫處玄，處士徐延壽；丹徒有江都主簿馬挺，
武進尉中堂構十八人；皆有詩名，殷璠彙次其詩為《丹陽
集》者。

如此說來，《丹陽集》是選錄同郡十八家的詩作而成。稍後大曆末年
高仲武編選《中興間氣集》時，其序文就曾說：「丹陽止錄吳人」，就
是指的這件事。

二、《河嶽英靈集》考述

　　據《英靈集》的序稱：

粵若王維、昌齡、儲光羲等二十四人，皆河嶽《英靈》也。
此集便以河嶽英靈為號。

既說明所選的都是具英華靈氣之詩人，並以之命名。在序文裏，並且
揭櫫選詩目的，云：

〔註21〕見《全唐詩》卷六百八十四，頁 7858（明倫出版社印行）。

梁昭明太子撰《文選》，後相效著述者十餘家，咸自稱盡
善，高聽之士，或未全許，且大同至於天寶，把筆者近千
人，除勢要及賄賂者，中間灼然可尚者，五分無二，豈得
逢詩輒贊，往往盈帙，蓋身後立節，當無詭隨，其應詮揀
不精，玉石相混，致令眾口銷鑠，爲知音所痛！然挈瓶膚
（集序膚作庸）受之流，責古人不辨宮商（集序有徵羽二
字），詞句質素，恥相師範，於是攻乎異端，妄爲穿鑿，
理則不足，言常有餘，都無比興（集序比興作興象），但
貴輕艷，雖滿篋笥，將何用之。自蕭氏以還，尤增矯飾，
武德初，微波尚在。貞觀末，標格漸高。景雲中，頗通遠
調，開元十五年（集序作十五年後），聲律風骨始備矣！（《全
唐文》卷四百卅六）

殷璠對當時「逢詩輒贊」的風氣不滿，同時也因爲「銓揀不精，玉石
相混」而「致令眾口銷鑠，爲知音所痛」的弊病。因而，編選一部作
爲當代詩學「範本」的選集。

至於是集的成書年代，殷璠未曾說明，然其序文云：
起甲寅，終癸巳。〔註22〕
今按「甲寅」適爲唐玄宗開元二年（714），「癸巳」爲玄宗天寶十二
年（753）。而唐代爲害最烈的安史之亂，始於天寶十四年（755），因
創巨痛深，所以此一浩劫，普遍存載於唐人作品之中。然經仔細檢視
《英靈集》中的詩篇，竟無一及此。因此，我們可以斷定是集當成書
於天寶十二年之後，安祿山叛變之前的天寶十四年以前。

《英靈集》共有二卷，分爲上下卷。本集序稱入選的詩人是「粵
若王維、昌齡、儲光羲等二十四人」。入選的詩數是「二百三十四首」。
而《全唐文》則說是「三十五人，……詩一百七十首」。出入甚大。
日僧空海《文鏡祕府論》南卷引殷璠的序云：

〔註22〕《全唐文》卷四百卅六〈河嶽英靈集序〉云：「起甲寅，終乙酉。」
是襲《文苑英華》之誤。日僧空海《文鏡祕府論》南卷所記亦作：「終
癸巳。」

—166—

粵若王維、昌齡、儲光羲等三十五人，皆河嶽英靈也。此
集便以河嶽英靈爲號，詩二百七十五首，爲上下卷。

人數同於《全唐文》，而詩數卻獨多。《全唐文》是襲自編於北宋太平
興國七年（983）的《文苑英華》，《文鏡祕府論》約成書於唐憲宗元
和四年至十四年間（809～819），而《文鏡》一書，遲至清末纔傳回
中土，因此，《文苑》與《文鏡》不可能相襲。所以我們深信，《英靈
集》所選的詩人應該是三十五人，而詩篇則是二百七十五篇。不過按
之今本，則詩人少十一人，詩篇少四十七首。

　　《英靈集》的詩，以人爲主，每人各選若干首不等，入選的條件
是「名實相副，才合於道」。由自序以觀，殷璠好像最推重王維、王
昌齡、儲光羲三人。是集最具價值處，在於每一位詩人之下，作品之
前，各立一小序，仿鍾嶸《詩品》的體例，作一簡要而中肯的批評。
使茲集兼具詩選與詩話的雙重功能。

三、《河嶽英靈集》所選之詩人

　　今本《英靈集》，共選二十四位詩人，今將其約略年代，及大概
仕宦情形，列述於后：

　　（一）常建：開元十五年與王昌齡同榜登科。大曆中，授盱眙
　　　　　　尉。（《唐才子傳》）

　　（二）李白：天寶初，自蜀至長安，道未振，以所業投賀知
　　　　　　章，……遂薦於玄宗。（《唐才子傳》）

　　（三）王維：開元十九年，狀元及第，擢左拾遺，遷給事中。
　　　　　　（《唐才子傳》）

　　（四）劉睿虛：開元十一年，徐徵榜進士，調洛陽尉，遷夏縣
　　　　　　令。（《唐才子傳》）

　　（五）張謂：登天寶二年進士第。（《唐詩紀事》）

　　（六）王季友：肅、代間詩人也。（《唐詩紀事》）

　　（七）陶翰：開元十八年崔明允下進士及第，次年中博學宏辭。

（《唐才子傳》）

（八）李頎：開元二十三年，賈季鄰榜進士及第，調新鄉縣尉。
（《唐才子傳》）

（九）高適：舉有道，授封丘尉，未幾，哥舒翰表掌書記。永泰
初卒。（《唐才子傳》）案：適舉有道科在天寶八載（749）。

（十）岑參：天寶三年，趙岳榜第二人及第，累官左補闕起居
郎，出爲嘉州刺史。（《唐才子傳》）

（十一）崔顥：開元十一年，源少良下及進士第。天寶中爲尚書司
勳員外郎。（《唐才子傳》）

（十二）薛據：開元十九年，王維榜進士。（《唐才子傳》）

（十三）綦毋潛：開元十四年，嚴廸榜進士及第，授宜壽尉，遷右
拾遺，入集賢院待制，復授校書，終著作郎。（《唐才子傳》）

（十四）孟浩然：張九齡、王維極稱道之。後張九齡署爲從事，開
元末（按《唐詩紀事》作開元廿八年），王昌齡遊襄陽，
時新病起，相見甚歡，浪情宴謔，食鮮勤病而終（《唐詩
紀事》云：年五十有二）。（《唐才子傳》）

（十五）崔國輔：開元十四年，嚴廸榜進士，與儲光羲、綦毋潛同
時舉縣令，累遷集賢直學士、禮部郎中。天寶間，坐是王
鉷近親，貶竟陵司馬。（《唐才子傳》）

（十六）儲光羲：開元十四年，嚴廸榜進士。有詔中書試文章，嘗
爲監察御史。值安祿山陷長安，輒受僞署，賊平後自歸，
貶死嶺南。（《唐才子傳》）

（十七）王昌齡：開元十五年，李嶷榜進士，授汜水尉。又中宏
辭，遷校書郎。後以不護細行，貶龍標尉。以刀火之際，
歸鄉里，爲刺史閭丘曉所忌而殺。（《唐才子傳》）

（十八）賀蘭進明：開元十六年，虞咸榜進士及第，仕爲御史大
夫。肅宗時，出爲河南節度使。時祿山群黨未平，帥師屯
臨淮備戰，竟亦無功。（《唐才子傳》）

（十九）崔署：與薛據友善。（《唐才子傳》）案：薛據登開元十九
　　　　年進士第。（見上列十二）

（二十）王灣：開元十一年，常無名榜進士。（《唐才子傳》）

（二一）祖詠：開元十二年，杜縚榜進士。（《唐才子傳》）

（二二）盧象：鴻之姪也。（案盧鴻：開元初，玄宗備禮徵再三，
　　　　不至。《唐才子傳》）仕爲校書郎、左拾遺、膳部員外郎，
　　　　授安祿山僞官，貶永州司戶參軍。（《唐才子傳》）

（二三）李嶷：據《唐才子傳‧王昌齡》條知，李嶷爲開元十五年
　　　　進士。《全唐詩》小傳，亦云然。

（二四）閻防：開元二十二年，李琚榜及第。顏眞卿甚敬愛之，欲
　　　　薦於朝，不屈。（《唐才子傳》）

就這些詩人的年代而言，都是唐玄宗開天盛世時人。與殷璠自序
所稱選詩上下限爲「起甲寅，終癸巳」一致。亦即自唐玄宗開元二年
（714），至天寶十二年（753），前後恰爲四十年，歷來稱爲盛唐時期
之詩人。

四、《河嶽英靈集》所選之篇數、詩體及題旨

《英靈集》入選的篇數中，王昌齡入選最多，達十六首，其次爲
王維的十五首，其次常建、李頎各十四首，其次爲李白、高適、崔國
輔各十三首（按今本略有淆亂，崔氏末三首，疑爲孟浩然之作），其
次爲儲光羲十二首，其次爲劉睿虛、陶翰、崔顥各十一首，其次爲薛
據十首，其次爲王灣八首，其次爲岑參、賀蘭進明、盧象各七首，其
次爲張謂、王季友、綦毋潛、孟浩然、崔曙、祖詠各六首，最少的是
李嶷、閻防各五首。

再就今本二百二十六首入選詩作中，考查其體裁，可以發現：五
言最多，共有一三二首；其次是五律，二十八首；其次是雜言古詩，
二十五首；其次是七言古詩十九首；其次是七言絕句十四首；其次是
五言絕句六首；最少的是七言律詩，僅四首；全集中以古體詩爲多，

約佔總數的十分之七以上。

　　至其題旨，二二八首詩內，以贈答類爲最多，達三十七首；其次是詠懷類，有三十五首；其次是遊覽類，有三十一首；其次是客旅、別離類，各有十九首；其次是懷古、婦女類，各有十六首；其次是豪俠類十首；其次是尋訪、歌舞類，各六首；其次是仙釋、征戍、悼亡、田家、詠物類，各五首；最少的是時事、節序、宴會、圖畫類，各二首。可見贈答、詠物，遊覽之類的詩篇最佔大宗。

五、殷璠之詩觀

　　齊梁以來，詩歌發展，逐漸傾向於聲律的嚴整，和辭藻的妍麗。從文學發展的趨勢上看，對於律詩的形成，以及詩歌語言的提煉，都有其自然而積極之作用，卻也同時助長形式主義之泛濫。因此，很受當時與後代的批評指責。殷璠則有較進步的看法，他反對單從形式上追求聲律，同時主張詩人創作「不可不知音律」。他認爲理想的詩必須聲律修辭與風骨興象兼備。亦即注重詩歌的形式技巧，與思想內容的統一。事實上這些正是盛唐詩歌發展的根本特色。而這也是他「刪略群才」的標準。自序云：

　　　夫文有神來、氣來、情來，有雅體、野體、鄙體、俗體。編紀者能審鑒諸體，委詳所來，方可定其優劣，論其取捨。至如曹、劉，詩多直語，少切對，或五字並側，或十字俱平，而逸駕終存。然挈瓶膚受之流，責古人不辨宮商徵羽，詞句質素，恥相師範，於是攻異端，妄穿鑿，理則不足，言常有餘，都無興象，但貴輕艷，雖滿篋笥，將何用之。自蕭氏以還，尤增矯飾。武德初，微波尚在，貞觀末，標格漸高，景雲中，頗通遠調，開元十五年後，聲律風骨始備矣！

在此對南朝以來，至盛唐時期的詩歌發展，作一歷史性的考察。首先，對建安文學，如曹植、劉楨的詩，給予很高的評價。殷璠以爲曹、劉二人的詩，雖然「語少切對」，有音律不嚴之病，卻因有較強的社會內容，與建朗的風骨，故能「逸駕終存」，且不可泯滅。爲堅

定此一說法，殷璠又在〈集論〉中，引曹植〈美女篇〉「羅衣何飄飄，長裾隨風還」，「十字俱平」的詩句爲例，用以證明內容（比興）風骨，重於聲律形式。

對於六朝的遺風，給予尖銳的批評。一般作家專肆聲律辭藻的追求，甚至還輕率地指責建安作家「不辨宮商徵羽，詞句質素」，因而「恥相師範」、「但貴輕艷」，其結果是「理則不足，言常有餘」。

最重要的是，「齊、梁、陳、隋，下品實繁，專事拘忌，彌損厥道」（〈集論〉）的風氣，影響相當深遠，一直到唐初，太宗貞觀年間，始有改變，而理想的作品，要等到唐玄宗開元十五年以後，因爲是「聲律風骨始備」。

在〈英靈集序〉中，殷璠曾指出曹植的詩，有音律不嚴的弊病，在〈集論〉裡，更就此一問題，作專門論述。他說：

> 昔伶倫造律，蓋爲文章之本也。是以氣因律而生，節假律而明，才得律而清。爲寧豫於詞場，不可不知音律焉。孔聖刪詩，非代議所及。自漢、魏至於晉、宋，高唱者千有餘人，然觀其樂府，猶時有小失，齊、梁、陳、隋，下品實繁，專事拘忌，彌損厥道。夫能文者，匪謂四聲盡要流美，八病咸須避之，縱不拈綴，未爲深缺。即「羅衣何飄飄，長裾隨風還。」雅調仍在，況其他句乎？故詞有剛柔，調有高下，但令詞與調合，首末相稱，中間不敗，便是知音，而沈生雖怪，「曹王曾無先覺」，隱侯言之更遠。璠今所集，頗異諸家，既閑新聲，復曉古體；文質半取，風騷兩挾；言氣骨則建安爲儔，論宮商則太康不逮。將來秀士，無致深惑。（《文鏡祕府論》南卷。）

殷璠在這一篇〈集論〉裡，對作家要求「不可不知音」，又不能「專事拘忌」、「妄爲穿鑿」以追求聲律，基本上與鍾嶸「但令清濁通流，口吻調利，斯爲足矣！」〔註26〕主張詩歌自然的音樂美相符。顯然一如其體裁一樣，受有鍾嶸的影響。然而殷璠也有異於鍾嶸的地方，那

〔註26〕見《詩人玉屑》卷之十四（世界書局印行）。

就是殷璠承認聲律之說，有其一定程度的價值，故云「氣因律而生，節假律而明，才得律而清。焉寧豫於詞場，不可不知音律焉。」並批評漢魏至晉、宋之樂府「猶時有小失」，顯然又較鍾嶸進步。

六、殷璠論唐詩及唐詩人

前曾論及，殷璠編選《河嶽英靈集》，其價值高於並時同儕的同類作品之處，咸在於其體例上。《英靈集》除選錄合乎其標準的詩篇以為「師範」外，另外在每一位作家之下，列一小傳，揭示各家詩作的風格特色，標舉佳篇名目，摘引佳句，以為說明，其中頗多精到的見解，偶一論及詩人的生平，亦皆切中肯綮。

《英靈集》自序，曾對有唐詩歌作一簡要的評論，云：「武德初，微波尚在，貞觀末，標格漸高。景雲中，頗通遠調。開元十五年後，聲律風骨始備矣！」從本集二十四位詩人的年代考察，殷璠是肯定「聲律風骨」兼備的盛唐作品，纔是合乎標準的好詩。而他對此二十四位詩家的批評，也就是從「聲律」、「風骨」，或「聲律風骨兼備」來說的。聲律是屬於作品的藝術技巧上的，而風骨則是作品的思想內容。

就詩歌的形式技巧上說，殷璠首先注意的是詩歌的聲律，二十四位盛唐詩人中，屬於聲律諧婉的作者有二人：

（一）劉眘虛：頃東南高唱者數人，然聲律宛態，無出其右，唯氣骨不逮諸公，自永明已還，可傑立江表。

（二）崔國輔：婉孌清楚，深宜諷味，樂府數章，古人不及也。

專以聲律取勝的，惟此二人。另外在運思與修辭方面，尤其注重，在這方面擅場的有：

（一）常建：至如「松際露微月，清光猶為君。」（按：〈宿王昌齡隱處詩〉）；又「山光悅鳥性，潭影空人心。」（按：〈題後山寺後禪院詩〉）；此例十數句，並可稱警策。然一篇盡善者，「戰餘落日黃，軍敗鼓聲死。今與山鬼鄰，殘兵哭遼水。」（按：〈弔王將軍墓詩〉）；屬思極苦，詞亦警絕。潘岳雖云

能敘悲怨，未見如此章。

（二）岑參：語奇體峻，意亦造奇。

（三）孟浩然：文彩䒌茸，經緯綿密，半遵雅調，全削凡體。

（四）儲光羲：削盡常言。

（五）崔署：歎詞要妙，清意悲涼。

（六）祖詠：剪刻省靜，用思尤苦（按靜，宜作淨，見《唐詩紀事》
　　　引）。

（七）李嶷：鮮淨有規矩。

（八）王季友：愛奇務險，遠出常情之外。

（九）王灣：詞翰早著，為天下所稱。最者不過一二。〈遊吳中作
　　　江南意詩〉云：「海日生殘夜，江春入舊年。」詩人已來，
　　　少有此句。張燕公手題政事堂，每示能文，令為楷式。又〈搗
　　　衣篇〉云：「月華照杵空隨妾，風響傳砧不到君。」所有眾
　　　製，咸類若斯。非張、蔡之未曾見也。覺顏、謝之彌遠乎。

　　《英靈集》的詩人中，殷璠對每一詩人都有具體而明確的評語，
惟獨對王灣和李白二人闕如，所作的評語籠統而難明，尤以王灣為
然。幸好他同時舉出四位前此的作家「張、蔡、顏、謝」，來加以比
較。因此，我們可以從這四人的風格特色中，探出一些端倪。

　　今按張衡有〈同聲歌〉、〈四愁詩〉，都是五七言詩濫觴期的重
要篇章。蔡邕有〈翠鳥〉詩，是一篇五言體的抒情詩。《詩品》云：
「謝客為元嘉之雄，顏延年為輔。」沈約云：「江左獨稱顏、謝。」
就今存顏、謝二人的詩篇看來，一般都有雕琢藻飾的傾向。《詩品》
評顏詩云：「尚巧似。體裁綺密，情喻淵深，動無虛散，一句一字，
皆致意焉。」又評謝靈運詩云：「故尚巧似，然名章迥句，處處間
起。」後世傳誦他的名句：「池塘生春草，園柳變鳴禽。」、「明月
照積雪，朔風勁且哀。」但鮮有通篇膾炙人口的詩作。這與張說把
王灣的詩句題於政事堂，「令為楷式」，都是一樣的佳句多，而佳篇
少的緣故。

　　詩人的運思謀篇、雕琢辭藻，是構成作品風格的要件，殷璠措意於此，在寫作技巧上說，無疑是更爲全面，而更進步。

　　至於詩歌的思想內容上，殷璠強調風骨與興象，這一點在評論詩人時，更加明顯。屬於風骨方面的詩人有：

（一）常建：詩似初發通莊，卻尋野徑百里之外，方歸大道，所以其旨遠，其興僻。佳句輒來，唯論意表。

（二）張謂：代北州老翁答，及湖中對酒，行在物情之外。但眾人未曾說耳。亦何必歷遐遠探古迹，然後始爲冥搜。

（三）王季友：甚有新意。

（四）陶翰：歷代詞人，詩筆雙美者鮮矣。今陶生實謂兼之，既多興象，復備風骨。三百年以前，方可論其體裁也。

（五）高適：詩多胸臆語，兼有氣骨。

（六）崔顥：晚節忽變常體，風骨凜然。一窺塞垣，說盡戎旅。……可與鮑、昭並驅也。

（七）薛據：據爲人骨鯁有氣魄，其文亦爾。

（八）王昌齡：自元嘉以還，四百年之內，曹、劉、陸、謝，風骨頓盡，逮儲光羲、王昌齡頗從厥跡。

（九）盧象：雅而平，素有大體，得國士之風。

（十）儲光羲：挾風雅之迹，浩然之氣。

　　此外，據《唐詩記事》卷二十引，評綦毋潛說：「借使若人加氣質，減彫飾，則高視三百年之外也。」的話看來，潛詩亦以風骨取勝。

　　殷璠論唐詩，於風骨聲律之外，常論興象。〔註23〕「興」原是詩的六義之一，其表現手法爲「文有盡而意無窮」（《詩品》），漢儒注經常以美刺爲重，闡發其象徵寄托的詩教功能。魏晉以降，則漸趨於「情景交融」、「餘味無窮」的文學表現手法上。殷璠對作家的具體「品

〔註23〕按「興象」一詞，後人有稱爲「詩味」、「興味」、「意境」者。王世貞稱爲「意象」（《藝苑卮言》），胡應麟稱爲「興象」（《詩藪》），王夫之稱爲「情景」（《薑齋詩話》），王國維稱爲「境界」（《人間詞話》）

藻」中，極力推許王（維）、孟（浩然）詩派的「興象」，及其清雅幽遠的藝術境界。在詩的興象方面，殷璠論及的詩人有多位，如：

（一）陶翰：多興象。

（二）王季友：遠出常情之外。

（三）張謂：行在物情之外。

（四）王維：詞秀調雅，意新理愜，在泉爲珠，著壁成繪，一句一字，皆出常境。

（五）劉睿虛：情幽興遠。

（六）綦毋潛：善寫方外之情。

（七）孟浩然：無論興象，兼復故實。

（八）儲光羲：趣遠情深。

（九）賀蘭進明：多新興。

（十）閻防：其警策語多眞素。

以描寫田園、山水爲主的自然詩派，是盛唐詩壇的主流之一，這一派以王、孟爲代表，其他如儲光羲、祖詠、綦毋潛、丘爲、裴迪、崔國輔、盧象、王縉等都是。他們和以岑參與高適爲代表，偏於描寫邊塞風光、沙場景況的邊塞詩人，幾乎平分了盛唐的詩壇。劉大杰把這一派詩作的特徵，概括分爲四點，即：

（一）詩體以五言爲主。

（二）風格是恬靜淡雅，而無奔放雄渾之風。

（三）題材偏重於山水風景的描寫與田園生活的表現。

（四）作者的人生觀，大都接近佛道和退隱思想。他們追求清靜閑適的精神生活，創作的態度，缺少現實社會的反映，而帶有個人的消極的傾向，王維尤爲顯著，但他們的藝術技巧都高妙。〔註24〕

這種傾向，殷璠不但知之甚詳，而且極端重視，《英靈集》就選

〔註24〕見《中國文學發展史》頁 437（華正書局印行）。

錄十五首王維的作品，較之居全集之冠的王昌齡（十六首）僅少一首。
這正有意以王維爲此自然詩派的代表人物。王維的詩以自然爲主，他
曾贊許地說：「陶潛任天眞」〈偶然作〉，因爲不加雕飾，一任天眞，
所以殷璠許以「出常境」。中國詩歌的優良傳統很多，而「情景交融」
厥爲要目之一。檢諸王維的詩篇，大多是情與景渾然一致，人格與自
然，主觀與客觀，結合爲一。宋蘇軾對王維的詩畫曾評曰：「味摩詰
之詩，詩中有畫，觀摩詰之畫，畫中有詩」《東坡志林》，劉熙載云：
「王摩詰詩好處在無世俗之病。世俗之病，如恃才騁學，做身分，好
攀引皆是。」（《藝概》）按王維好佛，詩多禪味，黃永武說：「詩與禪
都重視尋常自然，日常生活即是禪，尋常口語即是詩。如山居秋冥：
『明月松間照，清泉石上流』，皆日常生活中之常事常景。」〔註25〕
三說都深刻而有得於殷璠。此後皎然、司空圖、嚴羽、王士禎等人論
詩，皆直接受到殷璠的啓發。

此外，殷璠在論詩或詩人時，常提「奇」，如評李白是「奇之又
奇」，評王季友「愛奇務險」，評高適「甚有奇句」，評岑參「語奇體
峻，意亦造奇」。這「奇」之一字，指的是「構思出奇」、「用字出奇」、
「造句出奇」，甚至「篇法出奇」等皆是。既然出奇，自然與平常不
同了。殷璠指出李白的〈蜀道難〉等篇：「可謂奇之又奇，然自騷人
以還，鮮有此體調也。」〈蜀道難〉以外的篇章，因爲沒有具體指明，
姑且不論，但是如果我們要舉出少數幾篇，做爲詩仙李白的代表作，
則〈蜀道難〉、〈夢遊天姥吟留別〉、〈盧山謠寄盧侍御虛舟〉、〈登金陵
鳳凰臺〉、〈把酒問月〉、〈峨眉山月歌〉、〈早發白帝城〉等篇，庶幾近
之，因爲這幾首都是李白的詩藝技巧達到登峯極致的階段。就〈蜀道
難〉而論，構思的奇特，從開頭的一句：

蜀道之難，難於上青天。

〔註25〕見黃永武《中國詩學》思想篇〈詩與禪相同之八〉。（巨流圖書公司
印行）。

把讀者的想像往上猛拉，使人有目眩心悸，呼吸維艱之感。接著他又溯時間而上，直探遠古：

> 蠶叢及魚鳧，開國何茫然。爾來四萬八千歲，不與秦塞通
> 人烟。

以具體的數字，描繪時間的曼遠之後，緊接著針對空間裏的蜀道之高危險峻，著力刻畫：

> 西當太白有鳥道，可以橫絕峨眉巔。地崩山摧壯士死，然
> 後天梯石棧相鈎連。上有六龍回日之高標，下有衝波逆折
> 之回川。黃鶴之飛尚不得，猿猱欲度愁攀援。

這裡所用的「地崩」、「山摧」、「壯士死」，不但意境使人驚心動魄，就是音節也足以造成極大的震撼效果。同時李白也運用神話，如「六龍回日」來作概括的描寫，並且以「但見悲鳥號古木」、「又聞子規啼夜月」來呈現一副空寂淒清的實景。一接觸這一首詩，就令人感覺到足之所行，目之所看，耳之所聽，全是蜀道之難。在古典詩裡，寫山川的雄偉高峻，還真不能找出超越〈蜀道難〉的作品來。只有屈原的作品，差可比擬。屈原的想像力之豐富，想像幅度之寬，是前無古人的，像：

> 登九天兮撫慧星。（〈少司命〉）
> 青雲衣兮白霓裳，舉長矢兮射天狼。（〈東君〉）
> 登崑崙兮食玉英，與天地兮同壽，與日月兮同光。（〈涉江〉）

這種誇張與想像，屈子以後就不得不推李白為第一。常人批評李白大都注重在他的天才橫逸上，殊不知在學習與繼承前人成就上，也有獨到之處。如他的〈悲清秋賦〉：

> 荷花落兮江色秋，風嬝嬝兮夜悠悠。……歸去來兮，人間
> 不可以託些，吾將採藥於蓬丘。

顯然就是模仿楚辭的句法，而〈鳴皋歌送岑徵君〉更一開始就模仿〈九歌·山鬼〉：「若有人兮思鳴皋」的寫法。殷璠很顯然也看清楚這一點。唐人李陽冰說：

> 太白不讀非聖人之書，恥為鄭衛之作。故其言多似天仙之

辭。凡所著述，言多諷興。自三代以來，風騷之後，馳驅
屈宋，鞭撻揚馬，千載獨步，惟公一人。〔註26〕

以及胡應麟謂「太白以……〈鳴皋〉等作擬《離騷》。」《詩藪》陳繹
曾謂「李白詩祖風騷」《詩譜》，宋濂謂「李太白宗風騷及建安七子」
〈答章秀才論詩書〉等說法，都不算是首創，而是有所承於殷璠。

　　至於王季友的「愛奇務險」，高適的「甚有奇句」，岑參的「語奇
體峻，意亦造奇」，都比較明確指出奇在「鍊字」、「造句」，或「意念」
方面，都具體而可徵。

七、《河嶽英靈集》之評價

　　在今存的唐人選唐詩中，殷璠的《河嶽英靈集》，無疑是價值最高
的一部。首先，它保留的詩篇，以為後代輯錄唐詩總集——如《全唐
詩》的寶貴資料。就康熙御製的《全唐詩》加以考察，有許多詩家的
作品篇數竟然與《英靈集》所選的篇數完全相同，如賀蘭進明、閻防。
有部分作家存詩的篇數，十九見存於《英靈集》的，如李嶷輯錄六首，
而《英靈集》選入的就有五首，王灣共輯錄十首，而《英靈集》就有
八首，薛據輯錄十二首，而《英靈集》就有十首，陶翰輯錄十六首，《英
靈集》有十一首，劉睿虛輯錄十五首，並據《英靈集》錄句，《英靈集》
選有十一首。這些作者的詩篇，一定不僅《全唐詩》所錄的數目，這
些輯存的詩篇就是因為殷璠的評賞所致，殷璠未予置評的則大半亡
佚。像賀蘭進明的作品就是最好的例證，殷璠說：「其所著述一百餘篇，
頗究天人之際。又有古詩八十首，大體符於阮公。」而《全唐詩》僅
有《英靈集》所選的七首。那「一百餘篇」的作品，也「頗究天人之
際」，又那「八十首」古詩，也「大體符於阮公」，不能謂之不善，而
竟無一保存，這恐怕和沒有得到殷璠的評賞有關，此更足以說明《英
靈集》的貢獻之大了。

　　《英靈集》的序文、集論及選詩，給我們提示當代詩學發展的

〔註26〕見《詩人玉屑》卷之十四（世界書局印行）。

實況，與殷璠的詩學理論，已具見前述。另一方面也給予唐人之編
選唐詩者不小的影響，如高仲武之編選《中興間氣集》。而這方面又
必須上溯昭明太子之《文選》，與鍾記室之《詩品》。《英靈集》的序
文裏曾提到「蕭氏以還」的話，那是蕭統的《文選》也有選詩部分，
殷璠受其影響於此可見。再就品評的用語上看，有許多地方顯然襲
自鍾嶸：《英靈集》評王昌齡時云：「曹、劉、陸、謝，風骨頓盡」，
把這四人相提並論，是鍾嶸的《詩品・序》：「昔曹、劉殆文章之聖，
陸、謝為體貳之才，銳精研思。」這是受鍾嶸影響的地方。在評詩
的用語上，《英靈集》評盧象云：「得國士之風」，與《詩品》評任昉
的字句全同。其餘不管是摘句批評，或印象式的批評，都有襲自鍾
嶸的痕迹，不再一一列舉。《四庫全書總目提要》曾云：「姓名之下，
各著品題，仿鍾嶸《詩品》之體。」雖僅及一端，已可證明《英靈
集》是上有所承的。

　　《英靈集》之後，大曆年間，高仲武踵起，成《中興間氣集》，
其體例與選詩標準，都與《英靈集》同，頗類《英靈集》的續編。晚
唐詩人鄭谷詩云：

　　　　殷璠鑒裁《英靈集》，頗覺同才得旨深，何事後來高仲武，
　　　　品題間氣未公心。(〈讀前集〉)

五代時孫光憲說：

　　　　丹陽殷璠，優劣升黜，咸當其分。〔註27〕

宋人魏慶之論王安石《唐百家詩選》云：

　　　　荊公百家詩選，蓋本於唐人《英靈》、《間氣》。〔註28〕

嚴羽《滄浪詩話》亦有同樣的議論，〔註29〕《英靈集》的影響可謂源
遠流長。

〔註27〕　見齊己《白蓮集》，《四部叢刊》。
〔註28〕　見魏慶之《詩人玉屑》卷之十一。
〔註29〕　見嚴羽《滄浪詩話》考證篇。

第三節　芮挺章與《國秀集》

一、芮挺章之生平與文學活動

　　《國秀集》之編選者芮挺章，生平事蹟，不見載於兩《唐書》，今已不可詳考。惟《國秀集》篇末，附有北宋人曾彥和之題跋，云：

　　　　《國秀集》三卷，唐人詩總二百二十篇。天寶三載，國子
　　　　生芮挺章撰，樓穎序之。其詩之次，自天官侍郎李嶠至進
　　　　士祖詠，凡九十人。挺章二篇，穎五篇亦在其間。……此
　　　　集《唐書·藝文志》，洎本朝《崇文總目》，皆闕而不錄，
　　　　殆三館所無。浚儀劉景文，頃歲得之鬻古書者。元祐戊辰
　　　　孟秋，從景文借本錄之，因識于後，龍溪曾彥和題。

其次，有關芮挺章與《國秀集》之資料，陳振孫《直齋書錄解題》卷十五云：

　　　　《國秀集》三卷，唐國子進士芮挺章，集李嶠至祖詠九十
　　　　人，詩二百二十首，天寶三載，國子進士樓穎為之序。

如此而言，挺章當是唐玄宗天寶時人。《四庫全書總目提要》嘗著錄此書，於芮挺章之生平，也約略從此二說，云：

　　　　挺章里貫未詳，諸書稱為國子進士，蓋太學生也。〔註30〕

御製《全唐詩》卷二百三，據《國秀集》著錄挺章〈江南弄〉、〈少年行〉二首。《全唐文》亦僅據本集著錄其序文於卷三百五十六。除此而外，再未見及任何詩文傳世。則挺章終其一生，最主要之文學活動，惟編選《國秀集》一書。

二、《國秀集》略述

　　《國秀集》成書年代，難於確考，樓穎〈國秀集序〉，云：

　　　　自開元以來，維天寶三載，譴謫蕪穢，登納菁英，可被管
　　　　絃者，都為一集。

樓序說明此集選詩，始於開元，而終於天寶三載（744）。曾彥和之題

〔註30〕見《四庫全書總目提要》卷一八六。

跋，與陳振孫之解題，即據以爲《國秀集》作於天寶三年。然而入選
之詩人中，有考功員外郎宋之問詩六首、膳部員外郎杜審言的詩五
首。但杜審言卒於唐中宗神龍、景龍間，宋之問卒於唐玄宗先天元年，
則樓序也僅約略而言。另據東瀛學者中澤希男〈國秀集考〉，以爲天
寶三載，應是天寶十三載之誤。饒宗頤更據樓序：「近祕書陳公、國
子司業蘇公，嘗從容謂芮侯曰：風雅之後，數千載間，詞人才子，禮
樂大壞。」的說法，以爲國子司業蘇公當是蘇源明。而源明由東平太
守徵入爲國子司業（《唐文粹》卷九十六，源明〈小洞庭離燕序〉），
則此書當成於天寶十三載之後，非如曾彥和跋，謂作於天寶三載甚
明。〔註31〕如此，《國秀集》選詩之下限，應爲天寶十三載。而成書
則要晚於天寶十三載。樓穎序云：

尚欲巡采風謠，旁求側陋，而陳公已化爲異物，堆案颯然，
無與樂成，遂因絕筆。

案《舊唐書·肅宗本紀》，陳希烈服罪於至德二年（757）十二月，《國
秀集》遂因此絕筆不編，則成書年代，當在此時。

　　《國秀集》共計三卷（書後曾彥和題跋，如是説），此後陳振孫
《解題》、元馬端臨《文獻通考》、《宋史·藝文志》、明焦竑《國史經
籍志》、清《四庫全書總目提要》，也著錄三卷，別無異說。

　　《國秀集》所選詩人與詩篇數目，據樓序說：「凡九十人，詩二
百二十首。」然據今本考之，卷上凡二十四人，詩七十五首。卷中凡
二十四人，詩七十三首。卷下凡四十人，詩七十二首。詩人僅八十八，
而詩篇適爲二百二十。然卷下所列呂令問一首，敬括二首，韋承慶一
首，此三位詩人均有目無詩。其次，列於卷上之張鼎二首，實存一首，
卷下嚴維一首，而實存三首，進士萬楚二首，實收三首。今本《國秀
集》〔註32〕選錄的詩篇共是二百一十八首，詩人（去有目無詩者三人）

〔註31〕 見饒宗頤〈杜甫與唐詩〉刊《中國古典論文精選叢刊》，詩歌類，頁
　　　　173～188（幼獅文化公司印行）。

〔註32〕 據《唐人選唐詩》（河洛圖書出版社印行）。

數則八十五人。恐係年湮代久，傳鈔訛亂所致。

《國秀集》異於其他唐人選唐詩者，卷前目錄多冠以里籍。卷中有爲《國秀集》作序的樓穎作品五首，卷下有編選者芮挺章作品二首。關於這一點，《四庫全書總目提要》責其「露才揚己，先自表彰，雖有例可援，終不可爲訓。」此又不然，選集自必有一定的選詩標準，只要合乎標準，自可入選，如能謹守法度，評選公允，何患開自我標榜之風，而非選他人作品不可？

至其編排，仍以人爲主，而每人各選若干首，極不一致。詩篇排列，大體先古體後近體，先五言後七言，先律後絕，依照詩之發展歷史爲次。

三、《國秀集》所選之詩人

《國秀集》共選八十五位詩人。今按其詮次先後，將他們約略年代，作品風格，稍作整理，以便歸納其選詩標準，進而窺探其詩觀：

（一）李嶠：字巨川，武后時，同鳳閣鸞臺平章事。（《唐才子傳》）

　　　巨川五言，概多典麗。（《唐音癸籤》）

（二）宋之問：上元二年進士。甫冠，武后召與楊炯分直習藝館。

　　　（《唐才子傳》）

　　　宋五言排律精碩過沈。（《唐音癸籤》）

　　　沈詹事、宋考功始裁成六律，彰施五彩，使言之而中倫，歌之而成聲，緣情綺靡之功，至是始備。雖去雅寖遠，其麗有過於古者，亦猶路麋出於土鼓，篆籀生於鳥跡也。（《唐音癸籤》引獨孤及〈唐故左補闕安定皇甫公集序文〉）

（三）杜審言：咸亨元年進士。（《唐才子傳》）

　　　唐初無七言律，五言亦未超然。二體之妙，杜審言實爲首倡。五言則「行止皆無地」、「獨有宦遊人」。排律則「六位乾坤動」、「北地寒應若」。七言則「季冬除夜」、「毗陵震澤」，皆極高華雄整。（《唐音癸籤》）

（四）沈佺期：上元二年進士，工五言。（《唐才子傳》）

　　　　沈七言律高華勝宋（之問）。（《唐音癸籤》）

（五）張說：垂拱四年舉學綜古今科。睿宗時，兵部侍郎平章

　　　　事。開元十八年，終左丞相燕國公，詩法特妙。（《唐才子

　　　　傳》）

　　　　張燕公說，詩率意多拙，但生態不癡。律體變沈、宋典整

　　　　前則，開高、岑清矯後規。（《唐音癸籤》）

（六）徐安貞：開元中為中書舍人，集賢學士。（《唐詩紀事》）

（七）張敬忠：開元七年，拜平盧節度使。（《唐詩紀事》）

（八）賀知章：證聖初，擢進士超拔群類科。開元十三年，遷禮

　　　　部侍郎兼集賢院學士。天寶三年，表請為道士。（《唐才子

　　　　傳》）

（九）徐彥伯：武后撰《三教珠英》，取文辭士皆天下選，彥伯，

　　　　（李）嶠居首。（《唐詩紀事》）

（十）王翰：景雲元年，進上及第。

　　　　翰工詩，多壯麗之詞。（《唐才子傳》）

（十一）董思恭：高宗時中書舍人。（《唐詩紀事》）

（十二）杜儼：闕

（十三）崔滌：明皇素與款密，用為祕書監。（《全唐詩》小傳）

（十四）沈宇：闕

（十五）劉希夷：上元二年進士，時年二十五。（《唐才子傳》）

　　　　　《唐新語》云：少有文華，好為宮體詩，詞旨悲苦。（《唐

　　　　　詩紀事》）

（十六）張九齡：輔明皇，為賢宰相。（《唐詩紀事》）

　　　　　五言以寄興為主，而結體簡貴，選言清冷，如玉磬含風，

　　　　　晶盤盛露，故當於塵外置賞。（《唐音癸籤》）

（十七）席豫：與韓休、許景先、徐安貞、孫逖名相甲乙，當時號

　　　　　為席公。（按徐安貞，開元中為中書舍人）（《唐詩紀事》）

（十八）李邕：開元末，歷淄、滑二州刺史。天寶末，以柳勣事，
遣御史就郡杖殺之。(《唐詩紀事》)

（十九）盧僎：闕

（二十）張鼎：景福二年進士。(《唐才子傳》)

（二一）孫逖：其典誥也，宰相張九齡掎摭疵瑕，沈吟久之，不能
易一字。(《唐詩紀事》)

（二二）趙良器：闕

（二三）黃麟：闕

（二四）郭向：闕

（二五）郭良：闕

（二六）蔣洌：儀鳳中宰相高智周之外孫。(《全唐詩》小傳)

（二七）劉庭琦：闕

（二八）王喬：闕

（二九）張諤：登景龍進士第。(《唐詩紀事》)

（三十）鄭審：乾元中袁州刺史，大曆初祕書監。(《全唐詩》小傳)

（三一）薛奇章：闕

（三二）崔顥：開元十一年及進士第。(《唐才子傳》)
風骨凜然，可與鮑昭並驅也。(《河嶽英靈集》)

（三三）徐九皋：闕

（三四）閻寬：闕

（三五）康定之：《全唐詩》作康庭芝。

（三六）王維：開元十九年，狀元及第。(《唐才子傳》)
詞秀調雅，意新理愜。在泉為珠，著壁成繪，一句一字，
皆出常境。(《河嶽英靈集》)
以淳古澹泊之音寫山林閒適之趣……及其鋪張國家之
盛……又何其偉麗也。(《唐音癸籤》)
右丞詩自有二派：綺麗精工者，沈、宋合調；幽閒古澹者，
儲、孟同聲。(《唐音癸籤》)

（三七）萬齊融：蓋開元以來，江南樂道之士也。（《唐詩紀事》）

（三八）樓穎：天寶中進士。（《全唐詩》小傳）

（三九）崔國輔：開元十四年進士。（《唐才子傳》）

　　　　婉孌清楚，深宜諷味，樂府數章，古人不及也。（《河嶽英靈集》）

（四十）李嶷：詩鮮淨有規矩。（河嶽英靈集）開元十五年與王昌齡同登進士榜。（《唐才子傳》王昌齡條）

（四一）王泠然：開元五年進士。（《唐才子傳》）

（四二）李牧：（《全唐詩》作李收，見卷二〇三）

（四三）賀朝：神龍中，名揚於上京。（《舊唐書·文苑傳》）

（四四）楊重玄：開元進士。（《全唐詩》小傳）

（四五）常建：開元十五年登科。（《唐才子傳》）

　　　　詩似初發通莊，卻尋野徑百里之外，方歸大道，所以其旨遠，其興僻，佳句輒來。（《河嶽英靈集》）

（四六）孟浩然：張九齡、王維極稱道之。開元末終。（《唐才子傳》）

　　　　文彩茟茸，經緯綿密，半遵雅調，全削凡體，無論興象，兼復故實。（《河嶽英靈集》）

（四七）程彌綸：開元間進士。（《全唐詩》小傳）

（四八）丁仙芝：登開元進士第。（《唐詩紀事》）

（四九）范朝：開元中進士。（《全唐詩》小傳）

（五十）徐晶：與胡皓、蔡孚同時（案：蔡孚，開元中為起居郎）。（《全唐詩》小傳）

（五一）梁鍠：天寶中人。（《全唐詩》小傳）

（五二）屈同仙：闕

（五三）豆盧復：闕

（五四）丘為：天寶初進士。（《唐才子傳》）

（五五）荊冬倩：闕

（五六）張子容：先天二年進士。與孟浩然善。(《唐詩紀事》)

（五七）李頎：開元二十三年進士及第。(《唐才子傳》)

發調既清，修辭亦綉，雜歌咸善，玄理最長。(《河嶽英靈集》)

（五八）褚朝陽：登天寶進士第。(《唐詩紀事》)

（五九）崔曙：開元二十六年登進士第。(《唐詩紀事》)

署詩多歎詞要妙，清意悲涼。(《河嶽英靈集》)

（六十）王昌齡：開元十五年進士。(《唐才子傳》)

詩饒有風骨，與儲光羲氣同體別，而王稍聲俊，多驚耳駭目之句。(《唐音癸籤》引《河嶽英靈集》評語)

（六一）梁洽：天寶間進士。(《全唐詩》小傳)

（六二）鄭紹：闕

（六三）嚴維：至德二年進士及第。(《唐才子傳》)

詩情雅重，挹魏晉之風，鍛鍊鏗鏘，庶少遺恨。(《唐才子傳》)

（六四）朱斌：闕

（六五）蘇綰：與杜審言同時。(《全唐詩》小傳)

（六六）王諲：登開元進士第。(《唐詩紀事》)

（六七）盧象：以章句振起於開元中。與王維、崔顥比肩驤首，鼓行於時。(《唐詩紀事》)

象雅而平，素有大體，得國士之風。(《河嶽英靈集》)

（六八）梁德裕：闕

（六九）楊諫：永樂丞。(《全唐詩》小傳)

（七十）芮挺章：唐玄宗天寶年間人。

（七一）張萬頃：開寶間進士。(《全唐詩》小傳)

（七二）常非月：闕

（七三）沈頌：闕

（七四）樊晃：闕

（七五）包融：開元初與賀知章、張旭、張若虛皆有名，號吳中四
　　　　士。（《全唐詩》小傳）開元間仕歷大理司直。（《唐才子傳》）

（七六）薛維翰：登開元進士第。（《唐詩紀事》）

（七七）張良璞：闕

（七八）孫欣：開寶間人。（《全唐詩》小傳）

（七九）王之渙：天寶間人。（《唐詩紀事》）
　　　　爲詩情致雅暢，得齊梁之風，每有作，樂工輒取以被聲律。
　　　　（《唐才子傳》）

（八十）王羨門：開寶間人。（《全唐詩》小傳）

（八一）高適：天寶八年（749）舉有道科。永泰初卒。（《唐才子
　　　　傳》）
　　　　多胸臆語，兼有氣骨。（《河嶽英靈集》）

（八二）王灣：開元十一年進士。（《唐才子傳》）
　　　　登先天進士第，開元初爲滎陽尉。（《唐詩紀事》）
　　　　詞翰早著，爲天下所稱。（《河嶽英靈集》）

（八三）萬楚：闕

（八四）于季子：闕

（八五）祖詠：開元十二年進士。（《唐才子傳》）
　　　　剪刻省靜，用思尤苦，氣雖不高，調頗凌俗。（《河嶽英靈
　　　　集》）

　　就上述資料稍作歸納，略可窺知《國秀集》所選詩人之時代，與
作品風格之梗概：

　　（一）就所選詩人之時代而言。以開元、天寶間之詩人爲主。即
所謂開天盛世時期。然亦有少部分初唐詩人，如杜審言卒於中宗神
龍、景龍間，宋之問卒於玄宗先天元年者是。誠如胡震亨所云：「唐
人選唐詩……合選初盛唐有《國秀集》。」〔註33〕

〔註33〕見《唐音癸籤》卷三十一。

　　（二）就詩作風格而言。上述八十五位詩人，除部分詩作較少，或身世不可詳考，缺乏《詩評》家的評論者外，大致可以看出他們皆具有「風骨比興」或「婉麗順澤」的特色。屬之前者的，若張說（率意多拙）、崔顥（風骨凜然，可與鮑照並驅）、常建（旨遠興僻）、王昌齡（饒有風骨）、盧象（雅而平，素有大體，得國土之風）、高適（有氣骨）。《國秀集》樓序云：

> 近祕書監陳公，國子司業蘇公，嘗從容謂芮侯曰：風雅之後，數千載間，詞人才子，禮樂大壞，諷者溺於所譽，志者乖其所之，務以聲折爲宏壯，勢奔爲清逸，此蒿視者之目，聒聽者之耳，可爲長太息也。

對於「風雅之後，禮樂大壞，諷者溺於所譽，志者乖其所之」的情形深致歎惋，對初盛唐時詩人只重「聲折、勢奔」，亦有不愜於其心。故有提倡風雅，恢復古道之意。

　　屬之「婉麗順澤」一面的，有宋之問（排律精碩，緣情綺靡）、杜審言（高華雄整）、沈佺期（高華）、王翰（多工麗之詞）、劉希夷（好爲宮體詩）、張九齡（結體簡貴，選言清冷）、李嶷（鮮淨有規矩）、李頎（發調既清，修辭亦綉）、嚴維（詩情雅重，鍛鍊鏗鏘）、王之渙（情致雅暢，得齊梁之風）、王灣（詞翰早著）、祖詠（剪刻省淨）。樓穎序說明《國秀集》之選詩標準，云：

> 昔陸平原之論文曰：詩緣情而綺靡，是彩色相宣，烟霞交映，風流婉麗之謂也。仲尼定禮樂，正雅頌，采古詩三千餘什，得三百五篇，皆舞而蹈之，弦而歌之，亦取其順澤者也。

如此而言，《國秀集》提倡風雅詩，同時也兼及詩的「婉麗順澤」。

　　在入選之詩人中，尚有兼具風骨與婉麗者，如王維（詞秀調雅，意新理愜，在泉爲珠，著壁成繪。綺麗精工者，沈宋合調，幽閒古澹者，儲、孟同聲）、崔國輔（婉孌清楚，深宜諷味）、孟浩然（文彩丰茸，經緯綿密，半遵雅調，全削凡體，無論興象，兼復故實）、崔署（歎詞要妙，清意悲涼）；都與其編選目的，及選詩標準一致。

四、《國秀集》所選之詩篇、體製、及題旨

　　就詩人入選之篇數言。入選篇數最多者，為卷上之盧僎，共計十三首之多。其次為卷中之崔顥、王維、孟浩然，各七首。次為卷上之宋之問、徐安貞、孫逖，卷中之崔國輔，各六首。次為卷上之杜審言、沈佺期、張說，卷中之張諤、徐九皋、閻寬、樓穎，卷下之崔曙、王昌齡各五首。其餘為一首至四首。初盛唐名家，大多在入選之列，惟盧僎入選十三首，居全集之冠，頗不可解。據《新唐書》本傳云：「盧僎，吏部尚書從愿之從父也，自聞喜尉，入為學士，終吏部員外郎。」〔註34〕並未言及能詩或有詩名，而後世有關記載，亦不曾有此資料，今本御製《全唐詩》卷九十九，著錄盧詩十四首，除本集所選十三首外，僅多一首〈途中口號〉，一作郭向詩。可能在當時盧僎雖是一位名家，惟存作不多而後代詩名不顯而已。

　　再就所選詩作之體裁而言。《國秀集》二百一十八首詩中，以五律最多，共佔一百一十五首；其次為五古，有四十首；七絕三十首；五絕十九首；七律九首；雜言古詩有二十首，七古一首。五律五古最多，與初盛唐的詩壇情況相符。據樓穎的序稱：「白開元以來，維天寶十三載，譴謫蕪穢，登納菁英，可被諸管絃者，都為一集。」似乎「可被諸管絃」，供人歌詠，是選取的條件之一。

　　次就所選詩篇之題旨而言。全集二一八首各體詩中，以客旅類最多，共有三十二首，其次為遊覽類二十九首，別離類二十六首，婦女類二十二首，贈答類二十一首，征戍類十五首，悼亡、詠物類各十三首，懷古類十首，節序、宴會類各八首，詠懷類有六首，尋訪類有五首，豪俠類有四首，田家、時事類各有二首，圖書、歌舞類各有一首。以客旅、遊覽、別離、婦女、贈答類居多。這是因為詩本就是抒情的文學，同時到了六朝時，不但在詩的形式上有了音律的自覺，在內容方面增加了賦的要素。賦即「鋪陳其事」，以體物為主。《文心雕龍‧

〔註34〕見《新唐書》卷二〇〇。

明詩篇》云：

> 宋初文詠，體有因革。莊老告退，而山水方滋。儷采百字
> 之偶，爭價一句之奇。情必極貌以寫物，辭必窮力而追新，
> 此近世之所競也。

因此，齊梁以後，詠物詩蓬勃發展，大異於建安時代以抒情爲主的詩
風。〔註35〕

五、《國秀集》之詩觀

從樓穎的序看來，《國秀集》對於初唐一直到盛唐時期的詩壇，
相當不滿。序云：

> 近祕書監陳公，國子司業蘇公。嘗從容謂芮侯曰：風雅之
> 後，數千載間，詞人才子，禮樂大壞。諷者溺於所譽，志
> 者乖其所之。務以聲折爲宏壯，勢奔爲清逸。此蒿視者之
> 目，聒聽者之耳，可爲長太息也。

對風雅之後，數千年來，積漸而成的齊梁冶艷輕薄的詩風，表示不
滿。持反對態度的，在《國秀集》之前，已不乏其人。較前的李諤
〈上隋文帝書〉〔註36〕，稍晚的李百藥、魏徵、令狐德棻〔註37〕等，
都曾明確表示反對的態度。而「事實上從帝王以至大臣，都難免受
了齊、梁文學的薰染，而作者所謂『艷體』以及『輕薄』的詩歌；
如唐太宗及初唐四傑，乃是其最著者」〔註38〕。武后時的大家沈、
宋「又加靡麗，迴忌聲病，約句準篇，如錦繡成文。學者宗之，號
爲沈宋。」〔註39〕這樣上行下效，風行草偃，詩壇自是一片靡麗之
風。因此《國秀集》乃提倡風雅以矯此弊病。

值得注意的是，《國秀集》並非如陳子昂之倡導復古，務以興寄

〔註35〕見紀庸：〈唐詩之因革〉，刊羅聯添主編之《中國文學史論文選集》
　　　　第三冊（學生書局印行）。
〔註36〕見《隋書》卷六十六〈李諤傳〉。
〔註37〕見《北齊書‧文苑傳》、《隋書‧文學傳敍》、《周書‧庾信傳贊》。
〔註38〕同註35。
〔註39〕見尤袤：《全唐詩話》卷之一，沈佺期條。

風骨挽救時風。〔註40〕而能兼顧文學演進的實況。肯定「儷采百字之偶,爭價一句之奇。情必極貌以寫物,辭必窮力而追新」的形式美之價值。在「披林擷秀」,精挑細選之下,選出「婉麗」、「順澤」的範作。在初盛唐一片反齊梁聲浪中,能一面摒斥輕艷之風,一面又能不忽略其清新婉麗的長處,可謂折衷而有見。

六、《國秀集》之評價

據胡震亨《唐音癸籤》集錄二所云:「唐人選唐詩……合選初、盛唐有《國秀集》,選盛唐有《河嶽英靈集》、《篋中集》、《起予集》。」除了《起予集》已亡佚外,其他三集俱存。除各代表編選者的詩觀,存後代總集保存詩篇外,同時也反映盛唐時期的詩壇情況。三集所代表的詩觀亦各不同:《篋中集》對齊梁以來,一直到初唐時期的綺靡詩風,堅決反對,主以復古矯時弊;《河嶽英靈集》兼顧風骨與興象;而《國秀集》則倡風雅而重藻飾,是較進步的詩學觀念。

第四節　元結與《篋中集》

一、元結生平與文學活動

《篋中集》的編選者是元結。《新唐書》卷一百四十三,本傳云:
> 元結,後魏常山王遵十五代孫。……結少不羈,十七乃折節向學,事元德秀。天寶十二載舉進士。禮部侍郎陽浚見其文,曰:一第恩子耳,有司得子是賴!果擢上第。……卒年七十六,門人私謚曰太先生。

又宋計有功《唐事紀事》,卷二十二,記其事略云:
> 蘇源明薦結於肅宗,時思明攻河陽,帝將幸河東,召結詣京師。結上時議三篇(案見存《全唐文》卷三百八十一),乃攝監察御使。發宛葉軍屯泌陽,全十五城。帝善之。代

〔註40〕胡震亨《唐音癸籤》云:「反古曰復,不滯曰變,若惟復不變,則陷于相似之格」、「近代陳子昂復多變少,沈宋復少變多。」,卷二。

宗時，侍親歸樊上。後拜道州刺史，民樂其教。還京師卒。
始號猗玕子，後稱浪士，又曰漫浪，更曰聱叟。

元辛文房《唐才子傳》說他：

性梗僻，深憎薄俗，有憂道憫世之心。〈中興頌〉一文，燦
爛金石，清奪湘流。作詩著辭，尚聱牙。天下皆知敬仰。復
嗜酒，有句云：有時逢惡客。自注：非酒徒即惡客也。有文
編十卷，及所集當時人詩爲《篋中集》一卷，並傳。（卷三）

元結的「憂道憫世之心」，早在唐肅宗乾元二年（759），上三篇時議
論時說：「今天下殘破，蒼生危急，受賦役者，多寡弱貧獨，流亡死
生，悲憂道路。」（中篇），而「天子重城深宮，燕私而居。……萬姓
疾苦，時或不聞。而廐有良馬，宮有美女。輿服禮物，日月以備。休
符佳瑞，相繼而有。朝廷歌頌盛德大業。」（上篇），〈傷時〉詩云：「虎
豹不相食，哀哉人食人。」博得杜甫的極大共鳴。曾云：「李陵、蘇
武是吾師，孟子論文更不疑。一飯未嘗留俗客，數篇今見古人詩。」
七六三年，元結任道州刺史時，州縣遭外族搶掠，十室九空，民不聊
生，而朝廷征斂則有增無已。元結「爲民營舍，給田，免徭役」，上
書爲民請命，寫下最富人道主義精神之〈舂陵行〉及〈賊退示官吏〉
二詩，深切關懷民眾的苦難。杜甫在夔州見詩大喜云：「不意復見比
興體制，微婉頓挫之詞。」且撰就〈同元使君舂陵行〉一詩，對元結
最具社會性的兩首詩，倍加讚賞說：「道州憂黎庶，詞氣浩縱橫。兩
章對秋月，一字偕華星。」

玄宗天寶十四載（755），胡將安祿山反，玄宗奔蜀，太子即位
靈武。至德二年（757），天下兵馬元帥廣平王俶，及天下兵馬副元
帥郭子儀，次第收復長安洛陽，一時軍心民氣大振，頗有中興之象。
結見及此，於上元二年（761）撰成〈大唐中興頌并序〉一文，書法
家顏眞卿書之，於代宗大曆六年（771）夏，刻於湖南初陽縣浯溪石
崖上。

近人孫望、楊承祖皆嘗撰有元結年譜〔註41〕，對於元結之生平事蹟，考訂尤詳。謂結生於唐玄宗開元七年（719），卒於代宗大歷七年（772），得年五十有四。元結能文工詩，文學創作頗豐，載籍所見，計有《元子》十卷，文編十卷，《琦琦子》一卷（見《文獻通考》）。今檢欽定《全唐文》（卷三百八十～卷三百八十三），計編文四卷，各體文共一百一十七篇。御製《全唐詩》（卷二百四十～卷二百四十一），計編詩二卷，存詩凡九十七首。並選編當時詩家七人，詩作二十四首，成《篋中集》。

二、《篋中集》考述

在今存唐人選唐詩中，《篋中集》的編選年代較為明確，元結〈篋中集自序〉云：

> 元結作《篋中集》，……時乾元之三年也。

可見《篋中集》成書於唐肅宗乾元三年（760），又案乾元三年閏四月，改元上元，自序稱乾元三年，則當成書於其年閏四月以前，結時年四十有二，正任來瑱府之參謀，襄理軍務於沁陽。

據自序可知，元結是因「已長逝者，遺文散失，方阻絕者，不見盡（疑作近）作」，故盡「篋中所有，總編次之。命曰《篋中集》」。而元結選《篋中集》另有宣揚個人文學主張之用意，自序云：

> 風雅不興，幾及千歲，……近世作者，更相沿襲，拘限聲病，喜尚形似，且以流易為辭，不知喪於雅正。

繼承風雅，反對拘聲尚形的形式主義文學，纔是編《篋中集》的真正目的。

此集編選的詩人「凡七人」〈自序〉，詩篇「二十四首」〈自序〉，其體例以人為主，每人各選若干首不等，詩人先後的次序，不得而詳，但二十四首入選詩篇，全為五言詩。

〔註41〕 孫望《元次山年譜》，見世界書出版《新校元次山集》末附；楊承祖〈元結年譜〉，載《淡江學報》第二期，〈元結年譜辨正〉載《淡江學報》第五期。

三、《篋中集》所選之詩人

《篋中集》共選錄七位詩人，茲就此集詮次之先後，將七位詩人約略年代，作品風格，簡述於下：

（一）沈千運：天寶中，數應舉不第。（《唐才子傳》）

工舊體詩，氣格高古，當時士流，皆敬慕之，號爲「沈四山人」。（《唐才子傳》）

（二）王季友：季友，肅、代間詩人也。曾遊江西之幕。（《唐詩紀事》）

季友詩，愛奇務險，遠出常情之外。（《河嶽英靈集》）

（三）于逖：天寶間詩人。（《唐詩紀事》）

（四）孟雲卿：天寶間不第，氣頗難平。（《唐才子傳》）

與杜子美、元次山最善。（《唐詩紀事》）

孟君詩祖述沈千運，漁獵陳拾遺，詞氣傷苦，怨者之流。……當今古調，無出其右者，一時之英也。（《中興間氣集》）

張爲作《主客圖》，以雲卿爲高古奧逸主。（《唐詩紀事》）

（五）張彪：與孟雲卿爲中表，俱工古調詩。時與杜甫往還。（《唐才子傳》）

天寶末，將母避亂。（《唐詩紀事》）

（六）趙微明：與元季川同在一時，吟詠性靈，陶陳衷素，皆有佳篇。（《唐才子傳》）

（七）元季川：大曆貞元間詩人也。（《唐詩紀事》）

沈千運刊落文言，冷然獨寫眞意，元次山甚推重之。其同調有王季友、于逖、孟雲卿、張彪、趙微明、元融（案《唐詩紀事》云：一曰季川名融）數人，而季友，雲卿尤勝。（《唐音癸籤》）。

就上列資料略作歸納，則可發現幾點梗概：

（一）就時代而言，此集所錄乃天寶（玄宗）、大曆（代宗）、貞元（德宗）間之詩人。但以盛唐詩人，尤其天寶年間詩爲

主。元結是盛唐時人，選當時人作品成集，乃極自然現象，但有些時間較早，「已長逝者」，也有同時並生的「方阻絕者」。

（二）就作品風格而言，此集七位詩人二十四首詩，正如同《四庫全書總目提要》所說：「其詩皆淳古淡泊，絕去雕飾，非惟與當時作者，門徑迴殊，即七人所作，見於他集者，亦不及此集之精善，蓋汰取精華，百中存一，特不欲居刊薙之名，故記言篋中所有僅此云爾。」〔註42〕既說明作品風格，也說明元結是經過一番精挑細選而來的，而他的選詩標準，正與他的文學主張一致。

四、《篋中集》所選詩篇題旨與體材

（一）就詩人入選詩作之篇數言。全集二十四首之中，孟雲卿所作最多，共取五首。其次為沈千運、張彪、元季川各四首，再次為趙微明（《全唐詩》作趙徵明）三首，王季友、于逖各取二首。

（二）就所選詩作之題旨言。二十四首詩中，以詠懷類最多，計七首。其次為贈答類五首，別離類四首，遊覽類、悼亡類各二首，節序類、客旅類、仙釋類、征戍類各一首。

（三）就所選詩篇之體裁言。二十四首全為五言古詩，無一律絕，與元結詩風相合。

五、元結之詩觀

元結〈篋中集序〉，云：

風雅不興，幾及千歲。溺於時者，世無人哉。……近世作者，更相沿襲，拘限聲病，喜尚形似，且以流易為辭，不知喪於雅正。然哉！彼則指詠時物，會諧絲竹，與歌兒舞

〔註42〕見《四庫全書總目提要》，卷一八六。

女生污惑之聲於私室可矣！若令方直之士，大雅君子，聽
而誦之，則未見其可矣。

又〈劉侍御月夜讌會序〉，云：

於戲！文章道喪蓋久矣。時之作者，煩雜過多，歌兒舞女，
且相喜愛，系之風雅，誰道是邪？諸公嘗欲變時俗之淫
靡，爲後生之規範，今夕豈不能道達情性，成一時之美乎。
〔註43〕

當時詩壇的現象，是「拘限聲病，喜尚形俗，且以流易爲辭」，作品
的內容貧乏，只知在聲律的講究，藻飾雕琢上下功夫。其次就是「指
詠時物，會諧絲竹，與歌舞兒女，生污惑之聲於私室」，徒詠風花雪
月，而置社會民生於度外，流弊所及，甚將助長社會淫靡風習。對於
這種情形，元結是鄙棄與反對的。因此，在當時作家如林，作品汗牛
充棟的環境下，只取七家，代表作品僅二十四首，足可見其去取之嚴。

〈篋中集序〉，云：

吳興沈千運，獨挺於流俗之中，強攘於已溺之後，窮老不
惑，五十餘年。凡所爲文，皆與時異。故朋友後生，稍見
師效。能似類者，有五、六人。

元結顯然反對初唐以來，詩歌只知追求形式之美，聲律之工，而缺
乏現實內容之缺失。且進一步提倡詩歌的規諷之功。其〈二風詩〉
論云：

客有問元子曰：子著〈二風詩〉何也？曰：吾欲極帝王理
亂之道，系古人規諷之流。……於戲！吾敢言極，極其中
道者也。吾且不曰著斯詩也，將系規諷乎？如羲軒之道也
久矣，誰能師尊；如湯武之德，吾則不敢頌爲規法，過於
是也，吾子審之。〔註44〕

進一步更說明規諷詩的優良傳統。〈系樂府十二首序〉，云：

天寶辛未中，元子將前世嘗可稱歎者，爲詩十二篇，爲引

〔註43〕見《全唐詩》卷二百四十一。
〔註44〕見《全唐文》卷三百八十二。

其義以名之，總命曰〈系樂府〉。古人詠歌不盡其情聲者，
化金石以盡之；其歡怨甚耶戲盡歡怨之聲者，可以上感於
上，下化於下，故元子系之。〔註45〕

又其〈文編序〉，云：

天寶十二年，漫叟以進士獲薦，名在禮部，會有司考校舊
文，作文編納於有司。當時叟方年少，在顯名迹，切恥時
人，諂邪以取進，姦亂以致身，徑欲填陷窘於方正之路，
推時人於禮讓之庭，不能得之，故優游於林壑，怏恨於當
世。是以所爲之文，可戒可勸、可安可順。……更經喪亂，
所望全活，豈欲跡參戎旅，苟在冠冕，觸踐危機，以爲榮
利。蓋辭謝不免，未能逃命。故所爲之文，多退讓者，多
激發者，多嗟恨者，多傷閔者。其意必欲勸之忠孝，誘以
仁惠，急於公直，守其節分。如此，非救世勸俗之所須者
歟？〔註46〕

文學必須具備堅實內容，反映社會，而能救世勸俗，始有價值。元結
〈閔荒詩序〉，云：

天寶丙戌中，元子浮隋河至淮陰間。其年，水壞河防，得
隋人冤歌五篇，考其歌義，似冤怨時主，故廣其意，采其
歌。爲〈閔荒詩〉一篇。

采詩以怨刺時主，是稟承詩三百篇的優良傳統，與初唐陳子昂土張文
學要反映現實，反映民間疾苦，而不追求聲律與詞藻的華美，供個人
怡情遣興，飲宴娛賓的文字遊戲，是一脈相承的。元結〈春陵行序〉
云：「作春陵行，以達下情」〔註47〕，安史亂後，唐室衰頹，日甚一
日，而豪門巨室，達官顯貴，好夢方酣，何曾措意於百姓生活。元結
〈賊退示官吏序〉云：

癸卯歲，西原賊入道州。焚燒殺掠，幾盡而去。明年，賊又
攻永破邵，不犯此州邊鄙而退，豈力能制敵歟？蓋蒙其傷憐

〔註45〕見《全唐詩》卷二百四十。
〔註46〕見《全唐文》卷三百八十一。
〔註47〕見《全唐詩》卷二百四十一。

而已，諸使何爲忍苦微歛，故作詩一篇，以示官吏。〔註48〕

詩人體恤民疾之高貴情操，一露無遺。大詩人杜甫對這種情操最爲讚賞。其〈同元使君舂陵行詩序〉云：

> 覽道州元使君結〈舂陵行〉，兼〈賊退後示官吏作〉二首。
> 志之曰：當天子分憂之地，效漢官良吏之目，今盜賊未息，
> 知民疾苦。得結輩十數公，落落然參錯天下爲邦伯，萬物
> 吐氣，天下少安，可得矣！不竟復見比興體制，微婉頓挫
> 之詞。感而有詩，增諸卷軸，簡知我者，不必寄元。〔註49〕

雖非故人，而胸懷一致，理想相同，即是同志。杜甫尤其指出元結「比興體制」，以實踐其文學主張。稽諸元結今存詩篇體裁，有四言古詩，騷體古詩，雜言古詩，五言古詩，七言古詩，獨無律絕之作。鄙薄時人通病，「拘限聲病」、「以流易爲辭」，理論與創作若合符契。故辛文房《唐才子傳》稱他「作詩著辭，尙礐牙。」

六、《篋中集》之評價

　　《篋中集》所選之詩，與元結主張詩必有眞實內容，關乎社會民生，不徒尙形式之美觀，而具三百篇之規諷性質，相一致。同時元結更以實際創作，來實踐其文學主張。其所作如〈二風詩〉、〈補樂歌〉、〈系樂府〉、〈閔荒詩〉、〈舂官引〉、〈舂陵行〉、〈賊退示官吏〉等，其寫實性與諷諫性，大抵與杜甫天寶以後的作品風格相近。由杜甫〈同元使君舂陵行〉一首及序以觀。元結的詩學主張，對將來成就杜甫「詩史」，必有直接啓導之功。杜甫一些人道主義思想很強的詩，如〈縛雞行〉、〈瘦馬行〉、〈喜晴〉等篇，其寫實諷諭性質與元結及《篋中集》裡沈千運、孟雲卿等人一致。可見對杜甫必有啓發先導之影響。

　　元結的文學主張與實踐，不衹在當代造成風氣，啓迪杜甫所代表的社會詩派的發展。其影響之大，尤其於中唐時的元白詩派，如所周

〔註48〕　同註 47。
〔註49〕　見《全唐詩》卷二百二十二。

知，元（稹）白（居易）詩派大量創作有關政治諷諭，反映社會現況之新樂府，爲當時詩壇主流之一。元稹強調詩歌必須發揮「諷興」、「美刺」功能，反對因襲模擬。其〈樂府古題序〉，云：

> 風雅至於樂流，莫非諷興當時之事，以貽後代之人。沿襲古題唱和，重複於文，或有短長於義，咸爲贅賸，尚不如寓意古題刺美見事，猶有詩人引古以諷之義焉。

有唐詩人，元稹最推重杜甫，曾給予極高之評價：「早年得杜詩數百首，愛其浩蕩津涯，處處臻到，始病沈、宋之不存寄興，而訝子昂之未暇旁備矣。」〈敘詩寄樂天書〉，又於〈唐檢校工部員外郎杜君墓係銘序〉云：

> 至於子美，蓋所謂上薄風騷，下該沈宋，古傍蘇李，氣奪曹劉，掩顏謝之孤高，雜徐庾之流麗，盡得古今之體勢，而兼昔人之所獨專矣。

對杜詩的成就，最先肯定超邁前代。於杜甫的作品中，特別推許「〈悲陳陶〉、〈哀江頭〉、〈兵車〉、〈麗人〉等凡所歌行，率皆即事名篇，無復倚傍。」〈樂府古題序〉究其因，係此數篇詩，確能繼承漢規樂府之諷諭美刺傳統，又采古樂府體制，不因襲其題材篇目，提示創作新樂府詩之途徑。

　　新樂府運動，至白居易而大放異彩。白居易以充沛的創作力，豐富的詩作，實踐了新樂府運動的主張。〈與元九書〉云：

> 唐興二百年，其間詩人，不可勝數。所可舉者，陳子昂有〈感遇〉詩二十首，鮑防有〈感興〉詩十五首，又詩之豪者，世稱李、杜。李之作，才矣奇矣，人不逮矣，索其風雅比興，十無一焉。杜詩最多，可傳者千餘篇。至於貫穿今古，覼縷格律，盡工盡善，又過於李，然撮其〈新安吏〉、〈石壕吏〉、〈潼關吏〉、〈塞蘆子〉、〈留花門〉之章，「朱門酒肉臭，路有凍死骨」之句，亦不過三、四十首（按《舊唐書》本傳作十三、四首爲是），杜尚如此，況不逮杜者乎！

元稹與白居易所置重的是杜甫之社會寫實，寓諷諭美刺之詩篇。然則

深爲杜甫讚賞者，若元結〈春陵行〉、〈賊退示官吏〉諸作，再揆諸元結論詩主張。元結實爲中唐元白新樂府運動之先驅。元次山〈文編序〉云：

> 所爲之文，可戒可勸，可安可順。……更經喪亂，……故所爲之文，多退讓者，多激發者，多嗟恨者，多傷閔者，其意必欲勸之忠孝，誘以仁惠，急於公直，守其節分，如此非救時勸俗之所須者歟！

這無異是一篇倡導諷諭詩的宣言了。而白居易的寫作態度是：

> 篇無定句，句無定字，繫於意，不繫於文。……其辭質而徑，欲見之者易諭也。其言直而切，欲聞之者深戒也。其事覈而實，使採之者傳信也。其體順而肆，可以播於樂章歌曲也。總而言之，爲君、爲臣、爲民、爲物、爲事而作，不爲文而作也。（〈新樂府序〉）

主張文辭質樸，不加雕飾，「文章合爲時而著，歌詩合爲事而作」〈與元九書〉、進一步「欲立采詩之官，開諷刺之道」〈策林六十九〉，使上「以詩補察時政」，下「以歌洩導人情」，與元結〈春陵行詩〉：「何人采國風，吾欲獻此辭」，其出發點可謂一致無異。《篋中集》選孟雲卿的作品最多，高仲武評其「詞意傷怨」，頗富諷諭意味。元結在倡導樂府古辭，闡揚風雅比興的主張之下，對元白詩派大量創作樂府詩，推動新樂府運動，自有其不容忽視的功績。至於保存唐人詩篇的貢獻，又其餘事了。

第五節　高仲武與《中興間氣集》

一、高仲武之生平

　　《中興間氣集》的編選人是高仲武，其生平事蹟，全不可考知。就是《間氣集》的書首，也只有「渤海高仲武集」六字。元辛文房《唐才子傳》據以爲渤海高仲武，與盛唐詩人「高適字達夫，一字仲武，滄州人」是同一人，故又誤稱：「所選至德迄大歷述作者二十六人詩，

為《中興間氣集》二卷，並傳。」〔註50〕這個錯誤恐係南宋陸游造成的，他作《間氣集》的跋時，已知高適與高仲武非一人。跋云：

> 高適字仲武，此乃名仲武，非適也。評品多妄，蓋淺丈夫耳。……高適字仲武，此集所謂高仲武，乃別一人名仲武，非適也。〔註51〕

陸氏說詩人高適，字仲武，然正史的記載，適字達夫，從沒有作「字仲武」的。陸氏誤記於先，又妄辨於後，遂啓辛文房《唐才子傳》的錯誤。羅根澤略知其誤，云：

> 《間氣集》的選者高仲武，恰巧和高適的字相同，而且也是渤海人，由是辛文房《唐才子傳》（卷二）繫於高適名下。但高適死於永泰元年，當西曆七六五年，《間氣集》「終於大曆暮年」，當西曆七七九年，高適的「墓木已拱矣」！所以陸游跋中興間氣集已云：「高適字仲武，此乃名仲武，非適也。」又云：「此集所謂高仲武，乃別一人名仲武，非適也。」〔註52〕

羅氏從高適的卒年，與《間氣集》選詩的下限，來證明高仲武並非高適。進一步從年代上考察的是阮廷瑜〈中興間氣集作者渤海高仲武非高適〉一文，他說：

> 按《舊唐書‧高適傳》云：「永泰元年正月卒」。《新唐書‧高適傳》云：「永泰元年卒」。永泰代宗年號，僅一年；永泰元年即公元七六五年，後即大曆；大曆共十四年，自公元七六六年至公元七七九年。後即德宗。大曆時高適已不在人世，何能選詩人之作？又《中興間氣集》序云：「唐興一百七十載……業文之人，述作中廢，粵若肅宗先帝以殷憂啓聖，反正中興，伏惟皇帝以出震繼明，保安區宇，國風雅頌，蔚然復興，所謂文明御時，上以化下者也。武不揆菲陋，輒罄謏聞，博訪詞林，采察謠俗。起自至德元年首，終於大曆

〔註50〕見《唐才子傳》卷二，頁34（世界書局印行）。
〔註51〕見陸游《渭南文集》卷廿七。
〔註52〕見羅根澤《中國文學批評史》隋唐文學批評史（學海書局印行）。

末年，作者數千，選者二十六人。……命曰《中興間氣集》。
考唐高祖武德元年（618）至肅宗至德元年（756），其間僅
一百三十八年，而至大曆十四年（779），其間一百六十一年，
此唐興一百七十載也，時在代宗，故有「肅宗先帝」之稱。
是則《中興間氣集》選定於大曆末年，明與高適無關；高仲
武另有一人，《才子傳》誤。〔註53〕

如此說來，高適是高適，高仲武是高仲武，是兩人而非一人是很明顯
了。《四庫全書總目提要》，雖沒有詳細考訂，但卻有客觀而公正的說
法：

仲武自稱渤海人，然唐人類多署郡望，未知確貫何地也。
〔註54〕

雖然說得籠統，卻能堅持負責的學術態度。

高仲武的生平，既無從詳考，故其文學活動，也就難明了。即今
所知，除《間氣集》之編選外，從《唐詩紀事》所載，他另著有〈格
律異門論〉及譜二篇，惟今俱已亡佚，〔註55〕故傳世的惟《中興間氣
集》一書。

二、《中興間氣集》考述

高仲武著手編選《中興間氣集》的理由之一，是對歷來已有的詩
選集，感到不滿意。自序說：

詩人之作，本諸于心，心有所感，而形於言，言合典謨，
則列於風雅。暨乎梁昭明，載述以往，撰集者數家，推其
風流，正聲最備，其餘著錄，或未至焉，何者？《英華》
失於浮游，《玉臺》陷於淫靡，《珠英》但紀朝士，《丹陽》
止錄吳人，此繇曲學專門，何暇兼包眾善，使夫大雅君子
所以對卷而嘆也。

〔註53〕見《大陸雜誌》第二十五卷第九期。
〔註54〕見《四庫全書總目提要》卷一八六，〈集部・總集類一〉《中興間氣
　　　　集》二卷條。
〔註55〕見計有功《唐詩紀事》卷二十五。

他具體指出，自從《昭明文選》以來，除《正聲集》〔註56〕外，其餘
選集，都有失公允，如梁蕭統所編《古今詩苑英華》二十卷，「失之
浮游」；〔註57〕徐陵所編《玉臺新詠》十卷〔註58〕「陷於淫靡」；崔融
所編之《珠英學士集》十五卷，「但紀朝士」；殷璠所編之《丹陽集》
一卷，「止錄吳人」；都因爲「曲學專門」，而不能「兼包眾善」，故而
想編選能符合理想的選集。

　　另一個理由是，記肅宗代宗時代，復興雅頌的詩壇盛事。自序
云：

> 唐興一百七十載，屬方隅叛渙，戎事紛綸，業文之人，述
> 作中廢，粵若肅宗先帝，以殷憂啓聖，反正中原，伏惟皇
> 帝，以出震繼明，保安區宇，國風雅頌，蔚然中興，所謂
> 文明御時，上以化下者也，仲武不揆菲陋，輒罄謏聞，博
> 訪詞林，採察謠俗。起自至德元年，終於大曆暮年。述者
> 數千，選者二十六人，詩總一百三十二首，分爲兩卷，七
> 言附之，略敍品彙人倫，命曰《中興間氣集》。〔註59〕

有唐自安史之亂起，兵連禍結，「戎業紛綸」，因此「業文之人，述作
中廢」，到肅宗、代宗時代，寰宇稍安，頗有中興氣象，反映在文學
上的，也「國風雅頌，蔚然中興」，詩壇風雲際會，才士輩出，佳構
自亦不少，爲記錄這一中興盛況，斯有《中興間氣集》之選編。

　　《間氣集》的體例，與《英靈集》大致相同。選詩亦以人爲主，
各選若干首不等。並仿《詩品》及《英靈集》，在詩人之下，作品之
前，各立一小序，或述其世次官宦，或簡介其生平行事，或評其詩風，
或摘錄其警策句，或指陳其代表作品。從這些資料，提示其選詩標準，
及其論詩主張。

〔註56〕見《新唐書》卷六十，〈藝文志・總集類〉云：「孫季良正聲集三卷。」
　　　　今佚。
〔註57〕見《舊唐書・藝文志》：《古今詩苑英華集》二十卷（原註：梁昭明
　　　　太子撰）。」今佚。
〔註58〕見《舊唐書・藝文志》：「《玉臺新詠》十卷（原註：徐陵撰）」。
〔註59〕參見日人小川昭〈關於唐人選唐詩〉，第二十八期。

　　據〈間氣集序〉稱：「選者二十六人，詩總一百三十二首。」今傳叢刊明本，卷首姓氏下所標的詩數，與目錄、集中所錄詩數，三者都不同。卷首姓氏的人數二十六人，詩共一百三十四首，目錄的詩人只有二十五人，較卷首所列少一人，而卷下鄭常，有目而無辭，但選詩總數則是一百三十首，又與序言相符。

三、《中興間氣集》所選之詩人

　　〈間氣集序〉云：「選者二十六人」，而叢刊本的書首，亦列此二十六人之姓氏。茲就此資料，略將其年代整理於下：

　　（一）錢起：天寶十年李巨卿榜及第。（《唐才子傳》）

　　（二）張眾甫：與皇甫侍御友善。同在一時者，有趙微明、于逖、
　　　　　　蔣渙、元季川。（《唐才子傳》）
　　　　　　建中三年卒。（《唐詩紀事》）

　　（三）于良史：至德中仕爲侍御史。（《唐才子傳》）

　　（四）鄭丹：大曆間詩人。（《唐詩紀事》）

　　（五）李希仲：天寶初宰偃師。（《唐詩紀事》）

　　（六）李嘉祐：天寶七年進士。（《唐才子傳》）

　　（七）章八元：大曆六年，進士。（《唐才子傳》）

　　（八）戴叔倫：貞元十六年，進士。（《唐才子傳》）

　　（九）皇甫冉：天寶十五年，進士。（《唐才子傳》）

　　（十）杜誦：大曆間詩人。（《唐詩紀事》）

　（十一）朱灣：大曆時隱君也。（《唐才子傳》）
　　　　　　爲李勉永平從事。（《唐詩紀事》）

　（十二）韓翃：天寶十三載進士。（《唐才子傳》）

　（十三）蘇渙：廣德二年進士。（《唐才子傳》）

　（十四）郎士元：天寶十五載，進士。（《唐才子傳》）

　（十五）崔峒：登進士第，爲拾遺，入集賢爲學士。（《唐詩紀事》）
　　　　　　大曆十才子之一。（《全唐詩》小傳）

（十六）張繼：天寶十二年，禮部侍郎楊浚下及第。大曆間，入內
　　　　侍，仕終檢校祠部郎中。（《唐才子傳》）

（十七）劉長卿：開元二十一年及第。（《唐才子傳》）

（十八）李季蘭：天寶間，玄宗聞其詩才，詔赴闕，留宮中月餘，
　　　　優賜甚厚，遣歸故山。（《唐才子傳》）

（十九）竇參：相德宗。（《唐詩紀事》）

（二十）道人靈一：與皇甫昆季、嚴少府、朱山人、徹上人等爲詩
　　　　友，酬贈甚多。（《唐才子傳》）

（二一）姚倫：按倫兄係，登貞元元年進士，與韋應物同時，《唐
　　　　才子傳》昆季合傳。（見《唐才子傳》姚係條下）
　　　　倫終揚州大都府曹參軍。（《唐詩紀事》）

（二二）皇甫曾：天寶十七年進士。（《唐才子傳》）

（二三）孟雲卿：天寶間不第，氣頗難平。（《唐才子傳》）
　　　　雲卿與杜子美、元次山最善。（《唐詩紀事》）

（二四）西蜀劉灣：天寶進士。（《唐詩紀事》）

（二五）張南史：肅宗時，廟堂獎拔，仕爲左衛倉曹參軍。（《唐才
　　　　子傳》）

（二六）鄭常：《全唐詩》小傳云：「肅代間人。詩一卷，今存三首。」
　　　　顯然是據《間氣集》作如是云。《唐詩紀事》卷三十一，錄
　　　　詩三首，與《全唐詩》全同。末附高仲武云：常詩省靜婉
　　　　麗，雖未洪深，已入文流，翻翻然有士風，故錄之。

　　就詩人的年代言，以上二十六位詩人，都是肅、代宗時人，與自
序所稱「起自至德元年，終於大曆暮年」是一致的。而至德是唐肅宗
年號，至德元年適爲西元七五六年。大曆係唐代宗年號，大曆暮年爲
西元七七八年。是則《間氣集》只選二十三年間的詩篇而成。

　　考之唐史，肅、代間這二十三年，對整個唐室具有莫大的意義。
西元七五五年，是唐玄宗天寶十四年，這是唐室由極盛而衰的開始。
因爲唐玄宗長期寵信安祿山，使之心懷異志，而得以坐大。《資治通

鑑》卷二百十七，云：

> 安祿安山專制三道，陰蓄異志，殆將十年，以上待之厚，
> 欲俟上晏駕然後作亂。會楊國忠與祿山不悅，屢言祿山且
> 反，上不聽；國忠數以事激之，欲其速反以取信於上。祿
> 山由是決意遽反，獨與孔目官太僕丞嚴莊、掌書記屯田員
> 外郎高尚、將軍阿史那承慶密謀，自餘將佐皆莫之知，但
> 怪其自八月以來，屢饗士卒，秣馬屬兵而已。會有奏事官
> 自京師還，祿山詐爲敕書，悉召諸將示之曰：「有密旨，令
> 祿山將兵入朝討楊國忠，諸君宜即從軍。」眾愕然相顧，
> 莫敢異言。十一月，甲子，祿山發所部兵及同羅、奚、契
> 丹、室韋凡十五萬眾，號二十萬，反於范陽。

安史之亂，迫使玄宗退位。西元七五六年太子李亨即位靈武，是爲
肅宗，改元至德元年。同時安祿山也在同年自稱大燕皇帝。這一年
春天，河北常山太守顏杲卿、山東平原太守顏眞卿起兵聲討安祿山，
河北諸郡響應。六月，郭子儀、李光弼大破史思明軍，斬首四萬級，
民心與士氣大振，大唐中興在望。雖然肅、代二宗時，都在「望」
中度過二十三年的苟安局面，而詩風卻出現朗練健康的現象，這也
就是高仲武選詩集中於此一時段的原因。

四、《中興間氣集》所選之詩數、體裁及題旨

以詩人入選之篇數言。在一三二首中，皇甫冉入選最多，佔十三
首，其次爲錢起、郎士元，各選十二首。其次爲崔峒、劉長卿各九首，
李嘉祐八首又次之，朱灣、韓翃各七首，戴叔倫、李季蘭各六首，皇
甫曾五首，靈一、孟雲卿、劉灣各四首，張眾甫、李希仲、蘇渙、張
繼、竇參、張南史各三首，于良史、鄭丹、姚倫各二首，章八元、杜
誦各一首。

以所選詩篇之體裁言。五律最多，共八十五首，其次爲五古二十
六首，七律八首，七絕六首，五言排律四首，七古二首，五絕最少，
僅有一首。可見五言詩是唐詩的大宗，也受到高仲武的重視，因此佔

有絕大多數。

　　以所選詩篇的題旨言。在全部的一三二首中，以別離類佔最多，共有四十三首，其次是贈答類的十六首，遊覽類十四首，客旅類十一首，詠懷類十首，尋訪、詠物類各七首，征戍類五首，悼亡類四首，宴會類三首，節序、仙釋、懷古、宮廷、圖書類各二首，時事、歌舞類各一首。別離、贈答類的詩，適於詩人的抒懷、眷戀、慰問，是詩的主要材料，自然佔有極大的比重。而遊覽、客旅、詠物的詩，則或寫山川景物，別業亭寺之美，或寫遊子他鄉，旅人途況之懷，同屬緣情體物的範疇，故亦佔有選集的相當比重。

五、高仲武之詩觀

　　《中興間氣集》的序，以及除劉洹外每一位詩人都有評語，〔註60〕對探究高仲武的論詩主張，頗為方便。序云：

> 古之作者，因事造端，敷弘體要，立義以全其制，因文以
> 寄其心，著王政之興衰，表國風之善否，豈其苟悅權右，
> 取媚薄俗哉！今之所收，殆革前弊。但使體狀風雅，理致
> 清新，觀者易心，聽者竦耳，則朝野通取，格律兼收。自
> 郇以下，非所敢隸焉。

從其選詩標準：「但使體狀風雅，理致清新，觀者易心，聽者竦耳」看來。高仲武顯然重視詩歌的社會內容，即重視風骨比興。其次屬於「理致清新」的淡雅之作。這可以從序文與集中的評語考察。序云：

> 詩人之作、本諸於心，心有所感，而形於言，言合典謨，
> 則列於風雅。……伏惟皇帝，以出震繼明，保安區宇，國
> 風雅頌，蔚然復興，所謂文明御時，上以化下者也。

一則談到體狀「風雅」，繼則提到「國風雅頌」，其提倡風雅詩的主張

〔註60〕羅根澤說：「《國秀集》對每人皆不評論，《英靈集》對每人皆有評論，《間氣集》則或評論或不評論。」此蓋據叢刊而言，考之計有功《唐詩紀事》除劉灣外則每人皆有評語。─羅根澤說同註52。

是顯而易見的。

唐代提倡風骨比興的，當首推陳子昂，其〈修竹篇序〉云：

> 文章道弊五百年矣！漢魏風骨，晉宋莫傳，然而文獻有可徵者。僕嘗暇時觀齊、梁間詩，彩麗競繁，而興寄都絕，每以永歎。竊思古人，常恐逶迤頹靡，風雅不作，以耿耿也。昨於解三處，見明公〈詠孤桐〉篇，骨端氣翔，音情頓挫，光英朗練，有金石聲。遂用心飾視，發揮幽鬱。不圖正始之音，復睹於茲；使建安作者，相視而笑。〔註61〕

又其〈喜馬參軍相遇醉歌序〉云：

> 詩可以比興也，不言曷著。〔註62〕

陳子昂的主張，深得高仲武的讚同。其評蘇渙云：

> 三年中，作變律詩九首，上廣州李帥。其文意長於諷刺，亦育陳拾遺一鱗半甲，故善之。

高仲武選錄蘇渙的〈變律格詩〉三首，其實即古體詩，因為不同於當時流行的律詩，而且辭寓諷刺，合於風雅之道，正是陳子昂所倡導的風雅比興的詩篇，故得到高仲武的稱「善」。

另一位合於古樸詩風，同樣受到高仲武賞識的是沈千運。《間氣集》評孟雲卿云：

> 孟君詩祖述沈千運，漁獵陳拾遺，詞氣傷苦，怨者之流。如「虎豹不相食，哀哉人食人」方於七哀；「路有飢婦人，抱子棄草間」則雲卿之句深矣。雖效之於陳、沈，纔能升堂，猶未入室，然當今古調，無出其右者，一時之英也。余感孟君生平好古，著《格律論》，及譜二篇，以攝其體統。〔註63〕

元辛文房《唐才子傳》說沈千運：「工舊體詩，氣格高古。」《全唐詩》只存五首詩，〔註64〕小傳說他：「為詩力矯時習，一出雅正。」元結

〔註61〕 見《陳伯玉文集》卷一。
〔註62〕 見《全唐詩》卷八十三。
〔註63〕 按孟雲卿的評語，今叢刊本《間氣集》無。此見計有功《唐詩紀事》卷二十五。
〔註64〕 見《全唐詩》卷二百五十九。

選《篋中集》，選錄四首，並且以他爲壓卷。而《篋中集》所推重的是古樸的風雅詩，其序云：

> 風雅不興，幾及千載，溺於時者，世無人哉。……近世作者，更相沿襲，拘限聲病，喜尚形似，且以流易爲辭，不知喪於雅正，然哉。彼則指詠時物，會諧絲竹，與歌兒舞女生污惑之聲於私室可矣！若令方直之士，大雅君子，聽而誦之，則未見其可矣。吳興沈千運，獨挺於流俗中，強攘於已溺之後，窮老不惑，五十餘年，凡所爲文，皆與時異，故朋友後生，稍見師效，能似類者五、六人。

如此說來，在提倡風骨比興，恢復風雅，高仲武與元結是一致的。茲檢《間氣集》中，合乎風雅比興的詩人有九人：

（一）錢起：「窮達戀明主，耕桑亦近郊。」則禮義克全，忠孝兼著。足可弘長名流，爲後楷式。

（二）張眾甫：眾甫詩……工於興喻……得諷興之要，形容體裁，率皆如此，文流之佳士也。〔註65〕

（三）朱灣：詩體幽遠，興用洪深，因詞寫意，窮理盡性……如「受氣何曾異，開花獨自遲」，所謂哀而傷，國風之詩者也。〔註66〕

（四）韓翃：其比興深於劉員外，筋節成於皇甫冉也。

（五）蘇渙：三年中，作變體格詩九首，〈上廣州李帥〉。其文意長於諷刺，亦育陳拾遺一鱗半甲。故善之。或曰：此子左右嬖臣，侵敗王略，今著其文可乎？答曰：漢著蒯通說詞，皇史錄列祖君彥檄書，此大所以容細也。夫善惡必書，春秋至訓。明言不廢，孟子格言。渙者其殆類此乎？但不可棄其善，亦以深戒君子之意。〔註67〕

（六）張繼：如「女停襄邑杼，農廢汶陽畊」，可謂事理雙切。又：

〔註65〕見計有功《唐詩紀事》卷二十九。
〔註66〕同註65，卷四十五。
〔註67〕同註65，卷二十六。

「火燎原猶熱，風搖海未平」，比興深矣。

（七）劉長卿：其「得罪風霜苦，全生天地仁」，可謂傷而不怨，
　　　亦足以發揮風雅矣。

（八）竇參：竇君詩亦祖沈千運，比於孟雲卿，尚在廊廡間。如
　　　「萬丈水聲落，四時松色寒」，又「人生年幾齊，憂苦亦先
　　　老」，雖其羽翼未齊，而筋骨已具。

（九）孟雲卿：孟君詩祖沈千運、漁獵陳拾遺，詞氣傷苦，怨者
　　　之流。……當今古調，無出其右者，一時之英也。（《唐詩
　　　紀事》）

　　《間氣集》共選二十六人，雖然叢刊明本裡有張眾甫、章八元、
戴叔倫、孟雲卿、劉灣等五人，缺乏評語小序。然稽之計有功《唐詩
紀事》，則除劉灣外，皆錄存高仲武的評語，即有目無辭之鄭常亦然，
而鄭常在御定《全唐詩》卷三百一十一裡輯存三首詩，與《唐詩紀事》
所錄的三首全同，而《間氣集》卷首姓氏卷下，鄭常選詩亦三首，想
來這三首一定是今存的三首。詩篇數與評語俱見存於《唐詩紀事》，
則鄭常的資料自然沒有疑問。

　　在叢刊明本裏，與《唐詩紀事》裏，俱無評語者，惟「西蜀劉灣」
一人。然而元結的《元次山文集》卷七，及《唐詩紀事》卷二十五，
都錄有元結所作的〈劉侍御（灣）月夜讌會序〉一文，云：

　　兵興以來，十一年矣！獲與同人歡醉達旦，詠歌取適，無
　　一二焉。乙巳歲，彭城劉靈源（灣字）在衡陽，逢故人或
　　有在者，日夕相會，第寬遠遊。始與諸公待月而笑語，竟
　　與諸公愛月而歡醉，詠歌夜久，賦詩言懷。於戲！文章道
　　喪，蓋亦久矣！時之作者，煩雜過多，歌兒舞女且相喜愛，
　　系之風雅，誰道是耶！諸公嘗欲變時俗之淫靡，為後生之
　　規範，今夕豈不能道達情性，成一時之美乎？

元結編《篋中集》以提倡風雅詩，從他對劉灣的推崇看，則劉灣也是
被高仲武列於合乎風雅比興之一類。

在《間氣集》裡，另外還有入選者，是缺乏風骨的作家，即戴叔倫。高仲武評之曰：

> 詩體雖不中越格，「解宇經山火，公田沒海潮」，亦指事造形之工者，其骨氣稍輕，故詩亦少。〔註68〕

這是一個例外，戴叔倫的作品雖然「骨氣稍輕」，也在入選之列，那是他別具《間氣集》選詩的另一個標準，「工於指事造形」。由乎此，也可以窺知高仲武論詩並非限於思想內容方面，同時也注意到文學的外在美，即文學的藝術技巧的講求。至於高仲武說戴叔倫因「骨氣稍輕，故詩亦少」，但稽之《全唐詩》卷二百七十三及卷二百七十四，共輯錄戴叔倫的各體詩達三百首之多。遠較杜誦輯錄一首，鄭丹二首，姚倫二首，章八元六首，于良史七首多出許多，因此高仲武一定指的是他的詩合於「風骨」的作品少，而非指作品的全部。

《間氣集》另一個選詩標準是：「理致清新」的作品。高仲武對盛唐詩人王維，備極推崇。他評錢起云：

> 員外詩，體格新奇，理致清贍（又作澹），越從登第，挺冠詞林。文宗右丞，許以高格，右丞沒後，員外為雄，芟齊宋之浮游，削梁陳之靡嫚，迥然獨立，莫之與群。且如「鳥道挂疎雨，人家殘夕陽」，又：「牛羊上山小，烟火隔林疎」，又：「長樂鐘聲花外盡，龍池柳色〈雨中〉深」，皆特出意表，標雅古今。又：「窮達戀明主，耕桑亦近郊」，則禮義克全，忠孝兼著，足可弘長名流，為後楷式。士林語曰：「前有沈、宋，後有錢郎。」

又評郎士元云：

> 員外，河嶽英奇，人倫秀異，自家形國，遂擁大名。右丞以往，與錢更長，自丞相已下，更出作牧，二公無詩祖餞，時論鄙之。兩君體調，大抵欲同，就中郎公稍更閒雅，近於康樂。如「荒城背流水，遠雁入寒雲。去鳥不知倦，遠帆生暮愁」，又：「蕭條夜靜邊風吹，獨倚營門向秋月」，可

以齊衡古人，掩映時輩。又：「暮蟬不可聽，落葉豈堪聞」，
古謂謝朓工於發端，比之於今，有慚沮矣。

高仲武對王維的深致讚賞，先後推出兩位作品風格與他相似的作家，
並且把錢起置於卷上之首，又把郎士元置於卷下之首，而且選詩均各
十二首，在全集中只有皇甫冉的十三首，比錢、郎二人多，但也只多
一首而已。從這種情形看，高仲武隱然有以錢、郎二人，各爲上下卷
之壓卷的意思。那麼王維的地位又顯然上升不少。

在殷璠選《河嶽英靈集》，對王維的：「詞秀調雅，意新理愜，在
泉成珠，著壁成繪，一句一字，皆出常境。」就極爲讚許。而高仲武
則更進一步看出王維的詩作，另有「閒雅清澹」的特色。《間氣集》
二十六人中，合乎此一風格的除前述的錢起與郎士元外，尚有六人：

（一）于良史：侍御詩清雅，工於形似。

（二）李希仲：李詩輕靡，華勝於實。此所謂才力不足，務爲清
　　　逸。然「前軍飛鳥落，格鬥塵沙昏」，亦出塞實錄，亹亹不
　　　絕者，可及中矣。

（三）杜誦：杜君詩調不失，如「流水生涯盡，浮雲世事空」，得
　　　生人始終之理。

（四）崔峒：崔拾遺，文彩炳然，意思方雅。

（五）張繼：員外累代詞伯，積習弓裘，其於爲文，不雕自飾。
　　　及爾登第，秀發當時，詩體清迥，有道者風。

（六）靈一：刻意精妙。

高仲武論詩，除重視詩歌的思想內容（風骨比興），與意境（殷
璠稱興象）的閒雅清澹之外，在藝術技巧的講究上，也提出三項要求，
那就是「工於文字」、「婉媚綺錯」、「詩體新奇」。在《間氣集》二十
六位詩人中，他指出皇甫冉「巧於文字」，于良史「工於形似」，戴叔
倫「指事造形之工者」，章八元「得江山之狀貌」，朱灣「詠物尤工」，
劉長卿「甚能鍊飾」；這六人是屬於「工於文字」的詩人。其次，他
指出張眾甫「婉媚綺錯」，李嘉祐「往往涉於齊梁，綺靡婉麗」，皇甫

冉「巫山詩終篇奇麗，自晉、宋、齊、梁、陳、隋以來，採掇者無數，而補闕獨獲驪珠，使前賢失步，後輩卻立」，鄭常「詩婉靡」；這四人都是屬於「婉媚綺錯」的詩家。高仲武又指出錢起「詩體格新奇」，皇甫冉「發調新奇」，而劉長卿的詩體「不新奇」的這些評語看，「體調新奇」的要求也是高仲武的主要詩論之一。

《間氣集》另開風氣之先，選錄女詩家與方外詩僧各一人。前者為李季蘭，高仲武評云：

> 士有百行，女唯四德。季蘭則不然，形氣既雌（一作雄），詩意亦蕩。自鮑昭（按疑是令暉）以下，罕有其倫。如「遠水浮仙棹，寒星伴使車」，蓋五言之佳境也。上倣班姬則不足，下比韓英則有餘。不以遲暮，亦一俊嫗。

據《唐詩紀事》卷七十八云：「季蘭五、六歲，其父抱於庭，作『詠薔薇』云：經時未架卻，心緒亂縱橫。父恚曰：此必為失行婦也。後竟如其言。」《唐才子傳》稱：「後以交游文士，微泄風聲，皆出乎輕薄之口。」則高仲武係就其行事與詩作，兼而評之。從評語中提到的前代作家有三位，即鮑令暉（原文作鮑昭誤，《全唐詩話》作鮑令暉是）、韓蘭英、班婕妤。檢《詩品》，鍾嶸把鮑令暉與韓蘭英，同列於下品，並分別評之曰：「令暉歌詩，往往斷絕清巧，擬古尤勝，唯百願淫矣」、「蘭英綺密，甚有名篇」，《詩品》對班婕妤則頗為推許，評曰：「其源出於李陵，團扇短章，詞意清捷，怨深文綺，得匹婦之致，」並將之列於上品。文格即人格，故高仲武以之評李季蘭，亦允稱其當。

《間氣集》評道人靈一，云：

> 自齊梁以來，道人工文多矣，罕有入其流者。一公乃能刻意精妙，與士大夫更唱迭和，不其偉歟。如「泉湧堦前地，雲生戶外峯」，則道猷寶月，曾何及此。

按道猷與寶月二僧，《詩品》合列於下品，二人皆齊詩僧。《間氣集》以為靈一的「刻意精妙」，遠過於道猷與寶月二人。在高仲武之前，唐人選唐詩，從無選錄女詩人與方外詩家的作品，自此以後，詩選家

始措意於他們的詩作，高仲武實開風氣之先。

六、《中興間氣集》之評價

　　《間氣集》選詩，集中在唐肅宗、代宗間二十三年裡，評選的詩人只有二十六位。就當時整個詩壇而言，固然缺乏像李白、杜甫的大詩人，而能與《間氣集》中二十六位詩人並駕齊驅的詩人，如盧綸、韋應物、皎然都沒有在編選之列。因而唐末詩人鄭谷，首先表示不滿，云：

> 殷璠鑒裁英靈集，頗覺得才同旨深。何事後來高仲武，品題間氣未公心。(〈讀前集詩〉)

後來南宋陸游跋《間氣集》云：

> 評品多妄，蓋淺大夫耳。……議論凡鄙。〔註 69〕

明人王士禎論詩絕句也曾表示不滿，云：

> 中興高步屬錢郎，拈得維摩一瓣香。不解雌黃高仲武，長城何意貶文房。〔註 70〕

清朝何義門校題此集，也有不滿的表示，云：

> 此集所錄，詩格卑淺，殊未愜心。〔註 71〕

《間氣集》成書於《英靈集》之後，而遠不如《英靈集》之受賞譽。其實高仲武選詩時代是盛唐之末的大曆詩家，其上下限僅二十三年，這時候盛絕一時的大曆十才子，也不能與盛唐詩人相提並論，在選一時期的作品，反映一時期的詩風上而言，高仲武自有分寸，非評選不公平，或評論不公允所可概括，《四庫全書總目提要》的說法，就比較客觀公正，云：

> 仲武持論頗矜慎。……至稱其評品多妄，又稱其議論凡鄙，則尤不然。今觀所論，如杜誦之「流水生涯盡，浮雲世事空」，語本習徑，而以為得生人始終之理；張繼之「女停襄邑杼，

〔註 69〕 同註 51。
〔註 70〕 見《漁洋山人精華錄訓纂》卷五（中華書局印行）。
〔註 71〕 見楊守敬《日本訪書志》卷十二。

農廢汶陽耕」，句太實相，而以爲事理雙切；頗不免逗漏末
派。其餘則大抵精確，不識（陸）游何以詆之？至所稱錢起
之「窮達戀明主，耕桑亦近郊」，劉長卿之「得罪風霜苦，
全生天地仁」，此自詩人忠厚之遺，尤不得目以凡鄙。

《四庫提要》以高仲武「持論矜愼」相許，是比較持平之論。

《間氣集》的體例，較之《英靈集》，受有更多《詩品》的影響，
如仿鍾嶸指陳詩人的源流稱：孟雲卿「祖述沈千運，漁獵陳拾遺」，
竇參「詩亦祖述沈千運」，或引鍾嶸評語以評入選詩人如：「芙蓉出水」
評韓翃，「披沙揀金」評崔峒，評郎士元稱「古謂謝朓工於發端」，評
皇甫曾「昔孟陽之與襄陽，詩德遠慚厥弟，協居上品，載處下流，今
侍御與補闕（皇甫冉）文辭亦爾。」就是常與《詩品》中品評的前代
詩人相擬，如評皇甫冉稱「可以雄視潘張，平揖沈謝」，評道人靈一
稱：「道猷、寶月，曾何及此」，評李季蘭稱：「上倣班姬則不足，下
比韓英則有餘」，評李嘉祐稱：「許詢更出，孫綽復生，窮極筆力，未
到此境」，這些都是《詩品》的縮影。《詩品》的長處之一，是能夠「溯
流別」，指出詩人們所承受的傳統影響，把作品置諸歷史的發展中，
去考察其繼承與開展的成就和價值，同時把風格相近的作家相比較，
以評判其作品之高下；長處之二，是對具體作家作品藝術分析的方法
起了開創之功。如分析阮籍的〈詠懷詩〉，說：

可以陶性靈，發幽思；言在耳目之內，情寄八荒之表，洋
洋乎會於風雅，使人忘其鄙近，自致遠大，頗多感慨之詞，
厥旨淵放，歸趣難求。

這就很具體說明〈詠懷詩〉中，善於運用比興來諷刺現實的特色。《詩
品》的長處之三，是在評詩時常能掌握作品與作者身世及社會現況，
做到「知人論世」的要求，如評劉琨、郭璞是。同時《詩品》的評語
又很確切簡要。清人章學誠就很能看出其優點，其《文史通義‧詩話
篇》云：

《詩品》思深而意遠，……深從六義溯流別也。

唐人高仲武評唐詩，也同樣擷取鍾嶸的優點，其識見自亦有精到之

處。

　　《間氣集》對姚合《極玄集》有極大的影響。唐文宗時姚合選盛
唐時王維、祖詠及中唐時大曆十才子、僧人皎然等二十一人的作品，
凡一百首（按今缺一首），成《極玄集》。其選詩標準，入選的詩人，
就是以《間氣集》所重視的王、孟自然詩派為主。他們同樣善寫自然
情景，同具「清奇淡雅」的風格。其流風所及，五代人韋縠選《才調
集》，宋四靈（徐照、徐璣、翁卷、趙師秀）江湖派詩人，清王士禎
的倡神韻說，都曾受到或多或少的影響。明人胡震亨曾說：

　　　　高渤海歷詆《英華》、《玉臺》、《珠英》三選，並訾《丹陽》
　　　　之狹於收，似又崇主韻調，姚監因之，頗與高合。〔註72〕
雖僅指出姚合因襲《間氣集》，但也說明這種偏重於「韻調」的趨勢，
業已形成。

第六節　令狐楚與《御覽詩》

一、令狐楚之生平與文學活動

　　《御覽詩》在兩《唐書》上都沒有記載。據南宋陸游跋云：
　　　　右唐《御覽詩》一卷，凡三十人，二百八十九首，元和學
　　　　士令狐楚所集也。〔註73〕
陳振孫《直齋書錄解題》卷十五云：
　　　　唐《御覽詩》一卷，唐翰林學士令狐楚纂。
關於令狐楚的生平事蹟，載籍甚多。如《唐才子傳》卷五、《唐詩紀
事》卷四十二、《舊唐書》卷一七二、《新唐書》卷一六六，均有專文
記述。此外宋姚鉉《唐文粹》卷六十錄劉禹錫撰〈唐宣武軍節度副大
使檢校禮部尚書令狐公先廟碑銘並序〉，《全唐文》卷六○五錄劉禹錫

〔註72〕見《唐音癸籤》卷三十一。
〔註73〕見陸游《渭南文集》卷二十六。又《唐人選唐詩集》末附（河洛圖
　　　　書出版社印行）。

撰〈唐故相國贈司空令狐公集序〉，亦有相關資料，足資參考。茲綜稽各家記載，略述其生平大略。

令狐楚，字殼士，敦煌人。自謂唐初十八學士令狐德棻之後。生於唐代宗大曆元年（766），卒於唐文宗開成二年十一月（837），得年七十又二。

楚，五歲能文章。貞元七年（791）尹樞榜進士及第。時李說、嚴綬、鄭儋繼領太原，高其才行，引在幕府，由掌書記至判官。德宗喜文，每省太原奏疏，必能辨楚所作，數稱美之。並且能在危急之下，臨文速成。《新唐書》云：「（鄭）儋暴死，不及占後事，軍大譁，將為亂。夜十數騎挺刃邀取楚，使草遺奏，諸將圍視，楚色不變，秉筆輒就，以徧示士，皆感泣，一軍乃安。」由於文才敏捷，臨危不懼，故能化解一場暴亂於無形。

《唐才子傳》說他，「工詩，當時與白居易、元稹、劉禹錫唱和甚多。」著有《漆匳集》一百三十卷、《元和辨謗略》十卷，《斷金集》一卷，《彭陽唱和集》三卷，《僧廣宣與令狐楚唱和》一卷、﹝註74﹞及《三舍人集》，﹝註75﹞又奉命編選《御覽詩》一卷。《全唐詩》卷三百三十四著錄楚詩一卷，凡六十首。《全唐文》卷五百三十九至卷五百四十三，著錄各體文凡一百四十二篇。

二、《御覽詩》考述

據書首署「翰林學士朝議郎守中書舍人賜紫令狐楚奉勅纂進」看，是書必完成於元和十二年（817）三月至同年八月四日之間，也就是令狐楚任翰林學士、中書舍人之期間。《四庫全書總目提要》云：

> 是書乃憲宗時奉勅編進，其結銜題翰林學士朝議郎守中書
> 舍人。考楚本傳稱皇甫鎛與楚厚善，薦為翰林學士，進中
> 書舍人。元和十二年，裴度以宰相領彰義節度使，楚草制，

﹝註74﹞ 見《四庫全書總目提要》卷一八六，〈集部・總集類一〉：「《唐御覽
      詩》一卷」條。
﹝註75﹞ 全集僅司空曙、李益、霍總三人詩次，略有紊亂。

其詞有所不合，停楚學士，但爲中書舍人，則此書之進，
在元和十二年以前也。（仝〔註74〕）

《四庫提要》據令狐楚本傳考訂，以爲是書進於元和十二年，不過語
氣不太肯定。今據唐丁居晦重修翰林壁記，令狐楚「十二年三月，遷
中書舍人。八月四日，出守本官。」斷定成書期間如上。

是書篇末陸游跋記云：

右唐《御覽詩》一卷，凡三十人，二百八十九首，元和學
士令狐楚所集也。按盧綸墓碑云：元和中，章武皇帝命侍
丞採詩第名家，得三百一十篇，公之章句，奏御者居十之
一。今《御覽》所載綸詩正三十二篇，所謂居十之一者也。
據此，則《御覽》爲唐舊本不疑。然碑云三百一十篇，而
此纔二百八十九首。蓋散逸多矣。姑校定訛繆。以俟定本，
《御覽》一名《唐新詩》，一名《選進集》，一名《元和御
覽》云。

然就今本考之，詩人亦三十位，而詩謹存二百八十六首。陸氏慨歎「散
逸多矣」，非是無因。

至其編撰體例，以詩篇爲主，無詩人傳略，亦無評語，選詩以人
爲主，每人各選若干首不等，詩詮次之先後，不詳其故。每人中之
詩次大略先五言而後七言，先律詩而後絕句。〔註75〕

三、《御覽詩》所選之詩人

《御覽詩》共選三十位詩人之作品，茲將此三十人之約略年代、
作品風格，整理如下：

（一）劉方平：皇甫冉、李頎相與贈答。（案：李頎開元二十三年
進士及第。皇甫冉天寶十五年進士。見《唐才子傳》）

多悠遠之思，陶寫性靈，默會風雅，故能脫略世故，超然

〔註74〕見《四庫全書總目提要》卷一八六，〈集部·總集類一〉「《唐御覽詩》
一卷」條。
〔註75〕全集僅司空曙、李益、霍總三人詩次，略有紊亂。

物外。(《唐才子傳》)

（二）皇甫冉：天寶十五年進士。(《唐才子傳》)

巧於文字，發調新奇，遠出情外。可以雄視潘、張，平揖沈、謝。又巫山詩。終篇奇麗。(《中興間氣集》)

（三）劉復：登大曆進士第。(《唐詩紀事》)

（四）鄭錫：登寶應進士第。寶曆間爲禮部員外郎。(《唐詩紀事》)

（五）柳中庸：與李端友善唱酬。(《唐才子傳》李端條)

　　（案：李端大曆五年進士。《唐才子傳》)

（六）李嘉祐：天寶七年進士。(《唐才子傳》)

綺靡婉麗，蓋吳均、何遜之敵也。(《中興間氣集》)

（七）李端：大曆五年進士。(《唐才子傳》)

俊語亮節。(《唐音癸籤》)

（八）盧綸：大曆初，數舉進士不第。(《唐才子傳》)

辭情捷麗。(《唐音癸籤》)

（九）李何：《全唐詩》卷七百六十九錄詩一首，生平不可考。

（十）張起：《全唐詩》卷七百七十錄詩二首，生平不可考。

（十一）鄭縱：《全唐詩》卷七百六十九錄詩四首，生平不可考。

（十二）司空曙：貞元中爲水部郎中。(《唐詩紀事》)

婉雅閒淡，語近性情，抗衡長文不足，平視茂政兄弟有餘。(《唐音癸籤》)

（十三）于鵠：大曆中，嘗應薦歷諸府從事。

有詩甚工，長短間作，時出度外，縱橫放逸，而不陷於疎遠，且多警策。(《唐才子傳》)

于鵠習隱，多高人之意，故其詩能有景象。(《唐音癸籤》)

（十四）顧況：至德二年進士。(《唐才子傳》)

皇甫湜爲況文集序云：偏於逸歌長句，駿發踔屬，往往若穿天心，出月脇，喜外驚人語，非尋常所能及。(《唐詩紀事》)

（十五）韋應物：初以三衞郎侍玄宗。大曆十四年，自鄠縣令制除
　　　　櫟陽令。（《唐才子傳》）
　　　　歌行才麗之外，頗近興諷。其五言詩又高雅閑澹，自成一
　　　　家之體。（白居易〈與元九書〉）

（十六）紇干著：仝（十一）

（十七）楊凌：大曆中，與兄憑，凝踵進士第，時號三楊終侍御史。
　　　　（《唐詩紀事》）

（十八）楊凝：字懋功，由協律郎三遷侍御史，終兵部郎中。（《全
　　　　唐詩》小傳）

（十九）李宣遠：貞元進士登第。（《全唐詩話》卷之三）

（二十）盧殷：闕

（二一）姚係：貞元元年進士。
　　　　有詩名：工古調。（《唐才子傳》）

（二二）馬逢：貞元五年進士。
　　　　篇篇警策。（《唐才子傳》）

（二三）劉皂：貞元間人。（《唐詩紀事》）

（二四）李益：大曆四年進士。（《唐才子傳》）
　　　　從軍詩、悲壯婉轉。（《唐音癸籤》）
　　　　張爲《主客圖》，以李益爲清奇雅正主。（《唐詩紀事》）

（二五）李愿：闕

（二六）張籍：貞元十五年及第。（《唐才子傳》）
　　　　尤攻樂府詞，舉代少其人。（白居易詩）
　　　　古風無敵手，新語是人知。（姚合詩）

（二七）霍總：闕

（二八）楊憑：大曆中踵進士第。（《唐詩紀事》楊凌條下）

（二九）楊巨源：貞元五年及第。（《唐才子傳》）
　　　　在元和間，不爲新語，體律務質，功夫爲深。（《唐音癸籤》）
　　　　長篇刻琢，絕句清泠。（《唐才子傳》）

（三十）梁鍠：天寶中人。（《全唐詩》小傳）

就上述資料分析歸納可知：

以所選詩人之時代而言。所錄乃唐玄宗天寶至唐憲宗元和間爲準。而以大曆、貞元間之詩人爲多。而元和詩人中最爲後世推許的代表性作家，如韓愈（貞元八年進士）、元稹、劉禹錫、柳宗元（三人皆貞元九年及第）、孟郊（貞元十二年進士）、白居易（貞元十六年進士）等人，皆被摒於外，無一入選，是頗堪玩味者。

再以所選詩作之風格而言。就已知資料看，這些詩人都具有「婉麗」、「捷麗」、「刻琢」、「警策」之特色。元方回嘗論及此集選詩風格，云：

> 令狐楚爲翰林學士時，選進唐《御覽詩》，凡三十家，劉復四首，所選大抵工麗。〔註76〕

> 唐《御覽詩》，鄭鏦四首，皆艷麗，令狐楚所選大率取此體，不主平淡，而主豐碩。〔註77〕

揆諸本集，此論亦頗接近事實。《四庫全書總目提要》更進一步，將令狐楚個人作品之風格與此集相較，云：

> 《劉禹錫集》和《楚詩》，雖有「風情不似四登壇」句，而今所傳詩一卷，……差爲可觀，氣格色澤，皆與此集相同。蓋取其性之所近，其他如〈郡齋詠懷詩〉之「何時扞閭閻」，〈九日言懷詩〉之「二九即重陽」，〈立秋日悲懷詩〉之「泉終閉不開」，〈秋懷寄錢侍郎詩〉之「燕鴻一聲叫」，〈和嚴司空落帽臺宴詩〉之「馬奔流電妓奔車」，〈郡齋栽竹詩〉之「退公閒坐對嬋娟」，〈青雲干呂詩〉之「瑞容驚不散」，《譏劉白賞春不及》之「下馬貪趨廣運門」，皆時作鄙句。而〈贈毛仙翁〉一首，尤爲拙鈍，蓋不甚避俚俗者。故此集所錄，如盧綸〈送道士詩〉，〈駙馬花燭詩〉，鄭鏦〈邯鄲俠少年詩〉，楊凌〈閣前雙槿詩〉，皆頗涉俗格，亦其素習

〔註76〕見方回《瀛奎律髓》卷十七，晴雨類，劉復條。
〔註77〕同註76，卷三十，邊塞類，鄭鏦〈入塞曲〉詩下。

然也。然大致雍容諧雅，不失風格，上比《篋中集》則不
足，下方《才調集》則有餘。〔註78〕

《四庫提要》論此集風格與編選者令狐楚個人所習作相近，雖「不甚
避俚俗」、「頗涉俗格」，而大致「雍容諧雅，不失風格」，然則「婉麗
警策，雍容諧雅」正即《御覽詩》之共同風格特色。

四、《御覽詩》所選之詩篇、體裁及題旨

就《御覽詩》所選之篇數而言。二百八十六首中，以李益入選最
多，有三十六首，其次爲盧綸三十二首，其次爲楊凝二十九首，其次
爲楊憑十八首，其次爲楊凌十七首，其次爲皇甫冉十六首，其次爲楊
巨源、盧殷各十四首，其次爲劉方平十三首，其次爲鄭錫、顧況、梁
鍠各十首，其次柳中庸九首，其次爲李端八首，其次爲韋應物、霍總
各六首，其次爲司空曙、馬逢各五首，其次爲劉復、鄭鏦、紇干著、
劉皂各四首，其次爲于鵠三首，其次爲李嘉祐、李愿各二首，其次爲
李何、張起、李宣遠、姚係、張籍各一首。

值得注意是李益，在《全唐詩》裡共輯其古近體詩及聯句，合共
一百六十八首，〔註79〕其中互見的詩又多達十首，〔註80〕則可靠的作
品尚不及一百六十首。而令狐楚編選《御覽詩》時，其入選篇數，竟
能獨佔鰲頭，多達三十六首，顯然在當時必曾名噪一時，「後來或因
『文變染乎世情，興廢繫於時序』的緣故，晚唐人的趣味改變，到了
韋莊選的《又玄集》，卻只選了三首。」〔註81〕王夢鷗對他的作品，
曾作全般的考察說：

〔註78〕 同註74。
〔註79〕 見王夢鷗《唐詩人李益生平及其作品》頁16（藝文印書館印行）。
〔註80〕 《全唐詩》卷二八二～二八三〈野田行〉一作于鵠詩；〈夜上受降城
聞笛〉、〈途中寄李二〉、〈寄許鍊師〉等三首又作戎昱詩；〈漢宮詞〉、
〈江南曲〉等二首又作韓翃詩；〈失題〉一作盧綸詩；〈送歸中丞使
新羅冊立弔祭〉一作李端詩；〈洛陽河亭奉酬留守群公追送〉一作李
逸詩；〈過馬嵬〉二首之二另作李遠詩。
〔註81〕 同註79，頁2。

他的詩雖然偶而也用委婉的比興手法，如同「宮怨」一類
的小詩，但，大部分是循著古詩一路，著重「直尋」的表
現。所以他託興的詩語，卻很少借助於語詞的象徵性以及
意象稠疊的典故。例如他〈贈內兄盧綸〉而用了「朗陵翁」
一詞。但這朗陵翁只是「內兄」的借代詞，是概念的，其
中並不涵有想像性。諸如此類，幾乎占他作品百分九十以
上。其次他的詩作也缺少一些幽默感，不以機智來取得讀
者的歆羨。大抵都是調門很高，坦誠的抒發自己的感懷。
這樣構辭既欠細緻，因而一些詩體都接近於歌謠。不特《舊
唐書》說他的新詩為時傳誦，且與李賀齊名。意思也就是
說以這樂府的詩體著名。同時，所謂「齊名」，當指的是二
人同時擅長於古樂府，但寫來卻不是同一作風。王建稱他
為「上界詩仙」〈上李益庶子詩〉，楊巨源稱他的作品為「清
詞舉皆藏篋」，這都在表示他當日所得到的評價，正與舊史
所記載的一樣。後來張為編纂《詩人主客圖》，特別推他為
「清奇雅正主」。用「清奇雅正」四字來形容他的詩風，是
相當正確的。〔註82〕

不專擅「委婉的比興手法」，「詩體都接近於歌謠」，正對了唐憲宗的
胃口，也與令狐楚的專長習性相符。因此他成為《御覽詩》的主角。
　　其次入選詩篇較多者為盧綸，共有三十二首。他是李益的內兄。
據《新唐書》卷二○三本傳云：

　　（綸）舅韋渠牟得幸德宗，表其才，召見禁中，帝有所作，
輒使賡和。異日問渠牟曰：「盧綸、李益何在？」答曰：「綸
從渾瑊在河中。」驛召之，會卒。
　　綸與吉中孚、韓翃、錢起、司空曙、苗發、崔峒、耿湋、
夏侯審、李端皆能詩齊名，號「大曆十才子」。憲宗詔中書
舍人張仲素訪集遺文。文宗尤愛其詩，問宰相：「綸文章幾
何？亦有子否？」李德裕對：「綸四子，簡能、簡辭、弘止、
簡求，皆擢進士第，在臺閣。」帝遣人悉索家笥，得詩五

百篇以聞。

盧綸的詩，深受德宗、憲宗、文宗三帝的賞愛，令狐楚以迎合皇帝脾胃而選詩，當然大量選擷，而居於領先地位。

就所選詩篇之體裁而言。本集二百八十六首詩中，悉爲近體。其中五律一百一十首，爲數最多，其次爲七絕，共一百又七首，其次爲五絕，共五十七首，最少者爲七律僅有十二首。《四庫全書總目提要》曾就這種專重近體的情形，說明云：

> 蓋中唐以後，世務以聲病諧婉相尚，其奮起而追古調者，
> 不過韓愈等數人，楚亦限於風氣不能自異也。

皇帝的好尚，編選者的拘於時習，自然成就偏重格律的詩選範本。

再就所選詩篇之題旨言。這二百八十六首詩中，佔最多的是別離類，共有四十五首，其次是客旅類四十三首，其次是婦女類三十七首，其次是詠物類三十六首，其次是征戍類二十四首，其次是節序類十九首，其次是贈答類十八首，其次是遊覽類十五首，其次是宮廷類十五首，其次是歌舞類七首，其次是時事類、詠懷類各六首，其次是仙釋、懷古、豪俠類各五首。抒情爲主的詩，別離、客旅類的作品，一向爲唐詩的大宗。而婦女、宮廷、歌舞類的作品，也都較能迎合深居內宮的皇帝的喜愛，因此，所作的比重，自然較之其他唐人選唐詩要大得多了。

五、《御覽詩》之詩觀

陸游的跋，陳振孫的解題，都說《御覽詩》又名《唐新詩》、《選進集》、《元和御覽》。顧名思義，大略可知，是唐憲宗元和間選進以供御覽者，另一方面也說明了所選的詩，都是當代名家所作之近體詩。

當代風靡一時的是由元（稹）白（居易）所領導的元和體詩，他們的作品具有獨特的風格，影響深遠：元稹云：

> 稹自御史府謫官於外，今十餘年矣，閒誕無事，遂用力於
> 詩章，日益月滋，有詩向千餘首。其間感物寓意，可備矇
> 瞽之諷達者有之，詞直氣粗，罪戾是懼，固不敢陳露於人。

唯盃酒光景間，屢爲小碎篇章，以自吟暢。然以爲律體卑
痺，格力不揚，苟無姿態，則陷流俗。常欲得思深語近，
韻律調新，屬對無差，而風情自遠，然而病未能也。江湖
間多有新進小生，不知天下文有宗主，妄相仿傚，而又從
而失之，遂至於支離褊淺之詞，皆目爲元和詩體。某又與
同門生白居易友善，居易雅能爲詩，就中愛驅駕文字，窮
極聲韻，或爲千言，或爲五百言律詩，以相投寄。小生自
審不能以過之，往往戲排舊韻，別創新詞，名爲次韻相酬，
蓋欲以難相挑耳。江湖間爲詩者復相仿傚，力或不足，則
至於顛倒語言，重複首尾，韻同意等，不異前篇，亦目爲
元和詩體，而司文者考變雅之由，往往歸咎於稹。嘗以爲
雕蟲小事，不足以自明。〔註83〕（〈上令孤相公詩啓〉）

同時，白居易詩云：「詩到元和體變新」，自注云：「眾稱元白爲千字
律詩，或號元和格。」〔註84〕因此，《舊唐書·元稹傳》說：

稹聰警絕人，年少有才名，與太原白居易友善。工爲詩，
善狀詠風態物色，當時言詩者稱元、白焉。自衣冠士子，
至閭閻下俚，悉傳諷之，號爲元和體。〔註85〕

從此很可以看出，元和體的形成，主要還是由於元白的倡導。而元白
的新樂府以諷諭時事爲能，白居易〈與元九書〉云：

自拾遺以來，凡所適所感，關於美刺比興者，又自武德訖
元和，因事立體，題爲新樂府者，共一百五十首，謂之諷
諭詩。

他要求文學揭露社會黑暗的現實性，以及補匡時弊的政治作用，態度
至爲激切，表達又過於直露。這樣的詩篇，自然不爲當政者的唐憲宗
所賞愛。

　　而韓（愈）孟（郊）詩派，以散文爲詞，用奇字，造怪句，雜用

〔註83〕　見《全唐文》，卷六五三，頁8421（台灣大通書局印行）。引文據漢
　　　　　京文化公司印行《元稹集》校字。
〔註84〕　見《全唐詩》卷四百四十六，頁5000，〈餘思未盡加爲六韻重寄微
　　　　　之〉。（明倫出版社印行）。
〔註85〕　見《舊唐書》卷一百六十六，頁4331（洪氏出版社印行）。

辭賦的手法作詩，太注重技巧，結果開出一條冷僻艱澀的路子，也不爲憲宗所喜。元和年間，任翰林的李肇說：

> 元和以後，爲文筆則學奇詭於韓愈，學苦澀於樊宗師。歌行則學流蕩于張籍，學淺切于白居易，學淫靡於元稹，俱名元和體，大抵天寶之風尚黨，大曆之風尚浮，貞元之風尚蕩，元和之風尚怪。〔註86〕

就整體說，元和的風向是「怪」，各人的特色又略有差異，那就是韓愈的「奇詭」，白居易的「淺切」，元稹的「淫靡」等。這一股怪風沒有吹進《御覽詩》的原因是：

> 憲宗爲詩，格合前古，當時輕薄之徒，摛章繪句，聱牙崛奇，譏諷時事，爾後鼓扇名聲，謂之元和體，實非聖意好尚如此。〔註87〕

令狐楚奉命選詩，既以供御覽，憲宗所不喜的元和體，自然一概摒除。因此，被後代公認爲元和詩壇代表的大家，如元稹、白居易、柳宗元、劉禹錫、孟郊、韓愈等人，都不能在《御覽詩》裡佔一席之地。

雖然《御覽詩》沒有序文，可供考查其選詩標準，與其論詩主張，但從所選詩篇的特色，以及後代名家如方回、《四庫提要》的評論，已明白指出：「工麗」、「警策」、「聲律諧婉」的作品，尤其是五律，是憲宗與令狐楚的共同喜好。

第七節　姚合與《極玄集》

一、姚合生平與文學活動

　　《極玄集》的編選者是姚合，其生平在正史上的記載，都很簡略。《舊唐書》卷九十六，〈姚崇傳〉云：

> （崇）玄孫合，登進士第，授武功尉，遷監察御史，位終給事中。

〔註86〕見李肇《國史補》，卷下，頁57。
〔註87〕見《唐語林》卷二，頁56，文宗時宰相李珏奏文。

《新唐書》卷一百廿四，〈姚崇傳〉云：

> （崇）曾孫合、勗，合元和中進士及第，調武功尉，善詩，
> 世號姚武功者。遷監察御史，累轉給事中。奉先、馮翊二
> 縣民訴牛羊使奪其田，詔美原主簿朱儔覆按，猥以田歸使，
> 合劾發其私，以地還民。歷陝虢觀察使，終秘書監。

兩《唐書》的記載雖簡，卻有不同。一說姚合是宰相姚崇的玄孫（《舊
唐書》），一說是姚崇的曾孫（《新唐書》），實有辨明的必要。此外，
《唐詩紀事》卷四十九、《唐才子傳》卷六、晁公武《郡齋讀書志》
卷十八，皆有關姚合生平的資料，可供參考。而較詳盡的當推《四
庫全書總目提要》卷一百五十一，集部別集類著錄《姚少監詩集》
附錄其生平：

> 《姚少監詩集》十卷，唐姚合撰。合，宰相（姚）崇之曾孫
> 也〔註88〕。登元和十一年（816）進士第，調武功（縣）主
> 簿；又為富平、萬年二縣尉。寶應中〔註89〕（825～826）歷
> 監察殿中御史、戶部員外郎。出為荊、杭二州刺史〔註90〕。
> 後為戶、刑二部郎中，諫議大夫，陝、虢觀察使。開成末（840）
> 終於秘書少監；然詩家皆謂之「姚武功」，其詩派亦稱「武
> 功體」，以其早作〈武功縣詩〉三十首，為世傳誦，故相習
> 而不能改也。合選《極元（玄）集》，去取至為精審，自稱
> 所錄為「詩家射鵰手」，論者以為不誣。其自作則刻意苦吟，
> 冥搜物象，務求古人體貌所未到。張為作《主客圖》，以李
> 益為清奇雅正主，以（姚）合為入室。然合詩格與益不相類，
> 不知何以云然。其（詩）集在北宋不甚顯；至南宋永嘉四靈
> 始奉以為宗。其末流寫景於瑣屑，寄情於偏僻，遂為論者所
> 排。然由摹仿者滯於一家，趨而愈下；要不必追咎作始，遽
> 懲羹而吹虀也。

〔註88〕 王夢鷗先生說：他是姚崇長兄姚元素的曾孫見〈唐武功體詩試探〉，
　　　　 載《東方雜誌》復刊第十六卷第十二期。
〔註89〕 寶應中似當作寶曆中。仝註88。
〔註90〕 他曾任杭州刺史，卻沒做過荊州刺史，因為他在的時代，荊州已經
　　　　 升格，荊州刺史改為江陵尹。仝註88。

《提要》論述「武功體」詩的來歷、演變，及其特色與末流的弊病，甚爲清楚。附論姚合生平，仍嫌不夠明白。較早的辛文房《唐才子傳》說：

> 合，陝州人〔註91〕……所爲詩十卷，及選集王維、祖詠等一十八人詩爲《極玄集》一卷，序稱維等皆「詩家射鵰手」也。又摭古人詩聯，敍其指意，各有體要，撰《詩例》一卷，今並傳焉。

這裡把姚合的籍貫、創作及曾編選《極玄集》，都有交代。而關於他的生卒年月，仍與其他資料一樣沒有記載。惟《新唐書》說他終秘書監，當卒於武宗會昌（841～845）以後。岑仲勉說他有一子，名潛〔註92〕。就今存《姚少監詩集》與《全唐詩》所載，姚合詩名重於時，與詩人、方外詩家迭相唱和。詩人如張籍、劉禹錫、楊巨源、賈島、殷堯藩、王建、朱慶餘、顧非熊、李餘、喻鳧等都有來往，李頻且師事之。方外詩人如靈一、無可、默然、栖眞、元緒、暉上人、不疑、清塞等，俱與之遊。姚合的詩，長於五言，尤其是五律，刻意苦吟，工於點綴小景，冥搜物象，務求古人體貌所未到。《全唐詩》（卷四百九十六～卷五百二）編成七卷，凡五百三十首。惟《詩例》一卷，已亡佚，無由得見。

二、《極玄集》命名涵意與編選目的

《極玄集》或作《極元集》，是爲了避宋帝先祖玄朗，或清聖祖玄燁的名諱。所謂「極玄」，指極精工之作。〔註93〕稍晚於姚合，在五律創作上，深受姚合影響的詩僧齊己，〔註94〕曾有〈寄謝高先輩見

〔註91〕 姚合的籍貫，舊史記載，都說他是硤州硤石人，當因姚崇的關係。據王夢鷗先生的考定，應以吳興人爲是。仝註88。

〔註92〕 見岑仲勉《唐集質疑》「姚合與李德裕及其系屬」條，載《中研院史語所集刊》第九本。

〔註93〕 見劉開揚《唐詩通論》，第三章「中唐時期的詩」，頁 182（木鐸出版社）。

〔註94〕 見《四庫全書總目提要》卷一百五十一，齊己「白蓮集」條說：「五

寄二首〉，其二說：

> 詩在混茫前，難搜到極玄。有時還積思，度歲未終篇。片
> 月雙松際，高樓澗水邊。前賢多此得，風味若爲傳。〔註95〕

又〈寄南徐劉員外二首〉之二說：

> 晝公評眾製，姚監選諸文。風雅誰收我，編聯獨有君。餘
> 生終此道，萬事盡浮雲。爭得重携手，探幽楚水濱。〔註96〕

齊己一則說「詩在混茫前，難搜到極玄。」已點明姚合「刻意苦吟，
冥搜物象」的詩觀；又以「姚監選諸文」與「晝公評眾製」並舉，也
說明姚合頗受同鄉「吳興老釋子」（韋應物語）皎然詩論的影響。姚
合《極玄集》自序云：

> 此皆詩家射鵰手也。

這一說法，也是承自皎然《詩式》的說法：

> 樓煩射鵰，百發百中，如詩人正律破題之作，亦以取中爲
> 高手。洎有唐以來，宋員外之問、沈給事佺期，蓋有律詩
> 之龜鑒也。但在矢不虛發，情多興遠，語麗爲上，不問用
> 事格之高下。宋詩曰：「象溟看落景，燒劫辨沈灰。」沈詩
> 曰：「詠歌麟趾合，簫管鳳雛來。」凡此之流，盡是詩家射
> 鵰之手。（卷二〈律詩〉）

沈、宋是唐人最先創作完成律詩的作家。翁方綱《石洲詩話》：「沈宋
律句勻整……杼山」目以「射鵰手，當指字句精巧勝人耳」，律詩是
詩藝的高度表現，不是一般平庸的作手所能精擅，必須「矢不虛發，
情多興遠，語麗爲上」，正如神射手，雲中射鵰，力巧兩臻而後可。
唐自開元迄於元和，世稱盛唐中唐時期，以詩名家者，何止千百，而
合僅取廿一人，詩僅百篇（今存九十九篇），皎然的作品，就選錄了
四篇（〈微雨〉、〈題廢寺〉、〈賦得啼猿送客〉，〈恩歸示故人〉），比重
不得不謂大。顯見姚合對皎然的推許，並深受其詩論的影響，而這種

　　　言律詩，居全集十分之六，雖頗沿武功一派，而風格獨遒。」
〔註95〕見《全唐詩》卷八四一。
〔註96〕仝註95。

影響也深及於他的創作與《極玄集》的選詩標準。

　　姚合《極玄集》自序云：「合於眾集中更選其極玄者，庶免後來之非。」元人蔣易《極玄集》序稱：「唐詩數千家，浩如淵海。姚合以唐人選唐詩，其識鑒精矣。然所選僅若此。何也？蓋當是時以詩鳴者，人有其集，製作雖多，鮮克全美。譬之握珠懷璧，豈得悉無瑕纇者哉！武功去取之法嚴，故其選精，選之精，故所取僅若此。」當時詩人多，作品與詩集浩繁，難免瑕瑜互見。姚合乃訂出標準，把詩藝不凡的作家（詩家射鵰手），極精工之作品（極玄），選錄成集，「庶免後來之非」。

三、《極玄集》所選之詩人

　　《極玄集》共選錄二十一位詩人。先後次序，並無規則可循。今依其排列，將此二十一人的年代和風格分析於下：

　　　　（一）王維：開元十九年進士。（699～659）

　　　　　　　詞秀調雅，意新理愜。在泉為珠，著壁成繪。一句一字，皆出常境。（《河嶽英靈集》）

　　　　（二）祖詠：開元十二年進士。（七四一年左右在世）

　　　　　　　剪刻省靜（淨），用思尤苦。氣雖不高，調頗凌俗。（《河嶽英靈集》）

　　　　（三）李端：大曆五年進士。

　　　　　　　高雅。（《唐才子傳》）

　　　　（四）耿湋：寶應元年進士，為左拾遺。（《全唐詩話》）

　　　　　　　寶應二年進士。（《極玄集》）

　　　　　　　詩才俊爽，意思不群。（《唐才子傳》）

　　　　（五）盧綸：大曆初，王縉奏為集賢學士。（《極玄集》）

　　　　　　　大曆中，李端、錢起、韓翃輩能為五言詩，詞情健麗，綸作尤工。（《唐詩紀事》）

　　　　（六）司空曙：舉進士，貞元中、水部郎中。（《極玄集》）

婉雅閒淡，語近性情。(《唐音癸籤》)

（七）錢起：天寶十載進士。(《極玄集》)

體格新奇，理致清澹（又作贍）(《中興間氣集》)

（八）郎士元：天寶十五年進士。(《極玄集》)

兩君（按指錢起與郎士元）體調，大抵欲同。

就中郎公稍更閒雅，近於康樂。(《中興間氣集》)

（九）暢當：大曆七年及第。

詞名藉甚，表表凌雲。(《唐才子傳》)

詩平淡多佳句。(《唐詩紀事》)

（十）韓翃：天寶十三載進士。(《極玄集》)

匠意近於史，興致繁富，一篇一詠，朝士珍之。(《中興間氣集》)

（十一）皇甫曾：天寶十一載進士。(《極玄集》)

體製清潔，華不勝文。(《中興間氣集》)

善詩，出王維之門。(《唐才子傳》)

（十二）皇甫冉：天寶十五載進士。(《極玄集》)

巧於文字，發調新奇，遠出情外。(《中興間氣集》)

造語玄微。(《唐才子傳》)

（十三）李嘉祐：天寶七載進士。(《極玄集》)

綺靡婉麗。(《中興間氣集》)

（十四）朱放：貞元中，召為左拾遺不就。(《極玄集》)

工詩，風度清越，神精蕭散，非尋常之比。(《唐才子傳》)

（十五）嚴維：至德一載進士。(《極玄集》)

至德二年進士及第。詩情雅重，挹魏、晉之風，鍛鍊鏗鏘，庶少遺恨。(《唐才子傳》)

（十六）劉長卿：開元二十一年進士。(《極玄集》)

甚能鍊飾。(《中興間氣集》)

最得騷人之興，專主情景。(《唐音癸籤》)

（十七）靈一：大曆、貞元間僧。（《唐詩紀事》）

　　　　刻意精妙。（《中興間氣集》）

　　　　格律清暢……刻意聲調，苦心不倦。（《唐才子傳》）

（十八）法振：中唐時人。（與靈一共出一時，《唐才子傳》）

（十九）皎然：大曆、貞元間人。

　　　　外學超然，詩興閒雅。（《唐才子傳》）

（二十）清江：中唐時人。（與靈一共出一時，《唐才子傳》）

（二一）戴叔倫：貞元十六年進士。

　　　　詩興悠遠，每作驚人。（《唐才子傳》）

　　　　工於指事造形。（《中興間氣集》，又見《唐詩紀事》引高
　　　　仲武言）

四、《極玄集》所選之詩篇、體裁及詩旨

　　姚合自序說選詩「共百首」，今本只存九十九首。二十一家中，以耿湋、司空曙、錢起、郎士元、皇甫冉五人入選最多，各八首。其次爲劉長卿、戴叔倫各七首。祖詠五首。李端、盧綸、韓翃、嚴維、靈一、皎然各四首。王維、暢當、皇甫曾各三首。朱放、法振、清江各二首。李嘉祐一首。

　　在體裁方面，《極玄集》所撰的詩以五律爲主。共八十五首。五絕次之，八首。五排、七絕又次之，各三首。

　　在題旨方面，以送別、尋訪最多，佔三十七首。著題詠物次之，佔二十首。再次爲寄贈酬唱類，佔十八首。羈旅途況又次之，佔七首。山川登覽四首。懷古感舊三首。悼亡傷逝二首。朝省、宴集、時序、兄弟、閒適類各有一首。

五、《極玄集》之詩觀

　　由上述資料顯示：《極玄集》所代表的時代以中唐大曆、貞元間爲主。詩家則以大曆十才子爲主，他們最擅長的是五律，對偶工巧，

音律精切。與姚合本人「刻意苦吟、冥搜物象」，重視藝術成就相符。
十才子都差不多生活在開天盛世，也都曾親歷安史之亂，骨肉離散，
避居異鄉之情，宦海浮沈，仕途起伏之況，都極少在作品中出現。社
會紊亂、民生疾苦也都極少關注。他們往往把詩當作宴會時點綴昇平
侑觴之作，或送別寄懷的應酬之物。自三百篇以來的美刺傳統，以至
陳子昂、李白、白居易所極力倡導的風雅比興，關心社會民生的主張，
竟皆湮沒淨盡。這種現象，在《極玄集》所選的詩最足代表，九十九
首詩中，送別尋訪、著題詠物、寄贈唱和共佔七十五篇，比重之大，
一目了然。

在創作風格上，《極玄集》所選錄的作品，有一個共同的現象，
即同具清奇雅正的一面。二十一位詩人中，大率都善於自然景物的
描寫，塑造恬淡清奇的風格。故爾不失為一時風氣下的好詩。嚴羽
說：

> 唐人好詩，多是征戍、遷謫、行旅、離別之作，往往能感
> 動激發人意。(《滄浪詩話》，詩評)

《極玄集》跨越盛中唐時期，此時期的好詩當然不僅止「百首」，那
是因為姚合嚴守自己的標準，加以精審的抉擇使然。胡震亨說：

> 詳大曆諸家風尚，大抵厭薄開天舊藻，矯入省淨一途。自
> 劉、郎、皇甫以及司空、崔、耿，一時數賢，竅籟即殊，
> 于喁非遠，命旨貴沈宛有含，寫致取淡冷自送，玄水一歠，
> 群醲覆杯，是其調之目。而工於浣濯，自艱於振舉，風幹
> 衰，邊幅狹，崇詣五言，擅場餞送，此外無他大篇偉什歸
> 望集中，則其所短爾。(《唐音癸籤》，卷七)

最足以說明這一時期的詩壇狀況。高仲武在《中興間氣集》中也曾指
出他們的傾向接近齊、梁，他說李嘉祐「與錢郎別為一體，往往涉於
齊、梁，綺靡婉麗。」嚴羽則較公平地說明：「大曆之詩，高者尚未
失盛唐，下者漸入晚唐矣。」《四庫全書總目提要》概括這一時期的
詩壇傾向：「大曆以還，詩格初變，開寶渾厚之氣，漸遠漸漓。風調
相高，稍趨浮響，升降之關，十才實為職志。」姚合的選詩標準，都

能掌握這些現象而不少畔。另一方面自己的創作風格也能相輔相成，故當世譽為「精審」，其後韋莊繼起，選篇《又玄集》，其流裔遠被南宋四靈、江湖詩派，影響不可謂不深。

六、姚合對其他唐詩之評論

（一）評盧綸：

> 詩新得意恣狂疏，揮手終朝力有餘。今到詩家渾手戰，欲題名字倩人書。（〈寄酬盧侍御〉，《全唐詩》卷四百九十七）
>
> 新詩十九首，麗格出青冥。得處神應駭，成時力盡停。正愁聞更喜，沈醉見還醒。自是天才健，非關筆硯靈。（〈喜覽涇州盧侍御詩卷〉，《全唐詩》卷五百二）

（二）評張籍：

> 絕妙江南曲，淒涼怨女詩。古風無手敵，新語是人知。飛動應由格，功夫過卻奇。麟臺添集卷，樂府換歌詞。李白應先拜，劉禎必自疑。貧須君子救，病合國家醫。野客開山借，鄰僧與米炊。甘貧辭聘幣，依選受官資。多見愁連曉，稀聞債盡時。聖朝文物盛，太祝獨低眉。（〈贈張籍太祝〉，《全唐詩》卷四百九十七）

（三）評裴度：

> 新詩盈道路，清酌似敲金。調格江山峻，功夫日月深。蜀牋方入寫，越客始消吟。後輩難知處，朝朝枉用心。（〈喜覽裴中丞詩卷〉，《全唐詩》卷五百二）

姚合《極玄集》選盧綸詩四首，雖非最多，但比重已大。此處復以「新」「麗」論之，與《極玄集》的選詩標準一致。評裴度亦然。而張籍則深受杜甫影響，以創作樂府詩成名。高棅說：

> 大曆以還，樂府不作。獨張籍、王建二家，體製相近，稍復古意。或舊曲新聲，或新題古義，詞旨通暢，悲歡窮泰，慨然有占歌謠之遺，立唐世流風之變，而不失其正者。（《唐音癸籤》卷七）

白居易說他「尤工樂府詩，舉代少其倫。爲詩意如何？六義互舖陳。

風雅比興外，未嘗著空文」〈讀張籍古樂府〉，至其作品風格「思難辭易」，〔註97〕得到「詩洗濯既淨，挺拔欲高，得趣於浪仙之僻，而運以爽亮，取材於籍、建之淺，而媚以蒨芬，殆兼同時數子巧，撮其長者。但體似尖小，味亦微醨，故品局中駟爾。」〔註98〕的姚合之肯定。

第八節　韋莊與《又玄集》

一、韋莊生平與文學活動

　　《又玄集》編者韋莊。其生平事蹟，兩《唐書》、《五代史》俱未見載，正史無由稽考。最初記韋莊事蹟的是宋初孫光憲的《北夢瑣言》，其次是宋寧宗嘉定十年（1224）計有功所編的《唐詩紀事》，以及元人辛文房的《唐才子傳》。近人夏承燾曾據《浣花集》、《蜀檮杌》、《唐詩紀事》、《唐才子傳》、《十國春秋》等資料，撰成〈韋端己年譜〉〔註99〕一文，尚可參考。潘師石禪博稽群書撰定〈敦煌寫本秦婦吟新書〉，附韋莊傳略云：

> 韋莊字端己，長安郡東之杜陵縣人。其先韋見素爲玄宗時顯宦。曾祖少微，爲宣宗朝（847～860）中書舍人。莊少孤，家貧力學，以異才顯，然疏曠不拘小節。莊生年於載籍無徵；然吾人知其八八〇年（唐僖宗廣明元年庚子）舉秀才時尚爲一少年。試假定其時年二十當不大謬。爾後二三年間所爲之〈秦婦吟〉，其格調之參差，及中間鷹率未純之詞句，在在足徵其爲少年時代之作品。然以其詩筆之雄健及取材之新穎動人，遂風行一世。……八八三（僖宗中和三年癸卯）至八九三（昭宗景福二年）凡十年間，韋莊浪跡四方，惟其行動可考者極鮮。《唐才子傳》僅謂：「黃巢亂後，韋莊益窘，移家於越，周遊南方，其弟妹於南方

〔註97〕見《唐音癸籤》卷七陳繹曾語，頁56（世界書局出版）。
〔註98〕見《唐音癸籤》卷七，頁60（世界書局出版）。
〔註99〕見《詞學季刊》，一卷，四期。

各縣散居焉。」吾人從韋莊詩中尚可考知數事。據〈秦婦吟〉之末句，知本詩乃以獻江西某帥者。依王國維氏所考，此即其時鎮海軍節度使同平章事鎮潤州之周寶也。又〈洛陽吟〉自序謂「昔大駕在蜀，巢寇未平，洛中寓居，作七言。」而〈江上逢史館李學士誗〉有「關河自此為征壘，城闕如今陷鼓鼙」之句，自注謂「時巢寇未平」，使此指長安之再陷（其事在八八一年五月），則韋莊之去洛陽，不能後於是年四月。又據他詩，知韋莊曾過南京，又曾館浙西府相所，此浙西府相或即周寶也。吾人更可追循韋莊之遊踪至於江西湖南。莊流寓江南之久，觀其投寄舊知詩〈浣花集八〉中「萬里有家留百越，十年無路到三秦」之句而可見矣。方其浪遊也，體會自然之偉象，備歷人世之艱苦，以是其詩淒怨情深。《唐才子傳》（卷十）所謂「於流離漂泊，寓目緣情，……或離群軫慮，或反袂興悲，四愁九怨之文，一詠一觴之作，俱能感動人也」，昭宗景福二年（893 癸丑），韋莊還京師，應試下第。次年，始舉進士為校書郎。李珣拜兩川宣諭和協使，辟莊為判官。然其時中部各州道擾攘不寧，韋莊私納交於西川節度使王建，建使掌記室。《唐詩記事》所載如此，依王國維所考，韋莊入蜀凡二次。第一次在八八六年（昭宗乾寧三年）秋至八九八年（昭宗光化元年）之間（《浣花集》十〈過樊川舊居〉詩自注有「時在華州駕前，奉使入蜀作」之語。而昭宗之幸華州在乾寧三年七月，至光化元年八月始還京師。）此次使蜀，旋即還朝；故《唐書·隱逸傳·陸龜蒙傳》載「光化中（《北夢瑣言》記此事在光化元年，八九八），韋莊表龜蒙及孟郊等十人皆贈石補」之事。其第二次入蜀在九〇〇年（光化三年）。次年春，遂掌王建記室。自是終身居蜀。朝廷曾徵為起居郎，王建奏留之而止。未幾，建割據自主，以其義子王宗佶及莊為相。九〇七年（哀帝四年丁卯），唐亡，建稱尊建國。韋莊參預密笏，朝廷措施多採其策，開國制度多出其手。積功陞吏部尚書同平

章事。莊雖在官曹，不廢吟詠。九○三年（昭宗天復三年癸亥）其弟藹刊行其詩集六卷，名《浣花集》（規案：韋藹《浣花集序》云：「余家兄莊，自庚子亂離前，凡著歌詩文章數十通，屬兵火迭興，簡編俱墜，唯餘口誦者所存無幾。……爾後迄癸亥歲，又綴僅千餘首。……便因閒日，錄兄之薰草中，或默記於吟詠者，次爲□□□，目之曰《浣花集》。」缺文當爲「若干卷」三字，《崇文總目》載《浣花集》二十卷，《郡齋讀書志》著錄《浣花集》五卷，《直齋書錄解題》僅一卷。今傳本《浣花集》十卷，通計存詩二百五十二首，知缺佚甚多。此云詩集六卷，疑未諦。）莊又選杜甫、王維等一百五十家之詩凡三百首，名《又玄集》，以續姚合之《極玄集》。其弟藹亦爲校刊行世。莊生平最景仰杜甫。方其至成都也，訪得老杜浣花溪邊故居，時已頹圮，鞠爲茂草，惟棟柱猶存。則刈除榛蔓，完葺而自居焉。但復舊觀，不加廣築，其弟藹所謂「欲思其人而成其處」者也。莊以大蜀建國之四年（910）七月卒於成都花林坊，葬於白沙，諡文靖。〔註100〕

據此，韋莊的生平與仕宦情形，已大致了然。而作品據《宋史・藝文志》（卷二○八及卷二○九）的記載，尚有《諫草》一卷、《諫疏賤表》四卷，及編選《采玄集》一卷，惟皆亡佚，惟存《浣花集》、《又玄集》。今本《御製全唐詩》卷六九五～卷七○○，共編詩五卷，補遺一卷。存詩凡三百一十八首，但他曾自云：「我有歌詩一千首」〈乞彩牋歌〉，可見他的詩作已十亡六七了。最重要的作品，當然是那篇二百三十八句，一千六百六十六字的長篇敘事詩：〈秦婦吟〉。潘師石禪〈敦煌寫本秦婦吟新書序〉云：

〈秦婦吟〉者，唐韋莊以詩紀黃巢寇亂之實錄也。黃巢犯闕，秦婦陷寇三年，目覩屠掠之慘，忍辱事賊，視息人間。及巢寇敗竄，秦婦得脫走洛陽，道遇韋莊，述其經歷。莊

〔註100〕見《敦煌學》第八輯。

發爲詠歌，萬口傳誦，時人號爲「秦婦吟秀才」。〔註101〕
〈秦婦吟〉一詩，出語沈痛，感人至深，韋莊因以名聞於世。

二、《又玄集》編選之由來

韋莊《又玄集》自序末署：

> 時光化三年七月日。

序作於光化三年（900）七月，則書當編成於此時。據書首題：「左補
闕韋莊述」，案韋莊於光化三年夏，自右補闕改任左補闕，是時韋莊
六十五歲。

韋莊因受姚合選《極玄集》的啓發，把詩選集命名爲「又玄」。
自序云：

> 昔姚合撰《極玄集》一卷，傳於當代，已盡精微，今更採
> 其玄者，勒成《又玄集》三卷。

雖是續成《極玄集》，但韋莊的選詩態度則又與姚合不同。自序云：

> 自國朝大手名人，以至今之作者，或百篇之内，時紀一章，
> 或全集之中，微徵數首。……總共記得者才子一百五十
> 人，誦得者名詩三百首，長樂暇日，陋巷窮時，聊撼膝以
> 書紳，匪攢心而就簡。此蓋詩中鼓吹，名下笙簧，擊鳧氏
> 之鐘，霜清日觀，淬雷公之劍，影動星津，雲間分合璧之
> 光，海上運摩天之翅，奪造化而雲雷噴湧，役鬼神而風雨
> 奔馳。

謂於眾多詩人繁夥的詩篇裡，精挑細選一些精粹的佳篇而成，以供
「長樂暇日」、「陋巷窮時」、應時「書紳」之需，並非抱持如何宏大
目標，或精湛獨詣的詩觀，去從事編選的工作。然其自序云：

> 謝玄暉文集盈編，止誦澄江之句，曹子建詩名冠古，惟吟
> 清夜之篇。是知美稼千箱，兩歧蓁少，繁絃九變，大濩殊
> 稀。入華林而珠樹非多，閱眾籟而紫簫惟一，所以擷芳林
> 下，拾翠岩邊，沙之汰之，始辨辟寒之寶，載彫載琢，方

〔註101〕同註100。

　　成瑚璉之珍。故知領下採珠，難求十斛，管中窺豹，但取
　　一斑。自國朝大手名人，以至今之作者，或百篇之內，時
　　紀一章，或全集之中，微徵數首，但掇其清詞麗句，錄在
　　西齋。

可見淘汰冗蕪，選錄菁英爲其編選目的，而其最重要的選詩標準，則
非常簡明，「掇其清詞麗句」而已。《全唐文》卷八八九韋莊〈乞追贈
李賀皇甫松等進士及第奏〉一文云：

　　詞人才子，時有遺賢，不霑一命於聖明，沒作千年之恨骨。
　　據臣所知，則有李賀、皇甫松、李群玉、陸龜蒙、趙光遠、
　　溫庭筠、劉德仁、陸逵、傅錫、平曾、賈島、劉稚珪、羅
　　鄴、方干，俱無顯遇，皆有奇才，麗句清詞，徧在詞人之
　　口，銜冤抱恨，竟爲冥路之塵，伏望追賜進士及第，各贈
　　補闕拾遺。見存惟羅隱一人，亦乞特賜科名，錄升三級。
　　便以特勅，顯示優恩，俾使已升寃人，皆霑聖澤，後來學
　　者，更勵文風。〔註102〕

另外《浣花集》卷三韋莊〈題許渾詩卷〉詩云：

　　江南才子許渾詩，字字清新句句奇。十斛明珠量不盡，惠
　　休虛作碧雲詞。〔註103〕

對於這些作家皆取其「清詞麗句」，偏重於形式上的藝術成就。以下
就其所選詩人的詩篇，加以分析，以見其「把得新詩喜又吟，……何
況別來詞轉麗，不愁明代少知音。」〔註104〕的詩論。

三、《又玄集》所選之詩人

　　韋莊〈又玄集自序〉云：「才子一百五十人」，其名如下：

　　（一）杜甫：天寶三載，玄宗朝獻賦。（《唐才子傳》）

　　　　　　渾涵汪茫，千彙萬狀，兼古今而有之。（《唐音癸籤》）

　　　　　　其作詩乃自文選中來，大抵宏麗語也。（張戒《歲寒堂詩

〔註102〕按韋莊此文又載洪邁《容齋三筆》卷九。
〔註103〕又見《全唐詩》卷六百九十六。
〔註104〕韋莊〈寄湖州舍弟〉詩，見《全唐詩》卷六百九十八。

話》)

（二）李白：天寶初，賀知章薦於玄宗。（《唐才子傳》）

率皆縱逸，至如蜀道難等篇，可謂奇之又奇。（《河嶽英靈集》）

（三）王維：開元十九年，狀元及第。（《唐才子傳》）

詞秀調雅，意新理愜。在泉為珠，著壁成繪，一句一字，皆出常境。（《河嶽英靈集》）

（四）常建：開元十五年與王昌齡同榜登科。（《唐才子傳》）

詩似初發通莊，卻尋野徑百里之外，方歸大道。所以其旨遠，其興僻，佳句輒來，唯論意表。（《河嶽英靈集》）

（五）王昌齡：開元十五年進士。（《唐才子傳》）

與儲光羲氣同體別，而王稍聲俊，多驚耳駭目之句。（《唐音癸籤》引《河嶽英靈集》語）

（六）韓琮：長慶四年進士及第。

多清新之製。（《唐才子傳》）

（七）司空曙：貞元中為水部郎中。（《唐詩紀事》）

婉雅閒淡。（《唐音癸籤》）

（八）李賀：賀以詩謁退之，貞元間進士，時為國子博士。（《唐詩紀事》）

賀詩稍尚奇詭，組織花草，片片成文，所得皆驚邁，絕去翰墨畦逕，時無能効者。（《唐才子傳》）

（九）張九齡：輔明皇為賢宰相。（《唐詩紀事》）

五言以興寄為主，而結體簡貴，選言清冷，如玉磬含風，晶盤盛露，故當於塵外置賞。（《唐音癸籤》）

（十）高適：開元廿六年作燕歌行。（《又玄集》序）

燕歌行等篇，甚有奇句。（《河嶽英靈集》）

（十一）盧綸：大曆初人《唐才子傳》大曆進士。（《唐詩紀事》）

詞情健麗。《唐詩紀事》辭情捷麗。（《唐音癸籤》）

（十二）錢起：天寶十年及第。（《唐才子傳》）

　　　　體格新奇，理致清贍。（《中興間氣集》）

（十三）李華：舉開元二十三年進士。（《唐詩紀事》）

（十四）岑參：天寶三年及第。（《唐才子傳》）

　　　　語奇體峻，意亦造奇。（《河嶽英靈集》）以風骨爲主，故
　　　　體裁峻整，語多造奇，尚巧主景，句格壯麗。（《唐音癸籤》）

（十五）李嘉祐：天寶七年進士。（《唐才子傳》）

　　　　綺靡婉麗。（《中興間氣集》）

（十六）崔顥：開元十一年進士及第。（《唐才子傳》）

　　　　屬意浮豔。（《河嶽英靈集》）

（十七）李益：大曆四年進士。（《唐才子傳》）大曆四年登第。（《唐
　　　　詩紀事》）

　　　　張爲主客圖，以益爲清奇雅正主。（《唐詩紀事》）

（十八）任華：李杜同時人。（《全唐詩》小傳）

（十九）宋之問：上元二年進士。（《唐才子傳》）

　　　　魏建安後訖江左，詩律屢變。至沈約、庾信，以音韻相婉
　　　　附，屬對精密。及之問、沈佺期，又加靡麗，回忌聲病，
　　　　約句準篇，如錦繡成文，學者宗之。（《新唐書》卷二百二）

（二十）戴叔倫：貞元十六年進士。（《唐才子傳》）

　　　　指事造形之工者。（《中興間氣集》）

　　　　詩興悠遠，每作驚人。（《唐才子傳》）

（二一）皇甫冉：天寶十五年進士。（《唐才子傳》）

　　　　巧於文字，發調新奇。（《中興間氣集》）

（二二）崔峒：大曆十才子之一。（《全唐詩》小傳）

　　　　文彩炳然，意思方雅。（《中興間氣集》）

（二三）劉長卿：開元二十一年及第。（《唐才子傳》）

　　　　詩調雅暢，甚能煉飾。（《唐才子傳》）

　　　　甚能煉飾。（《中興間氣集》）

（二四）郎士元：天寶十五載進士。（《唐才子傳》）

稍更閒雅，近於康樂。（《中興間氣集》）

珠聯玉映，不覺成編。（《唐才子傳》）

（二五）杜誦：大曆間詩人。（《唐詩紀事》）

詩調不失。（《中興間氣集》）（按：《唐詩紀事》引高仲武云：誦詩平調，不失文流。）

（二六）朱灣：大曆時隱君也。（《唐才子傳》）

詩體幽遠，興用洪深。因詞寫意，窮理盡性，於詠物尤工。（《中興間氣集》）

（二七）陳羽：貞元八年登科。（《唐才子傳》）

寫難狀之景，了了目前；含不盡之意，皎皎言外。警句甚多。（《唐才子傳》）

（二八）皇甫曾：天寶十七年進士。（《唐才子傳》）

體制清潔，華不勝文。（《中興間氣集》）

（二九）鄭常：肅代間人。（《全唐詩》小傳）

高仲武云：常詩省靜婉靡，雖未洪深，已入文流，翻翻然有士風。（《唐詩紀事》卷三十一引）

（三十）孟雲卿：天寶間不第，氣頗難平。（《唐才子傳》）

與杜子美、元次山最善。（《唐詩紀事》）

祖述沈千運，漁獵陳拾遺，詞氣傷苦，怨者之流。（《唐詩紀事》引高仲武語）

（三一）楊凌：大曆中與兄憑、凝踵進士第，時號三楊。（《唐詩紀事》）

最善文章（《唐詩紀事》）。少以篇什著聲。（《全唐詩》小傳）

（三二）李宣遠：貞元進士登第。（《唐詩紀事》）

（三三）劉皂：貞元間人。（《唐詩紀事》）

（三四）章孝標：元和十四年進士及第。（《唐才子傳》）

（三五）孟浩然：張九齡、王維極稱道之。開元時人。（《唐才子傳》）
　　　　文彩芊茸，經緯綿密，半遵雅調，全削凡體。（《河嶽英靈
　　　　集》）

（三六）楊虞卿：宗閔、僧孺相穆宗，引爲右司郎中。（《唐詩紀事》）
　　　　佞柔善諧麗。《唐詩紀事》元和五年擢進士第。（《全唐詩》
　　　　小傳）

（三七）祖詠：開元十二年進士。（《唐才子傳》）
　　　　剪刻省靜（《唐詩紀事》引作淨）用心尤苦，氣雖不高，
　　　　調頗凌俗。（《河嶽英靈集》）

（三八）李端：大曆五年進士及第。（《唐才子傳》）
　　　　詩高雅，於才子中名響錚錚。（《唐才子傳》）

（三九）韓翃：登天寶十三載進士第。（《全唐詩》小傳）
　　　　興致繁富，一篇一詠，朝士珍之。（《中興間氣集》）

（四十）陶翰：開元十八年進士及第。（《唐才子傳》）
　　　　詩筆雙美，既多興象，復備風骨。（《河嶽英靈集》）

（四一）章八元：大曆六年進士。（《唐才子傳》）
　　　　嘗於郵亭偶題數句，蓋激楚之音也。（《唐詩紀事》引高仲
　　　　武語）

（四二）姚倫：貞元間人。（《唐才子傳》）
　　　　姚子詩雖未弘深，去凡已遠。屬辭比事，不失文流。如「亂
　　　　聲千葉下，寒影一巢孤。篇什之秀也。」（《中興間氣集》）

（四三）李頎：開元二十三年進士及第。
　　　　發調既清，修辭亦繡，雜歌咸善，玄理最長。（《河嶽英靈
　　　　集》）

（四四）張眾甫：建中三年卒。（《唐詩紀事》）
　　　　婉媚綺錯，巧用文字，工於興喻。（《唐詩紀事》引高仲武
　　　　語）

（四五）崔國輔：開元十四年進士。（《唐才子傳》）

婉孿清楚，深宜諷味。(《河嶽英靈集》)

（四六）綦毋潛：開元十四年進士及第。(《唐才子傳》)

善寫方外之情。荊南分野，數百年來，獨秀斯人。(《河嶽英靈集》)

（四七）孟郊：貞元十二年進士，時年五十。(《唐才子傳》)

張爲以爲清僻苦主。(《唐詩紀事》)

（四八）崔曙：開元二十六年登進士第。(《唐詩紀事》)

署詩多歎詞要妙，清意悲涼。〈送別〉、〈登樓〉俱堪淚下。(《河嶽英靈集》)

（四九）冷朝陽：大曆四年進士及第。(《唐才子傳》)

在大曆諸才子，法度稍弱，字韻清越不減。(《唐才子傳》)

（五十）于良史：至德中仕爲侍御史。(《唐才子傳》)

清雅，工於形似。(《中興間氣集》)

（五一）丘爲：天寶初進士。(《唐才子傳》)

（五二）蘇廣文：闕

（五三）杜牧：太和二年進士。(《唐才子傳》)

氣俊思活。(《唐音癸籤》)

（五四）溫庭筠：宣宗時人。(《唐詩紀事》)

與義山齊名，詩體麗密概同，筆徑較獨酣捷。(《唐音癸籤》)

（五五）武元衡：建中四年進士。(《唐才子傳》)

宦達後工詩，雖理致未縣，時復露鮮華之度。(《唐音癸籤》)

（五六）賈島：大中末，授遂州長江簿。(《唐詩紀事》)

浪仙誠有警句，觀其全篇，意思殊餒，大抵附於寒澀，方可致才，亦爲體之不備也。(《唐音癸籤》引司空圖語)

（五七）張籍：貞元十五年及第。(《唐才子傳》)

祖國風，宗漢樂府，思難辭易。(《唐音癸籤》)

凡俗言俗事入詩，較用古更難，知兩家（籍、建）詩體，大費鑄合在。(《唐音癸籤》)

（五八）姚合：元和十一年及第。（《唐才子傳》）

洗濯既淨，挺拔欲高，得趣於浪仙之僻，而運以爽亮，取材於籍、建之淺，而媚以蒨芬，殆兼同時數子巧，擾其長者。（《唐音癸籤》）

（五九）張祐：元和、長慶間，深爲令狐文公器許。（《唐才子傳》）

五言律詩，善題目佳境，不可刊置他處。（《唐音癸籤》）

（六十）元稹：元和初，拜左拾遺。（《唐才子傳》）

善狀詠風態物色。（《唐音癸籤》）

（六一）王縉：相肅宗。（《唐詩紀事》）

大曆中拜門下侍郎。（《全唐詩》小傳）

（六二）韓愈：貞元八年擢第。

茹古涵今，無有端涯。及其酣放，豪曲快字。凌紙怪發，鯨鏗春麗，驚耀天下。（《唐音癸籤》引皇甫湜語）

（六三）劉禹錫：貞元九年進士。（《唐才子傳》）

以意爲主，有氣骨。雄渾老蒼，尤多感慨之句。（《唐音癸籤》）

氣該今古，詞總華實，運用似無過人，卻都愜人意，語語可歌，眞才情之最豪者。（《唐音癸籤》）

（六四）白居易：貞元十六年進士。（《唐才子傳》）

用語流便，使事半妥。（《唐音癸籤》）

（六五）李遠：太和五年及第。（《唐才子傳》）

（六六）韋應物：天寶時扈從遊幸。大曆十四年除櫟陽令。貞元初又出爲蘇州刺史。太和中，以太僕少卿兼御史中丞。（《唐才子傳》）

五言詩高雅閑淡，自成一家。（白居易〈與元九書〉）

無一字造作，直是自在氣象。（《唐音癸籤》）

詩如深山採藥，飲泉坐石，日晏忘歸。（《唐音癸籤》）

（六七）李廓：元和十三年進士。（《唐才子傳》）

才藻翩翩。(《唐音癸籤》)

工詩,極綺緻。(《唐才子傳》)

(六八) 盧中丞:闕

(六九) 趙嘏:會昌二年進士。(《唐才子傳》)

詩贍美,多興味。(《全唐詩》小傳)

(七十) 李郢:大中十年進士及第(《唐才子傳》)

理密辭閑,箇箇珠玉。(《唐才子傳》)

(七一) 韋瞻:大中七年進士登第。(《唐詩紀事》)

(七二) 李商隱:開成二年擢進士第。(《唐才子傳》)

儷偶繁縟,長於律詩。(《唐音癸籤》引本傳語)

精索群材,包蘊密緻,味酌之而愈出。(《唐音癸籤》)

(七三) 姚鵠:會昌三年進士。(《唐才子傳》)

清拔不可多得。(《唐音癸籤》)

(七四) 李群玉:大中八年,授弘文館校書郎。(《唐才子傳》)

詩筆遒麗,文體豐妍。(《唐才子傳》)

(七五) 薛能:會昌六年登第。(《唐才子傳》)

借異色為景,寄別興寫情,盡廢前觀,另闢我境,而排奡
之筆,浩蕩之襟,復足沛赴之,不病彫弱。(《唐音癸籤》)

(七六) 曹鄴:大中四年中第。(《唐才子傳》)

佳句甚多。(《唐才子傳》)

(七七) 李德裕:穆宗即位,握翰林學士。武宗,立召為門下侍郎。
(《全唐詩》小傳)

(七八) 裴度:貞元中擢第。(《全唐詩》小傳)

(七九) 李紳:元和元年進士。(《唐才子傳》)

與李德裕、元稹同時,稱三俊。(《唐才子傳》)

(八十) 王鐸:會昌初,握進士第。(《全唐詩》小傳)

(八一) 李頻:大中八年進士。(《唐才子傳》)

鬆浩似姚監,其不全似者,意思少,更率於選琢也。然立

可謂才倩矣。(《唐音癸籤》)

（八二）曹唐：大中間舉進士。(《唐才子傳》)

能用多句，調頗充倖，爲復類其儀質邪。(《唐音癸籤》)

（八三）薛逢：會昌進士。(《唐詩紀事》)

殊有寫才，不虛俊拔之目，長歌似學白氏，雖以此得名，未如七律多警。(《唐音癸籤》)

（八四）劉德仁：長慶間以詩名。(《唐才子傳》)

五言清瑩，獨步文場。(《唐才子傳》)

（八五）于武陵：大中時嘗舉進士。(《唐才子傳》) 會昌時詩人。(《唐詩紀事》)

詩多五言，興趣飄逸多感，每終篇一意，策名當時。(《唐才子傳》)

小小有致，擬項斯、馬戴未足，方儲嗣宗、司馬札有餘。(《唐音癸籤》)

（八六）武瓘：登咸通進士及第。(《唐詩紀事》)

（八七）施肩吾：元和十五年及進士第。(《唐才子傳》)

章句尚豔碩。(《唐音癸籤》)

（八八）于鵠：大曆中嘗應薦歷諸府從事。(《唐才子傳》)

習隱，多高人之意，故其詩能有景象。(《唐音癸籤》)

（八九）顧況：至德二年進士。(《唐才子傳》)

逸歌長句，往往駿發踔厲，出意外驚人語爲快。(《唐音癸籤》引皇甫湜語)

（九十）馬戴：會昌四年進士。(《唐才子傳》)

詩壯麗，居晚唐諸公之上，優遊不迫，沉著痛快，兩不相傷，佳作也。(《唐才子傳》)

（九一）雍陶：太和八年進士及第。(《唐才子傳》)

工於造聯。(《唐音癸籤》)

（九二）崔玨：登大中進士第。(《唐詩紀事》)

岳麓長歌、鴛鴦近體，分有義山餘豔。（《唐音癸籤》）

（九三）李涉：太和中爲太學博士。（《唐詩紀事》）

詞意卓牢，不群世俗。（《唐才子傳》）

大曆以後，我所深取者。（《滄滄詩話》）

（九四）許渾：太和六年進士。（《唐才子傳》）

圓穩律切，麗密或過杜牧。（《唐音癸籤》）

（九五）方干：大中中舉進士不第，隱居鏡中。（《唐才子傳》）

鍊句，字字無失。（《唐音癸籤》）

（九六）李昌符：咸通四年進士。（《唐才子傳》）

善寫賞席樂興，語不在飾。（《唐音癸籤》）

（九七）戎昱：至德中，以罪謫爲辰州刺史。（《唐才子傳》）

風流綺麗。（《唐才子傳》）

（九八）劉方平：李頎、皇甫冉等相與贈答。（《唐才子傳》）

（按皇甫冉：天寶十五載進士。李頎：開元二十二年進士
及第一俱見《唐才子傳》）

多悠遠之思，陶寫性靈，默會風雅，故能脫略世故，超然
物外。（《唐才子傳》）

（九九）鄭錫：登寶應進士第，寶、曆間爲禮部員外郎。（《唐詩紀
事》）

（一○○）于濆：咸通二年進士。（《唐才子傳》）

（一○一）羅隱：乾符初舉進士，累不第。（《唐才子傳》）

酣情，飽墨出之，幾不可了，未少佳篇。（《唐音癸籤》）

（一○二）鄭谷：光啓三年進士。（《唐才子傳》）

尖鮮，骨體太孱。（《唐音癸籤》）

（一○三）李洞：昭宗時不第。（《全唐詩》小傳）

時人多誚僻澀，不貴其卓峭。（《唐才子傳》）

（一○四）高蟾：乾符三年及第。（《唐才子傳》）

氣勢雄偉，態度諧遠，如狂風猛雨之來，物物竦動，深進

理窟，亦一奇逢掖也。(《唐才子傳》)

（一○五）杜荀鶴：大順二年登科。(《唐才子傳》)

事情眞切。(《唐音癸籤》)

（一○六）崔塗：光啓四年進士及第。(《唐才子傳》)

深造理窟，能竦動人意，寫景狀懷，往往宣陶肺腑。(《唐才子傳》)

（一○七）唐彥謙：咸通末舉進士及第。(《唐才子傳》)

詩律學溫、李，詠物之俊者。(《唐音癸籤》)

（一○八）羅鄴：咸通中，數下第。(《唐才子傳》)

清致而聯綿。(《唐才子傳》)

（一○九）紀唐夫：開成中人。(《唐詩紀事》)

開成中中書舍人。(《全唐詩》小傳)

（一一○）張喬：咸通中人。(《唐詩紀事》)

咸通騎驢之客，吟價頗高。(《唐音癸籤》)

（一一一）陳上美：開成元年登科。(《唐才子傳》)

（一一二）僧無可：賈島從弟。(《全唐詩》小傳)

與兄島同調，小時出雄句，咄咄火攻。(《唐音癸籤》)

（一一三）僧清江：大曆、貞元間人。(《全唐詩》小傳)

釋子以詩於世者，多出江南，清江揚其波。(《唐音癸籤》)

（一一四）僧棲白：與姚合、李洞、曹松相贈答，宣宗朝嘗居薦福寺。(《全唐詩》小傳)

（一一五）僧法振：大曆、貞元間以詩名。(《全唐詩》小傳)

江南詩僧。(《唐才子傳》)

（一一六）僧法照：大曆、貞元間僧。(《全唐詩》小傳)

（一一七）僧太易：公安沙門。(《全唐詩》小傳)

（一一八）僧護國：工詞翰，有聲大曆間。(《全唐詩》小傳)

（一一九）僧惟審：名旣隱僻，事且微冥。(《唐才子傳・道人靈一條》)

（一二○）僧皎然：貞元中人。(《唐才子傳》)

清機逸響、閑澹自如。(《唐音癸籤》)

(一二一) 僧滄浩:仝 (一一九)。

(一二二) 李季蘭:天寶間,玄宗聞其詩才,詔赴闕。(《唐才子傳》)形氣既雌,詩意亦蕩,自鮑昭 (按疑作飽令暉為是) 以下,罕有其倫。(《中興間氣集》)

(一二三) 女道士元淳:洛中人。(《全唐詩》小傳)

(一二四) 張夫人:戶部侍郎吉中孚妻。(《全唐詩》小傳。《又玄集》自注) 能萃藻,才色雙美。(《唐才子傳》)

(一二五) 崔仲容:能華藻,才色雙美。(《唐才子傳·李季蘭條》)

(一二六) 鮑君徽:仝 (一二五)。

(一二七) 女郎張窈窕:寓居於蜀,當時詩人雅相推重,詩六首。(《全唐詩》卷八百二)

(一二八) 倡伎常浩:妓也,詩二首《全唐詩》。

(一二九) 女郎薛蘊:彥輔孫女。(《全唐詩》小傳,《又玄集》自注同)

(一三〇) 女郎劉媛:仝 (一二五)。

(一三一) 女郎廉氏:仝 (一二八)。

(一三二) 女郎張琰:《全唐詩》卷八百一,錄詩三首,生平不可考。

(一三三) 女郎崔公達:《全唐詩》卷八百一,錄詩一首,生平不可考。

(一三四) 女郎宋若昭:見州人,貞元中,德宗召入禁中,歷穆、敬、文三朝,皆呼先生。(《唐詩紀事》)

(一三五) 女郎宋若茵:宋若昭之妹,(《唐詩紀事》) 作若荀。

(一三六) 女郎田娥:《唐詩紀事》錄詩一首,生平不可考。

(一三七) 薛陶:《全唐詩》薛濤,字洪度,本長安良家女,隨父宦,流落蜀中,遂入樂籍。生於唐代宗五年 (770～832) 卒於文宗大和六年。(《唐詩的世界》,頁 489)

(一三八) 女郎劉雲:《全唐詩》卷八百一,錄詩三首,生平不可考。

（一三九）女郎葛鴉兒：《全唐詩》卷八百一，錄詩三首，生平不可
　　　　　考。

（一四○）女郎張文姬：鮑參軍妻。（《又玄集》自注，《全唐詩》小
　　　　　傳同）

（一四一）女郎程長文：鄱陽人，詩三首。（《全唐詩》卷七百九十九）

（一四二）女道士魚玄機：咸通中及笄，情致繁縟。（《唐才子傳》）

四、《又玄集》所選詩人之時代與風格

韋莊自序云：「自國朝大手名人，以至今之作者。」又〈乞贈李賀皇甫松等進士及第奏〉文云：「見存惟羅隱一人」，從前項資料歸納，可以證明，《又玄集》實在囊括唐初至當代之詩人。惟初唐詩家僅宋之問一人，中唐較多，晚唐尤然。

至各家之作品風格，由當代如殷璠《河嶽英靈集》，高仲武《中興間氣集》，後代如嚴羽《滄浪詩話》，計有功《唐詩記事》，辛文房《唐才子傳》，胡震亨《唐音癸籤》等評詩專著的紀錄看來，確實符合韋莊自序所云：「但掇其清詞麗句」的選詩標準。

五、《又玄集》所選之詩篇、體裁與題旨

就詩人入選之篇數而言，以杜甫入選最多，共七首。其次為杜牧、溫庭筠、武元衡、賈島、姚合、李遠等六位，各五首。其次為李白、王維、韓琮、李商隱等四位，各四首。其次為李賀、司空曙、盧綸、錢起、李嘉祐、李益、韓翃、孟浩然、蘇廣文、韋應物、劉禹錫、李廓、李郢、李頻、李群玉、曹鄴、劉得仁、于武陵、馬戴、崔珏、李涉、許渾、方干、于濆、羅隱、李洞、崔塗、羅鄴等二十八位，各三首。其餘或入選一首，或入選二首者，共有百餘位。（按《又玄集》目錄卷上所列，入選詩人五十二位。而李端名下所選〈秋日〉一首，係耿湋之作。孟郊名下所選〈歲暮歸南山〉一首，係孟浩然之作。卷中所列詩人有三十七位。卷下所列詩人有五十三位，

而張喬名下所選〈雷塘〉、〈古意〉二首係許振之作，陳上美名下所選〈咸陽懷古〉、〈過洞庭湖〉二首係許棠之作。又宋若昭、宋若茵、田娥三位漏列。如此詩人總數應於卷上增一位，卷下增四位，凡一百四十位。接近其自序所云：「才子一百五十人」之數。）

次就所選作品之體裁而言，自序云：「名詩三百首」（今存二九九首）中，五律最多，計一百一十八首，其次則為七律，計九十六首，其次為七絕，計三十四首，其次五古，計二十一首，其次雜言古詩、五絕，計各九首，七言古詩七首，五言排律五首。

再就所選詩篇之題旨而言，在二九九首詩中，以贈答之類為最多，計佔四十一首，其次為別離類，有三十九首，其次為遊覽類三十六首，其次婦女類有三十一首，其次客旅類有二十八首，其次為詠物類二十七首，其次為詠懷類二十二首，其次為懷古類十五首，其次為悼亡類十三首，其次為尋訪類十首，其次為豪俠類七首，其次節序、時事類各五首，其次為仙釋、征戍、歌舞類各四首，其次宮廷類三首，其次宴會、田家類各二首，圖書類則僅一首。

六、《又玄集》之評價

韋莊所編《又玄集》，中土久佚，今傳本係夏承燾氏自日本傳回，其間雖年湮代夐，訛誤難免，而其大貌不謬。斯書之傳，除與其他唐人選唐詩一樣，為後世保留唐人詩編，方便後人編輯唐詩總集（如御定《全唐詩》）外，就其選詩標準，編選情形看，尚有若干特色，為其他詩選集所無；即選詩以「清詞麗句」為準之時代背景，以杜甫為壓卷之意義，大量選入七言詩之原因等。

「清詞麗句」原是優秀文學作品之一項特色，但若偏重於斯，則似有以藝術形式概括整個作品之嫌。韋莊生於唐末，生逢亂世，欲奮志以救社會國家，又力不從心。遂與其他文人一樣，耽於藝術至上之宮，發為清麗文學。羅根澤嘗分析這一時代背景云：

唐代社會的逐漸崩潰，可分三個階段：

第一次的崩潰（中宗前後）使文章由繁縟緣情，轉於簡易載道。第二次的崩潰（安史之亂）使詩亦由藝術之宮，移植到人間世上。第三次的崩潰（黃巢之亂）則使詩及文章都放棄社會的使命，而轉於儷偶格律，綺縟淫靡。……第三期的總崩潰之後，文章家與詩人大半都放棄救世與刺世，而反回來救自己；由是自救世刺世的文學，變爲自娛娛人的文學。同時又以一方面社會喪亂，一部分的文人流落於江湖，或慷慨憤世，或優遊肥遯，一方面都市發達，一部分的文人苟安於都市，或獻詩宮廷，或聲藝自娛。前者反映爲變相的古文及其文論，後者反映爲豔麗文學的提倡與「詩格」的講明。〔註105〕

韋莊正處身在黃巢之亂的時代，自然就成爲提倡豔麗文學的文人。

韋莊《又玄集》共入選詩人一百五十人，獨杜甫詩入選七首最多。顯然以杜詩爲壓卷。原來韋莊生平最景仰杜甫，當他到成都「訪得老杜浣花溪邊故居，時已頹圮，鞠爲茂草，惟棟柱猶存。則刈除榛蔓，完葺而自居焉。但復舊觀，而不加廣築。」〔註106〕其對杜甫的崇敬若此之甚。另一方面也可以看出，杜詩到了晚唐，不但地位大大提高，而且也流行廣泛。

杜甫在生前，並未受到應有的重視。幾乎涵蓋整個開元、天寶詩壇的殷璠《河嶽英靈集》，以及選詩遠及天寶以後二十餘年的高仲武《中興間氣集》，都沒有選錄杜甫的詩作。《英靈集》選盛唐詩人二十四位，而不及杜甫。一定是杜甫在當時詩壇的名氣，尚不如同時儕輩，因此被摒於《英靈集》外。但就時間而言，高仲武所編《中興間氣集》，正好承接殷璠的《河嶽英靈集》，所選詩人多至二十五位，仍然不選杜甫。其原因恐亦與詩名不盛有關，再就是杜甫的風格與《間氣集》著重「清雅」詩風不符。此後大曆年間，唐詩仍被一片唱酬、登覽、贈別的詩風所籠罩，杜甫的特殊風格，仍然未顯突出。直到元稹那一

〔註105〕見羅根澤《中國文學批評史》第五篇（學海出版社印行）頁1。
〔註106〕同註100。

篇〈杜君墓係銘〉，大力推崇杜甫云：

> 至於子美，蓋所謂上薄風騷，下該沈宋，古傍蘇李，氣奪
> 曹劉，掩顏謝之孤高，雜徐庾之流麗，盡得古今之體勢，
> 而兼昔人之所獨專矣！〔註107〕

開始給予杜甫應得之評價，此後（約二年後）白居易於〈與元九書〉
中，才把杜甫的地位提昇到與李白齊轡，〔註108〕到了韓愈總算肯定
了李杜並舉的評價。在韓愈的詩裡，曾先後數次把李杜並舉：

> 昔年因讀李白杜甫詩，長恨二人不相從。（〈醉留東野〉）
>
> 近憐李杜無檢束，爛漫長醉多文辭。（〈感春〉）
>
> 國朝盛文章，子昂始高蹈。勃興得李杜、萬類困陵暴。（〈薦士〉）
>
> 張生手持石鼓文，勸我試作石鼓歌。少陵無人謫仙死，才
> 薄將奈石鼓何。（〈石鼓歌〉）
>
> 高揖群公謝名譽，遠追甫白感至誠。（〈酬司門盧四兄雲夫院長
> 望秋作〉）
>
> 李杜文章在，光輝萬丈長。（〈調張籍〉）

經過元、白、韓的眞知灼見與大力推崇，杜甫聲名逐漸鷹揚於元和時
代，且有愈演愈盛之勢。到了晚唐韋莊乃水到渠成，把杜甫當作唐人
詩選集的壓卷人物。

　　另外從《又玄集》所選「名詩三百首」看，七律九十六首，七絕
三十四首，七古七首；七言詩凡一百三十七首，幾佔半數。七言詩，
尤其是七律入選篇數，冠絕前此各唐詩選集。顯然與姚合《極玄集》
選詩以五律爲主不相一致，此一現象適可說明唐詩人於七律的創作，
已趨於成熟。律詩在中國詩學發展洪流中，原是齊梁聲律說興起後，
佐以唐人詩格所匯聚而成之新體。自從沈、宋研揣聲律，浮切不差，
號爲「律詩」之後，唐代詩人莫不投注心力，從事創作。而唐朝以律

〔註107〕見《元氏長慶集》卷五六。
〔註108〕白居易〈與元九書〉云：「詩之豪者，世稱李杜。」

詩取士，更促使詩人傾力追逐，以干青雲，功名的誘惑，也是促成律詩發展的動力。這一風尚溯自初唐，進至盛唐，演至中晚唐。先五律而後七律，於焉成熟。韋莊之大量選入七律，雖以廣姚合《極玄集》之所未備，然亦未嘗非此一客觀文學環境所致。

第九節　唐寫本《唐人選唐詩》

一、唐寫本《唐人選唐詩》考述

　　敦煌卷子伯二五六七及伯二五五二，同為不知編撰者之唐詩選集，其編號伯三五六七者羅振玉名之曰《唐人選唐詩》，並為敘錄云：

　　　　詩選殘卷，其存者凡六家。前三首撰人名在斷損處，不可見，今據《全唐詩》知為李昂。其名存者，曰王昌齡、曰邱為、曰陶翰、曰李白、曰高適。都計詩數，完者七十一篇，殘者二篇。今以諸家集本傳世者校之，李昂詩《全唐詩》載一篇而佚其二；王龍標詩卷中十七篇，見於集本者四篇，其八篇則今見《孟浩然集》；邱為詩六篇，陶翰詩三篇，載《全唐詩》者各一篇；太白詩三十四篇，又〈古意〉以下九篇誤屬入陶翰詩後，共得四十三篇，則悉載集中（原註：以繆刻本校）；高常侍詩二篇（原註：〈上陳左相詩〉僅存前數行），則今集本一存一佚，至卷中諸詩，雖今集本尚存，而異同至多，篇題亦有異同，每篇中必有數字，予既錄入群書點勘中，其尤甚者為二李與高常侍三家。《全唐詩》載李昂〈戚夫人楚舞歌〉（原註：即此卷之首缺上半者），以此卷校之，中間少四句。太白〈胡無人〉篇卷本無末三句，〈臨江王節士歌〉、〈陌上桑〉、〈魯中都有小吏逢七朗以斗酒雙魚贈余於逆旅因繪魚飲酒留詩而去〉三篇中，卷本亦較集本各少二句，〈古意〉篇（原註：今集題做〈效古〉）則卷末二句，〈瀑布水〉篇（原註：今集題作〈望廬山瀑布〉）則卷集全異者四句，〈贈趙〉四篇（原註：今本題作〈贈人〉），異者且過半，〈千里思〉篇集本八句，卷本則四句，而四句中之第三句亦全異，

第四句與校注中之一本合（原註：校注中所載一作某者，多
與卷本合，知校注已甚古矣），〈獨不見〉篇則除末二句但異
一字外，其餘均不同。高常侍〈信安王出塞〉篇（原註：集
本題作〈信安王幕府詩〉）以卷本校集本，則後半先後錯列
者四句。太白集在生前已家家有之（原註：見唐劉全白好君
碣記）或傳寫異同，或中間改訂，卷集互歧理所應有。若高
詩卷中但存一篇有半耳，而以校正集本，得益已如此之巨；
至諸家佚篇，可據以補今本之缺，則尤可喜也。唐人總集，
當代選本傳世者僅《篋中》、《國秀》諸集，此爲作者均開天
間人，更在元芮所集之前。以卷中避諱諸字考之，尚爲唐中
葉寫本，亟時影印。而書名不可知，姑署之曰《唐人選唐詩》，
並舉其可貴重者如此。〔註109〕

書名與編選人的姓名，都不得考知，羅振玉管它叫「唐人選唐詩」，
倒亦沒有人反對，而沿用下來。然而，羅氏所見的是原卷的上半部，
另有下半部爲編號伯二五五二者，經過趙萬里檢視的結果，證實與伯
二五六七號卷子爲一卷，他說：

詩選殘卷，存四十一首。末二首題李昂撰，並不見《全唐
詩》。前三十九首不著撰人姓氏，選錄如許之多，知必是大
家。然全素不誦詩，雖是大家，亦不能知爲誰氏。持示友
人林君藜光，閱至「邯鄲少年行」而知爲高適；閱至〈三
君詠〉，遂斷爲必高適矣。國家圖書館有《畿輔叢書》本《高
常侍集》，林君又爲假得《全唐詩》，余持與相校，不見刻
本者凡二首：曰〈自武威赴臨洮謁大夫不及因書即事寄河
西隴右幕下諸公〉，曰〈同李司倉早春宴睢陽東亭〉，其見
於刻本者之三十七首異同甚多，亦足資校證。
又二五六七號卷子亦爲詩選，與此卷書法相同，蓋是一書。
其存者李昂、王昌齡、邱爲、陶翰、李白、高適凡六家，
羅振玉已付影印。卷末高適詩存〈信安王出塞〉一首，〈上
陳左相〉半首，而此卷（原註：二五五二號）起自高適，

〔註109〕見王重民撰《敦煌古籍敘錄》，（中文出版社印行）。

第一首殘存五行，即〈上陳左相〉詩之後半，適可爲延津
之合，爲羅氏所未見，故亟付影攝，仍師羅氏之意，題爲
《唐人選唐詩》云。〔註110〕

趙氏沿用羅振玉的說法，也名曰「唐人選唐詩」，並以伯二五五二號
卷子，補全羅氏所發現的作二五六七號卷。趙萬里又說：

唐寫本高常侍（原註：適）詩四十九首，出敦煌石室，現
歸巴黎國家圖書館。上虞羅氏輯印《鳴沙石室古佚書》時，
以原卷首尾俱缺，未詳其主名，因以《唐人選唐詩》爲名
署之。自李昂詩迄高常侍〈上陳左相〉詩前二行止。今以
此本勘之，〈上陳左相〉詩後共脫四十七首。知羅氏所見者
實非全本。〔註111〕

編號伯二五六七殘卷，終於高適〈上陳左相〉的前半首，而伯二五五
二則始於〈上陳左相〉的後半首，此兩卷正可接續爲一卷，羅振玉只
看到前半截，並且對討論的計數也不詳實。楊承祖〈敦煌唐寫本《唐
人選唐詩》校記（伯二五六七）〉云：

按以唐集及《全唐詩》校之，王龍標詩今見傳本者實五篇，
不止四篇。孟浩然詩九篇，不止八篇；其下一首乃荆冬倩
詩。陶翰詩僅〈古意〉一篇，其下〈弔王將軍〉一篇，乃
常建詩。都計撰人之可考者已得九家，不止六家，而各家
篇數，又不得僅據撰人存名計之也。又李白……獨不見集
本題〈塞下曲〉，羅氏誤以集本同題者校之，而云幾於全篇
皆異，殊失檢。高適詩二篇，集本均收載，亦不當謂一存
一佚也。〔註112〕

羅氏因「僅據撰人存名計之」，所以計數有誤，應依楊氏校記爲是。
敦煌遺書經王重民多年整理，唐詩部分輯成《補全唐詩》，提供學界
較有系統的知識。然而這些卷子，大都是斷爛的寫本，又多訛誤的文

〔註110〕仝註109。
〔註111〕仝註109。
〔註112〕見楊承祖〈敦煌唐寫本《唐人選唐詩》校記〉刊《南洋大學學報》
　　　　　創刊號。

字，減低這些文學瑰寶的價值，潘師石禪頻年往來英法圖書館，潛心閱讀敦煌卷子，「籀繹敦煌寫本文字，成《敦煌俗字譜》及《龍龕手鑑新編》，頗能得其條理」，〔註113〕經把王重民《補全唐詩》與英法卷子逐一覆勘，校訂訛誤，成《補全唐詩新校》，使得這批詩篇更進一步以較完善的面目示人。編號伯二五六七及編號伯二五五二兩殘卷，共存詩一百二十二首，而李昂〈塞上聽彈胡笳作並序〉僅有六行殘序無詩，故實僅一百二十一首。其中李昂五首（實僅四首）、王昌齡七首、孟浩然九首、荆冬倩一首、丘爲六首、陶翰一首、常建一首、李白四十三首、高適四十九首。

二、唐寫本《唐人選唐詩》所選之詩人

綜計伯二五六七與伯二五五二兩殘卷，考知選錄詩人計有九位，茲將九人約略年代、詩作風格大體簡介於後，以利歸納分析，考其選詩標準，用窺其詩觀。

（一）李昂：開元二年及第。（《唐才子傳》）

工詩，有〈戚夫人楚舞歌〉一篇，播傳人口，眞佳作也。（《唐才子傳》）

（二）王昌齡：開元十五年進士。（《唐才子傳》）

詩饒有風骨，與儲光羲氣同體別，而王稍聲俊，多驚耳駭目之句。（《河嶽英靈集》）

（三）丘爲：天寶初進士。（《唐才子傳》）

（四）陶翰：開元十八年進士及第。（《唐才子傳》）

詩筆雙美，既多興象，復備風骨。（《河嶽英靈集》）

（五）李白：天寶初以所業投賀知章。薦於玄宗。（《唐才子傳》）

其爲文章，率皆縱逸。（《河嶽英靈集》）

（六）高適：天寶八載舉有道科。（徐松《登科記考》）

詩多胸臆語，兼有氣骨，甚有奇句。（《河嶽英靈集》）

〔註113〕見潘師石禪〈補《全唐詩》新校〉刊《華岡文科學報》第十三期。

（七）常建：開元十五年登科。（《唐才子傳》）

　　　　詩似初發通莊，卻尋野徑百里之外，方歸大道，所以其旨遠，其興僻，佳句輒來，唯論意表。（《河嶽英靈集》）

（八）孟浩然：張九齡、王維極稱道之。（《唐才子傳》）

　　　　卒於開元二十八年，年五十有二。（《唐詩紀事》）

　　　　文彩丰茸，經緯綿密，半遵雅調，全削凡體，無論興象，並復故實。（《河嶽英靈集》）

　　　　詩祖建安，宗淵明，沖澹中有壯逸之氣。（《唐音癸籤》）

（九）荊冬倩：《國秀集》稱校書郎，生平不可考。

　　從所選詩人的時代而言。荊冬倩現存資料太少，不可詳考外，其餘詩人皆是唐玄宗開天盛世時人。而其中李白、高適、王昌齡、孟浩然、常建、陶翰諸人也被選入《河嶽英靈集》，另外常建、丘為、王昌齡、孟浩然、荊冬倩諸人也出現在《國秀集》裏。

三、唐寫本《唐人選唐詩》之詩數、體裁與題旨

　　以入選詩篇而言。如就篇題而計，共有一百二十二首。九位詩人中，以高適的詩入選最多，達四十九首；其次為李白，有四十三首；其次為孟浩然，有九首；其次為王昌齡七首；其次為丘為六首；李昂五首；最少的是荊冬倩、常建、陶翰，各僅一首。

　　以所選詩之體裁而言。因李昂〈塞下聽胡笳作并序〉一首，僅存殘序，無由考知。其餘一百二十一首中，以五古最多，計三十一首；其次為雜言古詩有二十七首；其次為五律有二十三首；其次為七古有十四首；其次為七絕有十一首；其次為五言排律有九首；其次為七律四首；最少為五絕僅二首。是此集以古體佔多數，而五言又居其冠。

　　以所選詩篇之題旨而言。全部一百二十二首中，以別離類為最多，計二十七首，其次為贈答類，有二十二首，其次為征戍類有十五首，其次為遊覽類九首，其次為婦女類有八首，其次為歌舞類有六首，其次為懷古、詠物、宴會、豪俠類各有五首，其次為詠懷、客旅、宮

廷類各有三首，其次爲仙釋類有二首，而時事、田家、節序、尋訪類各僅一首。以別離、贈答、征戍類的詩佔多數，而此類作品一向是唐詩的主要材料，在唐人選唐詩中，皆佔大量的比重。

第十節　《搜玉小集》

一、《搜玉小集》略述

《搜玉小集》的編選者，今已不可稽考。此書最早見錄於宋人陳振孫《直齋書錄解題》，其卷十五云：

> 《搜玉小集》一卷，自崔湜至崔融三十七人，詩六十一首。

稽之《宋史·藝文志》（卷二〇九），著錄云：

> 《搜玉集》一卷（原註：唐崔湜至融，凡三十七人，集者不知名。）

到明人胡震亨《唐音癸籤》卷三十一，也有類似的著記，云：

> 《搜玉集》（原註：自四傑至沈、宋三十七人，詩六十三篇，不詳撰人名，一卷。）

就這些資料看，《宋史·藝文志》及《唐音癸籤》所著錄的《搜玉集》，與陳振孫所著錄的《搜玉小集》，疑是同一書。而《新唐書》卷六十〈藝文志·總集類〉，則著錄云：

> 《搜玉集》十卷。

宋朝鄭樵《通志》、明朝焦竑《國史經籍志》也都著錄此書，並且加註云：「唐人集當時詩」。余嘉錫《四庫提要辨證》，就認定《搜玉小集》出於《搜玉集》，他說：

> 觀《宋志》之注，與《書錄解題》略同，而其書祇名《搜玉集》，不名小集，與《唐志》及《崇文總目》所著錄者，實即一書，但詩只六十一首，何能分爲十卷，知其原書所錄之詩，必不只此數，南宋至今所存之一卷，蓋經後人之刪削，只存其精華，故名之曰小集也。〔註114〕

〔註114〕按《文獻通考》卷二四八，引陳直齋著錄云：「搜玉小集一卷。」《宋史·藝文志》、《唐音癸籤》卷三十一，俱作「搜玉集」，《新唐書·

余氏以爲十卷本的《搜玉集》，是一卷本的《搜玉小集》之祖本，一卷本的《搜玉小集》，特就其祖本加以刪削，只存其精華的刪選本。

　　《搜玉小集》的編撰體例，也頗特別。今存的唐人選唐詩，都是以人爲主，每人各選若干首，排列於各人之名下。而此集的編次方式，則是同一人的作品，並未排列在一起，先後雜處。在唐人選唐詩中，僅此集是按題旨門類編次的，余嘉錫《四庫提要辨證》云：

> 其編次雖不以人敍，亦不以體分，余嘗即其詩以考之，開卷〈奉和御製〉三首爲應制，其次自〈西征軍行遇風〉至〈燕歌行〉凡六首爲從軍，次〈塞外〉、〈紫騮〉、〈胡無人行〉凡三首爲出塞，次〈王昭君〉三首爲弔古，次〈晚度天山有懷京邑〉及〈送公主和戎〉二首爲遠別，其他皆以類相從，先後次序，莫不有意。

余氏看出《搜玉小集》的安排是匠心而然，並非漫無章法者。然則此集實具有重要之價值了。

二、《搜玉小集》所選之詩人

　　宋陳振孫《直齋書錄解題》卷十五云：「《搜玉小集》一卷，自崔湜至崔融三十七人。」茲就三十七位詩人之時代與風格，分析於下：

　　（一）崔湜：附韋后作相，又附太平公主。（《唐詩紀事》）

　　（二）裴漼：與張說善，說爲相，數薦之。（《唐詩紀事》）
　　　　　　開元中，拜吏部侍郎。（《全唐詩》小傳，載卷一○八）

　　（三）韓休：蕭嵩薦與同秉政，帝重之。（《唐詩紀事》）
　　　　　　開元二十一年，拜黃門侍郎，與蕭嵩同秉政。（《全唐詩》小傳，載卷一百十一）

　　（四）崔融：與李嶠、蘇味道，王紹宗附易之兄弟。譔武后哀冊

藝文志》卷六十亦然。其後宋《崇文總目》、鄭樵《通志》、明焦竑《國史經籍志》俱著錄「搜玉小集」。余嘉錫以爲二書實爲一書，說見余嘉錫《四庫提要辨證》卷二十四，「搜玉小集一卷」條（藝文印書館）。

最高麗，絕筆而死。(《唐詩紀事》)

（五）劉希夷：上元二年進士。(《唐才子傳》)

苦篇詠，特善閨帷之作，詞情哀怨，多依古調。(《唐才子傳》)

（六）賀朝：赴州人，官止山陰尉。(《全唐詩》小傳，載卷一百十七) 約唐睿宗景雲中前後在世（711）(《中國文學家大辭典》)

（七）屈同：千牛兵曹。(按《全唐詩》一作屈同仙，載卷二百三)

（八）鄭愔：神龍中爲中書舍人。(《唐事紀事》) 卒於睿宗景雲元年（710）(《中國文學家大辭典》)

（九）楊炯：顯慶六年舉神童，授校書郎。永隆二年，皇太子舍奠表豪俊充崇文館學士。(《唐才子傳》)

（十）徐彥伯：武后時預修三教珠英。(《全唐詩》小傳，載卷七十六)

彥伯爲文，多變易求新，號爲徐澀體。(《唐詩紀事》)

（十一）盧昭鄰：高宗、武后時人。(《唐詩紀事》)

鄧王府典籤。(《唐才子傳》)

（十二）東方虬：武后時爲左史。(《唐詩紀事》)

孤桐篇，骨氣端翔，音情頓挫，光英朗練，有金石聲。(陳子昂，《陳伯玉文集》卷一)

（十三）郭元振：闕

（十四）駱賓王：武后時，數上書言事，得罪貶臨海丞。(《唐才子傳》)

好以數對，人號爲算博士。(《唐詩紀事》)

（十五）崔顥：開元十一年進士及第。(《唐才子傳》)

晚節忽變常體，風骨凜然。可與鮑昭並驅。(《河嶽英靈集》)

（十六）劉允濟：少與王勃齊名，垂拱四年，除著作郎。（《唐詩紀事》）

（十七）沈佺期：上元二年進士。（《唐才子傳》）

工五言。（《唐才子傳》）

回忌聲病，約句準篇，如錦繡成文，學者宗之，號爲沈、宋。（《唐音癸籤》引《唐書》）

（十八）張泚：闕

（十九）喬知之：武后時爲補闕。（《唐詩紀事》）

（二十）王泠然：開元五年登第。（《全唐詩》小傳）

（二一）許景先：神龍初，拜左拾遺。（《全唐詩》小傳）

（二二）徐晶：與胡皓、蔡孚同時。（《全唐詩》小傳）

（二三）杜審言：武后時人。與李嶠、崔融、蘇味道爲文章四友。
（《唐詩紀事》）

（二四）宋之問：上元二年進士。（《唐才子傳》）

五言排律精碩過沈（佺期）。（《唐音癸籤》）

（二五）魏徵：相太宗，致太平。（《唐詩紀事》）

（二六）陳子昂：開耀二年進士。（《唐才子傳》）

初變齊梁之弊，一返雅正，其詩以理勝情，以氣勝辭。（《唐音癸籤》）

有才繼騷雅，名與日月懸。（杜甫）

國朝盛文章，子昂始高蹈。（韓愈）

子昂卓立千古，橫制頹波，天下翕然，質文一變。感遇之篇，感激頓挫，微顯闡幽，庶幾見變化之朕，以接乎天人之際。（盧藏用，《全唐文》卷二三八）

（二七）劉幽求：先天中爲相。開元中進左丞相。（《唐詩紀事》）

（二八）王勃：麟德初，對策高第。（《唐才子傳》）

四傑詞旨萃靡，沿陳、隋之遺，氣骨翩翩，意象老境，故超然勝之，五言遂爲律家正始。（《唐音癸籤》）

（二九）蘇味道：武后時爲相。（《唐詩紀事》）

聖曆初，遷鳳閣侍郎同鳳閣鸞臺三品，前後居相位數載。
（《全唐詩》小傳）

（三十）王諲：登開元進士第。（《唐詩紀事》）

（三一）徐璧：闕

（三二）余延壽：開元間隱士。（《全唐詩》小傳，載卷一百十四）

（三三）張諤：登景龍進士第。（《唐詩紀事》）

（三四）李嶠：武后時，同鳳閣鸞臺平章事。（《唐才子傳》）

五言，概多典麗。（《唐音癸籤》）

（三五）胡鵠（案：《全唐詩》作胡皓）開元中人。（《全唐詩》小
傳）

（三六）王翰：景雲元年進士及第。（《唐才子傳》）

（三七）李澄：（案：《全唐詩》作李憕）開元初爲咸陽尉。（《全
唐詩》小傳卷一百一十五）

就前項詩人資料歸納可知，詩人年代最早爲魏徵（580～643），
最晚者爲崔顥（704～754）。詩人中大都是初唐時人，小部分爲盛唐
詩人。因此，東瀛學者伊藤正文，曾大膽推定《搜玉集》成書於開元
十二年（724）左右。〔註115〕

就詩人入選篇數而言。以宋之問六首居冠，崔湜、徐彥伯、沈佺
期各四首居次，劉希夷、鄭愔、張諤、崔融各三首又次，喬知之、徐
晶、王泠然、魏徵、李嶠各二首又次之，餘人各一首。實已涵蓋初唐
詩壇各名家，如「文章四友」之李嶠、崔融、蘇味道、杜審言，「初
唐四傑」之王勃、楊炯、盧照鄰、駱賓王，以及以「研揣聲音，浮切
不差」，而號「律詩」馳名之沈佺期、宋之問。其餘詩家，雖存詩不
多，或事蹟欠詳，當必一時之選。

再就入選詩篇言，有許多詩篇都是當時馳名之作。如蘇味道〈觀

〔註115〕見伊藤正文〈關於搜玉小集〉，載京都大學文學部《中國文學報》
第十五冊，一九六一年十月。

燈〉（《全唐詩》作〈正月十五夜〉）詩云：

> 火樹銀花合，星橋鐵鎖開。暗塵隨馬去，明月逐人來。遊
> 伎皆穠李，行歌盡落梅。金吾不禁夜，玉漏莫相催。

關於這一首詩，《大唐新語》有一段記載云：

> 神龍之際，京城正月望日，盛飾燈影之會，金吾弛禁，特
> 許夜行，貴遊戚屬，及下隸工賈，無不夜遊。車馬駢闐，
> 人不得顧。王主之家，馬上作樂以相誇競。文士皆賦詩一
> 章，以紀其事。作者數百人，惟中書侍郎蘇味道、吏部員
> 外郭利貞、殿中侍御史崔液三人爲絕唱。〔註116〕

可見蘇味道〈觀燈〉詩，在當時是三絕唱之一。而這一首詩也確有過
人之處。方回評之云：

> 味道武后時人，詩律已如此健快，古今元宵詩少五言，好
> 者殆無出此篇矣！〔註117〕

又劉希夷〈代白頭吟〉詩云：

> 洛陽城東桃李花，飛來飛去落誰家。洛陽女兒好顏色，行逢
> 落花長歎息。今年花落顏色改，明年花開復誰在。已見松柏
> 摧爲薪，更聞桑田變成海。古人無復洛城東，今人還對落花
> 風。年年歲歲花相似，歲歲年年人不同。寄言全盛紅顏子，
> 應憐半死白頭翁。此翁白頭眞可憐，伊惜紅顏美少年。公子
> 王孫芳樹下，清歌妙舞落花前。光祿池臺開錦繡，將軍樓閣
> 畫神仙。一朝臥病無相識，三春行樂在誰邊。宛轉蛾眉能幾
> 時，須臾鶴髮亂如絲。但看古來歌舞地，唯有黃昏鳥雀悲。

據稱劉希夷因此詩而遭其舅宋之問殺害。《唐才子傳》云：

> 劉希夷……嘗作〈白頭吟〉一聯云：「今年花落顏色改，
> 明年花開復誰在？」既而嘆曰：「此語讖也。」石崇謂「白
> 首同所歸，復何以異？」乃除之，又吟曰：「年年歲歲花
> 相似，歲歲年年人不同。」復歎曰：「死生有命，豈由此
> 虛言乎？」遂併存之。舅宋之問苦愛後一聯，知其未傳於

〔註116〕見《大唐新語》卷八，文章第十八。
〔註117〕見《瀛奎律髓》卷十六。

人，懇求之，許而竟不與，之問怒其誑己，使奴以土囊壓
殺於別舍。〔註118〕

由此可見劉希夷〈白頭吟〉詩，在當時確頗負盛名。此外李嶠〈汾陰
行〉一篇，曾使唐玄宗悲不自勝，泫然淚下。〔註119〕宋之問〈明河
篇〉詩，亦頗得武后賞識。〔註120〕

三、《搜玉小集》所選詩之體裁與題旨

　　就所選詩之體裁而言。今存六十一首詩中，以五律最多，共二十
六首，五古居次，共十六首，七古又次，共六首，雜言古詩又次，計
五首。五絕、七絕又次各三首。七律二首最少。

　　這一現象足可說明，律詩在初唐已開始為詩人所注意，並普遍著
手創作。到了盛唐，就更為普遍了。而七律難作難工，必得經過長時
間的習作，再如天才詩家杜甫、李義山等的大力創作，始能大量出現。
因此，五律纔是初盛唐詩人努力創作，且作品最多之一體。

　　再就所選詩篇之題旨而言。以婦女類最多，共十六首；其次為征
戍類十首，其次為客旅類七首，其次為遊覽類、懷古類、詠物類各五
首，其次為贈答類，詠懷類各三首，其次為節序類二首，其次為仙釋
類、悼亡類、時事類、豪俠類、宴會類各一首最少。

　　從唐初開始，對外戰爭不斷。或為禦侮，或為擴邊，廣大的民眾
參與戰事，遠赴邊關。夫妻離散、父子乖隔的事實於焉發生。閨怨、
離情成為詩的重要材料。有些詩人，甚至親臨戰場，戍邊即戎，於是
塞外風光、戰況、邊境百姓的生活面貌、征人的鄉情，也都發之於詩
歌。故《搜玉小集》所選詩篇，乃以婦女，征戍二類為多。

四、《搜玉小集》之評價

　　《搜玉小集》所選錄之詩篇，有二大特色；其一為當代傳唱之作

〔註118〕《大唐新語》卷八，文章第十八亦有類似記載。
〔註119〕見孟棨《本事詩》，事感第二。
〔註120〕見孟棨《本事詩》，怨憤第四。

或有故實流傳之篇。其二為特重律詩。

本來文之精者為詩，詩之精者為律。律詩為唐人創製之新體，然卻淵源有自。詩自三百篇後，歷漢魏樂府，到六朝時期逐漸發生對偶現象，於是永明詩人進一步唱「四聲」、「八病」之說。對於詩文的聲律，較早提及的為陸厥：

> 自魏文屬論，深以清濁為言；劉楨奏書，大明體勢之致；岨峿妥帖之談，操末續顛之說，興玄黃於律呂，比五色之相宣。苟此秘未覩，茲論為何所指邪？（《南齊書》卷五十二〈文學傳〉）

更早，陸機也有相同的主張：

> 暨聲音之迭代，若五色之相宣，雖逝止之無常，固崎錡而難便。苟達變而識次，猶開流以納泉，如失機而後會，恒操末以續顛。謬玄黃之秩敘，故淟涊而不鮮。（《文賦》）

進一步闡揚這一理論的是沈約：

> 夫五色相宣，八音協暢，由乎玄黃律呂各適物宜，欲使宮羽相變，低昂舛節。若前有浮聲，則後須切響。一簡之內，音韻盡殊；兩句之中，輕重悉異，妙達此旨，始可言文。（《宋書‧謝靈運傳》）

又答陸厥云：

> 宮商之聲有五，文字之別累萬，以累萬之繁，配五聲之約，高下低昂，非思力所舉。又非止若斯而已也。十字之文，顛倒相配，字不過十，巧歷已不能盡，何況復過於此者乎？
> （《南齊書》卷五十二〈文學傳〉）

這種主張很快得到共鳴，李延壽《南史‧陸厥傳》云：

> 永明……時盛為文章。吳興沈約、陳郡謝朓、瑯琊王融，以氣類相推轂。汝南周顒，善識聲韻。約等為文，將平上去入四聲（按《南齊書》作：「以平上去入為四聲」，較妥），以此制韻，有平頭、上尾、蜂腰、鶴膝。五字之中，音韻悉異，兩句之內，角徵不同。不可增減，世呼為永明體。

沈約等人對聲調的安排，主張一句之中要有變化，兩句之間不可雷

同，在部位上是頭、尾、腰、膝處不得不順妥。這種主張主要的是對五言詩而發的。

永明體在沈約、王融等人的倡導下，一時作者大盛，得到一定的成績。到了唐代，由於文學環境適於詩的發展，唐初就有極好的成就。初唐四傑王、楊、盧、駱及沈、宋的努力，功不可沒。四傑的作品除音調婉媚、字句秀麗的特點外，最大的成就是五律的完成。如王勃的〈杜少府之任蜀州〉、楊炯的〈從軍行〉、盧照鄰的〈王昭君〉、駱賓王的〈在獄詠蟬〉。四傑作品中且都有大量的五律之作。

律詩的完全成熟，不得不歸功於沈、宋二人。《舊唐書·文苑傳》云：

> （沈佺期）與宋之問齊名，時人稱爲「沈宋」。

沈、宋之作以應制詩爲主，故律體謹嚴精密。一面溯自永明詩人的創製，一面得之「綺錯婉媚」的上官儀六對、八對說的倡導，又有四傑大量創作於前，律體逐漸接近成熟。至沈、宋刻意琢磨，自然水到渠成。《新唐書·文藝傳》云：

> 魏建安後迄江左，詩律屢變，至沈約、庾信以音韻相婉附，屬對精密。及之問、沈佺期又加靡麗，回忌聲病，約句準篇，如錦繡成文。學者宗之，號爲沈宋。（《宋之問傳》）

明王世貞說：「五言至沈、宋，始可稱律。」《藝苑巵言》又胡應麟稱：「五言律體，兆自梁、陳，唐初四子，麗縟相矜，時或拗澀，未堪正始。神龍以還，卓然成調。沈、宋、蘇、李合軌於先，王、孟、高、岑並馳於後。新製迭出，古體攸分。實詞章改變之大機，氣運推移之一會也。」（《詩藪》）而這種律體完成的時代與作家，《搜玉小集》的編者，顯然早在當代即已看出。

第十一節 小 結

選詩的目的不同，考其大略，約有二端：

其一：表達個人的詩觀，爲自己而選，如《河嶽英靈》、《中興間

氣集》。

　　其二：奉命編選，爲他人而選，如《御覽詩》。爲別人選詩，尤其是選給皇帝看的詩，就不能選皇帝所不愛的詩。不若純爲自己而選的詩篇，可以充分表達個人的詩學理論，價值當然不同。

　　就現存十種唐人選唐詩而言，當以殷璠編選的《河嶽英靈集》和高仲武所編選的《中興間氣集》的價值最高。那是因爲此兩集除了選詩之外，又對詩家作評論，可以充分表現編選的標準和詩觀。唐詩人鄭谷曾云：「殷璠裁鑒英靈集，頗覺同才得契深。何事後來高仲武，品題間氣未公心。」雖然未必是公允之論，正可見唐人對此兩編的重視。而其他各選集，則未嘗有人加以評論。

第五章　結論：唐人論唐詩之價值

　　清人蘅塘退士孫洙，於其編選的《唐詩三百首》序裡，引諺云：「熟讀唐詩三百首，不會吟詩也會吟。」唐詩之好之美，似乎早成定論。胡雲翼《唐詩研究》一書，曾專闢一節討論「古今對於唐詩的誤解」〔註1〕，特就「最好」和「最盛」二端加以研究。關於「唐詩是最好的嗎？」一端，曾云：

> 如說凡唐詩都是最好的，這句話便犯籠統武斷的毛病，自然說不通。古詩如〈古詩十九首〉、〈孔雀東南飛〉，無論怎樣喪心病狂的人，也不能不說是好詩，不能說其價值在唐詩之下。即就唐詩內容論，若是僅僅讀過《唐詩三百首》或《唐人萬首絕句選》，自然覺得唐詩沒有一首不佳妙。要知道這是砂裡淘金了。我們讀過《全唐詩》，便深知在四萬多首唐詩裡面，實在有多少不是好詩，或竟不成詩。那些應制詩和樂章詩不用說了。在那些慎密精審的選本上面亦往往有不可讀的詩。

至如就時代作家而論，唐人亦非空前絕後，因此，說「『唐詩是最好底』的，是不能得到科學的證據的！」

　　其次，論及「唐詩是最盛的嗎？」一端時，曾云：

> 據《全唐詩》所錄，作者凡二千二百餘人，詩四萬八千九百餘首。據《四庫全書總目提要》著錄御定四朝詩三百一

〔註1〕　見胡雲翼《唐詩研究》，第一章第一節（華聯出版社印行）。

> 十二卷，內凡：宋詩七十八卷　作者八百八十二人；金詩
> 二十五卷　作者三百二十一人；元詩八十一卷　作者一千
> 一百九十七人；明詩百二十八卷　作者三千四百人……自
> 就各代統治版圖的大小，享祚的修短，加以比較，得到的
> 結論是：「唐詩是最盛的話，亦無法證明了。」

胡氏的看法，仍舊是後人對前人的觀察分析，其偏頗與前人同，皆不能真正了解唐人對同時代的詩篇的看法。本文在探討「唐人論唐詩」之餘，以為其價值有：

其一，藉「唐人論唐詩」，可以覘唐代同時人對當代作家的評價。而一時代有一時代的文學風氣，論詩者的主張不同，評價也自各異。如陳子昂的復古主張，對唐代初期的詩壇，的確起過很大的影響，盧藏用說他「道喪五百年而得陳君。……卓立千古，橫制頹波，天下翕然，質文一變。」可謂推崇備至。而數十年後皎然（約卒於公元 804年或 805 年間）的看法卻完全不同。他以為陳子昂和魏晉以來的眾多詩人，完全一樣，並無突出之處，反對盧藏用對陳子昂的評價。

再如李白的作品，當元白大倡社會諷諭詩的時代，遭到極低的評價，尤其元稹，更明顯地指陳李白不如杜甫的主張，等到韓愈出來，纔將李杜並列，不分軒輊。又到了唐末吳融（卒於公元 903 年）作〈禪月集序〉時，又再一次肯定他的「氣骨高舉，不失頌美諷刺之道焉」，同是唐人，對李白的評價，就有如許的差異。時代不同，好尚不一。而當時人論當時作品，正可以提供這一部分的認識。

其二，可以據以研究唐詩的流變。唐初的詩壇，出現「兩種顯著的現象。一種是宮廷詩人的作品，仍然蒙受齊梁舊風的影響，追求辭藻與格律。」〔註2〕其後陳子昂高倡復古，反對齊梁餘習，而唐詩為之一變。明高棅《唐詩品彙》云：

> 貞觀、永徽之時，虞魏諸公，稍離舊習，王楊盧駱因加美
> 麗，劉希夷有閨帷之作，上官儀有婉媚之體，此初唐之始

〔註 2〕見劉大杰《校訂本中國文學發展史》頁 418（華正書局印行）。

製也。神龍以還，洎開元初，陳子昂古風雅正，李巨山（嶠）文章老宿，沈宋之新聲，蘇張之大手筆，此初唐之漸盛也。開元天寶間，則有李翰林之飄逸，杜工部之沈鬱，孟襄陽之清雅，王右丞之精緻，儲光羲之直率，王昌齡之聳俊，高適、岑參之悲壯，李欣、常建之超凡，此盛唐之盛者也。大歷貞元中，則有韋蘇州之雅澹，劉隨州（長卿）之閒曠，錢起之清贍，皇甫冉之沖秀，秦公緒之山林，李從一（嘉祐）之臺閣，此中唐之再盛也。下暨元和之際，則有柳愚溪之超然復古，韓昌黎之博大其詞，張（籍）王（建）樂府，復其故實，元白敘事，務在分明，與夫李賀、盧仝之鬼怪，孟郊、賈島之飢寒，此中唐之變也。降而開成以後，則有杜牧之豪縱，溫飛卿之綺靡，李義山之隱僻，許用晦之偶對，他若劉滄、馬戴、李群玉、李頻輩，尚能黽勉氣格，垾邁時流，此晚唐變態之極，而遺風餘韻有存者焉。

對唐代前後四時期的詩風，做了概括的分析。又明人胡震亨《唐音癸籤》亦曾根據《河嶽英靈集》、《中興間氣集》、《極玄集》，綜述其間流變云：

> 唐人自選一代詩，其鑒裁亦往往不同，殷璠酷以聲病為拘，獨取風骨，高渤海歷詆《英華》、《玉臺》、《珠英》三選，並訾璠《丹陽》之狹於收，似又崇主韵調，姚監因之，頗與高合，大指並較殷為殊詳。諸家每出新撰，未有不矯前撰為之説者，然亦非其好為異若此。詩自蕭氏選後，艷藻日富，律體因開，非崇重風骨裁甄，將何淨滌餘疵，肇成一代雅體。逮乎肄習既壹，多迺徵賤，自復華碩謝旺，閒婉代興，不得不移風骨之賞于情致、衡韵調為去取，此《間氣》與《極玄》眠《英靈》所載，各一選法，雖體氣劢兩，大難相追，立時運為之，非高、姚兩氏過也。觀當日詭異寖盛，晚調將作，二集都未有收，于通變之中，先型仍復不失，則猶斤斤稟殷氏律令，其相矯實用相救爾。〔註3〕

〔註 3〕　見胡震亨《唐音癸籤》卷三十一，頁 267～268（世界書局出版）。

藉由「唐人論唐詩」的探討，對唐詩的流變，較能得到客觀而清晰的認識。

其三，有助於校勘考據或輯佚的工作。唐代詩家作品亡佚者極多，甚有名籍無考者焉！藉由唐人論唐詩的研究，可以使校勘考據的資料更爲豐富，而本集亡佚之詩人，也可提供若干篇章或散句，供後代研究之用。而這些功能尤以唐人選唐詩部分最爲明顯，就《全唐詩》與今存唐人選唐詩比較，有許多詩人的作品篇數，兩者完全相同，有些散句則據以集錄附於篇末。（已詳見本文第四章各節）。

重要參考書目

一、

1. 《詩經》，十三經注疏本，藝文印書館。
2. 《舊唐書》，劉昫撰，樂天書局。
3. 《新唐書》，歐陽修撰，樂天書局。
4. 《資治通鑑》，司馬光撰，樂天書局。
5. 《宋史》，元托托等撰，樂天書局。
6. 《崇文總目輯釋》，宋王堯臣等編次，清錢東垣輯釋，廣文書局。
7. 《通志》，鄭樵撰，世界書局。
8. 《郡齋讀書志》，晁公武撰，廣文書局。
9. 《直齋書錄解題》，陳振孫撰，廣文書局。
10. 《文獻通考》，馬端臨撰，新興書局。
11. 《四庫全書總目提要》，紀昀撰，漢京文化公司。
12. 《絳雲樓書目》，錢謙益撰，廣文書局。

二、

1. 《中國文學史》，劉大杰著，華正書局。
2. 《中國文學史》，錢基博著，西南書局。
3. 《中國文學史》，葉慶炳著，學生書局。
4. 《中國文學史論》，華仲麐著，開明書局。
5. 《中國文學流變史》，李曰剛著，白雲書屋。
6. 《新編中國文學史》，文復書局。

7. 《中國詩史》，陸侃如、馮沅君著。

8. 《中國文學史》，鄭振鐸著。

9. 《白話文學史》，胡適，文光書局。

三、

1. 《中國文學批評史》，郭紹虞著，明倫出版社。

2. 《中國文學批評新論》，郭紹虞著，元山書局。

3. 《中國文學批評史》，羅根澤著，學海書局。

4. 《中國文學批評史》，劉大杰著。

5. 《中國文學批評史大綱》，開明書局。

6. 《中國文學批評》，方孝岳著，廣城書局。

7. 《中國文學批評通論》，傅庚生著，華正書局。

8. 《中國文學理論批評史》，敏澤著。

9. 《中國文學的流派》，馮明之著，源流出版社。

四、

1. 《全唐詩》，清聖祖御製，明倫出版社。

2. 《全唐文》，大通書局。

3. 《唐詩品彙》，高棅著，學海書局。

4. 《唐音癸籤》，胡震亨著，世界書局。

5. 《唐詩紀事》，計有功著，木鐸出版社。

6. 《全唐詩外編》，王重民等編，木鐸出版社。

7. 《唐才子傳》，辛文房撰，世界書局。

8. 《唐宋詩醇》，清高宗御選，中華書局。

9. 《唐詩別裁》，沈德潛著，商務印書館。

10. 《唐宋詩舉要》，高步瀛著，學海書局。

11. 《唐詩集解》，許文雨集解，正中書局。

12. 《唐人選唐詩》，河洛圖書出版社。

13. 《詩人玉屑》，魏慶之撰，世界書局。

14. 《中國文學史論文選集（三）》，羅聯添編，學生書局。

15. 《隋唐五代文學批評資料彙編》，羅聯添編輯，成文書局。

16. 《雲溪友議》，范攄撰，世界書局。

17. 《唐摭言》，王定保撰，世界書局。

18. 《唐語林》，王讜撰，世界書局。

19. 《唐國史補》，李肇撰，世界書局。

20. 《登科考》，徐松撰，驚聲文物出版社。

五、

1. 《新校陳子昂集》，陳子昂撰，世界書局。

2. 《李太白全集》，李白撰，九思出版社。

3. 《道教徒李白及其痛苦》，李長之著，長安出版社。

4. 《杜詩錢注》，錢謙益撰，世界書局。

5. 《杜詩鏡銓》，楊倫撰，漢京出版公司。

6. 《讀杜心解》，浦起龍著，九思出版社。

7. 《杜詩詳註》，仇兆鰲注，華正書局。

8. 《杜甫》，汪中著，河洛圖書公司。

9. 《杜詩散繹》，傅庚生著，建文書局。

10. 《杜甫戲爲六絕句集解》，郭紹虞著，木鐸出版社。

11. 《杜甫作品繫年》，李辰冬著，東大圖書公司。

12. 《白居易集》，白居易撰，漢京出版公司。

13. 《白居易研究》，中國學術名著叢刊。

14. 《元稹集》，元稹著，漢京出版公司。

15. 《元白詩箋證稿》，陳寅恪著，九思出版社。

16. 《柳宗元集》，柳宗元撰，漢京出版公司。

17. 《韓愈研究》，羅聯添著，學生書局。

18. 《韓愈資料彙編》，學海書局。

19. 《李賀詩集》，葉葱奇校注，里仁書局。

20. 《樊川文集》，杜牧著，漢京出版公司。

21. 《高適詩集編年箋註》，劉開揚撰，漢京出版公司。

22. 《高常侍詩集校注》，阮廷瑜注，國立編譯館。

23. 《岑嘉州詩校注》，阮廷瑜注，國立編譯館。

24. 《王昌齡詩校注》，李國勝注，文史哲出版社。

25. 《杜甫敘論》，朱東潤著，木鐸出版社。

26. 《唐詩通論》，劉開揚著，木鐸出版社。

27. 《李義山詩偶評》，黃季剛著，學海書局。

28. 《玉谿生詩集箋註》，馮浩注，里仁書局。

29. 《李商隱研究論文集》，中山大學編，天工書局。

30. 〈敦煌唐人陷蕃詩集殘卷校錄〉，潘石禪著，《華岡文科學報》。

31. 〈補全唐詩新校〉，潘石禪著，《華岡文科學報》。

32. 〈敦煌寫本秦婦新書序〉，潘石禪著，《敦煌學》第八輯。

33. 《李長吉歌詩校釋》，陳弘治著，文津出版社。

34. 《李長吉歌詩彙解》，王琦著，世界書局。

35. 《寒山詩集》，文峯出版社。

36. 《孟浩然集箋注》，游信利著，嘉新基金會。

37. 〈敦煌所見孟浩然詩九首的價值〉，黃永武著，《興大文史學報》八期。

38. 〈孟浩然集中的僞詩〉，黃永武著，《中國時報》。

39. 〈敦煌所見李白詩四十三首的價值〉，黃永武著，《幼獅月刊》。

40. 《唐詩說》，夏敬觀著，河洛圖書公司。

41. 《十八家詩鈔》，曾國藩著，文源書局。

42. 《古唐詩合解》，王堯衢著，文化圖書公司。

43. 《唐百家詩選》，王安石著，世界書局。

44. 《賈島年譜》，李嘉言著，大西洋出版公司。

45. 《唐人行第考》，岑仲勉，上海中華書局。

46. 《唐集質疑》，岑仲勉著，中研院史語所集刊第九冊。

47. 《隋唐制度淵源論》，陳寅恪著，樂天書局。

48. 《讀全唐詩札記》，岑仲勉著，中研院史語所集刊第九冊。

49. 《駱臨海集箋註》，陳熙晉著，華正書局。

50. 《盧照鄰集、楊尚集》，徐明霞點校，源流書局。

51. 《唐詩人李益及其作品》，王夢鷗著，藝文印書館。

52. 《韓昌黎詩繫年集釋》，錢仲聯著，世界書局。

53. 《柳河東詩繫年集釋》，丁秀慧著，師大國文研究所。

54. 《長江集校注》，張友明著，師大國文研究所。

55. 《玉川子詩集》，盧仝著，商務印書館。

56. 《許渾詩校注》，江聰平著，中華書局。

57. 《樊川詩集注》，馮集梧著，中華書局。

58. 《李義山的百花世界》，羅宗濤著，商務印書館。

59. 《李義山詩析論》，張淑香著，藝文印書館。
60. 《中國兩大詩聖》，吳天任著，藝文印書館。
61. 《中國三大詩人新論》，黃國彬著，明倫出版社。

六、

1. 《歷代詩話》，何文煥輯，木鐸出版社。
2. 《歷代詩話續編》，丁福保輯，木鐸出版社。
3. 《清詩話》，丁福保輯，西南書局。
4. 《清詩話續編》，郭紹虞輯，木鐸出版社。
5. 《百種詩話類編》，臺靜農編，藝文印書館。
6. 《苕溪漁隱叢話前後集》，胡仔著，長安出版社。
7. 《詩藪》，胡應麟著，廣文書局。
8. 《薑齋詩話箋註》，戴鴻森注，木鐸出版社。
9. 《文鏡祕府論》，空海，河洛圖書公司。
10. 《文心雕龍注》，范文潤注，開明書局。
11. 《詩品注》，汪中著，正中書局。
12. 《藝概》，劉熙載撰，漢京出版公司。
13. 《詩論》，朱孟實著，正中書局。
14. 《中國文學理論》，劉若愚著，杜國清譯，聯經出版公司。
15. 《中國文話文論與詩學》，程兆熊著，學生書局。
16. 《文學論》，韋勒克等著，王夢鷗等譯，志文出版社。
17. 《文學概論》，王夢鷗著，藝文印書館。
18. 《初唐詩學著述考》，王夢鷗著，商務印書館。
19. 《古典文學論探索》，王夢鷗著，正中書局。
20. 《中國詩學四篇》，黃永武著，巨流圖書公司。
21. 《文學概論》，涂公遂著，華正書局。
22. 《六朝文論》，廖蔚卿著，聯經出版公司。
23. 《唐詩概論》，蘇雪林著，商務印書館。
24. 《唐詩散論》，葉慶炳著，洪範書局。
25. 《唐詩的滋味》，劉逸生著，丹青圖書公司。
26. 《廣詩廣角鏡》，劉逸生著，丹青圖書公司。
27. 《現存唐人詩格著述初述》，許清雲，東吳碩士論文。

28. 《談藝錄》，錢鍾書著。

29. 《唐詩研究》，胡雲翼著，華聯書局。

30. 《唐代進士行卷與文學》，程千帆。

七、

1. 〈唐武功體詩試探〉，王夢鷗著，《東方雜誌》十六卷十二期。

2. 《唐人選唐詩八集傳流散佚考》，吳企明著。

3. 《珠英集沉宋近體詩與日本奈良及平安初期之漢詩》，吳其昱著，一九八四，東京明治書院。

4. 〈中興間氣集作者渤海高仲武非高適〉，阮廷瑜撰，《大陸雜誌》二十五卷九期。